四川文艺出版社

目录

楔子

雁回被赶出辰星山的那一天，场面被她弄得有点难看。

其实她是打算安安静静地走，不想闹事的，但这世间事，总不那么容易让人如愿。

当雁回看着这些年她用过的碗筷、睡过的被子，还有抄过的经书被师姐子月用草席裹了，一脚踹下三千长阶，“乒里哐啷”滚远时，她其实还不怎么生气的。

她只在心里叹息，这子月师姐和她斗了这么多年，怎么脑子还是那么不好使……那些东西她既然留下了，肯定就是些废品，子月拿些废品出气，真是白费力气。

子月站在山门前，像一只打了胜仗的狒狒，得意扬扬地拿鼻孔看她。

雁回打了个哈欠，摆了摆手：“你开心就好。”她转身就走。

子月一声冷哼：“站住，还没完呢！”说着她忽然又丢了个东西出来，一根玉簪，擦过雁回身边，落在石阶上，霎时一声脆响，碎成了几段，然后“叮叮咚咚”滚得不见了踪影。

雁回一愣，脚步顿住，她弯腰捡起了蹦得离她最近的一小截玉簪。

她怎么会记不得这个东西……

“当年丢的时候看你急得那样，别人不知道，我却是知道这簪子是谁的东西。”子月嘴角的笑容挟带着满满的嫌弃与厌恶，“你那点心思，还以为没人看得出来吗？这些年看着你，就让人觉得恶心死了。”

雁回静静地握着碎玉立了一会儿，倏尔一勾唇角，笑了：“师姐，烦您恶心了这么多年，却是今日拿了它在我面前摔断了，怎么，您是想让我难过吗？”

不等子月说话，雁回的神色倏尔又冷了下去：“可惜，时至今日，我已不难

过，但恭喜你，成功地让我生气了。”

雁回一边撸袖子一边走向子月：“过来，让我们好好谈一谈。”

子月咽了下口水：“站住，不准靠近我。”雁回哪里理她。

子月神色开始变得难看：“你再靠近我，我就叫人了，到时会有人看到碎簪子的啊！”

“你以为我还会怕人知道吗？”雁回冷笑，双手指骨捏出了“啪啪”的响声，“我还真就想不通了，我都要走的人了你招惹我干吗？”

子月下意识地后退，手摸上剑柄：“雁回，山门后可是有很多守门弟子的啊，你休想对我动手。”

雁回没有剑，她的剑早在师父逐她出门的那刻就被收掉了，但这并不妨碍她收拾子月。

本来在他们这一辈当中，她应当算是最出色的弟子。

雁回冷笑，笑得满不在意：“好啊，你让他们出来啊。”

子月见面前雁回还在步步逼近，她一边抖着手拔剑出鞘，一边往身后喊：“救……救命啊！雁回这个被逐的叛徒要杀人啦！”

身后山门打开，几个弟子急切地要从里面出来，雁回单手帅气地一抬，只打了一个响指，山门门口登时烧起一堵火墙，生生将那几人逼了回去。

“哎呀师姐！这个太烫了！”

“头发……我头发烧起来了！”

“灭火啊！”

“她修为比我们高，这火我灭不了！”

山门再次关上，里面鸡飞狗跳的声音被阻断。

雁回站到子月面前，子月已靠上山壁，退无可退，瞪大眼看着她：“你别仗着你法术比我们高几分就可以欺负人！告诉你，师父们回头知晓了山门的动静，一定饶不了你！”

雁回一笑，右边微微翘起的小虎牙露了出来，显得有几分邪恶：“今天我还就欺负人了，看他们怎么饶不了我。”雁回一伸手，子月连忙提剑砍她，招式又急又乱，不过两招，雁回就将她手上的剑给打掉了，一把揪住她的衣领，将她提了起来。雁回五指一屈，地上子月的剑被她握在了手里。

雁回手中长剑挽了个花，“铮”的一声贴着子月的肩头，穿过她的衣裳插进

了石壁之中："知道我脾气不好，还天天作。"

子月吓得花容失色。

雁回的态度看起来像是在和子月开玩笑一样吊儿郎当的，但子月却觉得一阵阵杀气扑面而来，把她吓得手脚发软，满耳朵里都是雁回的声音："师姐，欺负了我这么多年，你现在是不是该给我道个歉咯？"

"这么多年你有乖乖地被我欺负吗？！"

雁回拔了剑又是"铮"的一声，剑尖插在了子月脖子旁边，一丝丝凉意渗进子月颈项之中，子月惊声大叫，雁回声音还是那么漫不经心："自己本事不高，还怨被欺负的人不配合呀，师姐真不乖。"

子月吓得直哭："呜呜，师父，大师兄！雁回又动手打人了！"

雁回再次拔剑，这次插在了子月耳边，剑刃摩擦石壁穿进去的声音子月听得清清楚楚，这下不用雁回说话，子月便嘶声道："道道道，我道歉！对不起！对不起！"

雁回这才松了手，任由子月瘫软摔坐在地上，吓得一抽一抽地哭。雁回扔了剑叹息："让我安安静静地走，都不行吗？看你作的。"

她揉了揉手腕，回头瞥了眼还烧着火墙的山门，正打算撤掉火焰，然而便在这时，山门那方冰雪法阵忽然一闪，火焰霎时被压了下去。

山门前白光一闪，但见白衣仙人面目沉凝地立在山门之前，宽大的衣袍被山风吹得极为飘逸。

子月大声哭着爬了起来，跌跌撞撞地跑到那人身边，委屈地哭着告状。

仙人目光一转落在雁回身上。

触及他寒凉的目光，雁回知道，他在无声地斥责她的任性妄为。

雁回以前最怕他露出这样的神色，但如今，又有什么关系呢？反正，他也不再是她师父了。

雁回撇了撇嘴："凌霄道长，我已非辰星山人，还望道长约束好手下弟子，莫要再找我麻烦。"雁回摆了摆手，"别过。"她一扭头，衣袂轻扬，一步一步踏下青石长阶，背对巨大的山门，逆着自天边吹来的清风，向着山下俗世而行。

孑然一身，并无留恋。

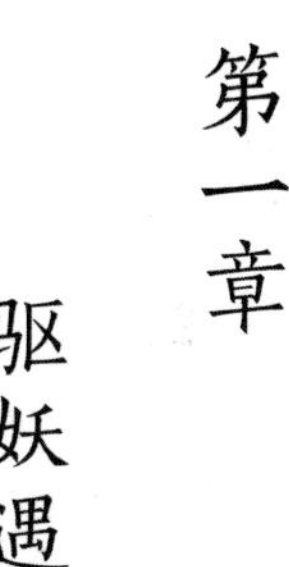

第一章 驱妖遇险

离开师门十来天，让雁回最难过的有两件事：一是从此以后再也没法每天蹭到张大胖子做的大锅饭；二是穷。

雁回打小便知道穷的可怕，后来被凌霄收为徒弟之后，辰星山每月打发她一两月银，像按时吃的定心丸，将她那颗怕穷的心定了下来。

但雁回被驱逐之际，她这些年存在辰星山库房里的银子尽数被扣，她净身出山，师门连把剑也没留给她。于是下山之后的雁回几乎是穷神附体，连买个包子的钱都没有。

可现在事情有了转机，在山下友人的指点下，雁回找到了赚钱的法子——江湖侠义榜。

雁回去瞅榜单的时候，恰好碰见一个富豪之家张贴了一个榜首任务：寻回被百年蛇妖抢走的传家宝，赏八十八两……金！

八十八两金！

够买好几个张大胖子屯在院子里给她一天十二个时辰做饭吃了好吧！雁回眼睛都看绿了，自是想也没想就将榜揭了下来。

一百年的蛇妖算个什么？想她当年初遇前任师父时，还辅助他杀过一千多年的藤精呢！

雁回找友人借钱买了把桃木剑，就赶到这铜锣山里准备杀妖取胆了，她本觉得这是个极简单的任务，但——

说好的妖气冲天杀人不眨眼的巨型蛇妖呢！倒是出来啊！来吓吓她啊！

她在这山里逛了七八天了，连个聪明点的猴子都没瞅见一只，可见此山灵气贫瘠，雁回觉得但凡那蛇妖有点脑子，都不会待在这个地方修炼。

雁回找得几乎绝望，眼瞅着又到中午，肚子又饿了，她一屁股坐在一根大

树的根上，狠狠叹了一声气。此时此刻，她最想念的人，莫过于张大胖子。

雁回正叹息之际，忽觉屁股下的“树根”动了动。她一愣，低头一看，这才发现自己坐着的哪里是树根，这分明就是布满了鳞片的蛇皮！

妖气在身后弥漫开来，雁回转头，但见身后水桶粗的蛇妖正用一双猩红的眼睛盯着她吐芯子。

雁回立即弹起来，刚拔了身后的桃木剑，那蛇妖尾巴便往她身上一缠，张口就对她咬过来。雁回不避不躲，在桃木剑上捻了个咒，一剑捅进蛇妖嘴里。

可蛇妖嘴之大，竟然一口把整把剑吞了进去！

要不是雁回胳膊缩回得快，只怕现在连胳膊也没了。

雁回大怒：“你倒不客气，这剑可是我借钱买的！”

蛇妖哪听雁回废话，只将雁回缠了一圈又一圈，蛇妖浑身的肌肉都在使力，意图把雁回活生生地挤死。

雁回痛失桃木剑，非常悲愤，也不躲蛇妖，拼出一身灵气和蛇妖硬碰硬，只听她一声低喝，周身灵力爆出，生生将蛇妖震开。

蛇妖受了重创，在地上胡乱转了两圈找了个方向要跑，雁回飞身上前，扑到蛇妖背上，两条腿死死夹住蛇妖的七寸，抱住蛇妖的脑袋，手上聚积灵力在蛇妖脑门上狠狠抽了两巴掌：“把剑给我吐出来！”

蛇妖吃痛，仰起了头，意图将雁回甩下去，却没成功，反而让气恼的雁回又狠狠抽了两下，蛇妖咽喉动了两下，终于“喀”的一声，将雁回的桃木剑吐了出来。雁回身形一滚，捡起地上的桃木剑，蛇妖趁机要跑，哪想雁回动作极快，她迅猛地一回身，桃木剑便精准地刺透蛇妖的鳞片，将蛇妖尾巴钉死在地里。

蛇妖仰天痛啸，声音惊飞了山中群鸟。

雁回这才舒了口气，站直了身体，拍了拍衣裳，迈着得意的步子走到蜷成一团的蛇妖面前，俯视着蛇妖：“怎么样，服不服？”

蛇妖痛得浑身颤抖。

雁回在蛇妖面前蹲下：“老实和你交代吧，我和你也没什么仇，不想对你下杀手，你可是偷了周家的传家宝？还回来，我就放你走。”

“你想要什么？”蛇妖倏尔开了口，是个意外好听的男声，“周家给你钱让你来找宝物？我愿给你三倍钱财……”

什……什么！

妖怪竟还知道贿赂一说！

而且……三倍啊！可以买好几打张大胖子了呀！

雁回几乎是在这一刻就毫不犹豫地动摇了！

她呆住，并不是在思考要不要答应蛇妖的条件，而是在琢磨周家赏钱乘以三到底有多少，然而在她用她可怜的算术能力算出个所以然之前，那蛇妖却是等不及了。

他倏尔身形一动，那条被雁回钉死的尾巴竟是拼着被一分为二的痛楚，猛地向雁回抽打过来。

雁回满脑子都是黄金宝宝在爬，这时只觉耳边风声呼啸而来，紧接着她脑袋一痛，被狠狠地抽在地上。

她爬起来，一脸的血，还没站稳，蛇妖猛地扑了过来，一口咬在她的脖子上！

雁回感觉到了毒牙咬破肩颈的痛楚，紧接着她半个身体都没了知觉："就不能好好做生意吗？！"雁回咬牙，指尖法力一凝，火焰登时绕着蛇妖全身烧了起来。

"小丫头竟会驭火之术！"烈火炙热，将蛇妖烧得仰天长啸。

雁回倒在地上，恨得牙痒："不识货，本姑娘岂会用那些低等法术？"跟着她话音一落，蛇妖浑身的火焰烧得更强，他痛楚更甚，当即不敢再缠着雁回，带着一身灵火仓皇而逃，很快便在树林中消失了踪影。

做人果然不该贪……三倍赏钱没了，现在连原来的赏钱可能也拿不到了……

雁回心头一阵血恨，她捂住肩膀，以法力凝住肩头的血，但这却无法阻止那蛇妖的毒在她身体里面到处乱窜，不一会儿，雁回便觉得心跳加快，快得像疾驰而来的马蹄，让她浑身处在一种难忍的燥热之中。

她感到极其口渴，甚至连毒素会不会因为运动而扩散也顾不得了，急急地往前走，欲寻找水源。

雁回自幼修的是火系的法术，从小身体比别人热一些，忍受热的能力也比别人强许多，但这次却和以往的热不同，即便是前段时间被关在焰火洞受罚时，她也没有感觉到身体有这般炙热的痛苦。

不知跌跌撞撞地走了多久，雁回终于看见前面有一条小河在欢乐地奔腾。

一瞬间的希望让她身体好像又有了力量似的，她迫不及待地扑上前去，却

忘了河边石头都是长了青苔的，滑得不行，她脚一歪，一头滚进了河里。

冰凉的水没有缓解她体内的燥热，她把脑袋浮出水面喘气，却觉得她的眼睛已被体内的灼热烧得迷迷糊糊看不清东西了。

脑子也越来越糊涂。她好似看见很多年前师父把她带回辰星山的模样。

她下意识地摸着自己的颈项，抓住了脖子上的一个吊坠，那吊坠正是那日她离开辰星山时，捡起来的玉簪残玉。

恍恍惚惚间，雁回好像看见那个纤尘不染的仙人用自己的簪子帮她绾好了披散的头发，她好像听见他还在自己耳边说，从此以后，他做了她师父，她就不用再害怕被人欺辱，不用再忍饥挨饿，不用再颠沛流离。

可看看她现在这样……

活似被人抽得一脸癸水般，狼狈不堪……

在浮浮沉沉之间，雁回浮现了无数想法，但这些想法被终结在几句带着乡音的对话当中：

“这是个女人啊！”

“打哪儿来的啊？咋在河里？”

“不知道，被水从山里面冲出来的。咱把她叉起来吧，拿去卖了。”

“哎对，拿去给萧家婆子的傻孙儿做媳妇儿正好嘞！”

“对对对……”

等……等等！

什么傻孙儿！什么做媳妇！什么对对对！

不要随便帮人做决定啊！

可不等雁回有所反对，岸上的人一棍子叉下来，捅错地方，直接戳到她脑袋上，将她给生生戳晕了过去，然后，她就什么都不知道了……

雁回再次醒来的时候，看见的是一个有点漏光的屋顶。她动了动，发现胳膊和腿都被绑着。

好笑，拿这种普通的绳子就想绑她？当她这些年在仙门吃的都是屎吗？

雁回不屑地哼了一声，手上一用力……

然后她呆了。

难……难道这些年她在仙门吃的真的都是屎吗？

她竟然没挣掉！

她使了更大的劲儿，连脚指头都抓紧了，但……还是没挣掉……

雁回大惊，连忙往体内一探，顿时淌了一背的冷汗。

她的修为、她的内息竟在一夕之间全、都、没、了！

雁回惊愕之际，一个满脸皱纹、双眼浑浊的老太太走到她面前，伸手就往她脸上摸："摸着是很水滑的姑娘。"

雁回往后躲了躲，老太太也不再继续摸，一双浑浊的眼睛弯了弯："阿福会喜欢的。"

"一定会喜欢的。"一个略尖细的妇人声音在一旁响起，雁回扭头一看，发现旁边走过来一个穿着鲜艳的中年妇人，妇人满脸堆笑，"我家男人捞她可费了不少功夫呢，一身衣服都在河里打湿咯，差点儿掉进去。您这个数买她，不亏的。"

萧老太点了点头："以后就望周家婶子帮我阿福看着这个媳妇啦。"

雁回在脑子里反应了一会儿才明白过来，她这是被人捡来卖了啊！

想她下山身无分文，自己都没舍得把自己给卖了，这算哪根葱的居然敢帮她做了主！

雁回怒不可遏，两条腿一起抬起来，对着周氏蹬去，径直将她蹬得一个踉跄，险些摔倒。

"哎，我的老天爷！"周氏转过头来惊讶又愤怒地瞪雁回，"你敢踢我！"

"你敢卖我，我为何不敢踢你？说！把我卖了多少银子？"

妇人气笑了："嘿，这当口了还关心这事儿的姑娘可真让我开眼界。"

萧老太在一旁着急地问："小姑娘醒啦？"

"醒了，松绑，放我走。"

"走什么走。"周氏斥道，"人家萧婆婆看你可怜，孤身一人的，也不知怎么被河水冲到这里了，打算收了你去做她家孙媳妇呢。保你后半辈子有男人养！"

"嘿，我是孤身一人没错，但谁说我要男人养了？"雁回不满，"给我松开。"

"这嘴倒厉害。"周氏冲门外招了招手，立时有两个五大三粗的男人走了进来，一左一右将雁回的胳膊给架了。

雁回挣了挣，居然没挣脱。她干脆也不挣了，就冷冷地盯着周氏。

周氏笑着对萧老太说："萧大娘，你放心，才拐来的姑娘都是有点脾气的，我做了这么多年生意，有的是法子收拾她们，我把她给你关柴房里去啊。"

雁回冷笑，敢情还是个贩卖人口的惯犯。

两个大汉将雁回架了出去，可雁回法力虽没了，但身体还是倍儿棒，耳朵一动就听见屋里周氏给萧老太咬耳朵：“喏，这药她吃了就浑身没力气，跑不了的。你把它混在饭里，晚上让阿福给她吃。她要戒心重不吃饭呀，你就饿她两顿，这一般姑娘到那种程度，即便知道饭里有药，为了活命啊，也是会吃的。但这姑娘性子我看比较烈，你就等着她饿得头晕眼花的时候，给她混粥里喂她……”

雁回听得心惊，但无奈如今是一点办法也没有，只得任由那两个壮汉将她架进了柴房，毫不留情地把她往草垛子上一扔，唬她：“想少吃苦你就乖乖的，进了这个村子除了死了的，没哪个能跑得出去，早点认命！”

说完“咚”的一声关上了漏风的柴门。

雁回在草垛子上动了动，摆了个让自己舒服点的姿势。她看看这四周，再看看自己手脚上的绳子，心里唯有一个想法。

还好她现在这窝囊德行没让子月看见……

萧老太果然听了周氏的话，一整天没给她送饭吃。

到了雁回能透过漏风的屋顶看见外面的月亮和星星的时候，她的肚子咕咕咕地发出一长串声音。

雁回一声叹息，磨蹭到柴房门边，一边拿脚踹门一边大喊：“你们不是要把掺了药的饭给我送进来喂我吃吗？！说好的掺了药的饭呢？！说好的喂我吃呢？！你们倒是言而有信一点啊！饿死人了！”

她喊得大声，震得房上的灰落了几点下来，沾到她鼻子下面，惹得她情不自禁地打了几个喷嚏。

便是在她这几个喷嚏的时间，柴房的门“吱呀”一声开了。

明月光，亮晃晃，一个少年的身影立门框。

雁回看着面前这清瘦少年有些呆怔，粗布麻衣的打扮显示着他生活的清贫，然而在逆光中的那张脸，却是出人意料地漂亮。

是的，漂亮。

尤其是那双好像承载了星光的眼睛……

“扑通！”

对上那双眼睛的一瞬，雁回忽然觉得自己心脏强烈地跳动了一下，紧接着，像是错觉一样，雁回好似听到了自己如同脱缰野马般越来越疯狂的心跳。

“扑通！扑通！”

她这如脱缰疯马一般的心跳，难不成是因为她对这清瘦的少年郎，一见……倾心了？

雁回为自己的心跳呆住了很长的时间。

但让人不解的是，雁回已经从漫长的失神里面走了出来，而这个少年却还是直愣愣地盯着她。

雁回又是一愣，随即愕然，难道……这小子也对她动心了？

可如果她没记错的话，她先前又是泡水，又是在柴堆里满地滚的，形象不知有多狼狈，这样都能让少年郎对她动心？

雁回窃以为，大概是自己脸太好。

然而渐渐地，雁回发现这小子眼睛里的光越来越不对劲了……

他眼眸的光太亮，他盯着她，就像鹰隼盯着兔子，饿狼盯住肥羊，就像一个死囚，盯住解开他枷锁的钥匙。

“喂。”雁回唤了他一声，好似撞醒了他的梦似的，少年眨了眨眼睛，散掉那灼人的光芒，眼眸一转，不再直视雁回的眼睛。

雁回的视线却一直将他盯着：“你就是那萧老太的孙儿？”

这少年身形瘦削，脸色不知道是因为常年生病还是饥饿，泛着一些苍白，唇上甚至还带着乌青色。他垂着眼眸，只专注于手上的事，神色安静得与方才全然不同。

少年不理她，自顾自地端着碗走了进来，在雁回面前蹲下，将手上的三个碗一个一个放到地上。

雁回不解，不是说萧老太的孙子是傻的吗，可刚才这小子的眼睛里看起来……

怎么那么多戏？

“喂……”雁回话音刚开了个头，少年已经放好了碗，起身打算出去了。

雁回愣了一瞬，目光在地上的米汤、咸菜和馒头上一晃而过，登时急得什么都忘了，连忙冲着少年的背影急唤：“等等！你就这样放这儿了？我还被绑着呢，你要我拿嘴拱吗？！”

倒好饲料就走人，喂猪啊！

少年脚步一顿，思索了一番，复而又走回来，在雁回面前蹲下，然后端起米汤递到雁回嘴边，雁回确实饿极了，就着少年端的碗，两口就将米汤喝干净，

然后十分不客气地开始使唤："馒头夹点咸菜。"

少年被这声吩咐喊得眉梢微微一挑。

此时雁回却是没工夫在乎他，只顾着盯着碗里的东西："快点啊！"

少年不吭声，却蹲了下来，照着雁回说的做了，馒头夹了咸菜，喂进雁回嘴里。

雁回也不讲究，狼吞虎咽地吃了两个大馒头，待肚子有了点底，这才有工夫将注意力从食物上面转开。她嚼着馒头，拿眼神瞥了一眼正伸了手将馒头递到她面前的少年，此时的少年目光平淡，看起来说不上傻不傻，但至少没有刚才那样目光摄人的劲儿了。

现在他就像个普通的山村少年，普通得以至于雁回都开始怀疑，刚才这小子眼睛里的精光都只是她的臆想。

雁回对少年免不得在心里留了几分意，然而，不管她怎么留意，她现在无法否认的是，这小子着实生得漂亮。

月光自头顶破木板缝隙里洒了进来，落在少年脸上，雁回一口咬住少年手中递来的食物，吃掉。

她在心里嘀咕，以她自幼阅遍辰星山无数师兄弟成长史的眼光来看，待这少年长大，五官长开，身体结实后，他绝对是个一等一的美男子啊！

拐去小倌楼应该能卖个好价钱……

雁回清了清嗓子："小子，你奶奶将我从那丧尽天良的人贩子手里买来，是给你做媳妇的，你可知道？"

见雁回不吃了，少年将手里剩下的半块馒头放回了碗里。

"你奶奶年纪大，看着可怜，我不好骂她，但做这种断子绝孙的买卖可是会遭天打雷劈的，为了你奶奶好，你且帮我把绑松了，让我走了了事。"

少年垂头开始收拾碗。

"别走！"雁回一咬牙，道，"实话和你说了吧，我是修仙的，追了条百年蛇妖到这里来，蛇妖被我打伤了，他走不远，很可能还躲在你们这铜锣山的哪个犄角旮旯里，指不定就变成你们村里的哪个人，混在你们之间，天天吸你们身上的气，你不放我走，没人对付他，到时候倒大霉了，可别怪我没提醒过你。"

少年收拾碗的动作微微一顿，随即眸中光华流转了一瞬，然后就像什么都没听到一样往外走。

什么反应都没有，这比反驳更让人感觉不爽，雁回被绑了一天，强力压住的火气霎时就点着了：“喂！你到底是傻，还是哑啊？”

依旧没反应，雁回怒了，呵斥：“站住！还有半块馒头！姐姐还饿着呢！”

少年脚步一顿，略一琢磨，倒是真拿了半块馒头，回来蹲到雁回的面前，像之前那样喂给她吃，雁回看了一眼他的脸，又看了看他的手，一张嘴就咬了上去。

少年手微微一动，看来是想往后撤，但最后却是稳住了没动，任由雁回一口将他的拇指连带馒头咬住。

牙齿用力，雁回声音含糊，却有力道：“放唔（我）走！唔（不）然，嗷（咬）断！”她咬着少年的手往后仰了仰脖子，方便自己去观察少年的神色，然而出人意料地……

少年神色依旧平淡无波，他俯视着她，许是角度的问题，在少年的目光之中，略带了几缕嫌弃。

没错，嫌弃。

其实雁回也是打心眼里嫌弃现在的自己。以前和子月斗得再不体面，她也不至于用咬人手指这种小孩打架的招数来解决问题啊！可现在……

雁回神色一狠，将内心角落里的那点自恃身份的骄傲一脚踹开。

雁回说：“唔真嗷断噢！（我真咬断哦！）”

现在，唯一能让雁回感到庆幸的，大概只有这里没有辰星山人这件事了吧……

雁回心里感慨着自己当年风华不再，现在咬了半天，她咬肌都酸了，被她咬住大拇指的人却一声痛也没叫。

如果她没感受错的话，她现在嘴里尝到的这股腥味应该是少年手指流出来的血，而不是她的牙龈出血吧！为什么这看起来弱不禁风的少年却如此能忍痛？！

说好的十指连心呢！倒是连他心啊！倒是让他痛啊！

雁回几乎想挠墙，便在这时，少年的手忽然动了动，却不是在用力挣脱雁回，而是就着被咬住的那只手，不管大拇指，只动了其他几根手指，抚摩上了雁回的脸颊。

指尖触及雁回脸颊的那一瞬间，雁回似有种被天上的闪电摸了一下的感觉，麻麻的、热热的，一直蹿进心里。

“扑通。”

她又听到了自己的心跳。

“不会放你走的。”他终于开口对雁回说了第一句话。少年的声音好听得像山间冷冽的清泉，但语调却有几分暗藏的阴森，有着与他年龄完全不符的诡异感。

雁回一时愣神，牙关松开。

少年抽回了手，将拇指在雁回衣摆上擦了擦，道：“奶奶不会放你走。”

他说这句话的时候，却又没让雁回感到有什么不妥。

不过等等……

“你为什么要把血和唾沫擦在我身上？！”

少年抬眼看了雁回一眼，这次雁回绝对没看错，他眉梢微挑，神色微带鄙夷：“不是你咬的？”言罢，他端了碗便出了门去。

雁回看着重新关上的门，嘀咕：“这小子绝对不傻吧！绝对不傻啊！他还会反讽我啊！”

将空碗端到厨房，少年透过厨房的窗口望着天上的明月，神色间哪还有半分呆滞，一双月光照不透的眼眸里宛如藏着万丈深渊，住着炼狱妖兽。

他低头看着自己拇指上被咬出来的伤口，倏尔冷冷一笑：“走？你可是我的……”

少年离开后，雁回将这个看起来就谜团重重的少年琢磨了一会儿，但现在委实不太了解他的情况，实在也琢磨不出个什么，想着想着没有结果，也就迷迷糊糊地睡着了，然而她这一觉却睡得并不踏实。

柴房对面鸡圈里的鸡打从丑时就开始叫，咯咯咯喔喔喔的，吵得她心烦气躁，完全睡不着。

辰星山不是没有鸡，但辰星山的鸡到底也算是半只仙鸡，人家自恃身份甚少打鸣，哪像这破公鸡……

雁回拿脑袋往稻草堆里钻了钻，把头埋起来，但哪能挡得住声音？她心里暗暗恨道，待有了机会，她一定要把这窝鸡全都炖了才算完！

天亮了后，鸡倒不怎么叫了，她继续睡大觉，却又被一只干枯粗糙的手给摸醒了……

雁回一睁眼，看见一张满是皱纹的脸，还有一双浑浊的眼睛，一身的灰败气息几乎压得雁回窒息，她打了一个寒战，往后一缩：“走走走，我不想看见你们，不想看见你们。”

雁回在入仙门之前，打小就能看见些奇奇怪怪的东西，小时候怕得要死，后来拜入凌霄门下后，凌霄给她画了符，寻常小鬼便再沾不了她，再加之她自己也有了点道行，碰见这些物事倒也没那么怕，只是这大清早就往身上爬的……还是让雁回出了一身冷汗。

她把头往草堆里埋，却听得一声苍老的叹息：“小姑娘，吓到你啦？”

听到这个声音，雁回才反应过来，面前这人是“买”了她的萧老太，而不是以前那些不请自来的家伙……

雁回转头，压下方才的惊悸，用肩膀擦了擦脸：“老太，你买我是做你家媳妇的吧，但你这样动不动就摸我……是什么意思啊？”

萧老太笑道：“高兴，老太婆心里高兴啊，我家阿福的媳妇。”她说着这话，脸上的褶子都笑出了弧度。雁回转头一望，柴房门外，背后晒着太阳的少年在那儿站着，看起来傻傻的，全然没有昨日反讽她时的那个精明劲儿。

雁回清了清嗓子：“老太太，你这样买媳妇是不行的，你看你昨天还好绑的是我，我皮糙肉厚不嫌痛，这要换个别的姑娘，今天你看到的就是奄奄一息的样子了。这买卖损阴德的，不能做。我也不是个能嫁人的女人，你把绑给我松了，待我养几天身体，有了气力，你给那人贩子多少钱，我去给你抢回来。”

说到这个，萧老太太一叹，又咳了两声：“我知道，老太婆我自是知道这买卖损阴德啊，但姑娘你就当可怜可怜我吧，要不是我这把老骨头撑不了多久，咯咯……”

雁回看得出来这萧老太命不久矣，她身上死亡的气息太重了，重得让雁回都觉得呛喉。

“要不是家里没个人照顾阿福，老太婆说什么……咯，说什么也不能在最后关头作这个孽啊！可我不作孽，阿福要咋办啊？小姑娘，你就看在我可怜的分儿上，安心留下来吧，阿福老实，等认熟了你，会对你好的。”

雁回嘴角一抽，先把阿福是不是真老实这事儿放到一边，道：“老太太，你家可怜，你家阿福可怜是没错，可你也不能强迫我跟你们一起可怜啊。而且你指望我照顾他……不如指望老天爷天天掉馅饼养活他来得比较实在。”

老太默了默，又叹了叹，最后拍了拍雁回的手：“晚上我请了乡亲们，让你们拜堂。”

什么……

雁回惊骇，盯着老太太出门的背影喊：“你知道我的名字吗？你知道我的生辰八字吗？不算算吗？！我克他怎么办？！”

少年阿福面无表情地拉上柴房门，关上门的那一刻，雁回发誓，她在门缝里看见傻子阿福，俯视着她，勾了勾嘴角，勾出了一个极浅，却十分不怀好意的冷笑……

他……笑她？

这铜锣山里全村的人都是瞎的吗？！这叫傻？这叫傻？

村里的人才傻吧！

雁回气得不行，挪过去蹬了两脚门板子：“早饭送来了再走啊！”

雁回在柴房继续待了一天，直到傍晚的时候，这个破破烂烂的小院子里忽然就热闹了起来。其实要真算起来，这也根本不是什么热闹，雁回听了听声音，辨出外面差不多来了二十来人，这要是她法力还在，轻轻松松就可以搞定他们自己跑了，但……

雁回往身体里一探，依旧内息全无，那蛇毒倒还当真有点厉害。

想到这个，雁回再次把思绪放到那个叫阿福的“傻子”身上。

村里人都公认他是个傻子，想来自幼便是个痴傻之人，可如今雁回怎么瞅怎么不觉得他是个傻子，甚至还有点阴险算计的模样。

能使一个傻子突然变聪明了，雁回想来想去，大概也只有他被妖怪附了身这个可能。而这铜锣山灵气贫瘠，能在这里修行的妖怪，雁回想来想去，恐怕也只有前天被她扎了一剑的蛇妖了。

她还在琢磨，要怎么在她没法力的情况下去对付这个蛇妖，柴房门“吱呀”一声响。是昨天那个人贩子周婶进了柴房，她堆着一脸假笑：“恭喜恭喜呀！”

雁回斜眼看她，她将雁回扶了起来，熟练地把雁回的手腕又绑了一道，然后像牵狗一样，留了一截长绳子牵在她自己手里，随即又将雁回脚上的绳子割断。

“跟婶婶走吧，婶婶带你去拜堂。”

她拽着绑雁回的绳子要将雁回拉出去，雁回站在柴房门口，没动。

周婶嘴角的笑变得有点阴狠：“小姑娘，你别想要花样，我做这门生意也有几年了，进了这村子的，没有能出去过的，识相的，就乖乖给我出来拜堂，不然，我可不像萧老太那样客气！你在动什么心思我可都是知道得一清二楚的。”

“你知道我的心思？”雁回斜眼瞥她，“你知道还不拿块布来给我把头盖着？”

周婶一愣，脸上的阴狠没有收得回去，错愕已浮上面孔，显得有点滑稽：“什么布？”

“红盖头！遮羞布！被这样牵出去，本姑娘嫌丢人！”

周婶显然是没想到雁回在这种情况下竟然还在意这种事情。她愣了好久，不耐烦地将雁回一扯，硬是将雁回拉了一个踉跄：“穷讲究，今天就是让你认人的，以后全村子的人都帮周阿福看着你，看你跑哪儿去？走！”

竟是一山的强盗！

雁回只觉内心非常愤怒，一个没忍住，一抬脚对着周婶的屁股就是一脚，将她狠狠地踹出了柴房，仰面跌成了狗。

“哎哟哟！哎哟哟！摔死我了！”周婶还在地上疼得惊声叫唤。

她这一叫，院子里的人全都往这边看了过来。雁回自己踏出房门，头发在身后一甩，一身狼狈却依旧背脊挺直，她目光在所有人脸上一一扫过，显然，大家都被她这个出场镇住了。包括周婶养的两个五大三粗的打手一时都没反应过来。

雁回的目光最终落在了傻阿福身上，他在所有人身后站着，还是那身粗布衣衫，但见雁回盯着他，他便也直勾勾地盯着雁回，眼睛微眯，目光带考量，哪有半分傻样？

雁回冷哼：“本姑娘自己走，谁准你拽我了？”

这个蛇妖上了阿福的身，现在赶她走，她还不能走了呢。

他身上可是揣着让她发家致富的八十八两金呢！

雁回不卑不亢，目不斜视地穿过所有怔愕的乡民，径直走到阿福面前。

在所有人的目光跟着雁回一同转到阿福这边时，阿福眨了眨眼睛，眼底的考量与算计霎时消散无踪。

可真是会演啊。

雁回双手一抬，手上那根绳子甩着抽了阿福一下：“来，牵着。”她发号施令，阿福看了绳子一眼，伸手牵好了。雁回继续道：“过来拜堂。”

任谁都没想到，这个从河里捞上来，又被卖出去的女人，竟然是这样嫁给这个傻子的。

活像……她才是买人的主儿一样，气势汹汹，财大气粗……

闹了这么一出，萧老太在吃过饭之后就将乡里乡亲们送走了。

雁回在新房——其实就是阿福住的地方，只比柴房干净一点，摆了个床。雁回在床上坐着，耳尖地听到门外萧老太在跟阿福交代：

“这小姑娘性子烈，你得先亲亲她，安抚下她，然后摸摸她，把衣服脱了，动作轻点，别伤着她。但她若反抗狠了，你也别让她伤着你。实在没法了，你就叫奶奶，奶奶去帮你和她说说。等过了今晚，就好了。”

雁回听得既好笑又好气，一边觉得这老太太为傻子真是操碎了心，一边又觉得这老太太为了让孙子给她传宗接代也真是自私到了极点，令人可怜不起她来。

只可惜，老太太怎么算也没算到，这傻子早已经不是她的那个宝贝孙子了吧。

“吱呀”一声，木门推开，阿福独自走了进来。

老太太还站在外面，伸着脑袋往门上贴。

雁回瞥了一眼，全当自己没看到。待阿福走了过来，雁回双手将阿福一拽，径直将他拉了过来，然后推倒在床，床帏落下，将床榻的空间与外面隔绝。

雁回依旧被绳子绑着的双手虽然行动不便，但做掐人脖子的动作还是没有问题的。

她骑在少年的腰腹上，压住他腰上的穴道，让其动弹不得，随后掐住他的脖子：“看我还捉不了你这妖怪？”

“呵。”少年一声冷笑，神色带着几分鄙夷，“骑在男人身上捉妖，而今修道修仙者，却都是这副德行之人？”

“小妖精，”雁回微微俯下身，声音也压得极低，宛若是与人说着缠绵情话，“少和我扯什么修道修仙，不方便我办事的那些大道理我可不管。”她一只手挣了挣，学着那天阿福摸她脸的模样，也把手指放到了阿福的脸上，然后两根手指将他脸上一块肉夹住，狠狠一捏，再往外一扯，径直将阿福的脸都扯得变了形。

雁回开心：“你不是蛮会装的吗？你倒是用这张脸，再接着装给我看看啊，阿福。”床帏之间，他们俩的姿势简直不能更暧昧，可雁回欺负人欺负得正开心，半点不觉得。

阿福却皱了皱眉头，偏了偏头，意图将雁回的手甩开，却没有成功。

“放开，下去。”他冷冷地道。声色里倒是真真切切地充满了不耐烦。

雁回简直觉得开心极了，想她今天和昨天的狼狈样，还不全拜这家伙所赐？他倒是还在旁边看热闹外加冷笑、讽笑和讥笑：“怎么，被我欺压着你觉得不愿意？你昨天摸我脸的时候，可没问过我愿不愿意，你前天抽我一脸血的时候，也没问过我愿不愿意。”

“你放不放？”阿福眸中神色渐起冰霜。

雁回嘚瑟：“你让我放，我偏……”

话未说完，雁回只觉得整个身体忽然凌空而起，然后一阵天旋地转，脑袋一痛，她和阿福的位置倏尔颠倒，她被压在了床上。

雁回只觉不可思议，她明明压住了他身上的大穴的，这家伙的外家功夫，竟在她之上？

雁回正呆怔之际，阿福摁着她的肩，神色带着轻蔑。

雁回被他这个神色刺激了。想她在辰星山，真动起手来，别说同辈弟子，只怕好几个师叔也不一定打得过她，今天竟然在她引以为傲的功夫上输了场子，雁回觉得很没面子。

她一咬牙，双膝一屈，径直顶在阿福的腰腹要害，他一声闷哼，雁回趁机翻身，再次将他压在身下：“服不服？！”

阿福皱眉：“我无意与你比试。”

“反抗我，就是意图与我比试。”

“……”

打了一通，雁回心里顺气了不少，她自上而下地盯着阿福：“现在倒是老实了。”

摸到雁回好胜的脾性，阿福干脆一默，盯着雁回不再说话。

“你早老实点不就好了？”

乖乖给她三倍赏金，她可不就不缠着他了吗？！

但事到如今，雁回这话也说不出口了，她静了下心，深吸一口气，道：“也罢，虽然你确实阴了我一道，算是与我结下了梁子，但我还是前天的那句话，我和你没什么深仇大怨，不打算要你的命，你只要乖乖交出你偷走的秘宝，我便也不再为难你。”

“哦。”阿福眸中神色流转了几瞬，随即道，“如此，我明日便带你去找那秘宝好了。”

雁回一愣。

倒是没想到他竟然如此容易地就答应了。

想当初，他为了那个秘宝可是愿意付三倍的钱来贿赂她，甚至不惜拼着尾巴被一分为二的风险也要抽她一脸血啊！如今竟是……威胁威胁就答应了？

有诈。

雁回神色一冷，手再次捏住阿福的脖子，直到阿福的脸色慢慢变得有点难看了，这才道："本姑娘的灵火不好受吧，你还想再来一次？"

这蛇妖约莫不知她法力消失了，她使使诈，理当能诈出点东西。

阿福盯着雁回，神色果然有了几分变化，他默了一瞬："我自是有条件的，秘宝能助我修行，你拿走了秘宝，便不能干扰我在此处借这村里人的精气修行。"

得了这么个条件，雁回心里稍稍地安了下来。

但随即她眉头微微一皱，多年的修道生活让她对妖怪吸人精气的事情保持着最原始的反感，她思索了一会儿道："这一村子的人都是做人贩子做惯了的，行径恶劣，却无人惩治，你要在这里对他们做什么，只要不弄出人命，我便全当不知晓就行。"

"吸取精气而已，要不了他们性命。"

雁回手上力道这才慢慢松开："小蛇精，本姑娘脾气不好，若是你敢对我使什么诈，可是讨不了什么好果子吃的。"

阿福揉了揉自己被掐得发红了的脖子，瞥了雁回一眼："你既不碍着我修行，我为何要诈你？"

雁回打量了他几眼，然后将手递到阿福面前："给我解开。"

阿福闻言，眉梢微微一动："你的灵火之术，不能烧了这绳子吗？"

雁回脸皮一紧，强作镇定："这是为你绑的，自是要你来解开。我没让你跪着给我解，已经是足够对得起你了。"

阿福瞥了雁回一眼，显然是懒得与她计较，一抬手，将雁回手上的绳子解了，皱眉道："下去。"

雁回垂头看了看自己这个姿势，冷哼一声："敢情是害羞啊，我都不计较，你一个妖怪计较什么？"雁回说着，从他身上翻下来。

阿福并不接她的话："睡了。"他说着，自行下了床，走到屋子另一头，倚墙而眠。

雁回挑了挑眉，是她的错觉吗？她怎么觉得这个蛇妖，有点不喜欢和她靠太近呢？但为何这蛇妖昨天却会摸她的脸，难不成是因为她昨天长得漂亮，而今天就变丑了吗？

雁回累了一天本来是睡得很香的，最后是被天还黑着就开始打鸣的大公鸡吵醒了。她闭上眼睛，努力让自己忽略鸡鸣，想它叫着叫着总是能叫累的，但和昨晚一样，外面的公鸡一旦开始了叫，就没休没止地叫完了下半夜。

清晨雁回是顶着黑眼圈从床上坐起来的。她再次坚定了就算走，也要把这鸡宰了再走的想法。

雁回起来的时候，坐在墙角的阿福也站起来了，他拍拍自己的衣服，走过来，站在床榻边，咬破手指，然后把血抹在了被褥上。

雁回看着他的动作挑了挑眉："还想着要骗骗老太太，你对老太太挺好啊，你还真当自己是人家孙儿了啊。"

阿福并不理会她的打趣："弄好了就出去吃饭，少说废话。"

雁回撇嘴："什么时候带我去取秘宝？"

"去干活的时候带你去。"

雁回点头，心里却陡然有一些奇怪的感觉，但她却说不出为何有点奇怪。还不等她细细思索一下，老太太便进了房间，她笑眯眯地过来摸了摸雁回："丫头不闹啦？"

反正她拿了秘宝也就走了，于是也懒得和老太太瞎扯，只点头嗯了一声，便出了门去，回头关门的时候，雁回瞥见老太太正趴在床上，一边用手摸着被子，一边凑鼻子上去闻。

雁回只觉得恶心又尴尬，连忙关了门就走。

她忽然间有点庆幸被抓到这里的是她而不是别的什么姑娘。至少她还有脱身之法，而若是别人，只怕这辈子都被糟蹋在这里了。

吃完饭，阿福扛了锄头去地里干活，如约将雁回也带了去。

确认了雁回已经和阿福完事之后，老太太明显对雁回放心很多，也没管太多就让他俩一起走了。或许在萧老太太心里，那一层处女膜大概就是女人这一辈子的命运吧，给了谁，那女人的命就是谁的了。

一时间蛇妖附了阿福的身体这件事，雁回也说不出到底是好是坏了。

阿福将锄头拿到地里之后，便带着雁回七绕八拐地拐出了村子。

雁回一直留心记着路，可走到头了，雁回才发现，这条路并不是下山的路，

而是通往村子后面的一个大湖。

湖水的来源便是那天将她从山里冲出来的那条河。

雁回看着阿福驾轻就熟地找到湖边的一片木筏，然后喊她："上来。"

雁回望了望一望无际的湖水，又看了看漫过木筏的水，她修的火系法术，天生就是讨厌水的。前几天是被心里的火烧急了，再加上脚滑一头栽进水里的，现在让她看见这么大一湖水……

她现在可是没了法术，又不会水的旱鸭子啊。

雁回深吸一口气，正在做心理建设，却见木筏上的人伸出了一只手。

她抬头一看，清瘦的少年站在木筏上看着她，神情虽然仍旧显得冷淡，但伸出来的手却是实实在在地在帮她。

雁回愣了一会儿，还是握住他的手，他一用力，便将雁回拉了上去，然后便甩开手去撑木筏，半分工夫也没耽搁。

嫌弃她却又会帮她的蛇妖，真是奇奇怪怪的脾性……

撑了一刻钟时间，雁回看见了一块垂直的山壁，山壁之下树木遮掩之中有一个隐蔽的黑色洞口。如果不是阿福将木筏撑到洞口之外，雁回根本发现不了这个地方。

"还真是会找地方藏。"雁回嘀咕，一迈脚打算从木筏上跨到洞口里面去。

然而她的脚却在半空中被一堵无形的墙挡住了。

雁回踢了踢空中的"墙"，转头看阿福："你还设了结界啊？"

这一回头，雁回才看见阿福的脸色略有点难看，雁回皱了皱眉头，细细打量他，见他嘴唇苍白，眼里血丝在慢慢变多，好像身体很不舒服似的。但他的神色却没有什么变化，依旧冰冰凉凉的，像是对自己的身体漠不关心到了连疼痛都可以不在乎的地步。

"你进不去？"他也皱了眉，"再试试。"

雁回依言，狠狠在结界上踹了一脚，这一脚力气大得将木筏都推出去了些许距离，但依旧没能进去。

阿福嘴角抿紧，神色略带几分凝重："会画阵法吗？以血为引……"

雁回有些恼怒，转头看他："你设的结界，你自己打开不就行了吗？"

阿福沉默了一瞬，随即道："你的灵火术将我周身法力灼烧殆尽，我没力气打开它。"

搞半天……他也没了法术。不过想来也是，要不然昨天怎么拿外家功夫跟她拼呢……知道这一点，雁回稍稍放了点心，也不再诓他，耸耸肩道："巧了，你的蛇毒把我的内息给一并冲散了，我也没有法力。"

两人面面相觑了一会儿。

雁回抱着头蹲了下来，面色痛苦："发家致富怎么就那么难……我只是想请个张大胖子而已……"

木筏在洞口停了一会儿，然后雁回感觉四周风动，是阿福又撑起了木筏，往回划去，他脸色白得不成样子，但语调却依旧平稳："为今之计，只有且等些时日，待你身体将毒性清除，或可再来一试。"

雁回蹲着看了他一会儿："刚才我就想问了，你身体是不是有什么毛病？"

阿福终于转头瞥了她一眼："没有。"

虽然他是这样说，但雁回是怎么也不相信的。可偏偏他的语气那么坚定，若是蒙住眼睛，她大概就要相信他说的是真话了。

不过既然他这么逞强，那她便也当自己是蒙住眼睛的就好。左右不过是一个萍水相逢的妖怪，她也没什么立场去较真些什么。

回到地里，阿福开始干活，雁回就在旁边田坎上蹲着看。

让她等倒是没什么关系，她不怕耽误时间，反正现在也被逐出师门了，本来就是无事闲人，什么都没有，就是时间多。守着这个蛇妖，回头拿了秘宝回去换了赏钱，她也顶多算个有钱的无事闲人……

"啪！"

一块石头砸在了阿福身前。

雁回一愣，但见几个小孩嬉笑着跑过来，在地里一阵跳："傻阿福傻阿福，娶了母老虎的傻阿福！"

阿福盯着他们，没有动，就在雁回还在担心这蛇妖会不会把几个小孩吃掉的时候，泥块石头纷纷砸了阿福一身，他仍旧只是站在那里，拍了拍自己的衣服。

雁回看得愣神，蛇妖……却是如此好欺负的家伙？

她正想着，忽然间一个小孩捡了块泥，一抡胳膊就扔了过来，"啪"的一下糊了雁回一脸。

"母老虎母老虎，嫁给傻子的母老虎。"

雁回牙关一咬，额头上青筋一突。她抹了把脸，然后站起身来，开始撸袖子。

她一边撸一边笑："这么开心，咱们一起玩啊！"

小孩听了雁回的话还在笑，雁回抓了一把地上的泥，抡起胳膊"唰"的一下，把泥团像大炮一样甩出去，径直砸在其中闹腾得最厉害的孩子的胸膛上，小孩被砸得一屁股坐在地上，愣了。

其余几个孩子也都愣了。

待感觉到痛了，孩子一咧嘴，"哇"的一声就哭了出来。

雁回捏了捏手指骨，伴着"咔咔"作响的声音，她露出白白的牙齿一笑："来呀，姐姐再带你们玩玩。"看着雁回的脸，其余几个孩子跟见了鬼一样，霎时吓得连滚带爬，忙不迭地往家里跑了。

"到这里还得处理这种事。"看几个小孩跑远了，雁回一边拍脸上的泥，一边气得嘀咕，"看来天下小孩一般黑，不分修仙不修仙。"

拍着拍着，雁回一转头，但见阿福正侧头看着她。

雁回上下看了他一眼，万分嫌弃："任由小孩欺负的妖怪，你还真是个奇葩。"

阿福转头冷声道："与小孩和泥石较真的修道者，何谈奇葩？"言罢，他便转过头去，将小孩踩乱的地理了理，"回去了。"

他说了这话自然而然地就爬上田坎往回家的路走。

雁回看着他的背影，有一种诡异的不和谐感又扑面而来……

晚上的时候雁回在屋子里打坐，她想方设法地将自己身体的内息调动出来，但努力了半天，体内依旧是空空如也，睁开眼睛的时候夜已经深了。她感到有几分颓然，没有法力，其实让她十分没有安全感。

她压制住心里的挫败，正想倒头睡去，却发现屋子里并无阿福的气息。

这蛇妖大晚上难道出去吸人精气去了吗……

"哗啦啦"一阵响，雁回好奇，走到窗边，推开窗户一看，明晃晃的月光之下，院子里的少年正光着身子在用井水沐浴。夜里仍凉，井水冰寒，但他却全然不怕，冰冷的井水从头上落下，他连寒战也没打一个。

接触了这两天，雁回越发觉得这人就像块石头，好似外界所有的疼痛和不适都不能让他有所反应。然而他并不是石头，所以，只能是他将那些不适都隐忍下去。

如此善于隐忍的人，想想其实还蛮可怕的……

一桶井水倒光，清水流过他的脸、颈、胸膛、腰腹，然后……

他背过身子，脸却侧了过来，虽然年少，但他已经拥有几乎完美的下颌弧线，带着亮晶晶的水珠，他黑瞳中映着寒凉的月光，盯着雁回，神色淡漠中压制着几分恼怒。

恼羞成怒。

原来，他还是有忍不了的事的。

雁回咽了下口水，责怪他："哎呀，你这个人……怎么能在院子里洗澡？"

"你不该先把窗户关上？"

"哦。"

雁回关了窗户，但还是站在窗前没动。

她这大概是第一次看见男人身体，虽然是个少年，但该有的，确实都有了……

"嗒"，一滴血落在雁回胸上。

雁回连忙捂了自己鼻子往床上躺，但此时此刻雁回不得不承认，有时候子月骂她骂得挺对的，她就是一个世俗之人，心里的世俗劲儿和肤浅的欲望，实在强烈啊！

修道，是改不了她的本性的。

可这能怪她吗？

这都怪他要在院子里洗澡！

第二章

月圆之夜

夜，大山之巅，遍地素裹，大得惊人的月亮悬在头顶，将满山白雪照得发亮，天地之间宛如牢笼一般的法阵将她困在其中。

雁回躺在地上，刺骨的寒冷，像是能钻进心底一样。

她看着雪花一片片飘在她的脸上，然后在接触到她皮肤之后，迅速融化成水珠，从她脸上一颗颗滑下。

“为什么……”

她听见自己问出了口，却诡异得不知道自己在问什么，她一转头，看见了一个模模糊糊的影子，在那人影的背后是巨大的月亮，逆光之中，她并不能看见那人的模样，但是她却清楚地看见了那人举起了长剑。

雁回瞳孔紧缩。

一剑扎下！

雁回只觉心房一阵紧缩，尖锐的疼痛让她浑身一抖，然后……

“咯咯咯，喔！”

她醒了过来。

眼前是一片漆黑，空气中还有乡下村屋里常年围绕不去的木柴味。她的心脏依旧疯狂地跳动着，满头大汗几乎染湿了发鬓。

她失神地捂住心口，那里似乎还有尖锐的针扎感让她觉得疼痛。

这个噩梦实在是太真实了，真实得就像是她昨天才经历过这样的惊悚一样。冰雪大山，巨大明月，还有那模糊的人影，雁回皱了皱眉，这人影，现在回想起来，她为何觉得有几分熟悉感，但她想了又想，却始终无法将自己认识的人和那人影对应起来。

想了半天，雁回猛地回神，她是在搞笑吗？居然为了一个梦这么较真。

撇了撇嘴，雁回转身想接着睡去。

可是她忘了，外面的鸡开始叫了……就停不下来了。

雁回忍了又忍，被子里的拳头捏了又捏，这已经是第三天了……她都没有好好睡个觉，之前是想着自己在农家小院里住不了多久，可照如今这个架势，她恢复内息应当还有些日子，这鸡若是不除，当是大患！

清晨院里的阳光还没多少温度，在萧老太太院子里一直咯咯叫的几只鸡一下子全部停止了叫唤。

萧老太太从自己房里出来的时候，闻到了一些奇怪的、类似烫毛的味道。“阿福，阿福？”她唤。于是阿福也从屋子里出来了，看见院子里的雁回，阿福脚步一顿，脸上的神色明显难看了几分。

“这是什么味儿啊？”萧老太太问。

“我把那几只鸡宰啦！”没等阿福回答，雁回就一边将锅里的鸡捞出来利落地拔了毛，一边随口答道，“在烫皮拔毛呢，今天我炖一大锅鸡汤吧，我这门手艺在张胖子那里学过，没问题。”

“你……你把鸡宰了？”萧老太太颤声问，“都宰了？”

雁回回头看了一眼空空荡荡的鸡圈：“对啊，都宰啦，本来只想杀公鸡的，但没想公鸡叫的时候两只老母鸡也叫，图个清净都宰了。这锅鸡汤能吃挺久啦！”雁回说着，舔了舔嘴巴。

哪想她这边话音一落，那边萧老太太两声唤：“哎哟！哎哟！”

雁回惊诧地转头，本以为是老太太摔了，但没想到是她自己往地上坐了下去，旁边的阿福连忙将她扶着。

“哎哟，老天爷，都宰了……”

雁回看得愣了：“怎么了这是……”雁回完全不理解，不就三只鸡……为什么能哀痛成这样……

“老母鸡是用来下蛋的啊，这可怎么办啊，这可怎么办啊？！”萧老太一双浑浊的眼睛流出了泪水，哭得好不伤心。

雁回看了看手里的鸡：“呃……其实也就两只……下不了多少蛋啊，反正鸡也老了，该宰了……”

萧老太哭得伤心欲绝。雁回挠了挠头：“那要不，这几只鸡，都给你和你孙儿吃肉吧，我……喝汤？”

“闭嘴！”

阿福一声厉斥。雁回被吼得一愣，随即皱眉：“你吼什么？”

阿福几步迈上前来，一把抢过雁回手中的鸡，冷冷瞪了她一眼，在她耳边冷声道：“什么都不懂，就别胡乱说话。”

他这态度激得雁回都快气笑了：“你都懂？不就是宰几只鸡吗？！多大事？”

阿福不再看她，转身拿了死鸡递给萧老太太：“阿婆，莫伤心了。”

雁回在旁边，感觉自己就像是一个欺凌老弱、横行乡野的恶棍。可实际上，她只是宰了三只嘴太贱的鸡。她张了张嘴：“不就几只鸡吗！你们等着！”

她撸了袖子就出了院子。

知她走了，萧老太连忙推了推阿福：“去拦着，去拦着，带回来。”

阿福沉默地看了萧老太一会儿：“阿婆，我先扶你进屋。”

这边雁回一路往山上走。铜锣山虽然灵气贫瘠，然而野物还是有那么几只的。她捉些野鸡回去，再把那鸡圈填满就是。

雁回路上碰见了几个村民，大家目光都下意识地在她身上停留，然后见她是往山上走的，这才没有管她，由得她自己去了。因为所有村民都坚信，没有人能从后面这座杂草丛生的大山里走出去。

雁回上了山，在林子里寻了些时候，一共逮住了两只野鸡，她把两只鸡都捏在手里，正打算寻第三只的时候，忽觉旁边草木一动，常年接受应付妖怪培训的雁回立时戒备起来。

她侧了身子，后退一步，做好防御的姿态，直勾勾地盯着那方，草木唰唰一阵响，一个穿粗布衣裳的男人从里面走了出来。

男人看也没看雁回一眼，穿过草木继续往村落里走，他的腿一瘸一拐的，走得有些艰难。

雁回盯着他的背影看了许久，目光落在他的脚上，随即皱了眉头。

铜锣山村子不大，里面的人大都熟悉，一夜之间基本上全村的人都知道萧家阿福娶了个媳妇，人人也都秉着“负责”的态度多看她几眼，而这人……

雁回正想着，另一头传来脚步声，她抬头一看，阿福缓步走了过来。

但见雁回手里捏着的野鸡，阿福挑了挑眉：“你动作倒快。”

“你找我也找得挺快的。”雁回将手中野鸡递给阿福，“拎着，我再捉个三四只，直接把那破鸡圈填满。”

阿福也不推拒，接过雁回手中的野鸡就跟在她身后走。雁回一边漫不经心地走着，一边看着远处景色，待走到一处草丛杂乱、树木摧折的地方，雁回停住了脚步：“咱们那天在这儿打得还挺厉害的嘛。”

阿福转头看了四周一眼，雁回也不看他，只拿目光一扫，往一个方向屁颠屁颠地跑去：“哎呀，我的桃木剑！”

雁回将桃木剑拾起，比画了两下，然后指着阿福道：“我性子倔，脾气不好，最是不喜别人训我，以前除了我师父，谁训我都没好下场。你且记住了，这次便算了，待得回头你再敢训我，小心本姑娘再像那天一样，拿这剑扎你的七寸。”

阿福一声冷哼：“区区桃木剑，皮外之伤，何足为惧？”

雁回眸色沉了一瞬，她收回剑，用手指抹了抹剑刃：“我可是记得，当时你可叫得很是惨痛呢。”

阿福不再理雁回，往旁边一看，用下巴示意雁回：“野鸡。”

雁回也不再说其他，扑上去就捉野鸡去了。

捉了六只野鸡，两人才收工回家，但见雁回真的捉了鸡回来，萧老太太也没生气，晚饭将鸡吃了，大家就各回各屋睡觉去。

这天夜里雁回一直躺在床上没闭眼睛，听着墙角那头阿福传来的均匀呼吸，雁回慢慢整理着思绪。

这两天她总是感觉阿福身上有股不协调的奇怪气息，她现在终于知道奇怪在哪里了。

若说是蛇精附上了阿福的身，一个妖怪，初来乍到，为何会对阿福平日的所作所为如此熟悉，撑木筏去崖壁山洞，下地里挥锄头干活，应付前来捣乱的小孩，因她杀了鸡惹萧老太伤心而生气，在萧老太难过时轻声安抚。这全然不是一个因为避难而附上人身的妖怪会做的事。

他对这些事情几乎已经熟悉到了好像他已经用阿福的身份过了十几年这样的生活一样。

雁回怎么也不会忘记，当天她和蛇妖打架的时候扎的是他尾巴，她还被那条被她一分为二的尾巴抽出了一脸血。而她今天诈阿福的一句“扎了七寸”他并没有反驳，可见之前他便也是像今天这样，一直顺着她的话往下说，将计就计，在诓她呢。

阿福不是蛇精这件事，雁回已经确定，但她现在奇怪的是，既然阿福不是蛇精，那阿福身体里住着的到底是个什么妖怪？他为什么要骗她？他带她去的那个山洞里面到底有个什么东西？他的目的何在……

雁回越想越觉得这个少年简直是一身的谜团。

而除了这个少年，还有那真正的蛇妖。他到底去了哪里？真正的秘宝到底又在什么地方？

看来，想要拿到八十八两赏金，她还得花功夫多调查调查呢，这个小山村里，事情还真是不少……

雁回一声长叹，不得不再次感慨，想下半辈子能吃点好的，怎么就那么难。

等着内息恢复的日子，雁回每个白天都过得挺无聊的。

至于为什么是白天无聊……

因为每个晚上雁回都会做非常奇怪的噩梦，她能看见巨大的月亮和漫山大雪，天地间紧紧扣在一起的阵法。还有一个模糊却又让她感觉有几分诡异熟悉的人影。

每天晚上皆是这个梦，有时候当她觉得看清梦中人的脸时，一醒来，梦里面的事情就像被风吹了一样，呼呼就不见了，只留下些模糊的轮廓，让人摸不着头脑。

难道这村子里当真有什么不干净的东西，又来找上她，给她托梦来着？

但若是这样，为什么梦里躺在地上被杀的人会是她自己呢……

想不明白。

自打到了这个山村，雁回发现自己多了太多想不明白的事。

现在每天她都很努力地想去调查那瘸腿的男人，但每次要离开阿福身边的时候，总会被他不动声色地拦住。

雁回知道这人并非蛇妖而另有身份之后，难免对他多了几分忌惮，不敢将自己发现了什么表露出来。她也将计就计，看这人到底要她做什么。

“走了。”

看了眼扛着锄头站在院子外的阿福，雁回打了个哈欠，把馒头和水拎了往他那边走。

过了这么几天，阿福真的像个娶了媳妇的农家小伙子一样，每天去地里干

活，唯一和别人不同的是，他会带上她。

“阿婆，我走了。”阿福回头给坐在院子里的萧老太打了个招呼，萧老太气息微弱地点点头。

雁回也转头看了萧老太一眼，在雁回眼里，她看见老太太嘴里呼出的气息慢慢出现灰色。这样的颜色雁回再熟悉不过了，每次有不干净的东西飘来的时候，雁回就会在他们周身看见这样的颜色。

萧老太周身的气息还很浅，只是再过不了多久，她身上的颜色也会慢慢变深，最终会和那些魂魄一样变成影子似的黑色。到那时，她的命数也就尽了。

雁回转过头，盯着阿福的背影，通过这几天的相处，她是知道这个阿福是当真在乎萧老太的，雁回猜不到他的脾性是被什么事情磨砺过，变得如此沉默隐忍，但想也能知道，反正不是什么幸福的事，而现在，经历过不幸的阿福，他的人生将再次面临失去的痛苦……

虽说是个神秘的家伙，或许对她还有所图谋，但他的人生过得也是蛮不容易的。雁回一边走一边想，想着想着，长叹口气。

阿福转头看她。雁回一抬头对上他的目光，然后正经严肃地说：“今天这五个馒头，你吃三个，我吃两个好了。”

阿福：“……”

他避开目光不看雁回，似乎有点嫌弃：“你爱吃多少便吃多少就是。”

雁回张了张嘴，正想告诉阿福让出一个馒头对于她来说是个多么沉重的决定，可巧小路一转，雁回目光不经意地瞥见了远处田边一个女子的身影。

她一愣，顿住脚步，没控制住地“啊”了一声。

阿福眼中精光一凝，迅速顺着雁回的目光看去。

只见那方是一个穿了一身与乡村气息全然不搭调的白绸衣衫的女子，她站在路中间，有赶牛的村人要从路上过，她也不让，就直愣愣地立在路中间，双目呆滞地看着远方。

“她怎么……”

雁回盯着她就要往那方走，阿福伸手拦，竟然没拦住。

阿福皱了皱眉，迈步跟了上去。

雁回一路小跑到女子跟前，盯着她，打量了好一会儿：“栖云真人？”

女子没回答，旁边的老伯叫了起来：“哎哟，什么真人不真人的啊，赶快让她让让，让我这老牛过去。”

雁回回过神，拉着女子往旁边走了两步，待老伯将牛赶走后，雁回再细细打量着她。

但见她这身本该是纤尘不染的仙人白衣，在这乡村里难免沾上了尘埃，给她添了几分落魄的气息，她神色呆滞，宛如听不见旁边的声音，看不见旁边事物一样，只痴痴呆呆地盯着白云远方，不知在看些什么。

雁回看得皱眉。

这栖云真人可并不是普通修仙人，她是云台山齐云观的掌教真人，在修道人眼中，可是与她前任师父凌霄齐名的大乘圣者。

三个月前栖云真人自辰星山参加仙门大会后，不久便仙踪不见，整个齐云观连同辰星山的人都满天下寻人，然而始终寻不见真人踪影，当时还有人猜测栖云真人或许被妖物所害。

整个修道界为此一直紧张到现在。谁能想到，栖云真人竟然会出现在这个小山村里面……

“真人？”雁回唤她，却并没有唤得她目光偏转一瞬，“真人可还记得我？我是辰星山雁回……”

“笨蛋。”

雁回一愣：“哎……”

栖云真人黑瞳动了动，目光落在了雁回身上。雁回轻咳了两声：“那个……真人，我是辰星山凌霄门下弟子雁回啊，虽然现在不是了，但我……”

“无耻。”

雁回嘴角抽了抽：“所以说，我现在已经不是辰星山……”

“愚不可及。”

雁回额上青筋一跳，阿福见状，一步迈到她身前将她挡住，雁回扒过阿福的身体：“谁也别拦我！我要让她知道什么叫待人接物的礼貌！”

话音未落，道路那头忽然传来一声男人的呼唤：“阿云！”

雁回抬头一看，路的那头，一个男子一瘸一拐地急急走了过来。

雁回挑了挑眉，很好，竟是那天她在山上遇见的那个瘸子。

瘸子这一声唤终是唤得栖云真人动了动，她转过头，面向跑来的男子，男子目光在阿福脸上掠过，然后与雁回四目相接。他停留了一会儿，没有说话，

扶着栖云真人："阿云，你怎么到这里来了？"

"你毛巾忘记带了。"栖云真人声音没有起伏，让人感觉有几分迟钝，"我想拿给你，可是迷路了，毛巾也掉了。"她低了头，"对不起。"

男子似乎微微有些动容，他唇角扯出一个笑，轻声安慰："没关系，我带你回家。"

言罢，他没再看雁回一眼，领着栖云真人便往路那边走去。

雁回倒也没去阻拦，她只抱起了手，左手指在右手臂上轻轻敲着，目带沉思。

神志不清、形容痴傻的栖云真人和……蛇妖吗……

若是他们的关系真如她表面所看到的这样，那雁回忽然就理解，为什么蛇妖要去盗人家家传秘宝，为什么拼着尾巴一分为二也不将秘宝交出来了。

这说来说去，全是因为爱啊！

可问题是，栖云真人到底是怎么变成这个样子的？虽然见过栖云真人的次数不多，但雁回知道，那可是一个脾性清贵之人，即便痴傻，也不该性情大变到张口就数落人的地步啊……

再有，让栖云真人变得痴痴傻傻的，难道是那个连她也打不过的百年蛇妖？

这打死她也不能信啊！

雁回觉得，这个小山村里面发生的事情变得越发扑朔迷离起来。

不过现在雁回还有一个更重要的问题想问阿福："刚才你为什么拦着我收拾人？"

阿福瞥了雁回一眼："我觉得她说得挺对。"

"……"

这小子虽然平时沉默寡言的，但该毒舌的时候却一点也不落下风啊。雁回眯眼看了阿福一会儿，然后问道："小妖精，你可知刚才那人是谁啊？"

"齐云观栖云真人。"

"哦，你倒是清楚。"

"修仙得大乘之人，自有耳闻。"阿福说着扛了锄头往地里走，"别磨叽，再不去干活，时辰要耽搁了。"

"哦。"雁回跟在他身边亦步亦趋地走着，然后扭着脑袋打量他，"那你知不知道栖云真人她是怎么到你们村子，又是怎么变成这样的？"

阿福脚步一顿。雁回跟着他停了下来。两人面对面，四目相接。

阿福漂亮的眼睛微微一眯："你怀疑是我？"

雁回弯着眉眼毫无威胁性地笑。如果说阿福身体里这只妖怪法力全无并不是她的灵火术造成的，那么他法力消失一定有别的原因。

"我可什么都没说哦。"

"不是我。"阿福硬邦邦地丢下一句话，也不再解释其他，转身就走。

雁回撇了下嘴，从包袱里摸了馒头出来开始吃："就问问而已，火气可真大。"

吃了晚饭，雁回嫌屋里闷就爬到房顶上看星星，然而今日满月，月亮太亮，让漫天繁星暗淡不少。她看着天边明月想起梦中那轮大得出奇的月亮。一时间，好似错觉一样，雁回只觉心口像被什么东西压住了似的，闷得让人喘不过气来。

她坐起身，揉了揉胸口，正打算回屋睡觉，却见下面房间里阿福偏偏倒倒地走了出来。

是的，偏偏倒倒的，跟中了邪一般……

这妖精犯什么毛病了……

雁回盯着他，但见阿福踉跄地走到柴屋里，抱了一捆柴出来，然后又踉跄地出了小院，整个过程虽然看起来艰难，但他却做得十分安静，像是驾轻就熟一样。

雁回心里好奇，跳下屋顶，跟着阿福而去。

月光明晃晃，照着阿福孤独而行的身影一直往湖边走，一直走到一个没有草木的空旷的地方，阿福才将柴火放下，抖着手摸出了火折子，努力地在生火。

火光点亮的那一瞬间，雁回看到阿福满头大汗，还有他苍白至极的脸色。

他这是在做什么……怎么跟在做邪教的仪式一样……

雁回正好奇着，那边的阿福不知是心悸还是怎的，忽然之间身体往前一倾，刚点燃的细木柴戳在了地上，熄掉了火。

他好像再没有力气爬起来似的，蜷在地上，牙关紧咬，宛如忍受着巨大的痛苦。

到底是什么疼痛竟然能让一个平时对痛觉没什么反应的人难受成这样……

雁回有点看不下去了。

她迈步上前："喂。"她蹲下身，看了看阿福的脸，然后拿过他手上的火折子，本想帮他点燃柴火，没承想她刚碰到他的手背，阿福忽然一把将她的手拽住。

"哎……"

然后雁回只觉后背一疼，竟是她被扑倒在地，然后唇上一热，这个披着漂亮少年外皮的妖怪，将她的嘴，咬住了……

雁回几乎是惊恐地看着自己身上的人，眼睛都快看成了斗鸡眼。

过了好半天，她才从极度惊骇之中回过神来，咬紧牙关，开始挣扎，但雁回没承想阿福的力气竟如此之大。他将雁回抱紧在怀里，死死箍住，这个瘦弱少年像是抓住了救命稻草般死死不松手，让她的反抗全然无力。

可也在她奋力地挣扎中，阿福牙齿一个用力，雁回只觉得一阵尖锐的痛，然后唇齿之间便满是血腥之气。

“痛！”雁回从喉咙里发出含混的呼喊。

然而接触到这血腥气味之后，阿福却像是受了什么刺激一样，松开了牙齿，在雁回唇畔的伤口上用力吮吸，也是这样的举动，让阿福这个咬，彻底变成了亲吻。

虽然他只是在取血，但已足够让雁回怒不可遏，咬一咬她当被狗啃了也就算了，但现在这算什么情况啊！

就算要占便宜，也该是她去占别人的便宜吧！

这个臭小子……

雁回双膝一屈，拼尽全身力气在阿福腰腹上一顶，将阿福径直顶了起来，然后一拳打在阿福脸上，他好似头晕了一瞬，脑袋往旁边偏了偏。

雁回趁此机会，连忙掀翻他，爬了出来。

可没等她完全站稳身子跑开，腰间却是一紧，是阿福抓住了她的腰带。

雁回定住了脚步，回头看他。

阿福跪在地上，一手捂着心口，一手紧紧抓住她的腰带，手指关节因用力而泛白，他浑身颤抖，巨大的痛苦依旧笼罩着他，但他的神志却仿佛比刚才清醒了一些：

“别走……”

雁回定定地看着他，眼下有些阴影：“你拽着我的腰带说这句话，是想如果我拒绝你，你就扒了我的腰带让我光着屁股回去吗……”

虽然这样说，但雁回到底是没有动。阿福跪行了半步，停在雁回身前，然后抱住了她的腰，像刚才一样，死死禁锢着她，像一个乞求神明救助的乞儿，不肯放弃自己最后的希望。

他将脸贴在雁回的腰腹上，感受着她的体温，也聆听着她身体里的心跳。

抱得太紧，四周太静，雁回便也更能感觉到他的疼痛，他浑身的颤抖，还有他喉头因为实在压抑不住疼痛而发出的低喃：

“留下来，在我身边。”

尽管雁回不承认，但她确实是个吃软不吃硬的人。此时此刻，她也确实是没办法一脚踢开这个漂亮的少年自己跑掉。于是在湖边平地上静默了半晌，雁回拍了一下阿福的脑袋道：

“你勒痛我的屁股了……臭小子。”

这个动作僵持了大半夜，直到月亮隐没了踪迹，阿福的颤抖才慢慢平息下来。

雁回问他：“你好了？”

阿福没有回答，雁回只觉腰间一松，是阿福放了手，他像是用尽了所有力气一样，身体一软，晕倒在地上。

雁回听着湖水一声声拍打岸边的轻响，看着阿福满是汗水的侧脸，叹了口气：“这次是看在每天你让我吃三个馒头的分儿上，我才心善帮你的。”

言罢，雁回就着湖边阿福抱来的那堆木柴点起了火。

待火焰烧得旺了，阿福终于动了动，清醒了过来。一侧头他便看见了雁回的脸。火光将她的侧脸照得比平时更立体鲜活，她的嘴唇有些红肿，说明着刚才他吸咬的用力。

而他嘴里还留有雁回血的味道。

她的血……

阿福心头一热，他不得不闭上眼睛，将心神定下……

片刻后，阿福坐起了身。

雁回扭头看了他一眼：“醒啦。”她将手中的最后一根木柴扔进火堆里，问阿福，“来解释一下吧。”雁回双臂交叉，微笑，活像人畜无害一样，“如果解释得没有说服力，我可是存了一肚子火来揍你的哦。小蛇精。”

阿福拍了拍自己的衣袖，倒也不再装，坦然道：“我并非蛇妖。”

听到这第一句话，雁回安心了些许，勇于承认自己的身份，戳破自己先前撒下的谎言，接下来的话，至少有一大半的可信度了：

“我名天曜。”

“天曜。”雁回唤他，但见他转眸看她的一瞬，眸光比平日里有神了一些。

以前凌霄给雁回上课的时候告诉过她，妖怪的名字是有念力的，是他们诞生之初，便伴随他们一生的咒语。知道了他们的名字，就有了更多伤害他们的可能。

既然肯坦诚交代出自己的名字，接下来的谈话，可信度便又提高了一些。

雁回点了点头，抱着手臂继续等下文。

“我乃千年妖龙。”

雁回依旧抱着手臂，但盯着天曜的目光却有几分发怔。在大脑里将这几个字所代表的意义分析完毕之后，雁回立马萌生了一股脚底抹油赶快跑的冲动。

妖……龙啊！龙啊！传说中的生物啊！

还是千年啊！

修千年的龙早就可以飞升了好吧！早该脱离这世间了好吧！早就到了小鬼要勾他的命也得先问问他答不答应的程度了啊！

八十八两金？养一打张大胖子？发家致富的下半生？

这些和命比起来，都算什么！

雁回咽了下口水，嘴角有点僵硬：“噢……哦？”她努力镇定着，装作一副满不在意的样子挑眉，但眼角却有几分抽搐，“听……起来，还蛮厉……厉害的嘛。”

天曜只淡淡地盯着她，直到雁回一脸僵硬的淡然再也装不下去，几乎要崩溃地问他：“你当真是龙？传说中的那种？皇帝衣服上绣的那种？”

“是。”

雁回忽然觉得大概是今晚湖边的风吹多了，让她脑袋有点疼。她揉了揉太阳穴：“如果……我是说如果，如果我不相信，你能不能用一种不杀我的方式，证明给我看看？”

听到雁回这句话，天曜眼睑微微垂下，火光将他黑色眼瞳烧出了一片火红：“没有。”他说，“我没有任何方式证明给你看。”

雁回打量着他：“给我看看鳞片，看看龙角都不行？”

天曜盯着她，沉默着不说话。

雁回也愣愣地看了他一阵，他的唇色仍旧带着点苍白，似乎他身体里还隐隐有疼痛在流窜，一时间，畏惧的心理消退了些许。

也对，这样沉默寡言的人向来是奉行“能动手就不吵吵”的原则的，如果他有杀她的本事，那早在他们“洞房”的那天，他就将骑在他身上狂妄放肆的她给宰了。

又何至于等到今天？

害怕的情绪退下去之后，雁回心里的疑惑又涌了上来："见首不见尾的吗……你怎么在这穷乡僻壤里，还……变成这副德行？"

天曜目光落在火堆上："二十年前，我逢命中大劫，法力尽失，几近陨灭于天地之间。十年前，恰逢机缘巧合，入得这乡村少年的身体，得萧家老太喂养，苟活至今。"

他并没有具体交代什么事，但这几句话已经足够解决刚才雁回的问题了。

雁回"哦"了一声，脑海里有奇怪的感觉闪过，她却没来得及抓住。

她接着问："那你今晚这是怎么回事？"

天曜顿了顿，随即道："我大劫未度过，一直深受其害，至今十年，每逢月圆之夜，便疼痛难忍。"他转了目光，眼神在雁回唇上一划而过，"修仙之人身体中的血气能让我好受不少。"

知道了这妖怪的身份，雁回再听到这话，哪里还有心思去在乎自己是不是被人占了便宜或者辱了清白？她只在脑海里建立了她的血能让他好受不少的关联。

然后雁回白了脸。

他把她留在身边，原来就是为了防这一茬啊！

她现在是个没有法力的修仙者，对他来说岂不等于是送到他嘴边的大餐？这次还是只咬了嘴，下次要是咬脖子，那她大概就得横尸在此了吧。

雁回故作镇定地撩了撩火焰，告诉自己，虽然她现在没有法力，但这家伙也没啊！虽然他外家功夫或许比她好一点，但两条腿不一定有她跑得快呀！

雁回点了点头："那么……事情都讲清楚了，天也快亮了，咱们就先回去吧。"

雁回站了起来，天曜却没动。

他抬头看她："我有一事欲请你帮忙。"

雁回侧头看他："什么？"

天曜抬手一指："上次我带你去的山洞，里面没有蛇妖盗走的秘宝，却有能抑制月圆之夜我身体里疼痛的东西。"他道，"我想你帮我去把那东西取出来。"

"那里有结界，我没有法力，我进不去，我做不到。"雁回想也没想就拒绝了。

帮这种妖怪的忙，她药吃多了吗……

"我可以帮你找回法术，昨日见了那瘸腿的蛇妖，你心里约莫也有谱了。"

天曜也百无聊赖地拨弄了一下火堆，“再有……”天曜盯着她，神色语气和先前几乎没有任何变化，依旧冷漠得宛如山巅风雪：“虽然我没有了法力，但我告诉你，你每天吃下的馒头里，被我施加了咒术……”

雁回愣住。

“咒力不强，但有这么些天了，再加之你每日食用极多，直到今日，你若一日不食，或许便会……”天曜眸光流转，“爆体而亡。”

雁回的眼睛慢慢睁大，瞪着他，满脸的不敢置信。

天曜抬头望着她，炙热的火光没有给他的眸色增添半分温度，他语气冰冷，嘴角却有了一丝弧度，带着满满恶意的冷笑：“你再掂量掂量。”

原来！

亏得她刚才还看在她每天多吃馒头的分儿上没有丢下他呢，居然敢和她玩阴的！现在想来，他第一次和她见面的时候，那般殷勤地喂她馒头，定是在那时候就开始算计她了！

这个老奸巨猾的混账妖怪！这个活该痛得撕心裂肺的千年长虫！这个……这个……

雁回拳头捏出了咔咔的响声，然而半晌之后，她深吸一口气，却是忍住了气，松了拳头。

她自上而下地看着天曜：“行，现在咱俩都没法力，我虽受制于你，但你也不敢杀我。”

她死死盯着天曜，咬牙切齿地笑：“咱俩现在就摊着牌，慢，慢，玩。”

天曜终是站起了身，他身体里的疼痛似乎已经全然隐没了下去。他一抬眼，一双过于漂亮的眼睛里面也同样映出了雁回的身影。“天亮了，”他道，“回去吧。”

回去？回不去了。

这梁子，他们结大发了。

雁回看了天曜一整个晚上，没有睡得了觉，最后还知道打从来的第一天她就被人算计了，她觉得自己就是一头蠢牛，被人牵着鼻子走了半天。

她一肚子的气。

清晨与天曜从湖边回小院之后，她就爬上了床，拿被子一蒙头，什么也不管了。

萧老太太是彻底病倒了，躺在床上起不来。天曜守在老太太身边伺候，也没来管雁回。

然而雁回缩在被子里却翻来覆去地睡不着，脑海里一直反反复复都是天曜说的话。雁回被凌霄收为徒弟带回辰星山修道也有十年的时间了，这期间她杀过的妖怪不多，但见过的不少，听过的更是数不胜数，什么千奇百怪的品种都有。

但若要说到妖龙……

二十年前的妖龙……

雁回脑子里倏尔精光一闪，先前在湖边思绪太混乱她都没想到，现在静下来一思索，她忽然想起之前不知是在哪个角落里听见有人说过：二十年前，广寒门主与她师祖清广真人一同杀过一个大妖怪，而关于那妖怪的真身，有人说是蛇，有人说是狐，众说纷纭，没个定性，到最后，是不是真有这件事发生过也没人能说确定。

当事的两位仙人身份那般高，自是没人敢去询问他们，于是这件事便在小徒弟们之间以传说的形式流传。

有人说是广寒门主素影本来被妖怪所骗，深深爱上了妖怪，最后发现一切都是妖怪的骗局，终于狠下心为天下大道除此妖魔，有人说是我派师祖清广真人夜观天象发现有妖魔临世，于是联手广寒门主，共诛妖邪。其中还发生了一些难以言说的爱恨情仇之事，其狗血程度几乎快传成了市井里的三俗故事……

是了，雁回脑海里的记忆忽然清晰了一下，她记得有一天她的几个师姐凑在一起说这事，正巧碰见师祖清广真人来他们弟子房亲视，几个师姐讲得有声有色，全然没有发现背后来了人。

当时雁回就在旁边，眨巴着眼看着虽已修道百年，但依旧年轻的清广真人，像小孩一样挤了个脑袋进去，和大家一起听故事。

当听见师姐说："……素影门主见师祖受伤，心生大怒，一掌挥向那可恨妖怪，拼死救下了师祖。"

当事人师祖摸了摸下巴："哎……为什么师祖是被救的那个？"

师姐头也没回："师祖之前为了救素影门主受了伤的呀！"

师祖点了点头："原来如此。"

雁回在旁边看得嘴角抽了抽，这番对话完了，一堆正听得津津有味的人这才转过了头，愣愣地看着站在背后笑眯眯的清广真人，全部一副瞠目结舌、哑

口无言的模样。

那时的场面岂是一个寂静能形容？最后是凌霄在后面冷着脸呵斥了一句："没个规矩。"大家才回了神，连忙站好，对师祖作揖行礼。

彼时雁回站在最后面的位置，看着清广真人连忙对凌霄道："别别别，我收了那么多徒弟，就你最严肃，她们这么可爱，你这么凶作甚？回头吓到她们都不敢编故事了，我可怎么把故事听完啊？"

常年清高淡漠的凌霄也只有在这时会扶额叹息："师父……"

那是雁回第一次如此近距离地看见他们辰星山的尊者，那是凌霄的师父，站在整个修道之界顶端的人。

当时的雁回只觉如果以后要做人，一定要做成清广真人这样的人，随性坦然，不卑不亢，不惊不惧。

但可惜的是，她在成为这样的人之前，就已经被赶出了师门……

思绪飘得太远，雁回连忙将神志拉了回来。

师祖清广真人是不是如传言里传的那样喜欢广寒门主雁回是不知道，但雁回却知道广寒门主有喜欢的人。这件事虽也没有得到当事人的印证，可在江湖之上却流传极广，可做证的人数不胜数。

传说之前广寒门主喜欢一个没有修仙的普通人，后来那普通人死掉了，广寒门主便从此闭关修炼，直到前段时间辰星山召开修道大会，雁回才看见广寒门主来露了个脸。当时她身边跟着一个少年，寸步不离。

有人说，那是广寒门主找到的她爱人的转世。

可天道轮回，一个人的转世哪是那么容易说找就找到的？雁回觉得或许只不过是找了个神形皆似的人，做了个替代罢了。

等等……

不是说拉回思绪吗？她不应该想想妖龙的事吗？脑子里这些八卦接二连三地冒出来是怎么回事……

雁回拍了拍脑袋，然后突然发现，关于怎么应付这妖龙的事，她还是没有半分头绪……

直到被咕咕叫的肚子惊醒的时候，雁回才发现自己竟然已经闷着脑袋睡着了。她抹了抹口水，从被子里钻出来，然后开门去厨房拿馒头吃。

出了房间，雁回听见萧老太的屋里传来"唵嘛呢叭咪吽"的念叨声，她探头从窗户往里一看，萧老太的病榻旁站着一个穿着挂了一身叮叮当当道具衣衫的道士在念经：“病魔退去，病魔退去。”

雁回撇了撇嘴，就是因为这群招摇撞骗的骗子在人世间晃荡，所以他们修道之人的名声一日不如一日。

道士旁边还站着那卖她的周婶，周婶拍着阿福的肩说：“念过了你奶奶就好了，念过就好了。”

天曜就在旁边站着，看着萧老太什么话也没说。

雁回看着他微垂的眼眸，忽然间奇怪地觉得，她能听到他的声音，她能听见他心里在说，他知道这家伙是个招摇撞骗的骗子，但他还是希望真能如周婶所说，念了就好了。

十年相伴，这个妖怪，对老太太也是心存感激之情的吧。

“当！”道士一摇铃，像撞醒了雁回的梦似的，雁回拍了拍脸，惊觉自己自打下山之后真是越来越莫名其妙了，为什么要如此费心思地去体会一个害了她的妖怪的心思？

她甩了甩脑袋，进厨房掏了两个馒头，吃完了，一发狠，她又掏了两个。

反正都中了咒术了，不吃白不吃，就得吃，使劲吃，这口气讨不回来，她就给吃回来。

当雁回吃鼓了腮帮子从厨房里出来的时候，道士已经忙活完了。病得颤巍巍的老太太由天曜扶着从屋子里走出来送道士。

“谢……谢谢道长了。”

雁回默默地撇了下嘴。

那边的道士装模作样地点了点头，揖手告辞，一转身，看见这边还在嚼馒头的雁回。然后一瞬间，他的目光便落在了雁回的脖子上。

雁回还戴着碎簪子的残玉。

道士目光亮了亮：“这位是？”他盯着雁回问周婶。

周婶瞥了雁回一眼，对雁回仍旧还带着记恨：“哦，萧老太给自家孙儿买的孙媳妇呢。”

道士点点头：“我观这位姑娘面相极好，定是旺夫，老太太这孙媳妇买得好啊。”听得他夸，老太太笑眯了眼。

周婶在一旁冷哼：“脸是好，就是性子不好。”

雁回呵呵一声笑，捏了捏拳头，想让她再欣赏欣赏她这不好的性子。

"是火气重，不过这姑娘脖子上这块寒玉却与其协调。"道士直勾勾地盯着雁回脖子上的玉，"若是能将这块玉交给道士我作法，或许能替老太太延寿一二十年也未可知啊。"

此话一出，小院里默了一瞬。

所有人的目光都落在了雁回脖子上的碎玉之上。

见此状，雁回目光倏尔一冷，盯着道士："你胆敢再把你这双狗眼放在这块玉上试试？"语气之中，已带上了森森杀气，"我定叫你今日横着出去。"

道士对上雁回的目光，咽了下口水。

旁边的周婶大呼小叫了起来："哎哟！听听说的这话哟！拿个东西给自家老人延寿也不肯哟！这挨雷劈的没孝心哦！"

萧老太在周婶的呼喊中咳了起来，然后看着雁回，颤巍巍地伸出了手："丫头，你救救老太婆我吧，我还想看眼重孙哟……"

一直扶着萧老太垂眼装傻的天曜微微侧了头，转了眼眸看着雁回。

但见雁回站在所有人的对立面，挺着背脊，神色毫无半分松动。

似乎任何尖锐的质疑、难堪的指责都无法伤害她分毫。

"你们绑架了我，还想绑架我的行为吗？"

"你们一个卖我，一个买我，一个将我当货物交易，一个把我看作生育的工具，你们没将我当人，我又为何将你们当人？今天且不论这道士有没有延寿的本事，便说他有，那我决定救你，是我品德高尚；我不想救你，是我理所当然。"雁回下巴微微扬起，神态略带几分轻蔑，"你们粗鄙，我本不想说得你们难堪，但今日你们既然逼我，那我就直接把话撂这儿了。"

"要重孙，自己生，要寒玉……"雁回冷哼，"你来抢啊！"

院中周婶与道士听了雁回这话皆愣住。

寂静维持了很久。

最后周婶是被萧老太忍不住的咳嗽声唤回了神志，一声大呼："哎哟，天老爷哟，这小蹄子敢说这样的话，简直是要反了天了！"说着她扭着屁股走上前两步，"老娘今天便替萧老太太收拾收拾你这小蹄……"

话未说完，雁回冷笑一声，还没动手，只见周婶忽然脚一崴，自己莫名地就摔倒在地，她哎哟一声，坐在地上，不停地叫唤。

雁回眉梢微动，余光看见有块石头骨碌碌地滚到了一边。

她本还打算着人贩子若当真敢跑到她面前来抢东西，她就好好给她个教训的……不料却是被这块石头给占了先机。

雁回目光一转，看向天曜，天曜只垂着眼眸扶着有些茫然无措的萧老太，当真像个什么都不知道的傻子。

假道士要去扶摔在地上呼天叫地喊痛的周婶，这次雁回一踢脚下石块，径直打中道士膝盖，道士一声“哎哟哎哟”地叫唤着和周婶摔作一堆。

雁回轻视着他们：“呵呵，道长既然如此厉害，能使人延寿一二十年，那你现在倒是念个咒，将你和这泼妇的骨头给治好呀。”

周婶咒骂连天。

道士倒是不说话了，闷不作声地爬起来，连拖带拽地拉着周婶往院外走，嘴里还低声嘀咕着：“走走走，这小姑娘不好惹。”

看着两人踉跄而出，雁回嫌弃冷哼，转过头来，只见院里的天曜扶着咳嗽不停的萧老太太往屋里走去，看也没看雁回一眼。

从头到尾他一言未发，但雁回却在他站立过的地方看见了地上有一个小小的石头坑。

雁回心里其实是惊讶的，她没想到这妖怪竟然会在这种时候帮她。

到了晚上，两个人同住一间房，天曜还是如往常一样坐在角落里睡觉，一句也没有提白天的事。倒是雁回在床上躺了一会儿，没忍住问：“今天发现，你这妖怪倒也不是个不讲道理的主……虽然你在馒头里面给我下了咒。”

角落里并没有传来天曜的回应，房间里陷入了沉默。

摸到了这妖怪沉默的秉性，雁回也不在意，只睁眼看着眼前的漆黑，问：“当初你到底是遇了个什么劫，怎么变成这副德行的？”

雁回依旧没有听到回答，就在她以为今天就要这样沉默地进入睡眠的时候，那边忽然传来一声自嘲：“我度过了劫，却没度过人心。”

而这时，困意涌上的雁回已经没了听他讲故事的闲心，只卷了被子翻了个身道：“问你话，简单粗暴地回答就行了，装什么文艺，大晚上就是容易煽情……”

“……”

没一会儿，床上便传来了雁回呼哧呼哧的均匀呼吸声。

“倒是心大。”天曜的声音随着窗外刮进来的夜风消散在寂静的夜里。

一缕月光透过窗户落在他身前，他看着明亮的月色闭上眼睛，脑海之中又是日复一日挥散不去的杀伐之声。

翌日，雁回跟着要下田干活的天曜，和他商量："昨天太累都没来得及说，今天我和你商量一下，你自己去干活，我去调查那蛇妖之事，反正我也不跑了，你也不用看着我，这样或许比较快。"

说完这话，还没走到自家田里，雁回便遥遥地看见那田坎上坐了一个人。

白绸的衣裳，精致的面容，依旧有几分呆滞的眼神。

是栖云真人。

她怎么找到这里来了？

雁回小步跑了过去，在栖云真人身边蹲下："你怎么又一个人跑这儿来了？"知道栖云真人与先前大不相同之后，雁回与她说话便也轻松自如了许多。

"你家那蛇……不对，那个瘸腿男子呢？他那么要紧你，不能放你一个人出来吧？"

栖云真人不答她话。雁回琢磨了一下："正好，我要去找他，便一道送你过去吧，你记得回去的路不？"雁回一边说着一边伸手去扶她，但哪承想手刚碰到栖云真人的手臂，栖云真人却像被雷电触了一下似的，猛地一把将雁回的手抓住。

雁回一惊："怎……"

她对上栖云真人的双眼，但见栖云真人瞪大着眼睛盯着她，一双眼睛里又是惊，又是恐，像是看到了什么极为恐怖的东西一般。

雁回打小便被一些小鬼锻炼出了比寻常人大许多的胆量，但此时见到栖云真人如此摄人的目光也在这一瞬间起了一背的寒意。

她张开了嘴。

雁回看见她略带苍白的双唇在剧烈颤抖，似乎有什么话想要说出来，但牙关却一直咬得死紧，紧得让她整个人都开始有些颤抖。

"你怎么了……"

雁回内心忐忑，只觉栖云真人这样真跟中了什么邪似的。

"回……"她终于松开了牙关，努力地挤出了一个词，"回去。"说这话时，她将雁回的手抓得更紧，紧得让雁回以为她的手指骨都尽数折断。

而除了疼痛，雁回还感觉有森森的寒意自栖云真人的手上传来，一点一点

侵蚀她的手背……

另一只手臂猛地一紧，有人将雁回往后一拉，在雁回踉跄后退几乎摔倒的情况下，终是挣脱了栖云真人紧拽住她的手。

栖云真人也被这股力量带得身子一歪，摔在田坎上。

然后像没了生气的布偶一样，彻底不再动弹。

雁回根本没去看身后拽开自己的是谁，只愣愣地看着栖云真人，半天也没回过神来。她捂着自己的手背，在手背之上，有寒气结起的冰霜在慢慢融化。

雁回知道这是什么法术……

天曜松了雁回的手臂，站到她身前，隔了一会儿，才蹲下身将栖云真人扶了起来。

此时栖云真人已紧紧闭上了双眼，完全昏迷，人事不省。她呼出的气息带着寒气，缭绕成了白雾，慢慢飘散，可见栖云真人体内实在冰寒。

雁回想，什么样的法术会让人变成这样？

是霜华术，这全天下，能以此术伤栖云真人至此的人，除了她前任师父凌霄，恐怕再无别人有这本事。

想到这里，雁回脸色有些难看。

细细一想，时间倒也对得上号。三个月前辰星山的修仙大会虽已接近尾声，却并未结束，但凡贵为掌门的修道者一般都会留到最后一天。

而栖云真人却提前离开。紧接着，她便再无消息。再然后，所有人满天下寻觅其仙踪，却再不得见……

前日雁回见到她，也只当她是被什么妖魔所伤，才落到如此地步。

但现在看她的模样……

雁回不由自主地握住了颈项上的碎玉。

尽管她一万次地提醒自己，她已不再是辰星山的人，不再是凌霄的徒弟，但关于他的事，关于辰星山的事，她还是没办法不去关注，因为这么多年为其而活。

那些留意几乎成了她生命里的情不自禁。

“是霜华术。”天曜道，“但闻辰星山凌霄道长精通此术。”他转了眼眸，淡淡看着雁回。

“不是我师父……”雁回咬到了舌头，默了一瞬，“不会是凌霄做的。”她道，

“自打前几年仙尊清广隐居之后，凌霄便成了辰星山的主事者，门派事宜大大小小皆是由他主张，辰星山没有人不默认他是下一届的仙尊。几月前的修仙大会是他主持的，所有的仙人是他宴请的，他声望正隆。在这样的时刻，凌霄没有理由也不会对同为修仙之人的栖云真人下手……”

“再有，凌霄虽为人冷漠，但他……不会如此伤人。总之，其中肯定有误会。”说到最后，雁回只道，“不是他。”

天曜见雁回如此，便不再多言。

两人正沉默之际，忽听一阵诡异的摩挲声响从地里由远及近，快速而来。

雁回一抬头，与天曜对视一眼，两人尚未说话，仿佛通了心意似的，天曜猛地将晕倒的栖云真人推向雁回，雁回双手一抱将栖云真人接住，她往后一倒，天曜往后一退，便在两人都退开不过一尺距离之时，只听“唰”的一声，一条分了叉的粗壮的蛇尾猛地从地中抽出。

若不是方才两人躲得及时，此时怕是已经被抽到了空中。

蛇尾在空中一挥，尘土扬起。

雁回倒在地上抱着栖云真人，还没爬起来，便听远处传来一声妇人尖锐的骂骂咧咧：“大白天扬什么土呢！谁家死人了要挖坑啊！”

是周婶在另一块地里站了起来。

在面对妖怪之际，雁回几乎是下意识地一声大喊：“趴下！”

然而这话却已经喊得晚了，周婶已站起了身。

正适时，她刚好看见水桶粗的蛇身从地里抬起，蛇头扬起又垂下，恰好停在周婶的面前，吐出来的芯子穿过周婶的耳边，带起的腥风几乎能吹散她一头花白的头发。

“妖……”周婶张大了嘴，一口一口地往肚子里吸气，“妖妖……”话没说完，竟是两眼一翻，直挺挺地往后一倒，蹬了两下腿，没了动静。

来不及去观周婶到底是死是活，蛇头一扭，转过来盯住雁回。

雁回立马将栖云真人像挡箭牌一样抱在胸前：“人还活着！冷静！别急！有话好好说！”

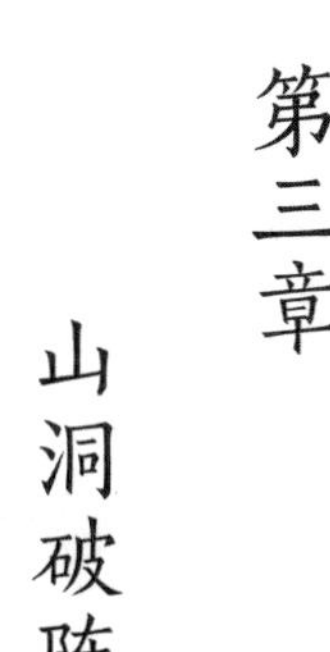

第三章 山洞破阵

雁回话音未落，蛇妖似跟已经气疯了一样，完全听不进雁回的话，不管不顾地一抽蛇尾，径直将雁回与栖云真人一同卷到了空中。

那被雁回劈得分叉成两条的尾巴现在倒成了蛇妖新的武器似的，其中一条尾巴将雁回卷着，一条带着栖云真人。

卷着雁回的那条尾巴甩到半空中的时候径直将雁回丢了出去。

雁回一惊，但没有半分内息的她根本无法保护自己，便如同小孩手中的玩偶一样被重重摔在地上，然后晕着脑袋，半天没有回神。

雁回晕晕乎乎地抬起头来，这才看见天曜好手好脚地站在一边，静静地盯着蛇妖，活像刚才被扔下来的她就是一块石头，毫无存在感。

雁回一把抓住他的衣袖，颤巍巍地站了起来。"你这臭小子……" 雁回骂道，"也不接我一下。"

天曜这才瞥了她一眼，然后让开一步，让雁回连抓都抓不到他一下："救你是品德高尚，不救你是理所当然。"

听到这句熟悉的话，雁回心里一阵咒骂，那方蛇妖一张嘴就冲雁回而来，竟是打算直接将她吞入腹中。

雁回丝毫没有犹豫，手将天曜一推，两人往两边倒去，同时躲过了蛇妖的攻击。

"你听我说！" 雁回趴在地上冲蛇妖大喊，"我不要那秘宝啦！我只想找你要蛇毒解药！"

"你以为我如此好骗？你定是想趁机将栖云带走。我绝不允许你们辰星山人再伤她一分一毫！" 蛇妖怒气冲冲，"今日，我定叫你命丧此地！"

言罢，他再次冲雁回咬来，雁回没有内息，只好连滚带爬地在田里躲来躲

去。“我没打算带她走！我也不再是辰星山人！”雁回喊，“栖云真人也必定不是辰星山的人伤的！”

“栖云修为何人不知？天下除了你辰星山凌霄道长，还有谁能以霜华术伤栖云到如此地步？！”

“不是我师父！”

像是被踩到了痛脚一样，雁回猛地停住脚步，不再逃跑，转身向后，直面蛇妖：“休要血口喷人！”

直至此刻，听到自己几乎是下意识的声音，雁回才恍然发现——

原来，就算被赶出山门，就算走得干脆利落，就算对凌霄伤心失望，但只要在某一天、某一刻，在世上的某一个角落听到诋毁凌霄的言辞，她也依旧会不顾一切地挺身而出，她也依旧愿意为他的名誉而赌上自己的性命。

看着蛇妖猩红的芯子直直向她心口穿刺而来，雁回不躲不避，在鼻尖几乎都能嗅到蛇妖口中的腥气之时，雁回心道，自己真是蠢。

自己这条命，为什么就能这么轻易地为了凌霄而交待出去？

但一转念，雁回又觉得，为了他交待出去，也好似没什么不值得的……

两个念头的交叉不过瞬息之间，眼瞅着蛇妖的芯子便要穿透雁回的胸膛，电光石火之间，雁回只觉得眼前一暗，身体猛地被人抱住。

一阵天旋地转，雁回不知道自己被人抱着滚了多少圈。待得停了下来，雁回只愣愣地看着蔚蓝的天空，有点失神。

压着她的身体让她感觉十分沉重。

雁回一伸手，摸到这人一背的黏腻。

是血。

“臭……小子？”雁回忽然觉得自己脑子有点不够用，“为什么……你不该，理所当然地不救我吗……”

等了好一会儿，天曜好似才能从雁回身上爬起来，撑起了身子。

他漂亮的眼睛盯着她，四目相接，雁回在他平淡无波的黑瞳里面看见了惊诧无比的自己。

他像一个没有痛觉的人一样，轻声道：“我品德高尚啊。”可是，尽管他的声线努力地维持着平稳，但雁回却还是察觉出了他嗓音里轻微的颤抖。

他在忍耐疼痛。

尽管知道天曜是个极为善于隐忍的妖怪，但此时此刻，雁回仍旧不由得觉得心惊。

这条妖龙，当年到底是遭遇过什么样的事，才练就了他这样的脾性？前天又到底是有多痛，才能让这样的人都抵抗不住？

尽管现在知道了他的真身，但在他身上的谜团，雁回却一点也没觉得少。

他只告诉她，他想让她知道的事。

“想救她？你们就一起死。”蛇妖一声大喊，扑上前来。

雁回一咬牙：“你这妖怪，简直欺人太甚！”

雁回心头发狠，一把将天曜掀开，躲过蛇妖吐出的芯子，飞快往前跑了两步蹿到蛇妖身体之下，随手捡了田边的一把镰刀，一翻身，身轻如燕地翻上了蛇妖的身体。

在蛇妖扭动不停的身体上，她大跨了两步，眼看着便要被蛇妖甩了下去，她不管不顾地纵身一跃，手中镰刀在空中一挥，径直砍穿蛇妖的鳞甲，刀刃扎了进去。

蛇妖仰天痛啸。

雁回便在这时爬到蛇妖的尾部，将他还卷着的栖云真人一抱，拼尽全身力气，在蛇妖尾巴上一蹬。

混乱之中，她抱着依旧还昏迷着的栖云真人一同滚在了地上。

几乎没有喘息的时间，雁回一把掐住栖云真人的脖子，将栖云真人拉了起来，面对蛇妖：“你再动我就扭断她的脖子！”

蛇妖像被制住了七寸一般，一瞬间周身的气势便弱下来许多。

“将栖云还给我。”他声音低沉。

雁回在心里跟栖云真人道了个歉，然后冷硬着面孔道：“我说了我无意伤她，是你不好好听人说话。”

蛇妖身体盘起，好似在积蓄着力量，恨不能立马扑上来将雁回咬死。

雁回瞥了一眼那方躺在地上的天曜，他后背的血已经染红了身下的土地。他脸色苍白，雁回知道，若是没人救他，这个清瘦的人类身体是撑不了多久的。

“别的咱们先放放。”雁回对着天曜努了努嘴，道，“你先把那家伙的伤，给我想办法治好，然后咱们再谈谈……”雁回将栖云真人的脖子掐得紧了紧，“关于放人的事吧。”

蛇妖蜷着身子吐了一会儿芯子，终是周身白气一腾，化为了人形。

他盯着雁回，几乎是咬着牙走到天曜身边，手上法力凝聚，覆盖在了天曜的背上。

虽然天曜的脸色没有好转多少，但片刻之后，他能坐起身来了。雁回点了点头，心知妖法虽不能完全让天曜伤好，续命却是无碍，雁回觉得很是满意。“天曜。”她唤。

天曜神色微动，转头看她，只见她像唤小孩一样唤他：“能动就先到我这边来。”她对他招了招手，“天曜？”

他已经很久没有听见有人这样叫他的名字了。天曜垂了眼眸，沉默地走到了雁回身边。

蛇妖看着雁回：“将栖云还给我。”

见天曜走到自己身后，雁回这才完全放下了心，然后捏着栖云真人的脖子，好整以暇地看着蛇妖：“你等着，咱们现在先来谈谈误会的事。”

蛇妖黑了脸：“事实摆在面前，伤了栖云的便是那凌霄道士，还有什么误会？”

“你没有诚意。”雁回道，“先放弃偏见，你才能心平气和地和我说话。现在，先冲着刚才那份无礼，给我道个歉。”

蛇妖脸色黑得像被烟熏过了一样。

雁回挑了挑眉，一只手拽了拽栖云真人的头发。

几乎是立刻，蛇妖便道：“抱歉……”

雁回勾唇一笑：“好，那咱们现在便来开诚布公地好好谈一谈吧。”雁回一手勒着栖云真人的脖子，一手指了指已经被糟蹋得不成样子的田地，“随便坐坐吧。”

蛇妖咬牙坐下。

雁回得意得快要抖腿。

以前凌霄总是说雁回做事太过拼命，随意任性，有时候除妖采取的手段也有些不光彩。在辰星山时，雁回经常挨训，偶尔挨罚。受罚关禁闭时，她也总会思考，自己是不是真的有哪里不好。

直到现在，雁回觉得，自己不是迂腐的真君子脾性，真是太好了。

什么气度，什么光彩，都顶不上实用。

两方坐罢，场面安静了会儿。

雁回开了口："我们慢慢捋一捋吧。关于栖云真人这件事，到底是怎么回事？"

蛇妖冷哼："有什么好捋的？"言辞之间，仍旧是将凌霄当作此事的罪魁祸首。

雁回深吸一口气，按捺住脾气道："我不管你现在怎么想的，反正我要搞清楚这件事的始末。你先告诉我，你是怎么遇见栖云真人的？你又是怎么将栖云真人拐到这山村里来的？"

"我如何会拐她？！"蛇妖气急抢话，怒视雁回，但见栖云真人还在雁回手里，他便又忍了气，道，"我是在妖族边界遇见她的。"

此话一出，雁回愣了愣："妖族边界？青丘国界？"

五十年前，修道者与妖族混战不断，是清广真人率众仙与妖族一战，将妖族逼至西南偏远之地，竖长天剑于青丘国界，震慑群妖，令妖族与修道者从此分隔两边。

打那之后，中原大地魑魅魍魉便少了许多。但因中原大地相比西南偏远之地灵气充裕许多，很多胆大的妖怪仍旧会冒着危险越过边界，窜入中原。

这些年来，与雁回打交道的，多半也是这样的妖怪。

平日里，雁回听到的都是又有哪个哪个大妖怪跑到咱们地头来了，这如今忽然听见说有修道者要跑到妖族地界里去，还是栖云真人这样的修道者，不由得觉得惊异："栖云真人为何会出现在那里？她当时是个什么情况？"

"什么情况？"蛇妖盯着雁回冷哼，"便是比现在更不如的情况。"他望着栖云，眸中仍有怜惜之色，"浑身冰冷，面色苍白，便是连睫毛之上也凝有冰晶。一看便知晓是中了霜华术，内息全乱了。"

雁回听得沉默。

"我遇见她，不敢带她入青丘国，若是被其他妖怪发现，她唯有死路一条。而见她如此，我心知定是修道之人动的手，便也不敢将她送回门派。怕有人再加害于她。于是我便选了铜锣山这灵气贫瘠之地。此处没有妖怪会来，修仙之人也找不到这穷乡僻壤，是最好的藏身地方。"

"她身上寒气渐重，我听闻有世家大族中藏有秘宝，能让寒气消失，便取了过来。"蛇妖冷冷睇了雁回一眼，"若是知道会招来你这扫把星……"

雁回随手抠了块田埂边的泥巴，"啪"的一下砸在蛇妖的脑袋上："给我好

好说话。”

蛇妖抹了脸，暗暗咬牙：“有了秘宝相助，没多久栖云便醒了过来，但不承想，她清醒之后却记忆全失，宛若孩童。我便一直在此地守着她，寻找破解之法。”蛇妖道，“我知道的便是如此。”

雁回问：“你方才说的话，当真没有半分欺瞒？”

“事已至此，我欺你瞒你又有何用？！”蛇妖看着沉思的雁回，又补充道，“你休想将栖云带走，我定不会让你们这些道貌岸然的修道者再伤她一分一毫！”

雁回被蛇妖这句话从沉思里拽了出来，她挑眉看他：“哦，这样说，你对栖云真人倒是比我们这些道貌岸然的修道者要情真意切多了？”雁回抱起了手，“你一个妖怪，却为何要对栖云真人如此好？莫不是……”雁回眯了眼睛，“趁着人家真人不明世事的时候……嗯？”

蛇妖闻言，脸色倏尔涨红：“污……污言秽语！胡说八道！简直……简直……”

“哎哟，你倒还是个纯情的妖怪。”雁回声音里满是不正经，“你这么喜欢栖云真人，这么帮着她，就不怕你们妖族的人回头知道了，排挤你啊？”

蛇妖默了默，垂下头：“不帮她，难道眼睁睁看着她去死吗？我只是在思考这些事情之前，就自然而然这样做了。”

雁回本是开玩笑地问一句，但没想到得到这么一个正经严肃又深情款款的回答，她摸了摸鼻子，有些同情道：“现在局势这么复杂，仙妖恋很容易悲催的。”

“没时间想那么多。”蛇妖道，“我只想救她，仅此而已。”

雁回点了点头，不由得夸道：“你倒是个非比寻常的痴情妖怪。愿你们之后能好好的吧。”

蛇妖一愣，看了雁回一眼：“还想着祝福我……你也是个非比寻常的修道之人。”

“感情这事两相情愿就好咯，管他仙啊妖啊，我一个旁人瞎操什么心？”

两人对话话音未落，旁边一直沉默的人忽然开了口：“不会有好结果的。”

这句话径直让好不容易缓和了气氛的雁回与蛇妖沉默了下来。两人一同转头看天曜。天曜只盯着蛇妖：“她是修道者，是一派之主，肩负重任，除妖，是她的本能。如今她失去记忆忘却身份，你才能安然守在她身边，但若有一天，你替她寻回了记忆，她重拾责任，第一件事，便会杀了你。”

天曜的一席话，让场面冷了许久。

半晌后，蛇妖无奈苦笑一声："那她要杀……我也没办法，谁让我打不过她。"

天曜嘴角微微一紧。在再次开口之前，听见旁边的雁回问："说得这么义愤填膺，你是经历过这样的事情吗？"天曜一默，转头看雁回，只见雁回一双透亮的眼睛直勾勾地盯着他，"我懂，你这个表情是在说，你的话像一支箭扎穿了我的心尖尖。"

天曜："……"

天曜冷了眉目，盯着雁回，雁回却一无所觉，还待说话，天曜冷冷地呵斥一声："闭嘴。"竟是一副恼怒无比的模样。

雁回见天曜如此，开心一笑："我发现看见你被我惹得生气，我还蛮有成就感的哟！"

天曜牙关不自觉地一紧，在发作之前，雁回已经将目光转到了蛇妖身上问他："那你现在呢？可有找到帮栖云真人好起来的办法吗？"

她不再纠结方才的事，若是天曜再提，倒显得他一个男人斤斤计较，不是东西。于是这口气就堵在了天曜胸口，上不来，也没下得去。

天曜觉得雁回就像一个小孩，肆无忌惮地蹦跶着踩中了他的痛脚，然后得意扬扬地扬长而去，根本不给他反击的准备和时间……

真是让人糟心……

蛇妖也被雁回的话引回了心神，他肃了眉目，摇了摇头："霜华术极为厉害，即便是那秘宝也无法将此术消除。我欲寻世间至热之物，然而能抑制霜华术寒气的唯有仙物，那等物事不是有仙灵守着便是藏于世间秘境之中，我无计可寻，一日日拖了下来……"蛇妖看向栖云，满脸愧疚，"这才让她的身体又慢慢变得糟糕起来。"

雁回摸着下巴沉思。

世间万物本就讲究"平衡"二字，能普遍存在于世间的东西都是能保持平衡的东西，可不管是至冷至热都处于极端状态之中，能用这样的状态存在于天地之间，必是少有之物。

而修习法术能至此境界之人，更是少之又少。

从栖云真人如今的模样来看，以正常人推论，确实是凌霄下的手无误，可就冲着这十来年做师徒的相处，雁回不愿意相信凌霄会做这样的事。

栖云真人如今还是在这穷乡僻壤里没被发现，若是有一天被齐云山的人找

到了，那整个修仙界还不得闹翻天？能洗刷凌霄“冤屈”的办法，或许只有让栖云真人清醒过来，自己澄清。

所以蛇妖这个忙，雁回必须帮。那八十八两金与张大胖子……就让下个任务来找回吧。

可现在最根本的问题是——

“至热之物啊……”雁回嘀咕，“这东西确实不好找啊，我唯一知道的就是青丘妖族与中原分界的那座大火山了，可火山之内竖着威慑妖族的长天剑，各大门派的弟子轮流把守，守卫森严，你或许还没靠近火山就被砍死了，而我大概在靠近火山的时候就被砍死了。去那里不靠谱……”

一人一妖坐在地里又陷入了沉默。

“我能治好她。”

一道声音自旁边穿插进来。

雁回转头，天曜瞥了她一眼，目光落在了蛇妖身上道：“但你们先得帮我一个忙。”

雁回知道这个妖龙看起来一副闷不吭声的样，可是背地里算计人有一套一套的谋划，她吃过一次亏，所以现在便琢磨了一下，道：“你先说什么忙。”

“山村背后湖中崖壁上的石洞中，有你们所要的至热之物，必定能压制住这霜华寒气。”

蛇妖眼睛一亮。

雁回却一直眯眼睛盯着天曜：“哦，是你上次带我去的那个山洞吧，你不是说里面有你什么东西吗？你莫不是想趁此诓我们去帮你将东西取出来，助你恢复法力什么的吧？”

天曜一声冷笑：“我的法力若如此容易恢复，也不至于现在还待在此地。”他不再看雁回，只盯着蛇妖：“山洞中所藏之物为我所有是事实，但可救你想救的人也是事实。你掂量掂量。”

雁回在心里默默地翻了个白眼，这个妖龙，每次都说让别人去掂量掂量，但话语里不是致命的威胁就是致命的诱惑……

还让人掂量个什么劲儿啊！

和这种心里弯弯绕绕好几道拐的人打交道，真是让人糟心！

“好。”果不其然，蛇妖坚定地点头道，“我随你去取。”

雁回一声叹："好吧好吧，我跟着去。"她瞥了眼妖龙，心道，虽然现在这妖龙看起来脆弱极了，但保不准他还有什么别的谋划呢，彼时若是在山洞里发现这妖龙有什么不对的苗头，她就是拼了这条命也不能让妖龙出来为祸世间。

听得雁回这句话，天曜垂了眼眸，唇边呢喃着让人听不清话音的语句："你来当然最好。"

天曜与蛇妖约好了明日一大早，在湖边见。

傍晚雁回与天曜回了小院。天曜话也没说一句便自顾自地去了萧老太的房间，一直陪着老太太到大半夜才回自己房间。

适时雁回正在床上打坐，意图努力凑点内息出来，以防明天万一发生什么意外情况，但直到听得天曜推开门的声音，她也依旧没凑出个什么成果。

雁回睁开眼，发出一声颓然的叹息，想到自己已经没用了这么长时间了，她恼得直在床上打了个滚。

天曜全当没看见一样走到桌边倒了杯茶，喝掉。

"我的内息啊！我的修为啊！"雁回在床上哀号，"胡不归啊胡不归！"

许是哀号得太让人心烦，天曜皱着眉头瞥了她一眼，开口道："你五行为火，蛇毒大寒，自是克你。"他说完，放下茶杯，像往常一样走到墙角，倚墙坐下，"闭嘴安静休息。"

雁回一睁眼，翻身而起，盯着天曜："你今天还在那里睡？"

天曜回望雁回，桌上豆大的烛火恰好映进他的黑瞳里，如同点了星："不然呢？"

雁回撇嘴："要不是看在你这张脸长得漂亮的分儿上，冲着你这语气我就能糊你好几百次脸了。"她把脚放下床，一边穿鞋子一边道，"过来，你今天睡床上。"

天曜皱眉。

雁回穿好鞋，径直走到角落，站在天曜身前，居高临下地看着他："怎么，让床给你睡还不愿意啊？"

天曜脑袋往墙上一倚，闭上了眼，神色冷淡，毫不领情："不需要。"

"啪"的一声轻响传进了天曜的耳朵里。

天曜睁开眼，但见雁回一手贴着他耳边撑在墙上，一手抬了起来，笑呵呵地拍了拍他的肩。

白天受伤的地方被雁回看似不大的力道拍出了疼痛感。然而这些皮肉之痛早已不足以让他动容，他皱了眉头，只道："别碰我。"因着这个姿势让雁回离天曜的脸极近，于是天曜又偏了偏脑袋，"离我远点。"

"你表现得如此娇羞作甚？活像快被谁辱了清白一样……"雁回嫌弃完天曜，开始一脸无辜道，"我也不想碰你的，只是今天你是为了救我受的伤，弄得我好像欠了你人情似的，而现在你还在墙角睡觉，又弄得我好像虐待了你似的。虽然我平日里是霸道粗鲁了点，但内心里依旧是个善良细腻的好姑娘，我不喜欢欠人人情，也不喜欢虐待别人，你伤好之前都去床上睡吧，我准了。"

雁回道："不管你同不同意，反正这个墙角今晚是我的了，你要是不去床上睡，那我只好抱你去床上睡喽。"

说着这样流氓言语的雁回依旧是一脸的正经，天曜盯着她，好半晌问出了两句："辰星山到底是怎么教弟子的？你是跟着无赖修的道吗？"

雁回咧嘴一笑："生性如此，你要是不满，就自己忍一忍喽。"

"……"

天曜盯着雁回沉默了许久，忽然觉得此情此景，他好像也只有像雁回说的那样，自己忍一忍了。

他闭上眼，平复了好一会儿情绪，而后才站起身。

雁回随着他的动作也乖乖地向后退了几步。

见雁回乖了，天曜却不知为何心里猛地生出一股要把刚才吃的口舌之亏讨回来的冲动。便是在这股冲动涌上心头之时，天曜几乎是不由自己控制地吐出一句：

"性格如此锋芒毕露，修道修仙者，几人能容你？"他顿了顿，觉得自己不应该和一个小丫头计较，去说这样戳人心窝子的歹毒话，但……

这小丫头平时对他也挺歹毒和不客气的。

想到这一点，天曜斜眼看雁回："难怪被赶了出来，你先前在修道门派过得很不愉快吧？"

听得此话，雁回嘴角虽然还噙着笑，但眼睛却微微眯了起来："劳烦关心。"

雁回笑着，但天曜却好似能听到她牙齿咬出的"咯咯"声一样。这一瞬间，他忽然就明白了，白天雁回所说的"我发现看见你被我惹得生气，我还蛮有成就感的哟"是怎样一种感受了。

他一边嫌弃自己幼稚，一边情不自禁道："知道你以前过得不怎么样，我也就舒心多了。"

余光里瞥见雁回咬牙，天曜嘴角微微一翘，弧度小得连他自己也没有察觉。

雁回自然也是无法将天曜的心态品得那般细致，但她却很简单直白地知道，这死妖怪居然在与她日复一日的相处中，跟她学会了嘲讽人的技巧！

雁回恨得暗自咬了咬牙，脸上却还强撑着笑着："呵呵，也还好。"她稳住情绪，"想将我拆吃入腹的，都是与我相看两厌的人，至亲至爱却没谁对我动过杀心。"

天曜脚步一顿，回头看雁回。

雁回毫不回避，直视着他。

四目相接，两人互相盯了许久，终究是一人在墙角坐下，一人掀了被子上床，各自不愉快地闭眼睡觉。

真是糟心。这成了他们共同的心情。

翌日清晨，到了与蛇妖约好的时间，雁回和天曜互不搭理地一路走到山村背后的湖边。

在岸边等了一刻钟，蛇妖才出现，和他一起的，还有被牵来的栖云真人。

"来迟了，抱歉。"蛇妖道歉，"我想了想还是暂时先将栖云带上，她昨日寒气消下去后便一直想着往外走，若无人拦着，我怕她一个人走不见……哎……"蛇妖奇怪地看着天曜与雁回，"你们怎么……你们这是因我来迟而在生气吗？"

雁回："没有。"

天曜："走吧。"

两人各自说了一句，随即无声地上了木筏。

蛇妖摸了摸鼻子，便也牵着栖云真人站了上去。

木筏在湖上破开安静的水面，划出了一道道波纹，雁回坐在栖云真人对面，她本没打算搭理谁，但栖云真人的目光却一直定在她身上。没一会儿，栖云真人突然开了口："可笑。"

雁回斜眼看栖云真人："我做什么让您老觉得可笑了？"

"愚蠢。"

"你又来了是不是？骂我是能让你开心还是怎样？"

“不可理喻。”

“我到底做什么了？！”

看着雁回被骂得起了火，蛇妖连忙将栖云真人往背后藏，待得挡住了栖云真人的视线，栖云真人就不骂人了。面对有些气恼的雁回，蛇妖显得有些哭笑不得：“倒是奇怪，她从不和别人说话，为何见了你就骂？”

“那倒还怪我喽？”雁回撸了袖子，“你让开，我和她谈谈。”

雁回话音未落，木筏已然触到了崖壁，筏身一顿，只听天曜淡淡道：“到了。”

雁回一转头，此处果然便是上次他们来的山洞。

内里漆黑无光，什么都看不清，她伸手一摸，结界仍在。

蛇妖也探手在结界上碰了一下，他显然是用了法力，仔细一探，然后皱了眉头：“这结界好生厉害。”

这时因为蛇妖身形一偏，后面的栖云真人又看见了雁回，于是栖云真人又开了口：“愚昧。”

雁回一咬牙，拳头一紧：“有完没完！”

天曜完全忽略了她二人的对话，只对蛇妖道：“可能破开结界？”他声音微微紧绷，还是与上次一样，到了此处，他的脸色就开始变得苍白难看，额上也慢慢渗出了冷汗。

蛇妖手贴在结界上试了试：“以我之力本无甚方法，不过此处似有个阵法，这结界便是依阵法而生，而这阵法乃是以水为生，我若用上那制寒秘宝，或能破解一二。”

天曜点头：“试试。”言语精简，毫不废话。

那头和栖云真人还在争个一二三的雁回听得此言，微微一皱眉。

“等等，这样说来，这里是五行封印的大阵法喽？我上早课的时候可是听过，世间但凡有此阵法之地，皆是封印了杀不了的大妖怪的。”雁回眯眼盯着天曜，“你不是说你是历劫变成这样的吗，为何此处会有人为的封印阵法？”

天曜瞥了雁回一眼：“历的是情劫，不行？”

雁回几乎是在这一瞬间将天曜的身份完全和仙门广泛流传的清广真人与广寒门主的二十年前的传说联系在了一起，她琢磨了一会儿又眯着眼睛怀疑地问：“里面当真装的是你所说的宝物，而不是什么被封印着的大妖怪？”

“且不论此处有没有那样的大妖怪，便说有，”天曜一声冷笑，“要放那妖怪出来，也得要他有本事彻底打破这结界才行。”

蛇妖点头：“确实，即便加上秘宝，我也只能将这结界撑开一条缝隙，放你们进去。”他皱眉，“我须在此处守着结界出口，以免你们有去无回……看来，里面的东西，只有你们去取了。”

雁回盯着天曜，两人皆在对方的眼里看见了自己的身影。

天曜率先挪开了目光，也不问雁回去不去，只对蛇妖道：“打开缝隙。”

蛇妖依言，在栖云真人随身的荷包里取出秘宝，置于掌心，片刻后，洞口空气波动，结界上一道缝隙慢慢裂开，洞中的风带着几分诡谲的气息吹了出来。

天曜一步迈了进去，几乎是瞬间，外面的人就看不见他的身影了。

雁回一咬牙，本着看着他总好过放纵的心态，也埋头冲了进去。

蛇妖在洞口唤道：“这结界力量比我想象中还要厉害，我约莫只能撑三个时辰，你们尽快。”

在进入结界的一瞬间，四周就变得一片漆黑，明明只有一步的距离，但外面却是连光也无法透进来。

只能撑三个时辰这么重要的事情，为什么不在她跨进来之前告诉她……

“走吧。”身前传来天曜的声音，“听着我的脚步声来。”

他没有半分犹豫就往前走去，就像是笃定了雁回绝不会后退，一定会跟着他往前一样。

事实上，也确实如此。在毫无法术傍身的情况下，雁回就这样听着他的脚步声便往一片无法探知的漆黑中走去。

因为从见到这个少年的第一眼起，他们之间就好像有一种诡异的默契。

或者说……了解。

黑暗好似没有边际，雁回扶着墙壁，若不是耳边还有天曜的脚步声在引领，怕是早就迷失了方向。

“你以前难道来过这里不成？”雁回奇怪，“感觉你对这里的路还挺熟悉的样子。”

前面的天曜隔了好一会儿才回答道：“梦见过。”

梦见过……也算见过？

雁回没问出口，因为她听出了天曜声音里的压抑。联想到上一次到洞口的时候天曜满是冷汗的额头和苍白的脸色，雁回暗自琢磨了一番。

此处有封印之物，雁回曾听讲道的师叔讲过，封印本就是一种禁锢之术，让一般人碰不得，拿不了，被封印的东西也无法从里面跑出来。从本质上来说，封印本身就是一道结界。

而此处却还设有另外一道结界。结界是用来防御的这谁都知道，但此处的结界奇怪在它会让天曜有痛苦感。

明明她和蛇妖走到这里都丝毫没有感觉，可见这结界是为了特定的某些，或说某个人而设置的。现在显而易见的，这里的结界最有可能的就是防着天曜。

藏得这么偏远，还要设一道又一道的结界守着，将东西藏在这里的人真是堪比防盗墓贼一样防着他……

雁回用手在洞内崖壁上轻轻敲了敲："此处阵法如此厉害，设下这阵法的人，应该算得上修仙界数一数二的人物了吧。"

天曜没有回应。

雁回又道："大妖怪，方才你在洞外说二十多年前你历的是情劫，这让你历情劫的人，莫不是……"雁回声音拉长，带着几分好奇又八卦的探究，"那广寒门素影门主吧？"

前方的脚步声蓦地一顿。

雁回也停住了脚步，隔了好半晌，前面轻飘飘地撂下几个字："是她，如何？"

得到这声承认，雁回心下却是大惊。

居然还真是！辰星山的小道八卦居然不是弟子们胡编瞎造的谣言！

雁回像一下被点燃了心底听故事的欲望一样，她依着感觉，向天曜靠近了几步，连声地问："当真是她？你俩真的有一段世人所不知的情缘？"

"与你无关。"天曜说罢，又继续向前。

雁回此时哪肯这么容易放过他，踏着小碎步像尾巴一样跟在天曜身后问："说说呗，反正现在走着也无聊，这里就你我两个人，别人也听不见，我保证不把你的秘密卖……嗯，说出去。"

她对天曜的好奇是真，然而此时真正吸引她的，却是此事与素影真人有关。素影真人号称修仙界的第一女真人，乃是与她师祖清广真人一样的大乘圣者。

这样的女人与一只千年妖龙的故事……

想想就能卖不少钱……

雁回轻咳了一声，压下心头满是世俗味的念头，道："想来你一个人在这山

村待了如此久，也没个人可以倾诉，定是憋得也蛮辛苦的，看在你昨天救了我的分儿上，你可以向我倾吐倾吐，一诉那二十年前的往事。”

天曜脚步一停，雁回一头撞在他的后背上。好半天，天曜都没有吭声。

而在这一片漆黑当中，雁回倏尔觉得有道若有似无的红光一闪而过，当她想去追寻踪迹之时，却丝毫不见踪影。

天曜接着往前走，声音有些沉：“那并非一个好故事。”

雁回点头，不假思索地开口：“当然喽，看你现在的样子，就知道你俩的故事不会好到哪里去了。”

“……”

“不对，是你俩的结局不好，但故事好不好可不一定。”

“你当真要听？”

“听！”

漆黑山洞中静了一会儿，天曜一边缓缓地走着，一边开了口：“二十年前，我爱上一人。本欲为她舍弃身为妖的一切，长生、修为、责任……只可惜，我愿给的，却都不是她想要的。”

虽然是雁回让天曜说这段往事，但真的听他说了，雁回却有几分愣神，她只是想欺负着逗逗他，因为雁回自己明白，有些过去的事对于经历过的人来说，是根本难以启齿的存在。

仙妖恋，冲着这个身份，就让人知道，这事有多么让人难堪了。更遑论他们现在还一个妖力尽失，一个站在了修仙界的顶端……

猜也能猜到，发生在这个妖龙身上的事，不会令人愉快。

“她想从我这里得到的，她决定亲手来取，于是，在一个月圆之夜……”

不知为何，随着天曜的声音，雁回脑海里忽然浮现了一个巨大的月亮，近得像是要落下来了一样。

“雪山之巅……”

茫茫大雪，遍山素裹。

几乎是不受控制，雁回脑海中的场景就像自己在动一样，让她感觉身临其境。

雁回感觉到了刮骨的风还有后背刺骨寒冷的冰雪。

“她手执长剑。”

一个窈窕人影逆着巨大月亮的光辉，手执寒光长剑……

“她杀了我。”

话音一落，雁回只觉心头一抽，然而在她有更多反应之前，她倏尔觉得自己猛地被杀气包裹，下一瞬间，随着天曜口中“像现在这样”五个字一落。

雁回只觉胸口一凉。

在她毫无防备全然不知的情况之下，一把长剑穿透了她的胸膛，让她的心开了一道口。

“噗”，长剑拔出。

鲜血喷涌，洒了一地。

雁回愣愣地伸手摸自己的胸膛，摸到一手的黏腻。然后疼痛的感觉才蔓延开来，从浅至深，然后痛入骨髓。她腿脚脱力，跪在地上。

雁回呆呆地跪了好久，随即才反应过来。

她被人捅了……

血腥味登时溢满封闭的山洞，雁回死死地捂住心口，但仍旧无法制止身体里争先恐后往外涌的鲜血。她甚至能听到血液“吧嗒吧嗒”落在地上的声音。

“浑……浑蛋……”雁回骂得咬牙切齿。

天曜却音色平淡：“我说了这不是一个好故事。”

所以，怪她自己要听喽！

“你不说……便罢。说了却要……杀人……”雁回喘着气，叱骂，“你到底有什么毛病？！”

“我并不想要你性命。”

雁回觉得天曜这句话可笑得快能让她笑掉门牙了。

说好了一起来山洞，自己却随身藏了把这么厉害的剑。一想就知道必定是早就预谋好了，这事临到头了，他给人一剑捅了个透心凉，却还好意思一本正经地说“我并不想要你性命”。

那敢情你在人家心尖尖上捅的这一剑，是在劫财还是劫色啊？

骗谁家熊孩子呢！

雁回无力开口说话，内心正骂得热火朝天，忽然之间，听得“咔”的一声，是剑砍在石头上的声音。

雁回心头一紧，还在琢磨这妖龙是不是还要磨剑再给她一剑时，她听到了

剑刃与山石摩擦发出的刺耳声音。

声音持续太久，让雁回觉得，这家伙大概是在用这刺耳的声音折磨她……但渐渐地，雁回却发现，这刺耳的声音似乎是有规律的。

他应该是在画类似于阵法的东西。

雁回咬牙，努力凭声去定位天曜所在的地方，虽然不知道他要做什么，但一个阵法画这么久，定是要做个大动作。

本着捅了自己的人都不是好人的想法，雁回觉得她应该要想方设法地阻止他——

不为修仙道义，只为被扎的这一口气，她也必须坏他的事儿！

然而在这里，天曜似乎比她更能适应黑暗。所以方才他才能一刀捅到她的心口上，精准无比。雁回恨恨地想，若是她稍有点法力在身，也不至于像现在这样两眼一抹黑；若是她有一点点法力……

便在这不经意间，雁回往身体里一探，猛然发现她空虚已久的丹田竟然有了暖热的感觉。

雁回一愣，她努力调动气息，运转体内功法，只觉内里修为慢慢活络了周身僵硬的经络。

她失去多日的法力，竟然于此时此刻慢慢地恢复了！

雁回使劲儿眨了眨眼睛……果不其然，她已经能看见自己的手、指甲，还有地上凹凸不平的沙石，甚至她红色的血液。

她稳住情绪，不动声色，捂住心房的手悄悄运转内息，心口上的伤慢慢凝住了血液，这一时半会儿的，约莫也是死不了了。

这调皮的力量到底是回来了！

雁回心下登时大安，如同有块石头落了地一样，她深吸一口气，再抬眼时，目光紧紧地锁在了石壁那还在墙上用剑画阵法的天曜身影上。

雁回咧了咧嘴，小妖精，这下还不收拾你……

她扶着墙壁要站起身，那方刺耳的声音却在此时一停。

雁回看见天曜手在剑刃上一抹，剑刃划破他的掌心，天曜的血混着雁回方才留在上面的心头血倏尔一闪！

剑刃上红光大作，雁回双目一瞠，但见天曜毫不吝惜力气，将剑往石壁上狠狠扎了进去："破阵！"

两字一落，剑上的血光更是耀眼，宛如水的源头，红光立即流淌遍了天曜刚才画过的地方。

雁回心知再犹豫不得，她脚下聚力，猛地向天曜扑去，天曜像是背后长了眼睛一样，连头也没回，侧身躲过，然而他却没想到，雁回的目标不是他，而是他手中的剑！

天曜闪躲之际，雁回随手抠了一块崖壁上的石头下来，“当”的一声砸在红光正盛的剑身上，直接将那长剑给砸断了……

剑断，留在石壁里的剑尖立时失去了光芒，墙上图纹的光芒登时隐没了许多。

天曜被光芒照亮的漆黑瞳孔猛地一缩。

雁回在另一方站稳，捂着心口哼哧哼哧地笑：“没人告诉过你，算计人是要付出代价的吗？你今日捅了我一剑，我也定不让你好过。”

崖壁上的红光也开始颤抖，随着光芒的闪烁，整个山体开始抖动。

好似有地牛翻身一样，崖壁上的石头不停地往下砸落。

天曜盯着雁回，目光森冷：“方才我便该杀了你。”

山洞开始天摇地动，雁回迎着天曜似要吃人的目光，笑得邪恶又开心：“真可惜，你已经错过那个机会了。现在要死，我也得拉你垫背。礼尚往来。”雁回的小虎牙笑得露了出来，“这叫礼貌。”

山洞的颤抖愈来愈烈。

天曜盯着雁回面沉如水，声色冰冷：“你这叫愚不可及。”

见天曜如此脸色，雁回便知道自己坏他的事算是坏得成功了，她勾唇笑得很得意，将昨晚的话变了个花样还给了天曜：“看见你不顺心，我也就顺心多了。”

雁回一边嘴上占着便宜，一边手里没耽误着捻诀。

她体内修为虽然没恢复多少，但按常理算，施一个遁地术应该是绰绰有余了。

雁回笑着嘚瑟地对天曜挥挥手：“姐姐不陪你玩了，你在这里自生自灭吧。”

天曜什么也没说，只沉着眼眸看她，任由洞内山石在他俩之间一阵噼里啪啦砸落在地，也任由雁回摆出滑稽的嘚瑟姿态，静静立在三丈外的地方……

站了许久。

他不说话，雁回也不说话，洞内沉默了好一会儿……

直到一块石头砸在雁回脑袋上，才将她砸得醒悟过来了似的，她大愕不已：

“为什么我出不去？”

看见雁回如此，天曜糟糕到极点的心情却也是明朗了几分。

他抱起手，轻蔑的目光中带着些许幸灾乐祸：“阵法未破，饶是你恢复了法术又如何？”言语之末，语调扬起，对于一个平时说话基本没有情绪起伏的人来说，这大概算是他的极尽讽刺了，“你辰星山的早课，也没将你教得如何。”

听得天曜如此讥讽，雁回气得将牙咬出了咯咯咯的声音。

她还待将这嘴上的亏讨回来，忽然之间，洞内大震，地面像是浣纱女手中的纱一样，被翻来覆去地抖。

雁回根本站不稳脚步，她伸手扒住旁边的石壁，正打算稳稳地在这里等着颤抖过去，哪承想，那边的天曜竟是如同要拼命了一般，也不管地有多摇多晃，捡了地上那把被她打断的剑，径直向雁回冲来。

雁回吓得连忙抽手去格挡。

“你还想再捅我一剑不成！”雁回怒不可遏，“都这种情况了！就不能消停消停？！”

“若非你添乱，早便消停了。”天曜冷冷地说出这句话时，一手掐住了雁回的脖子，雁回哪肯这般容易让他掐，仍是一手抓着崖壁，一脚向天曜的要害踹去。

天曜脸色一青，连忙躲过。

雁回笑了：“嘿，千年妖龙也怕这招。”

“不知羞耻！”天曜几乎被雁回这流氓模样气得找不出别的话来骂她。许是这股气积在了心头，他下手又快又狠，两招便将雁回重新制住了。

这次他直接将雁回往墙壁上一摁，径直将她摁在方才画的阵法之上，举着断剑便刺向她的胸膛。

也是在这时，雁回不合时宜地再次在脑海里浮现出了那诡异的一幕，巨大的月亮和晃眼泛白的雪，还有那个举剑的人影……

可她又不是躺在地上的那人！为何要乖乖被一剑又一剑地捅？

她欠谁的了！

雁回自认为，此生除了欠凌霄一条命以外，她是谁也不欠的。

于是便在这千钧一发的关头，雁回身形倏尔一矮，断剑擦过她的肩头，划破她的衣裳，“铮”的一声插入身后石壁当中。

雁回听到这个声音实在心有余悸，若是她刚才发呆再久一点，这绝对又是

透心凉的一剑！

这千年妖龙杀起人来，倒是一点也不客气！

“别动！”一剑没扎中，天曜倒是不耐烦起来。

雁回气得发笑：“宰只鸡也得允许鸡挣两下吧，我还连家禽都不如了是吧！”说到这个，雁回又补了一句，“杀了你家鸡你都能给我甩脸子，你要杀我还不让我反抗两下啊！”

天曜眉头皱得死紧：“我说过不要你性命，只取你的心头血！”

“哈哈哈哈哈哈！”雁回听到这话先仰天笑了一阵，“刚才我还只想踹你裤裆不想要你性命呢，你为何不让我踹？！”

天曜唇角抽紧：“我便不该与你废话。”

“说得好像谁爱搭理你似……”

一句话未说完，脚下大地像忽然被翻过来了一样，雁回只觉一阵天旋地转，天曜神色更是凝重：“没时间了，用你心头血方能破阵。”

“心头血能破阵你就捅自己啊！我又不拦着！”

天曜果然不再废话，直接在这抖得乱七八糟的山洞里与雁回动起了手。雁回也是为了自己的小命使尽全力与天曜抗衡。

也是这时雁回才发现，原来天曜的外家功夫并不是比她好一点，而是比她好出了八条大街。若不是现在她稍稍恢复了点法术，连飞带跳地躲躲闪闪，只怕早就被天曜压在身下。

山洞彻底翻了过来。

方才的石洞顶端现在被他们踩在了脚下，而天曜在崖壁上画出的符咒竟开始慢慢隐去。

这个山洞像是活的一样在悄然抹去天曜在石壁上留下的痕迹。

天曜见状，脸色更加凝肃，见雁回还在躲避，他冷着眼眸道：“我取得我想要的东西便可助栖云真人恢复神志，你是不想替凌霄洗刷冤屈了是吗？”

此话一出，雁回身形果然一顿。

天曜身形一闪，毫不留情地刺穿雁回的胸膛，这次却未将她捅个透心凉，断剑只没入了一半的长度，但雁回心头的血已经淌出落了一地。

雁回痛得咬牙，血丝自她嘴角流出，她恶狠狠地盯着天曜：“两次……”

而天曜像是根本听不到雁回说的话一样，也根本不管雁回会有多痛，迅速

将剑自雁回心口抽出。

雁回一身闷哼的时间，天曜便一旋身，只听“铛”的一声，断剑径直插入石壁！

力道之大，令剑刃与石壁都摩擦出了火花。

雁回的血液流在石壁之上，穿梭于山石缝隙之中，天曜双手结印，口中念诀，石壁之上光芒大起。

刚刚快要平息的大地又剧烈地震颤起来。

而这次的颤抖却与方才并不相同，这次雁回听到了洞内深处有巨大的石块坍塌的声音，尘埃很快便从那方飘了过来。头顶山石裂开了大缝，缝隙好似直接连到了洞外，因为即便是现在有点头晕眼花的雁回也感觉到了裂缝中吹来的风。

大石块落在雁回的面前，激起的风都吹乱了雁回的头发。

她知道，山洞快塌了……

而旁边的天曜却坚定地站在那里，身形半分不动，任由头上的碎山石往他身上砸落。

再让他念下去，她恐怕就要在这里被活埋了！

而不等雁回心头再想更多，山洞的地面再次倾斜，慢慢地，几乎开始竖得垂直起来，雁回一手捂住心口为自己止血，一手忙着去抓旁边的石头免得让自己滚下去。

然而此时雁回身边凸出的石头都一块接一块地往下掉，抓一块掉一块，这让她的动作变得狼狈又滑稽。而此时因为地面倾斜，天曜已经变成在雁回的上方站着。

不知他是借了什么力量，周身散发着与墙壁阵法一样的血色光芒。几乎凌空飘浮着，散着黑发，却有几分高高在上的缥缈感。

他倒是站得体面又好看！雁回一肚子气，想她在辰星山虽然也吃过不少闷亏，却没有哪一次像现在这样难看。

而此时，地面越来越倾斜，已经快变成垂直状态，雁回再也抓不住，她看了一眼身下变成万丈深渊的黑洞，一咬牙，也不管自己心口淌出的血了，双腿一蹬，一跃而上，双手张开，然后收拢……

紧紧将天曜的大腿抱住了。

天曜本稳稳站在上方的身体倏尔往下一沉。

他立时睁开眼，但见雁回嘴角流着血，咬着牙，拼命地顺着他的大腿往他身上爬，即便这一生已经经历过了如此多的事，可这一幕仍旧给了天曜不小的冲击。

“你作甚？！”他屈膝，想一脚把雁回踹下去。

“看不懂吗？为了活命啊！”

双腿被紧紧抱住让天曜不适极了，他眉头皱得快能夹死苍蝇：“你的法术呢，自己不能飞吗？！”

“我捅你两剑，你再飞给我看看！”雁回觉得这个妖怪真是不要脸极了，算计别人伤害别人都做得理所当然，而当别人陷入困境时，他却吝啬得不肯施与一点帮助，真是……雁回怒气冲冲地仰头看他，“你再废话，我就拽着你的小兄弟吊着！”

“你……”天曜直接被这句话噎住了，好半天，才涨得脸色通红地骂，“不……不知羞耻！”

“彼此彼此，你也卑鄙得挺不要脸的！”

话音还未落，头顶大石滚滚落下，天曜连忙侧身躲过，他一手贴在石壁上，表情开始显得有些吃力。

“放开。”

“不放。”

“破阵法术尚未完成。”

“那你自己想想办……”雁回这话刚开了个头，突然之间，头顶又是一块大石猛地落下，这一次根本没有给天曜躲避的空间，两人径直被大石头从空中压了下去。

离开了那祭了血的阵法，天曜身上的光芒登时消散，空中再无可承载他们两人重量的力道。

雁回飞快地下坠，然而不管掉得多快，她也没有忘了死死抓住天曜。

要死，她也要拖着这妖怪一起同归于尽。

“咚”的一声，水花四溅，雁回落入了一处寒冷至极的冰潭之中，周身气泡咕噜噜地往上冒。

雁回并不喜欢泡在水里的感觉，当即她便松了天曜，努力地往上游，待得头冒出了水面，她迷迷糊糊地看见那边有岸，便不顾一切地往那边游去。

折腾了半天终于爬上了岸，她跪在地上，双手撑地，咳了许久，然后一翻身，湿答答地躺在地上，望着头顶结了冰的石头失了好一会儿神。

这样也还能活着。

倒是命大。

雁回捂住自己的心口，冰冷的水浸泡了伤口让她不舒服极了，她掌心凝出热气，慢慢地烘烤着自己的伤口，直到心房感觉到了温暖，她才开始正经地调理伤口。

调息了好一阵，身体慢慢有了力气，雁回才坐起身来。

左右一张望。

她终于知道方才差了点什么了——

和她一起掉下来的浑蛋妖龙，不见了。

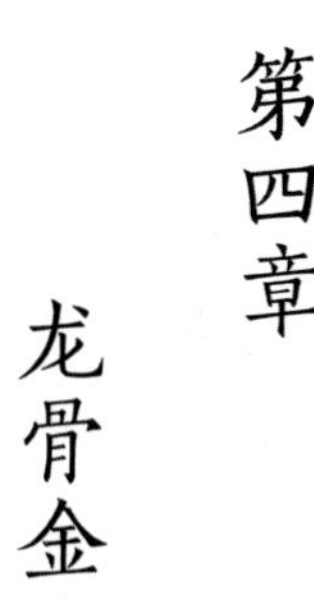

第四章 龙骨金光

雁回左右看了看，但见此处乃是一个巨大的石室，周边岩壁之上尽是坚厚的寒冰，外面翻天覆地变成那样也没有撼动这个石室半分，想来此处必定是这法阵的中心了。

巨大石室的顶上结满了一根根尖锐的冰柱，像随时会落下来刺破下方平静的湖水。而在天顶的角落有一个黑乎乎的洞在慢慢地扩大，石块不停地往下掉。看样子雁回刚才应该就是从那里掉下来的。

照理说那妖龙现在应该也在那方才是，但为何现在除了石头，竟没见那方有别的东西冒个头挣扎一下？

莫不是那妖龙不会水，就这样淹死在里面了？

雁回这方还在猜测，忽觉下方冰湖之水猛地金光大作。

光华流溢在满室坚冰之上映出绚烂的光影，美轮美奂得让即便修了这么多年仙法的雁回也看得忘记了眨眼。

光芒变幻，雁回慢慢地看出，这光芒竟在湖中勾勒出了一条龙的模样，蜷缩盘在湖底，仿佛已沉寂了千年，只待此刻复活苏醒。

然而不过片刻，光芒在至盛时倏尔消失，在金光隐去前的那一刻，雁回这才将湖底的“金龙”看得仔细，那哪里是条龙，竟只是一副森白的龙骨！

皮肉分毫无存，嘴巴大张，好似还有无数的话要嘶吼出声，它露着尖利的龙牙，显得狰狞可怖。

雁回咽了口唾沫，未来得及回神，光芒彻底消失，湖底龙骨同时隐去踪迹。

而便在这时，雁回忽觉脚腕一紧，她双瞳一缩，只觉一股大力将她拉倒。

雁回猝不及防地向后摔去，后脑勺重重摔在地上，这让本就失了很多血的雁回头晕眼花了好一阵，待得她稍微回神之际，竟发现自己身上已经爬上了一

个人。

黑发湿答答地落下，就好似水中逃命厉鬼。

雁回骇然，挣扎想要逃脱，可不等她有多少动作，那人手一动。他右手抓住雁回的手腕，将她一只手紧紧地摁在地上，力气简直大得可怕。

而他另外一只手许是想按雁回的肩，但不知是迷糊还是情急，竟一下摁在了她的胸上……

软软的肉被狠狠按了下去。

雁回痛得嗷嗷一声叫。

这简直是要把她摁凹进去的力气……

此情此景若是趴在她身上的当真是个索命厉鬼，雁回也要打了。这简直欺人太甚！

雁回恼怒了。她膝盖一屈，拼着全身力道，毫不客气地用膝盖径直顶在来人的裤裆之上，那人在她身上闷哼一声，却也是拼尽全力忍了痛，丝毫没有放松力道！

雁回在不停地挣扎，可她挣扎的力道此时在这双手臂里便如蚍蜉撼树一样可笑。

“你这倒霉妖怪！还想对我做什么？！”

天曜并不回答，只是沉默而坚定地禁锢住雁回。只是他摁住雁回胸的手往她身后一绕，将她身体抱了起来，然后用牙咬住她心房上被剑扎破的衣裳。头一用力，便将她的衣服给撕了开来，露出了里面软白的肌肤和凝了血的伤口。

雁回听着自己衣裳被撕碎的声音倒抽了一口冷气，又惊又怒：“你作甚？！”

天曜依旧不答她，双唇贴上了她裸露的肌肤，然后一点也不温柔地一口将她伤口咬住。

雁回用法术治了许久的伤口便在他这狠狠一口之下再次破开流血。

雁回痛得咬了咬唇，喉头忍不住发出一声低吟。

疼痛之后是身体里的热血被一点一点吸食而走的感觉。雁回周身已无力气挣扎，方才给自己治疗和与天曜较劲已经耗费掉了刚刚积攒起来的一点法力与力气，此时她只能像一个布娃娃一样，任由天曜抱着咬。

她抬头仰望着顶上的坚冰，在几块宛如镜面一样的冰块之上，雁回以一种奇异的视角看见了此刻的天曜和自己。

气息危险，动作暧昧。他们……好像是在做这世间最亲密的事。

然而雁回此时心里却只想将天曜剁碎了喂猪。

算上上一次月圆之夜，天曜在湖边咬了她的嘴，这已经是天曜第二次咬她了。她拢共被这个妖怪捅了两次咬了两次，雁回自问，此生她还没在哪个家伙身上受过如此多的欺辱。

真是让她感觉，无论怎么讨……她都没办法讨回来……

雁回的视线渐渐变得模糊，她知道自己已经流了太多血了，若是再让天曜这样吸下去，她恐怕是马上便要被吸干了吧……

“你想杀了我吗？”

雁回声音很低，却足够传进天曜的耳朵里了。

天曜微微愣了一瞬，却没有停下来。

雁回的血仿佛对现在的他来说有一股致命的吸引力。他在雁回胸膛之上停了许久，牙齿终于松开了雁回的肌肤，雁回伤口旁的皮肤已经因为缺血，变得死白。

心口再没有血可以溢出，却有几滴血从天曜的唇畔上滴落，几乎是毫不犹豫，天曜伸出舌头，将那几滴落在雁回胸膛上的血舔了个干净。

然后他咬住了牙。

就像在抵抗这世间最魅人的诱惑。

他死死地抱着雁回，将额头抵在雁回的肩头上，闭眼隐忍，握住雁回手腕的手也在不停地收紧，几乎是要将雁回挤碎。

半晌后，天曜的脑袋终是慢慢抬了起来。

他脸上的神色稍稍地舒缓了些许，想是身体里的渴望终于轻了许多。

可他仍旧不看雁回一眼，只一翻身，身体重重地往一旁摔倒。他躺在地上，如同被耗光了力气一样，连呼吸都变得又轻又缓。

雁回流了太多血，身体也是沉甸甸的，根本爬不起来。两人便一起听着远处山石咚咚砸落在冰湖里的声音，安安静静地并排躺着。

连斗嘴互讽都没了气力。

但好在雁回现在是恢复了修为，她身体内的气息在不断恢复，这让她感觉要好受多了。

雁回猜测，约莫先前蛇妖的蛇毒入心，她一直无法排出去，而天曜那穿心

而过的一剑捅出了她不少的血，同时也让蛇毒一并流了出去，所以她才恢复了修为。

当真是因祸得福……

雁回心里的话还没想完，旁边的天曜便虚弱着开了口："此处阵法已破，山石不时便会倾塌而下，你修为既已恢复，捻个遁地术，带我出去。"

雁回听了他这话，反应了好半晌："你是算着让我此时恢复法力，然后方便带你出去的啊？"

天曜大方承认："我说了，会让你恢复法力。"

"……"

雁回觉得简直没法开心地生活了。

她缓了好久，点了点头："你成功地算计了我，捅了我，还差点吃了我，然后你终于找到了你要的东西，打算胜利而归了，还让我把你带出去？"

天曜沉默，等于默认。

"我懂了我懂了，你从头到尾，就没有哪一眼是把我当人看的啊。哦也对，你是妖怪，不把人当人看也是理所当然的事情。"

落下的石头越来越大，动静也越来越吓人。

天曜皱了皱眉头："我并未害你性命。"

原来在这条妖龙看来，留她一命就算是天大的恩赐了！

还可以更不要脸一点吗？害了人还想让人帮忙，语气还是这么个样子……

雁回了悟地点了点头："你可有亲人朋友教过你一个道理？你想从别人那里要东西，不是你说了算，而是别人说了算的。若是没人教你，我今日便来教你。"

天曜看着落石，表情显得有些不耐烦："要说什么？别废话。"

雁回冷笑："好，我不废话，我今天就告诉你，要我带你出去，可以。但是，你得为你的所作所为给我真诚地磕头道歉，再叫三声'姑奶奶，我求求你'，我便带你出去。"

天曜也是冷笑："你倒会落井下石。"

"比不过你机关算尽。"

天曜并不吃她这一套，只道："我已取得我想要的东西，能助栖云真人恢复记忆。"

雁回握紧了拳头，咬了咬牙，然而这愤恨的表情在她脸上不过停留了片刻，她豁出去了一般道：“老子不管了。”

天曜满意地微微动了动唇角。然而雁回接下来却道：“左右我已不再是辰星山的人，前任师父有难，与我何干？让他被各大仙门误会去，他那般本事大，还不能自己解决？！”

雁回心一横，头一扭，手上捻诀：“你不道歉，就自己数着石头掉吧！”

天曜一愣，只听身边风声一过，他诧然转头。

这丫头竟然……当真自己跑了！

这个偶尔做梦都在喊“师父”的姑娘，竟然真的……走了……

天曜以为自己算计了人心，然而未曾料到，他面对的这颗人心，竟然如此……变幻莫测……

风声呼啸，待得雁回再睁开眼的时候，已经脱离了那黑暗的环境，出了那山洞。

白日当空，周遭一片大亮，然而轰鸣声却不绝于耳。雁回转头一看，这湖中的山正在慢慢坍塌。

巨大的山石从山上滚下砸在湖里，混着一声声雷鸣似的闷响卷起湖中的暗流激涌，将本来清澈的湖水彻底地搅成一片泥潭。

她此时只是出了山洞，依旧站在这山体之上。她不过耽误这一会儿时间，便有石块要砸在她身上，雁回不敢再停留，脚下聚气，腾飞而起。然而她现在到底是气虚体弱，不过低低地飞了一段距离便扑腾到了湖水里。

在湖中好一番挣扎，雁回才拖着一身泥水，狼狈地爬上了岸。

她在岸边趴着咳了好一会儿才捂着肩头坐下来，大口喘着粗气，望着那方还在滚落巨石的大山，然后咧了咧嘴。

一想到这千年妖龙傻眼的神情，雁回就忍不住感到开心。

她可不是随随便便就听命于别人的人。

雁回坏心眼儿地窃喜了一阵，忽闻那方传来一声极低沉的轰鸣。整个大地一颤，连坐在这岸边的雁回也感觉到了大地的颤抖，紧接着还在拍打雁回脚踝的湖水猛地向下退去。

雁回一愣，心知不妙，连忙捂着心口往坡上跑了一段路，待得上了高地，再一回头，但见那方似有一个巨大的漩涡，将整个湖的湖水都吸卷过去。

不久，但听又是一声轰鸣，湖中山整个坍塌而下，沉入湖底。在尘土飞扬的同时，被吸卷而去的湖水又被垮塌的山体挤压而出，呈横扫千军之势往岸边涌来。

还好雁回现在已经跑到了高处，否则被这样的浪潮卷入，以她现在的身体状况只怕也是凶多吉少了。

而不用想，现在还在那山体之中的妖龙恐怕也是……

雁回皱了眉头，虽然方才在那妖龙面前放话放得狠，但若是这妖龙死了，那栖云真人这事恐怕还真是不好解释了……

而且现在仔细一想，在那山洞中时，天曜对她说的那些话，巨大月亮，满山大雪，还有那举剑的人影，一切都与她的梦境相符……

要说妖龙在她身上施加了什么咒术吧，也不可能。

先前她没有法力，那个妖龙说在她吃的馒头里下了咒术，所以她每天都要吃馒头才不至于爆体而亡。她当时信了。但现在法术一恢复，在体内轻轻松松一探，雁回便知道了那混账妖怪根本就是在睁着眼睛瞎扯淡。

什么爆体而亡，他根本就没有那么大的力量施用这样的咒术。

虽然这妖龙确实是给她施加了咒术，然而不过是一个追踪她的微小咒术罢了。她中咒时日太长，一时半会儿解不了也无所谓，反正于身体无碍。

不过话说回来，那混账妖怪说话还真是永远真假参半。

雁回花了一小部分心思去唾弃天曜和当时受骗的自己，另外的心思则继续思考她为什么会梦见天曜经历过的事情。

难不成，她和这妖龙还有些不可说的关系？

简直不可能，幼时的记忆雁回一点也没忘，她娘死得早，是酒鬼爹有一口没一口地养大了她，在那小村庄里过得像男孩子一样跑来跑去的日子她依旧能记得起。

后来她被凌霄收为徒，在辰星山做弟子的岁月，和凌霄相处的时间更是她心头的宝，每一天每一处细节都细细收藏不敢忘。

她到底是怎么和这妖龙扯上关系的呢……

而她和这妖龙既有关系，若是这妖龙死了，会不会对她也有什么……

“雁回！”远处传来一道男声的呼唤。

雁回一转头，只见那蛇妖撑着木筏，顺着水流激荡而来的力量飞快地向她这方靠近，蛇妖将木筏在激流当中撑得极稳，一看便是用法力护着的。

在蛇妖的身后还坐着栖云真人和……

看见躺在木筏上挺尸的那人，雁回的脸不由自主地黑了一瞬。

虽然刚才思考了许多这妖龙死掉了的坏处，但看见他现在真的安然地活着出来，雁回依旧觉得心里有点塞。

在木筏即将靠岸之时，蛇妖倏尔化为原形，将栖云真人与天曜一卷，稳稳地带到了岸上，然后又变了回来。

“你怎么找到他的？”看见昏迷不醒躺在地上的人，雁回语气很不好，“还是，他是自己爬出来的？”

“你不是与他一起走的吗？”蛇妖反问，但见雁回捂着胸口，一身狼狈，愣了愣，“我先前一直在入口守着，但后来发现结界的力量弱了很多，紧接着洞口便落下大石将结界入口封死了，我本想撑着木筏在周遭再寻寻别的出入口，但落石滚滚，我带着栖云，不敢靠山体太近，便撑着木筏走远了些。方才山体将塌未塌之际，我依旧未见你二人出来，想着先带栖云离开，未承想，却在这时看见了不知怎的竟漂在水面上的天曜。这便带他一道过来了。”

蛇妖皱眉：“你既然能出得来阵法，为何不将天曜带着？”

雁回听了这话“呵呵”一笑：“我没亲手弄死他，已经算很对得起人性这种东西了。”

蛇妖微微一愣，心知两人定是在洞内发生了什么不痛快，也不追问，只道：“此处不宜久留，我们还是先回村子里吧。天曜的伤也需要治疗。”

雁回捂着心口冷笑：“他能有什么伤？”说完，她目光在天曜身上一扫，这才看见他背上的粗布衣裳还在慢慢渗出血来。

雁回这才想起，这个妖龙昨天为了保护她，背上是受了伤的。

雁回牙关一紧，天曜一直让她吃亏，她心中确实是充满了愤恨，但到底昨日他是舍命救过她，不管是不是为了他别的什么算计，可救命一事也是事实。

雁回便忍住了踩他两脚伤口的想法，一扭头，不再看地上的天曜：“先回去吧。先前他说是已经找到了自己要的东西了，治疗栖云真人当没有问题。”

言罢，雁回转头看栖云真人，这次栖云真人也依旧盯着雁回，目光灼灼，却并没有开口骂她。

雁回并没多想，只转了身在前面带路，蛇妖便扛了天曜，几人一同往村庄

的方向走。

天曜昏迷成了这副德行，肯定是不能当着村人的面大摇大摆地往萧老太的院子里面扛的。是以四人先回了蛇妖在这个村庄里的家。

这是个僻静的角落，蛇妖附的这个身体本是个猎人，住得比较偏，与村里人来往也少，素日也没什么人往这个方向走。

稳妥地放下了天曜，蛇妖看着天曜的后背皱了眉头："伤口估计完全裂开了，又泡了水，情况不太妙。"

雁回坐在一旁的桌子上提了水壶给自己倒了杯水，闻言转头去看趴在床榻上的天曜。

那张漂亮的脸上早就没了人色，头发还湿答答地搭在脸上，衬得他无比脆弱又狼狈，然而那始终紧咬的牙关却一刻没有放松。

"活着呢。"雁回仰头喝了茶，将自己的湿头发拧了拧，"他可没那么容易死。"

他看起来可是怀揣着那么多不甘的人，怎么会允许自己早死？

蛇妖的手碰到天曜的手腕，没多久便皱了眉头，紧接着极度惊诧地瞪眼："他……他为何体内气息变化如此大？"

雁回一挑眉："怎么大了？"

"气息全变，不再是普通人了。"蛇妖又探了探，"嗯，好生奇怪，若说他是妖怪，但他身体里却又半分妖气也无；若说不是，可他现下这气息……怎么也不算是个人。"

雁回琢磨了一会儿："待醒了问他吧。"说着，她站起身，"你这儿有多的衣服吗？男人女人的都行，我这一身又破又烂，腻得不行了。"

蛇妖已经开始专注地给天曜治伤，头也没回："在栖云房间里有。"

雁回也不客气，麻利地起身去了栖云真人的房间。回小院之后，栖云真人便自己回了房间。雁回敲门进了她的屋她也没回头，只站在窗边定定地望着一个方向，不知道是在看什么。

雁回先问了一句："我可以借你衣服穿穿不？"

栖云真人没答话，雁回知道她现在神志不清，便也撇了撇嘴，走到柜子那方道："我开你柜子喽？"

她问这话只是本着礼貌的态度，没期待能得到栖云真人的回答，但当雁回打开柜子的那一瞬间却听到淡淡的两个字传来："回去。"

雁回一愣，转头看栖云真人，栖云真人依旧远远地望着远方，背影半分未动，就像刚才那两个字是雁回的幻听一样。

雁回试探着问了一句："你说什么？"

却再没得到回答。

雁回便只好自己取了衣服换掉。

心口上的伤被天曜咬得吓人，而且一碰就痛，雁回便没急着出门，就在栖云真人屋里的地上盘腿一坐，开始打坐起来。

直至夜间，月色漫过窗框照到了雁回的衣裳之上，随着外面屋子一声舒心的喟叹："醒了。"

雁回也在这时睁开了眼睛。

她握了握手，感觉到体内气息在四肢百骸间游走，她一笑，感觉实在舒畅极了。虽然心头这伤伤得重，但有了修为，要好起来不过就是一两个月的事了。

她站起身，拍了拍衣摆，有实力在身，就是心安。

她踮起脚，愉悦地蹦跶了一下，正打算出门，但见栖云真人竟然还在窗户边站着，望着的方向似乎从来没有变过。

雁回一时好奇，便也凑了脑袋到她身后顺着她的目光往远方望，然而除了夜幕并没看见什么。

然而看到天上月亮的方位，雁回倏尔愣了愣。

找找方向，那竟是辰星山所在的方向。

再仔细一想，前些天雁回第一次在这小山村看见栖云真人的时候，她也是这样极目眺望着远方，盯着的也是这个方向……她在看什么？

或者说，她在张望些什么？

"真人，"雁回转头专注地看着栖云真人，"你在望辰星山吗？"

栖云真人眸色微微一亮，嘴唇张了张，她转了眼眸看向雁回，目光紧紧地盯着雁回，她张开嘴，唇形微动，但最终什么也没说出口。

雁回出了栖云真人的屋子，适时天曜身上正绑好了绷带，光着上半身从床榻上坐了起来。

似乎察觉到有人出现，天曜眼眸一抬，不出意外地与雁回四目相接。

这一瞬间，雁回只觉心口倏尔"咚"的一声跳，奇怪地看见一道金光自天曜身上流转而出，在他身上勾勒出了他骨骼的形状，如她先前在山洞之中冰湖

之下看见的那龙骨散发的金光一样。

然而奇怪的是，这光华好像只有她看到了似的，一旁收拾药盒的蛇妖连眼皮也没抬一下。

雁回也没有吭声，只往桌边一坐："醒了就赶紧给栖云真人治病吧，别耽搁时间了。"她给自己倒了一杯凉茶来喝，"毕竟，咱们谁都不想见到谁。"

天曜目光淡淡的，声音虽然沙哑，但语气倒是波澜不惊："这话你倒说错了。"

言下之意是与她杠上了，还是说……还有别的事想算计她？

雁回重重地将茶杯放下，瞪向天曜。

蛇妖在一旁收好了药盒，站直身体道："他体内气息仍是紊乱，今晚怕是还得歇一歇。"蛇妖当然并非在担心天曜，他只是怕天曜气息紊乱，不能将栖云真人完全治好那便麻烦了。

雁回只得哼了一声，扭头就出了房门，翻身一跃，跳到房顶上躺下，干脆来个眼不见心不烦。

在屋顶看着月亮，雁回有一搭没一搭地想着这些天的事，可这两天实在把她累坏了，身体还带了伤，没看多久，她便觉得迷迷糊糊地想睡觉，然而心头始终勾着事情让她没法完全睡着。

于是那一双眼睛便一直一眨一眨地挣扎。

昏昏沉沉不知待了多久，雁回忽听一阵哗啦啦的水声。

她坐起身，看见院子里正在打水洗衣服的蛇妖。

一个蛇妖洗衣服……

雁回好奇地瞅了一阵，发现他洗的还是栖云真人的衣服。雁回奇怪，趴在屋顶上，在寂静的夜里，小声问他："一个净身术不就干净了吗，怎的还动手洗？"

蛇妖头也没抬，只道："法术虽然方便，但还是洗洗晒晒才能让她穿得更舒服。"

"你倒是有心。"雁回撇了撇嘴，许是睡不安心又无聊得紧，便生了点八卦心思。她一翻身跃下屋顶，在蛇妖身边走了两步，站定："说来，我先前便想问了，你一个蛇妖，道行也不见得怎么高，却是为何与栖云真人有缘相见，又是为何喜欢上她的？"

蛇妖手上动作一顿："也不是什么稀罕事。"他一边揉搓衣服一边道，"你也知晓，中原灵气远比西南一隅充足，几年前我与几个同宗越过青丘国界在中原偷偷修行，不慎被几个修仙道者发现。一路追赶，我与同宗走失，迷路于荒山之中……是栖云救了我。”想到了当时场景，蛇妖神色柔和了许多。

“适时我身上带伤，被逼入绝路，萎靡于草丛之中。栖云路过那处，见她装束，晓她气息，我满心绝望，只道要命丧那处，却未承想，她将错路指给了追杀而来的几个道士。”

雁回闻言微微诧然。

这几年修仙界整个充斥着一股非我族类其心必异的论调，妖即恶，恶必诛。栖云真人身为三大修仙门派之一的掌门人，却是个对妖怪“心慈手软”之辈吗……

雁回并没有听过这个说法啊，但细细一想，似乎在每次绞杀入侵中原的妖怪行动中，栖云真人虽然不反对，但确实也是不怎么出面的。

“彼时我尚年少，自小便与同宗生活在一处，于世事未有见识，并不知晓她是谁。当时只知道自己快死了，而这个人救了我，我便拽了她的衣裳，让她带我离开那个地方，送我回青丘国界。”蛇妖说着，自己笑了出来，“栖云当时也笑我，‘小小蛇妖，胆量倒大’。”

雁回也笑：“你这要是落在我师父或者一众师叔手里，还不等你拽他们衣角呢，早被剁成肉末了。”

“可她还是带我离开了那里，送我到靠近青丘国界的地方，让我自己回了西南。”蛇妖神色温和，“那时正值一年春好，至今我依旧记得那一路的飞花与暖风……”

雁回点头：“然后就喜欢上真人了，所以现在这么拼命地护着她。”

蛇妖轻咳一声，微微侧了头，似有些害羞：“并……并不是因为如此，只是当年她救我一命，如今我便愿以命相报。”

雁回静静地看了蛇妖许久，她其实也挺懂这样的心情的。对一个人有敬仰，有崇拜，有爱慕，而当自己还欠了那人一条命时，这份感情便怎么也简单不了了，日复一日，越刻越深，越发控制不住，难以忘怀。

雁回沉默一会儿道：“你便没有想过，就这样一直下去，其实也不错……”

谁都知道，若是栖云真人当真好起来，即便她对妖怪心怀仁慈，也依旧是不会与一个妖怪在一起的。

蛇妖一边将衣服拧干，一边道：“她是立于仙山雾霭之上的人，她不会想过

这样的生活的，而我只想给她她想要的，那便是最好。”

听得此话，雁回便不再开口，只看着蛇妖将衣裳晾了，然后走到栖云真人屋里，轻声劝她睡下。

雁回一个人立在院子里，望着天上明月，一声轻叹。妖中也有长情者，只是这话说给辰星山的任何人听，他们都不会信吧。

翌日清晨。

天曜坐在床榻之上，脸色虽依旧苍白，但精神头看起来却好过昨天几百倍，雁回看见他时挑了挑眉。

看来找回他的东西之后，他身体恢复的速度确实有了不少提升嘛。

蛇妖将栖云从屋子里带出来，让她坐到天曜对面。天曜也没废话，他咬破自己的手指，抓了栖云真人的手。蛇妖似有些忧心：“当真能治好？”

“霜华术以火驱之乃是最为普遍的治疗方法，你理当知晓。”

蛇妖眉头皱得很紧：“那她会痛吗？”

天曜抬眼看蛇妖：“我不知道。”

蛇妖咬了咬牙，终是退开一步距离：“治吧。”

天曜在她手腕间画下一道血符，然后手指在她头上一点。只见栖云真人百会穴处火光一闪，随即隐没，没多久那光华便流转至栖云真人心口处。

辰星山时常会有法术的演练，偶尔也会有解术的方法剖析。其中有一门课上的便是如何破解霜华术。是门派弟子将霜华术施到长老身上，然后长老一边解说，一边解术，在自己身体上演练，让弟子们看得清楚。

雁回记得，长老解术的时候便是这样，起于百会穴，灌以明火，使火行于体。

从头至脚，慢慢将寒气驱逐出去。

栖云真人身上的霜华术虽然厉害，但解术的方法理当是一样，只需要有同样强大的五行火气便行了。

然而奇怪的是，天曜的那点火光行至栖云真人心口之时却停滞不前了。与此同时，栖云真人露出了痛苦的神色。

蛇妖一下便紧张了起来：“怎么了？”

天曜也微微蹙眉：“噤声。”他将手指伤口划大，鲜血流出，在栖云真人眉

心上再次画了一符，这次火光更甚，连站得那么远的雁回也感受到了热力。

第二次的火光与第一次的停滞于心口的光芒相交，火光更炽，慢慢顺行于栖云真人腹部，这次倒是顺利，直接将寒气驱逐至脚底。

雁回舒了口气，她知道到这种地步，霜华术差不多算是被驱逐干净了。

然而谁也未承想，便在这时，栖云真人倏尔变得神情痛苦，满脸冷汗，浑身颤抖，嘴唇的颜色像是被冻得更厉害了一样彻底变成了乌青色。

更甚者，她脚底开始生寒，一层层寒气使得床榻都结了霜。火光被瞬间反推至栖云真人腹部。

天曜还欲施力，雁回大惊喝止："住手！住手！"她厉声道，"霜华术反噬，不能再解，快住手！"

天曜眉头皱得死紧，撤开手指，火光登时在栖云真人身体之中隐没。

霎时，冰霜在栖云真人皮肤上凝结，将她整个人裹得好似雪做的一样。

蛇妖已全然乱了，他跪在栖云真人身前，拿手去揉搓她的手臂："栖云！栖云！"

好似是听到了他的声音，忽然间，栖云真人猛地睁开了眼睛，然而此时的栖云真人却与先前懵懂失神的她并不一样。她一双眼眸清亮至极，其中神色百般。

她张了张嘴，吐出一口寒气。

有冰晶从她脚上凝结而起，没一会儿便将她双脚变成了两个冰块。蛇妖忙用手覆住她脚上寒冰，竟意图用自己的体温将那冰块融化。

雁回眼中惊痛杂陈："破术即死……破术即死……"雁回咬牙，"竟有人给她下了如此咒术。"

冰块蔓延的速度极快，不久便到了栖云真人腰腹部，栖云真人牙关紧咬，仿佛拼尽了最后一丝生命，道："阻止……他……"

此情此景，饶是雁回也无法给自己解释，她说的那人，不是凌霄。

"栖云、栖云……"

蛇妖唤着她的名字，言语间全是绝望。

冰霜覆盖了栖云的颈项，她像是想要挣扎一样微微扬起了头，终是看向蛇妖。

唇角凝出了寒冰的栖云真人再没说关于仙门之事，再没管旁边的人，只喑哑地对蛇妖吐出了三个字："谢谢你。"冰霜覆住了她的面容，也凝住了她眼角将坠未坠的眼泪。

她身后的发丝被冻成了僵硬的寒冰。

她的生命便定格成了这最后的姿态。不再呼吸，不再动弹。

蛇妖失神地看着她，好似已经丢了魂魄。

但听“咔”的一声轻响。一丝裂缝自栖云真人头顶裂开。

“不……”蛇妖陡然回神，“不！”裂缝变大，撕碎栖云真人的面容，紧接着碎裂声不绝于耳，栖云真人瞬间变得支离破碎。

“不！求求你，不……不不不！”

一声脆响，宛如车辙压碎了地上枯槁的断枝，栖云真人便在这道声响之中，彻底粉碎，化为漫天闪亮亮的冰晶，好似一场漫天大雪。

窸窸窣窣，多么寂寥。

蛇妖一伸手，只抱住了一怀冷寂。

“啊……”他声音嘶哑，好似走入了绝路的困兽。

雁回看着他跪在地上的背影，苍白着脸色，垂着眼眸，无言以对。

天曜看着自己的手掌，握了握拳，也是沉默。

蛇妖跪在床榻之前，很久也未曾动一下。

雁回沉默地看着他的背影，静默无言。

打破屋子里这一片死寂的却是坐在床榻另一头的天曜：“抱歉……”他音色低哑，气息虚浮，显然身体状态也并不好。

蛇妖默了许久，这才动了，他垂着头，在床榻上摸了摸，摸到了一根被寒冰完全包裹住的木簪子，这是先前栖云真人头上的簪子。

应该算是唯一没有随着栖云真人消失的物品了……

蛇妖将簪子紧紧握在手中，寒气染了他一手冰霜：“并不怪你……”他握着簪子的手用力到泛白，“是我……”他牙关咬得死紧，声音仿佛是从喉头间挤出来的一般，“是我！”眼泪从他眼角落下，他弯腰趴在床榻之上，浑身颤抖，声音终于哽咽，“是我害死了她。是我害死了她……”

雁回闻言，拳心握紧。

蛇妖哭声渐大，像是一个摔痛了的孩子，哭得撕心裂肺，哭声盖过了所有的声响。

雁回垂下眼眸，脑海里反反复复的全是栖云真人说的那三个字“阻止他”。她要她阻止他。

栖云真人死于霜华术，能将这个法术用得如此厉害，这天下，除了她师父，并没有谁能做到如此地步。她要她阻止的人，还能有谁？

栖云真人的死，不怪天曜，不怪蛇妖，而应该怪……

“为什么？！”肩头一紧，双眼赤红的蛇妖抓住了雁回，“凌霄为何要杀栖云？！”他大声叱问。

雁回脸色苍白，一时竟一个字也答不出来。她沉默地看着蛇妖，反应了好久，才白着脸色道：“我想不出任何理由。”

蛇妖像是疯了一样，抓着雁回的肩头，摇晃着她，一遍又一遍地问：“他为何要杀她！为何要杀她！”

雁回只有摇头：“我不知道。”

她脑子里一片混乱，一会儿是栖云真人浑身冰雪的模样，一会儿是凌霄在山巅教她舞剑的模样，一会儿又是她被赶出山门时，凌霄冷冷地望着她的模样，但最后，雁回到底是冷静了下来，脑中来来回回的都是凌霄负手站在她身前对她说：

“执剑在手，当心怀仁义，不可伤同门，不可害同道，不可恃强凌弱，不可骄傲自负。”

像是一道清声洗涤了雁回脑中的纷杂。

她应该相信的，这么多年的相随，就算别人会怀疑凌霄，她也不应该怀疑的。

雁回定了目光，望着蛇妖：“其间一定有什么误会的。”

“还有何误会？！”蛇妖放开雁回，一把将旁边的桌子掀翻，他神色激动，“栖云死于霜华术反噬，这世上还有何人有你师父那般精通霜华术？！还有何人能对栖云种下此术？！”

雁回沉默半晌，道：“我不知道。只是我师父……凌霄真人，他对妖怪冷漠残酷没错，他观念迂腐陈旧我也不否认，但正因为他是这样的人，所以他一直克己待人、守道敬义，残害同道之事，他不会做。”

雁回盯着蛇妖：“我相信他。”

天曜目光微微一动，落在雁回身上，神色带着思量。

蛇妖则在原地站定，握着那木簪，在一阵长久的静默之后，赤目咬牙，道：“栖云之死，便是穷尽我此余生，我也定要查个水落石出。待确定真凶……”他

望向雁回，“即便对手再强大，我也定要噬其肉，以解栖云之憾。”

雁回没再接话。蛇妖转身进了栖云真人的屋子：“不送两位。”

蛇妖未掩门扉，雁回看见他独自收拾着栖云屋里的床榻，背影萧索。

其实才那么点时间，若是被子捂得紧，他应该还能摸到栖云的体温……

雁回不敢再想。

那方天曜下了床榻，穿上鞋，径直往屋外走，“走了。”他说了这两个字。其实雁回并不知道他说的是去哪里，也不知道自己如今为何要跟着天曜走。

只是听了这句命令，她便跟着走而已，其实她现在也没了主心骨。

一路沉默地跟在天曜身后，雁回一直都在神游天外。行至田间，毒日头将两人的身影清晰地投射在了田坎边。天曜忽然开口问：“凌霄真人，如此令你信服？”

雁回现在大概是需要有人问她这样的问题的。她望着远方，田坎被太阳烧得炙热，空气晃得飘浮不定，前面的道路看起来弯弯绕绕，像在诡异地飘舞。

雁回的声音也便如这热浪一样有些缥缈：“几年前，与我同屋的师姐子月丢了钱，她认为是我偷的，便协同几个师姐，将刚下试炼台的我堵住，我与她们说话并不客气，惹恼了子月，她不肯服气，便与我争执起来。而这一幕被我大师兄看见了，大师兄来劝，却说愿替我将子月的钱还清，我知大师兄是想息事宁人，但如此说，却径直将我推到了‘贼’的位置上。我心火怒起，便将几个师姐连同大师兄一同揍了。”

“……”天曜侧头看了雁回一眼，“是你能做的事。”

“我打赢了所有人，但并没什么用。我被罚跪清心祠，跪到深夜，师父来了，我以为他又要骂我了，又要斥责我生性顽劣、脾气急躁，然而那次却没有，他说他相信我。”雁回道。

“所有人都以为我是小偷，但他不会，他罚我，是因为我伤了同门，他告诫我，令我心怀仁义，要我不伤同门，不害同道，不恃强凌弱，不骄傲自负。他是这样的人……”雁回站定脚步，“谁都会害栖云真人，而我师父不会。”她抬头盯着天曜，“我就是这样，没有理由地相信他。”

天曜看着雁回清澈的双眸，并没有多言，只是淡淡“嗯”了一声，转身离开。

一路行到萧老太院中，两人也没再说过一句话。

到了院里，天曜唤了一声：“阿婆，我回来了。”便推门去了萧老太的屋子。

雁回照常往自己屋里走，然而跨进房门之前却听得萧老太屋里“咚”的一声，像是什么掉在地上的声音。

紧接着屋里便没了声响。

雁回奇怪，便转身走向萧老太屋子，而一走到门口，她便停住了脚步。

萧老太屋里满是常年被药熏出来的药味，天曜站在老太太床榻边，在他身后是一张桌子，桌上的油灯倒了，油洒了一桌子，而天曜却没有去扶，他只是愣愣地看着床榻上的萧老太，没有任何动作。

雁回顺着他的目光看去……

萧老太躺在床上闭着双眼，胸口没了起伏……

雁回一默，目光再次回到天曜脸上。

他只是站着，背着窗外投进来的光，脸上没有透露出任何表情。隔了许久，他依旧平静着一张脸，转过头来看雁回：“我去取寿衣，你待会儿帮我阿婆换一下。”

雁回只有点头说：“哦。”

虽然知道萧老太离开也就是这几天的事情了，但如此突然依旧让雁回惊讶不已，而且竟也这么巧，竟在天曜不在的时候便这么去了。

老太太最后一面，却是也没见到这个“孙子”。

雁回在屋子里看了看，并没有看见萧老太的魂魄，想来她还是去得挺安稳，这辈子也没什么遗憾的……

这一天，铜锣山这犄角旮旯里的村子死了两个人，一个是萧老太，一个是人贩子周婶。

村里的人说，周婶前两天从地里被人抬回来的时候，一直不停地说着“妖怪妖怪”的胡言乱语，在家里喊了两天，终于在今日中午蹬脚走了。

村里人来拜完萧老太便似赶场一样去了周婶家里。

这不大的村子一下死了两个人，村民们嫌晦气，傍晚没到就各自回家闭门不出。

这天晚上，村子里静得跟没人一样。

天曜并没和普通人一样将萧老太在屋里停几天，他像是完全不在意萧老太一样，待得村民走了后，晚上便在村后地里挖了个坑，将萧老太埋了。

然后他便回了院子，不知从哪里寻来了好几大坛酒，闷不吭声，抱着就开

始喝。

一口一口，像是要将自己撑死一样不肯停歇。

雁回也没想着劝他，看他喝得那般豪迈，她摸了摸酒坛，也不客气，抱了一坛跟天曜一样咕咚咕咚灌起来。

这酒并不好，口感差，还一路辣得往心里烧。然而这股不舒爽的灼烧感却像是能将那些积攒在心头的说不出道不明的不痛快烧灼干净一样，让雁回有一股想一醉解忧的痛快感。

直到将一坛喝了个干净，肚子变得沉甸甸的，脑袋也开始慢慢晕乎乎，她这才将酒坛放下，看着还在灌自己酒的天曜，笑了出来："何以解忧？唯有杜康。"

天曜也放了酒坛，一抹嘴，脸在月光的映照下已经透出了点不正常的红晕。

天曜望着雁回，见她手里的酒坛已空，便毫不客气地将她手里的酒坛拖过来，扔掉，又递了一坛给她："再来。"

"阴阴沉沉的千年妖龙也有如此豪爽的时刻？"雁回抱了酒，"来就来！"

两坛酒下肚，雁回便趴在桌子上开始无意义地大笑起来："哈哈哈哈，千年妖龙，几坛子酒，便将你灌趴下了。"

天曜歪着身子靠在桌子上，依旧在一口一口地喝着酒。

雁回拿手指戳了戳他手臂："看看你现在落魄的模样，说你是阅过千载春去秋来的龙，谁能信？"

天曜也有了醉意，他倚着桌子，一笑："谁也不会信。"

这句并不好笑的话却逗乐了雁回，将她逗得拍着桌子大笑："你定是好色，才栽在女人手里。"

天曜瞥了雁回："你也是好色，才栽在你师父手里？"

"我那是命运捉弄。"雁回又戳了戳天曜，"和我八卦下呗，素影真人怎么害你啦，竟能把你弄成这模样？"

天曜听到这话，也像是听了笑话一样。他抱着酒坛开始笑，将这张漂亮的脸笑出了迷人的魅惑感，笑了好久，才停了下来，弯着唇角道："我挚爱之人，拔我龙鳞，剜我龙心，斩我龙角，抽我龙筋，拆我龙骨，禁我魂魄，将我肢解于大江南北，施大封印阵法，欲囚我永生永世……"他顿了顿，又饮了一口酒，嘴角依旧噙着笑，"她做那么多，只为给她挚爱之人，做一副龙鳞铠甲。护她心爱之人，长生不死。"

雁回有点迷糊的脑袋并不能将这些话的意思理解完整，只歪着脑袋看了天曜很久：“你都被肢解成那样了，现在为什么却还活着？”

天曜一转头，一双被酒意染红的眼睛带着一半迷蒙一半清亮，紧紧地盯着雁回。

他们间隔着半张桌子的距离，天曜却探了头，将唇伸到了雁回耳边，喑哑着嗓音，充满着诱惑：“为了遇见你。”

第五章 五行封印

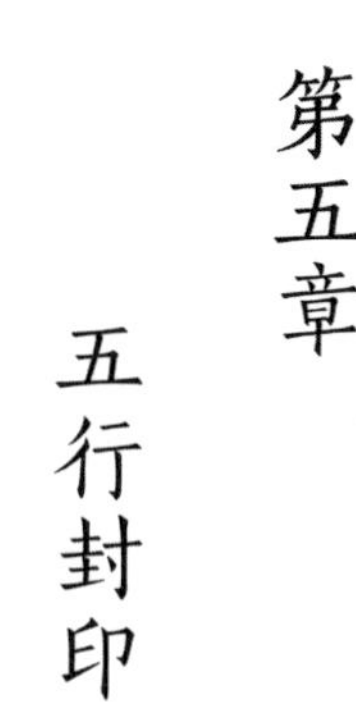

雁回醒过来的时候发现自己是趴在坟头上的。

恍然间，她以为自己又像小时候一样被恶作剧的小鬼们勾到了坟地里。她吓出了一身冷汗，连滚带爬地从坟包后面站起来，慌张地拍了拍衣裳，一转头看见了正在墓碑前坐着的少年。

天曜恍似也才醒过来，他坐在地上，屈着一条腿，手肘放在膝盖上面，手指揉捏着眉心。

听见响动，天曜一抬头，与略带惊慌的雁回四目相接。两人对视了好一会儿，才回过神来——

他们昨天是喝醉了酒，一起发疯，跑到萧老太的新坟前叩拜来了……

脑袋里许多混乱的画面纷至沓来，雁回甩了甩头，将那些不重要的画面抛开，她只用知道自己不是被小鬼捉来的便行了。

雁回揉了揉太阳穴："走吧。我得回去醒醒酒……"

天曜站起身，雁回以为他要和她一同回那小院子了，没想到走了两步，后面却没有跟来的脚步声。雁回回头一看，但见天曜从旁边地里扯了两朵小白花，然后又跪到了萧老太坟前。

他默默地将小白花插上，然后看着他昨日才立的墓碑，半晌没有说话。

一个孤独少年，身形萧索地跪在亲人坟前，尽管知道他身体里住的其实是个强大的灵魂，但雁回也不由得为这一幕感到伤怀。

这妖龙并不是无情的妖。

雁回如此想着，在自己浑身上下摸了摸，什么都没摸到，于是她便撕了自己衣摆，在地上捡了根木棍，用法术一烧，将木棍前端烧成了黑炭，然后就着这炭黑在撕下来的衣摆上写下"拾万钱"。

她屁颠屁颠地拿去递给天曜："喏。"

天曜侧头，看了看她手里的布，又抬头看了看雁回："这是什么？"

雁回在坟地里睡了一夜有点着凉，她吸了吸鼻子："这时候不是该烧纸钱吗？我帮你画了几张，给你阿婆烧吧。"雁回很大方道，"虽然你阿婆对我做的事不太地道，但我到底是个地道的人，好歹是婆媳一场，这便当是我给她的饯行礼了。"

天曜看着那破布上歪歪扭扭的"拾万钱"三个字，不由得有点默然。他嘴角动了动："阎王会收？"

雁回眼睛也不眨地骗人："会。"

天曜没接。

雁回等得恼了："白给还不要，不给了。"

待得雁回要将破布收回来时，天曜一伸手，动作比雁回更快地将那块破布扯了过来。他声色如常："点火。"

雁回一边撇嘴嫌弃他："矫情。"一边打了个响指，烧了一簇火，将那破布给烧了。

天曜盯着那团火焰，直到火焰快要烧到他的手指，他才一松手，放任破布在落下的过程当中彻底被火焰烧为灰烬："跟我走吧。"

天曜的话随着灰烬一同落地。

雁回听了这四个字，微微一愣："去哪儿？"

"去你昨天答应我，以后会陪我去的地方。"

于是雁回又愣了："我昨天答应你去什么……地方……了……"

说出这话的同时，雁回脑海里忽然浮现出自己豪气冲天地拿着酒坛撞了天曜的酒坛一下，然后大吼："好！你放心，今后你的事就是我的事！即便走遍大江南北，我也定陪你寻回你所有遗失之物！"

等等……

雁回头痛得捏了捏眉心，她是发了什么疯，昨晚竟然会说这种话的。

"……我挚爱之人，拔我龙鳞，剜我龙心，斩我龙角，抽我龙筋，拆我龙骨，禁我魂魄，将我肢解于大江南北，施大封印阵法，欲囚我永生永世……"

天曜的声音在脑海中回响。雁回怔怔地盯着天曜。

天曜也不着急，也只淡淡地盯着雁回："想起来了？"

雁回甩了甩头："有点乱……"

天曜跪坐于萧老太坟前，目光微垂，落在地上："你若是不记得，我不介意再说一遍，左右，昨夜你也给自己下了血誓，跑是跑不掉了。"

雁回完全惊呆了。

她干了什么？

给自己下血誓？那种违背誓言就会遭到针扎之苦的咒言？她为什么？！

雁回翻过自己手腕一看，那处果然有一个猩红的点，颜色看起来万分娇艳欲滴。

她不是喝醉酒就坑自己的人啊，昨晚真是喝大发了……

雁回这边还在为自己所做之事惊愕不已，天曜便道："二十年前，广寒门素影真人肢解了我。"

天曜一句话，霎时将雁回那正在为自己行为懊悔惊愕的心抓了过去，她瞪着眼睛看天曜："什么？当真是素影真人害了你？她是你挚爱之人？她肢解了你？"

相对于雁回的着急，天曜只是轻描淡写地扫了她一眼："昨日我说时，怎未曾见你惊讶成这样？"

"昨天喝醉了能听得懂什么！"雁回一盘腿在天曜身边坐下，"来，你再仔细和我说一遍前因后果，素影真人为何要那样杀你？"

天曜默了一瞬。"为了我身上的龙鳞。"天曜语气平淡，仿佛是在说着别人的故事，"世间传闻，龙乃万物不伤之体，以龙鳞制成铠甲，可使万物不伤。连时间也伤害不了穿上龙鳞铠甲的人。"

"什么意思？"

天曜漆黑的眼瞳落在雁回身上，深邃得让雁回有几分失神："意思是，凡人穿上了龙鳞铠甲，便会长生不老。"

雁回一愣，一瞬间恍似有点了悟了，长生不老，对于凡人来说有着多么致命的诱惑。

身怀异宝，力量再是强大，活着也危险啊！

"二十余年前，素影爱慕一凡人至深，然而凡人却即将寿尽，素影听闻龙鳞铠甲之效，便意图取之。然则当年，我修行已有千年，于飞升不过一步之遥，素影心知硬抢不过，便巧化迷途修仙之人，假装重伤，骗我信任，令我救她。"

雁回听到此处，实在忍不住插了一句嘴："要不是见色起意，你会那么好心

救她？”

天曜盯着雁回：“还想听？”

“……你继续。”

“彼时我并不知晓她的真正目的，我救了她，也爱慕于她，我放弃飞升的机遇，甚至愿意为她抛弃妖怪的身份。我不听友人劝阻，执意与她携手白头。”天曜微微勾了勾唇角，满脸嘲讽，“然而在我与她约定前去迎娶她的日子，她却在广寒门，邀你辰星山的清广真人，施大法阵，困住了我。”

“便是在那满月之夜，于广寒山巅，邀月术下，素影生取我浑身龙鳞。”

天曜这话说得慢且没有起伏，直听得雁回唇齿生寒。

生取……浑身龙鳞。

那得有多痛……

“素影害怕我若身死，龙鳞铠甲便失去了护人长生不死的力量，于是她便没有杀我。然而她又怕我报复，扰她以后不得安宁，便亲自操刀，剜我心，斩我角，抽我筋，拆我骨，最后封印我魂魄，将我肢解于大江南北，借五行之力实施封印，以图我永世不能翻身。”

雁回只觉得浑身冰凉。仙门对妖族痛恨是真，却没有几人会以如此残忍的手段行杀妖之事。

想到几个月前还在辰星山见过素影真人，雁回当时只觉得那是个冷面美人，并没想到，她为了达到自己的目的，狠下心来竟有如此让人胆战的狠辣手段。

雁回望着天曜，经历过这样的事还能活着出来，他也是不简单……

雁回对天曜说话的声音忽然有点怯怯的：“那你是怎么……活过来的？”

天曜目光落在雁回身上：“因为你。”

雁回大惊：“关我什么事！二十年前我才刚出生呢！”

天曜一抬手指，指尖轻轻放在雁回的胸膛之上，在那处还有着前几天雁回被天曜捅出来的伤口。雁回见天曜这个动作，捂着胸往后退了退：“你干什么？”

天曜黑眸一眨，盯着雁回：“因为你有我的护心鳞。”

雁回反应了半天：“那是个什么东西？”

天曜又弯了弯唇，笑得极尽嘲讽又极尽阴森：“你也知道，二十年前，素影想保的凡人，并未保得住。”天曜语气里带着几分病态的报复快感道，“她制的龙鳞铠甲，根本没有作用。”

雁回挑了挑眉，顺着他的话往下接：“所以，那是因为你刚才所说的那个护心鳞……”

“被我打飞了。”

“什么？”

“素影拔下我护心鳞之时，我拼着浑身修为，将护心鳞抽出了大阵法的结界。”天曜道，“他们布着阵，无法抽身，而没有护心鳞，那龙鳞铠甲，不过是一堆废物。”

雁回默了一会儿：“所以……二十年前，你们搞了这么半天，最后却是谁也没落得一个好下场？”

天曜拨开雁回放在心口上的手，碰到了雁回受伤的胸膛：“可它救了你。”

雁回愣神。

“探你的脉便知，你天生心脏残缺，本不是久命之人。”这事儿雁回倒是知道，以前有一次她受了伤，药房的师叔给她看了病，便说她体质奇怪，心脏有毛病但身体却倍儿棒。当时师叔只道是她平时修行用功，内里修为充盈，并没有想到别的地方，然而现在天曜却说……

“然而你却活蹦乱跳到现今年岁，还能修仙问道，并不是因为你天资聪颖。”天曜的手指在雁回心口点了两下，“因为你有我的护心鳞。它护住了你的命，改变了你的体质。”

雁回张着嘴，一时竟不知该说些什么。

她……

她身体里竟然有龙的护心鳞，还一直都在？

原来搞了半天，二十年前，最后捡便宜的……是她这个从头到尾都不相干的小屁孩喽……

这下雁回一瞬间就能理解，为何昨天喝醉的自己会对着天曜大喊：“今后你的事就是我的事！”还有要陪着他寻回所有遗失之物的话了。

因为这家伙以前拼了命扔出来的那块护心鳞，阴错阳差竟成了救了她命的神物啊！

雁回陡然间知道了如此大的秘密，一时间有点消化不过来。

待她好不容易将这些信息全都吸收掉之后，一个不容忽视的问题忽然涌上了心头。雁回一个激灵，一巴掌拍掉了天曜还放在自己心口上的手。

“你……难道是要拿回那块护心鳞？”雁回连连往后退了几步，“取了这玩意儿我是不是就要死了？”

她怕死，她还没潇洒肆意地活够呢。

天曜慢慢地收了手，抬头望雁回：“没了护心鳞，你寿命不过十日。”

雁回目露惊骇，又噔噔地退了两步。

天曜见她惊吓成如此模样，嘴角牵动了一丝连他自己也毫无察觉的弧度，但这弧度很快就彻底消失：“于我而言，护心鳞不过鳞甲一片，给你也无妨，但是……”

听到“但是”这两个字，雁回脸色就没办法好起来：“你想借此威胁我，让我陪你去寻找那些被分别封印在四方的肢体？谁知道素影真人将你肢解成了几块啊……这要找，得找到何年何月去……”

“只剩下三个地方了。”天曜道，“当年素影用五行封印，以木囚我魂魄，以水困我龙骨，以火灼我龙筋，以土封我龙角，以金缚我龙心。十余年前，巨木被焚，我魂魄自巨木中逃出，于茫茫世间漂流，终是有幸觅得龙骨气息，这才停于此山村之中，入得这弥留之际的幼儿身体，这十余年间，我日日皆在寻求取回龙骨的方法，然而未有所得，只因那封印需我自身龙血方能破解。”

雁回明了，若是按照素影真人的算计来说，这理当是个死封印才对，因为肢解了天曜，他怎么可能再爬出来给自己解开封印？

若不是他的护心鳞入得她的身体，伴随着她长大，改变了她体质，天曜就算魂魄跑出来附上了人身，理当也是破不了其他封印的。

毕竟……没血啊。

雁回斟酌了一会儿：“可你看，你的龙骨也找回来了，你修炼一段时间，身体里不就有龙的气息了吗？然后血慢慢地不也就变成龙血了吗？你可以自给自足的，我相信你。”

“你所言之事确实可能，然则此事却并非一朝一夕能有所成。”天曜目光落在坟前两朵小白花上，他们谈话也没有多久，但这花却已有了颓靡之势，“而我没有时间。”

天曜轻触花瓣，声音微沉：“我在此破开龙骨封印，素影不会一无所知。而在我完全找回身体之前，不会是素影的对手。若被她发现，我只能再次任她宰割。”

雁回咽了口唾沫。

这个词用得真好，素影对他，当真是宰割啊。一分假都不掺的……

但是要她帮他找其他的身体，等于让她帮一个妖怪，还是一个和素影真人作对的妖怪……

雁回摇头："这忙我不能帮。"

天曜抬头看她，静静地等着她说下去。

雁回挠了挠头："你也别怪我见死不救。只是你看看咱俩这情况，我确实也没法救你。

"这第一吧，我虽然被辰星山驱逐，但我依旧是个修仙者，以后还是要靠揭榜除妖拿酬金过日子的。帮助你就等于是完全背弃修道之义，我可是从此就会像妖怪一样被所有修仙者追杀的。想远一点，若是我帮你找回了所有的身体，那时候，即便你把护心鳞赏给我，我也已经成了一个背叛了修道界的人，是再入不得中原大地了，而身为修仙者，我更是去不了妖族那方。左右为难，更是难堪。

"这第二吧，素影真人对你的所作所为委实过分，我身为一个修仙者听了也是心惊，然而现今这大环境……仙妖之间势同水火。素影真人是那么大门派的掌门，你又是听起来那么厉害的大妖怪，哪个修道者知道你的身份不惧怕？一怕就想除掉你，正巧素影真人真还就除了你……所以，即便素影真人当年对你那般狠心毒辣，但依我看，就算这事儿传出去，指不定还有一群道貌岸然的修仙者为素影真人拍手叫好呢……"

天曜沉默。

"还有这第三。"雁回指了指自己的心口，"虽然托你的福，让我活到今天，但你解个封印就要捅我一刀的事儿，真不是随便哪个人都能承受的。我觉得我们还是就此别过比较好。当然，我知道你肯定是不会就这样放我走的，所以，来吧。"雁回手上捻诀，"打一架。你输了就不会对我的离开感到那么不甘心了。"

天曜看了雁回许久，并没有动，只道："你还是喝醉的时候说话比较可爱。"

"谢谢，有时候我也很希望自己能一直像喝醉时那样无所畏惧，但能醉生梦死的时候太少，人总是要活得清醒现实一些的。"雁回见天曜确实没动作，便也收了招式，看了看手腕上的红点，撇撇嘴，打算直接走人，"你这事是我懦弱无能不敢面对，我给自己下的这血誓，以后日日心绞痛就当给自己的惩罚了，咱们就此别过吧。我还有别的事要查。”

“若我说……”天曜在雁回身后开口，声音虽然依旧不紧不慢，却比方才更多了几分冷意，“若我死了，护心鳞便从此失效，你又待如何？”

雁回脚步一顿，思量了一瞬，微微侧过了头：“你现在当真能控制自己的生死吗？

“依你方才所言，素影真人之所以封印你而不杀你，便是想留你一命保龙鳞铠甲法力不散。如今虽然你魂魄逃了出来，龙骨也取了出来，但你应该也还没有‘死’的权利……吧？”

随着雁回的言语，天曜的嘴角越绷越紧，眸中神色也越发冷凝。

是啊，素影不允许他死，所以这些年，每逢月圆之夜，他都要承受着魂魄撕裂之苦，狼狈不堪，生不如死地活着。卑微得连结束自己生命的权利都没有。

他只有在看不见希望的黑暗里，独自忍受着无尽的耻辱、悔恨，还有这非人的疼痛，苟延残喘地等待不知什么时候会到来的黎明。

他没有放弃的资格，所以只有破釜沉舟，坚持下去，直到找全自己的身体，然后……

杀了素影。

这些年，这份恨意一直支撑着他，也在撕裂着他。

因为这份恨意是如此强大，几乎成了他不变成一具行尸走肉的唯一理由。而同时，这份强大的恨意，他除了压抑压抑压抑，根本就无处发泄，因为他完全看不到恢复自己身体的一丝希望。

十年如一日，他就这样在期待和绝望当中活着，活得混沌不堪。

而这时，雁回却出现了。

带着他的护心鳞，带着一具拥有“龙血”的身体，就这样从天而降，落到他的世界里。

可想而知，雁回带给他的是多么有力的冲击。她是他手中的浮木，也是他最后一根救命稻草。他拽住了她，而她却说……想走？

若是想走，一开始就不该出现在他面前，而一旦出现了……

“你没有去死的权利吧？”雁回又问了一遍，她细细地将天曜的神色打量了一通，然后确信地点了点头，“如此，我便走了，你多保重。”

天曜看着雁回的背影，缓缓站起身来，拍了拍衣裳：“几个月前我去村外之

时，偶然听见江湖传闻，素影真人寻到了她爱人的转世。”

雁回知道自己不应该听天曜废话了，但还是忍不住竖起了耳朵。

雁回想起几月之前在辰星山大会之上看到的那个冷面仙子，她身边确实是跟了一个凡人书生，素影将那书生看得紧，一张没什么表情的脸也只有在和书生说话的时候会变得温和几分。

转世之说虽然玄妙，但抛开前世因果，反正素影真人现在理当是喜欢着那个凡人的没有错。

“她寻了那么多年，终于还是找到了那人，这一次，想来是不会再这般容易放任她爱人死去。”天曜声色寒凉，“若我没想错，她如今也是在满天下寻找当年遗失的那片护心鳞吧。”

雁回脚步再次顿住。不用天曜再说什么，她一瞬间就明白了他的心意。于是雁回瞪着眼转头望天曜，不敢置信地问：“你竟要出卖我？”

“谈何出卖？”天曜向雁回靠近，“我们本是一根绳上的蚂蚱。要卖，我也只是将自己卖了。”

反正他的情况也不能更坏。

天曜勾了勾唇角：“拖上你垫背，也不错。”

雁回恨得牙痒，五指握成拳松了又紧、紧了又松。半晌之后，雁回心一狠：“我就不帮！你去找你前情人告发我，然后咱俩一起同归于尽吧！”

言罢，雁回随手折了一截树枝，扔在空中，手中结印，径直将树枝当作剑，驭剑而起，飞向天际。

天曜走了几步，看着雁回飞远的方向，眸光微动。

他知道这姑娘行事容易冲动，脑子里想的总是与普通人不一样，所以得了这么个结果倒也在他的预料之中。他也不急，只看着空中雁回留下的痕迹慢慢地跟了上去。

他种在雁回身上的寻踪觅迹的咒术虽然小，却也不好除呢……

她想摆脱掉他，也不是个容易的事。

雁回法术恢复之后驭剑而行，不过片刻便离开了那铜锣山里的小山村。

但到底是身体未完全恢复，飞了一会儿她便累了，在铜锣山脚小河旁边拣了个地方坐下。

方才对天曜的话虽然是那样放了，但雁回想了一会儿，心里还是有些惴惴不安，万一这妖龙还真是想不开去向素影真人告发了呢……

依着那妖龙口中的素影真人的作风，还不得直接把她的心挖了来取护心鳞啊！

雁回咽了口唾沫，揉了揉感觉凉飕飕的胸膛。

要不还是回去和那妖龙打打商量吧……

雁回如此想着，却一直没有拿定主意，想来想去，天便慢慢黑了。雁回索性随手捞了两条鱼，捡了柴，在河边生了火烤鱼吃，一边烤一边还在琢磨。

然而当她手里两条鱼烤好的时候，旁边忽然坐下来一个人。

一句话没说，半点也不客气地拿了雁回手上的烤鱼便吃了起来。

雁回一愣，转头："你怎么跟到这里的？"

来人不是天曜又是谁。

天曜显然是饿了，并没有搭理雁回。吃了一会儿，直到雁回动手抢他手里的鱼，天曜才侧身一躲，瞥了雁回一眼，道："走来的。"

雁回这才想起，天曜给她下的跟踪行踪的咒术她还没解呢。

然而一转念，雁回又惊呆了。

虽说她今天驭剑的时间不长，速度也不快，但好歹也是用飞的啊，这家伙居然用走的也能赶上她……真是坚持……雁回揉了揉眉心："我不会帮你的，现在这情况我还没跟你说清楚吗？"

"说清楚了。"天曜一边慢慢吃着鱼，一边道，"但是……"他到底是抽空瞅了一眼雁回，火光将他的脸照得忽明忽暗，他冷淡的语气中带着点不经意的自讽，"除了跟着你，我还能去哪儿？"

其实他这句话说得流氓又无赖，但雁回看着他脸上的神色一时竟说不出话来。

无言地望了天曜一会儿，雁回看着他这张漂亮的脸实在忍不住在心里感叹一声，其实本来冲着这张脸，若有她力所能及的事情，她能帮也就帮了，但奈何偏偏是个这么烫手的山芋……

雁回忧郁地拿了鱼也开始啃，啃了半晌，吃饱了肚子，雁回才咂巴了两下嘴，淡淡道："有本事你就跟着吧，反正我是不会用断送下半生的代价来帮你的。"

天曜不说话，就像没有听到雁回这句话一样。

晚上雁回在河边简单洗漱了一下，便拣了块平点的地躺下了，根本当天曜这个人不存在一样。只是睡觉前，她还是忍不住悄悄睁了只眼睛，偷偷打量天曜。

本望着天边月色的天曜倏尔目光一转，精准地擒住了雁回偷窥的目光。

雁回有些尴尬，咳了两声，背过身子，调整了番姿势，装模作样地睡觉。

然而今天知道了这么多事，天曜的目光又一转不转地在背后盯着她，雁回哪有那么容易睡得着？她保持着一个姿势静静躺了一会儿，却不承想，是她先听到了背后天曜呼哧呼哧变得均匀的呼吸声。

他居然比她更有心情睡觉吗……

雁回心里的情绪有几分微妙。

她转了身子，本想趁着天曜睡着正大光明地盯着他看的。但没想到她一翻身，转过来看到的却是天曜猛然睁开的双眼。

他双眸擒住雁回，虽然像往常一样保持着淡漠与冷静，但目光却不肯放开她哪怕半分，将她每个细微的动作都收入眼中。

雁回与他对视了一会儿，直接躺着问他："你是怕我跑了吗？"

天曜也丝毫不避讳："没错。"

"可就算你这样盯我一夜，明天早上我还是得驭剑走的。"

"我再找到你就是了。"

"……"

雁回觉得自己蛮可悲的，在说书人口中，这样的话向来都是霸道帝王对自己深爱的姑娘所说的话，然而到了她这里，从天曜嘴里冒出这句话来，雁回只觉得犹如被厉鬼缠身了一样头疼。

她咬了咬牙，索性坐起来打算和他好好谈谈人生："我觉得你这样缠着我很没道理。"

天曜抱着手，听她说。

"你看，我现在法力恢复了，而你只找到龙骨，没有法力，从根本上来说，你是打不过我的，我不想帮你的话，你也强迫不了我。

"再来，就算咱们退一万步来讲，即便你能像这次取龙骨一样强迫我，但那又怎样呢？你仔细回忆一下，想想那天我们取龙骨的狼狈模样，是不是因为你没将事情给我说清楚而我又不配合才闹腾出来的？所以你得明白，如果我不是诚心帮你的话，就会变成你的累赘甚至搅屎棍。还不如你自己办来得痛快。"

天曜听罢，道："说完了？"

雁回点了点头，充满期待地盯着他："是不是觉得我说得很有道理，听出了什么感悟……"

天曜也点头，并快速简洁地给出了回答："废话很多。"

"……"

"别动甩掉我的心思，我不会任由你离开我的。"天曜道，"睡吧。"

雁回一边扼腕，一边运转内息，打算强行冲破天曜给她下的追踪咒。冲了一会儿，雁回只恨自己前段时间贪吃太多馒头，虽是个小咒术，但被种得太多、太深，这一时半会儿的，她还真拿这咒术没办法了……

此念未落，远处树林一阵鸟飞，扑腾着翅膀的声音在夜里传了老远。

雁回耳朵一动，望向鸟儿飞起的那方。她回头望向天曜，两人的目光均是一凝。

雁回道："这下可是真睡不了了。"她沉了眸色，"妖气升腾，麻烦了。"

天曜站起了身，拍了拍衣裳："是冲着我来的。"

雁回挑眉："来接你的？"

天曜嗤笑了一声："谁会来接我？不过是一群被吸引过来的妖怪罢了。"

"吸引？"

"我现今凡人之体却身怀龙骨，于偷入中原的妖怪而言，我可是他们提升修为的一顿大餐。"他说着，神色不见半分惊慌。

"你也是可怜……修仙的要杀你，现在连妖怪也要吃你了。"一旁的雁回开始一边往火上盖土，一边道，"你寻找其他身体之前，先寻个物事将周身气息掩住吧，省得回头好不容易找到了龙骨，却拿去便宜喂同类了。"雁回将土踩实了些，直到一点烟都没有冒出来，她背一弓往小河里走，"鸟都惊飞了，可见来得有点多，我伤还没好，就先撤了。你保重吧。"

雁回下了河，旁边的人也跟着她一起下了河，一阵稀里哗啦的水声后，雁回盯着身边的天曜："你别跟着我。"

天曜像是根本没听见她的话一样，学着她逆水往上走了两步，然后点头："水能掩去气息，逆水而行虽然慢些，却能误导前来追踪的人往下游而去。"他赞赏道，"逃命还算有点本事。"

雁回一边逆流而上一边气道："说了不要跟着我。他们那么远都能冲着你找到这里来，水还能掩盖得了你的气息？没人告诉过你不要随便拖累别人吗？！离我远点啊！”

天曜往远处眺望了一眼，转头问雁回：“闭气能闭多久？”

雁回下意识就回答了：“调个内息能闭一个时辰……”

“那你先把内息调下。”

雁回皱眉，望了望远方：“来得这么快？我刚才看鸟飞得还挺远的啊！”

“调好了吗？”

“……你能不能不要选择性地忽视掉我的话？”

“不能。”

天曜话音一落，便再不管雁回准没准备好，一伸手摁住她的脑袋径直将她摁进了河水当中，此处正好水比较深，在靠近岸边的河底处，许是有大石头被冲走过，那处正好有个坑，坑里有些许稳固的石头，天曜抓住一块，稳住身形，保证他们不被河水冲走。

深夜，在岸上看河水，里面是一片漆黑，然而从水里面往外看却是清明得很。月亮星星，除了被水波拉皱了以外，都还能看得清楚。

天曜抓着雁回，将她禁锢在怀里，是一种保护的姿态，却并没有保护的意思，他只是怕雁回不安分，手脚乱动，搅出动静。

雁回也能体会出天曜的意思，因为……天曜实在把她四肢禁锢得太紧了。

雁回想动动手臂，让天曜稍稍松一些，然而便在这时，一个巨大的影子靠近了河边，雁回在河里能清楚地看见，那是个长着巨大水牛角的妖怪。

他脑袋凑了下来，雁回以为他看见他们了，身中法力起了戒备之势，天曜像是能通晓她心意一样，将她抱得更紧了些，带着她在水里微微转了个弧度，用自己的身体挡住了她的视线。

雁回瞬间明了，天曜是在告诉她，稳住。

天曜还是个少年的身体，肩膀免不了单薄，但在牛头还在不断地往水面探的时候，雁回琢磨了一下，最终还是选择了相信妖怪的感觉。

她收敛掌中法力，随着天曜一同在河底贴着躲藏着。

牛头贴到了水面，若是他将脑袋放进水里，就很容易看见他们了，然而，他却在长长的嘴挨到水面后，咕咚咕咚地喝了两口水，然后抬起头，走掉了。

紧接着，那巨大牛妖的身后，有四五个妖怪的影子都路过了河边。

然后很久没有黑影再靠近。

雁回心头长舒一口气。

那妖怪体形巨大，身后还跟了四五个小妖，她现在受了伤，浑身上下别说铁剑了，连个铁做的武器都没有，若当真和他们对上了，那还真是个麻烦事。

她脑袋在天曜下巴上顶了一下，示意天曜可以看着时间上去了。

然而天曜却没动。

隔一会儿，水面忽然又暗了下来，这次却不是一个妖怪埋头到岸边喝水，而是整个平坦的河岸边都黑了下来！

这黑压压的一片将雁回看得都要惊呆了。

这是……

天曜这是把这附近偷入中原的妖怪都吸引过来了吧！

这个香饽饽真是香飘十里啊！

雁回一时还挺感谢自己今天离开了铜锣山的小山村的。

要不然这么一网都打不尽的妖怪要是冲到了村子里，不知又得吓死多少个村民了。

雁回下意识地往天曜怀里缩了缩，让他把自己挡得更严实一些。天曜看了眼怀里缩头缩脑的雁回一眼，嘴角动了动，也没有其他动作。

岸上的妖怪们寻了一会儿没见着人影，便一个接一个地往下游走了，没一会儿，大部队便离开得差不多了。

岸边的黑影变得稀稀拉拉起来，在离雁回他们最近的地方也只剩下一个妖怪还在上面探头探脑地搜寻气味。两人在河里目光紧紧地盯着他。

终于当妖怪打算跟随大部队离开时，忽然间，天曜在河底抓住的石头猛地一松，一串气泡咕嘟嘟地往水面上冒去。

天曜迅速地在河底找了另一个着力点稳住身形，但已经来不及阻拦冒上水面的气泡。

冒上去的气泡伴随着极细小的“啵啵”两声，消失在了水面。

非常轻，在夜色的遮掩下一般本是看不出来的，然而那妖怪却动了动耳朵，他望向冒出气泡的水面，眯着眼睛，然后探过头来，离水面越来越近。

天曜抓了雁回的手，在她掌心轻轻写了四个字“一击毙命”。

说得倒简单。雁回掌心出了点汗。在这样的情况下，她动作又不能太大，用的法力又不能太多，还不能让妖怪的死惊动前面的大部队，最后还得是在水里憋着气的情况下完成这件事……

雁回一琢磨，给天曜掌心画了个传音入密的符，告诉他："这事儿有难度，要是搞砸了我就直接反手打晕你，然后交你出去邀功保命，我现在先和你说一声，免得你回头说我阴你不讲道义。"

"……"天曜轻轻回了一句，"告诉了我便算是讲了道义？"

"至少我给你讲了。"

不等天曜回话，雁回掌中悄悄凝聚起了法力，热力慢慢在她周身聚拢。

天曜只觉得怀里的人越来越热，越来越烫，他却没有放手，反而将雁回抱得更紧了一些。他喜欢这样滚烫的感觉。

他本是五行为火的龙，他的身体本应该是像这个姑娘一样烫得炙手的温度，然而现在，他却日日都如坠冰窖，活得狼狈不堪。

只有抱着这个姑娘，喝着她的血的时候，他才有片刻轻松，才能感觉活着原来可以不那么痛苦。

天曜心里清楚，对现在的他来说，雁回是他唯一的药，也是让他上瘾的毒。

但不管是好是坏，他都离不开她。

便在他念头转换之间，雁回手中热力化为一道利箭，径直向已将脑袋探入水里的妖怪眉心而去，法力没入妖怪眉心，力道却控制得刚好，射穿了他的眉心，却没有破开他的后脑勺。

妖怪睁着双目，身形一僵，"咕咚"一声掉进了河里。

再无声响。

妖怪的尸体顺着河水慢慢冲走。

雁回收了手，在衣服上擦了擦。若不是情况必要，她其实是不愿意下杀手的。

"法术太消耗气了。"雁回传音给天曜，"我憋不了多久了。"

"再忍忍。"

雁回脸色慢慢变红："痛能忍，这真不是我说忍就能忍的，你放开我，让我上去喘口气，我会小心不让前面走过去的妖怪发现的。"

"你刚动了杀手，不能上去。"

雁回实在是憋不住了，脑袋开始发涨，满脸通红，四肢也渐渐变得无力。再这样下去，妖怪是躲过了，但恐怕她也真的憋死了。

雁回拍了拍天曜的手，让他放开。天曜不为所动，雁回直接开始掰天曜的手指。

然而她还没掰开两根，天曜倏尔放了雁回的腰，将她后脑勺一摁，雁回脑袋被迫往前，然后她的唇就触到了天曜柔软的唇。

毫无防备。

雁回大惊，在水中瞪大了双眼。

天曜丝毫不与雁回客气，封住她的嘴，舌头撬开她的唇齿，一口气渡了进去。

像是怕她不够，又长长地渡了口气。

这……

这已经算是第二次了吧！

雁回推开天曜的脑袋。天曜盯着她，借着刚才雁回那个还没散去的传音入密术对她道："再撑一刻。"

说得如此冰冷无情，活像他刚才没有做非礼大姑娘的事情一样……

好吧，虽然从他的角度来说，他确实不是在非礼……

但是！

雁回扼腕，如果说上次月圆之夜在天曜神志不清的情况下，和她嘴唇相触是在"撕咬"的话，那这次当真是在……接触了啊！

这个妖龙说着讨厌被人触碰，讨厌和人靠近，但看他所作所为，根本不像是那么回事啊！

这柔软的唇还有舌头……

她又被占便宜了啊！

雁回内心戏正闹得精彩，岸上的妖怪却忽然有了异动。

本来离开的大部队不知道为何开始慢慢地又往上游这方寻了过来，天曜根本无心揣摩雁回的心思，只冷眼看着河面，然后皱了眉头。他目光在河水中静静搜寻了一番。

然后沉了脸色。

是血腥味啊……

死掉的妖怪的血腥味到底是没有逃过这些家伙过分敏锐的嗅觉。

天曜抖了抖雁回，将她从失神中抖了回来："你可以上去呼吸了。"

脑海里响起了这句话。雁回抬头一看，然后肃了脸色。

大事不好了呀……

雁回往身体里探了探自己的内息，估摸了一番所有能聚集起来的力量，然后手一伸，径直将天曜反抱住，天曜眉梢一挑，想起雁回刚才那句将他打晕了拿去邀功保命的话。

他还没来得及说话，雁回便道："怕就闭上眼睛。"

天曜觉得好笑："你在和我说话？"

雁回歪着嘴巴一笑，露出了小虎牙："平时没事，被逼到绝路的我，动起手来可是很吓人的哦。"

雁回在心里算计着，跟过来的这些妖怪基本都是还没有完全化成人形的，法力都不会很强，但胜在数量庞大，而她现在气虚，不能久战，也施不了大法术，可她胜在敌明我暗，只要找准机会，出其不意，拼一拼还是能顺利逃脱的。

"准备了啊，我要出水了。"

雁回一手将天曜抱紧。

天曜空闲下来的双手在水中放了一会儿，然后便自然而然地抱住了雁回的后背。

上次像这样拥抱别人是什么时候？

在天曜的记忆里，素影几乎不允许天曜触碰她，当时他只以为素影不喜被人触碰，她是天边的月，本就不该被人触碰。

唯一的那一次拥抱，是素影离开他回广寒门之前，反复叮嘱他："十日后，你定要来广寒门娶我。"他当时满心爱意，情不自禁地抱了她一下，当时素影没有拒绝。

像是拥住了满怀的清霜，寒意刺骨，他以为以后可以用一生的时间慢慢温暖她，结果没想到，他的一腔热血，全都洒给了漫天大雪。他那些炙热的情绪，从头到尾，只燃烧了他自己一人而已。

"要上去喽。"

脑海中雁回的声音将他唤回了神。

天曜不经意地收紧了双手——好温暖。

这个身体，温暖得烫人心口。

雁回脚下蓄力，如同离弦的箭，猛地一下自河底射出，破开水面，掌中聚

气“唰”地在空中转了个圈，手中法力涤荡而出，将周遭一圈尚未反应过来的妖怪击倒了一大片。

妖怪们一阵哀号。雁回反手一转，随手吸了把落在地上的妖怪的剑过来，随即凌空一舞，驭剑而上，然而便在她即将飞走之际，一个铁链钩猛地甩上了天，钩住雁回的腿。

雁回被拉得往下一沉，驭剑也飞不走了。

便是这么一瞬间耽搁的工夫，已经有下面的妖怪要顺着铁链往上爬了。

天曜干脆利落道：“砍断腿。”

雁回眼睛都要吓凸出来了：“你倒是瞎大方！出的什么馊主意！”她一边说着一边一挥手，砍断了脚上铁链，然而铁钩却已经剜进她的小腿里，一时拔不出来。

此时此刻雁回也没工夫叫痛，再次起势要驭剑走，然而妖怪们哪能如此轻易地放他们走?

下方斜刺里又是一道铁钩扔了过来，这次是径直对准了雁回的脑袋，天曜目光一凝，手边别无他物，余光当中但见雁回颈项前系着的碎寒玉在晃荡，他当即没有犹豫，手一抬，径直拽了雁回脖子上的碎玉。在雁回还没反应过来之际，天曜将它当作暗器一样扔了出去，正中那挥舞铁钩的妖怪眼睛。

妖怪一声惨叫，痛得满地打滚。那一直干扰他们的铁钩终于不见了。

天曜催促：“走。”

雁回愕然，不敢置信：“你做了什么？！”她驭剑一歪，竟是打算下去捡那碎玉。

天曜眉头皱得死紧，呵斥出声：“找死吗？！”

下方妖怪嘶吼不断，方才被雁回击中的鸟妖，开始慢慢张开翅膀。

雁回看了碎玉一眼，最后只得一咬牙，向着远方飞速而去。

夜风呼啸吹乱了她的头发，雁回对天曜万分恼怒，然而在恼怒的背后却是一阵又一阵的无奈袭上心头。

她以为自己能偷偷地留一点下来当作卑微的念想的，但人算到底是不如天算。

原来，这世间不属于她的东西，始终都不会是她的，那些偷来的，捡来的，始终会在某个神奇的地方，从她生命里彻底消失……

这大概就是所谓的……

天注定。

一路不分方向地急行，直到行得雁回感觉内里空虚，连驭剑也开始摇摇欲坠的时候她才不得不停下来。

而这个时候她已经没有让自己稳稳落地的力气了。“自己护好头！”她喊着，一点没减速地扎进了树丛之中。

不知撞断了多少树枝后，才被一棵大树拦下，然后从树上一层层地摔了下来。

天曜要重一些，先“啪”的一下摔在地上，还不等他爬起，雁回又“啪”的一下砸在了天曜的肚子上，将他重新砸得躺了回去。

那把抢来的妖怪的剑则“唰”的一声，插在了两人身边的土里。

林中鸟儿被雁回二人惊起，飞向天际，树林中各种动物的叫声一波接一波，不绝于耳。

雁回便随着这些慌乱的动物叫声趴在天曜身上笑了出来。她笑得万般开心，从天曜身上翻下去，躺在地上也还在笑。

适时天已近黎明，天边有微末的光芒破开了黑暗。

看见天快亮了，林中动物的声音慢慢歇了下去，雁回的笑声才慢慢平息。

她望着天，好半晌没说话。

最后是天曜主动打破了沉默：“你不是说要将我打晕了交出去邀功保命吗？”

“我应该把你交出去的。”雁回这话说得低沉且略带冷意，倒不像是在开玩笑。

天曜转头看了一眼她的侧脸。雁回却不任由他看，坐起身来，蜷了膝盖，捏住还残留在小腿里的铁钩后端，咬了咬牙，意图将铁钩直接拔出来。

见她如此，天曜眉头一皱，立即翻身坐起：“不行。”他打开雁回握住铁钩的手，“这钩有倒刺，你是想把整块肉都撕下来吗？”

雁回抬头看他：“大方的人还在意这些细节？刚才不是让我把腿砍断吗？”

“知道你不会砍。”天曜瞥了她一眼，站起身来，将落在一旁的剑捡了过来，“趴下，我帮你取。”

在这种事情上雁回倒也干脆，径直趴在地上也不看天曜一眼，任由他拿着把剑在她小腿上比画。

撕开雁回的裤脚，天曜看见被铁钩钩住的地方已经血肉模糊了，他目光一

转，看着趴在地上的雁回头也没回一副任由他折腾的模样，他垂了眼眸，下手极轻。

这个女孩并不欠他什么，她与二十年前的事情也根本无关。但因为她出现了，所以他便要将她缠住，几次把她拖进危险之中。做这样的事，他也是有愧疚的。

只是如今这份愧疚远不足以动摇他的决心，不足以让他放下他的“自私”，他自己也想摆脱掉这种狼狈苟活的境况。

所以即便让雁回痛，那他也只能冷眼在旁边看着；即便让雁回伤，他也不能放手让她走。

因为他也是在这世事浮沉当中挣扎偷生的……

卑微者。

剑下轻刺，巧劲一挑，只听雁回忍痛的一声闷哼，那铁钩便被天曜挑了出来。

雁回回头一看，天曜将那混着血丝的铁钩扔到一边，道：“伤口不深，且没伤到筋骨，没有大碍。”他退到一边，想去摘片树叶擦手。

雁回却一声喝道：“站住。”

天曜转头看她，雁回蹭了两下，坐到天曜身边，然后一下撕了天曜的衣摆，扯出布条给自己小腿包扎起来。

天曜眉梢微动：“你不说一声，就如此扯人衣摆？”

“你不说一声就对我做的事情多了去了。”雁回抬头嫌弃地瞟了他一眼，“没见得我训你啊。”

确实也是。

天曜便不再吭声，转身摘了几片树叶，又扯了几个果子，回来递给雁回：“再赶些路，待得靠近城镇，妖怪们便不会如此猖狂了。”

雁回接了果子，飞快地啃完一个：“嗯，走吧。”

她撑起身子，一瘸一拐地走了两步，却见身边没人跟来，雁回转头一看，天曜只在身后看着她：“驭剑术呢？”

雁回翻了个白眼：“如果还能驭剑，我们会从上面摔下来吗？你以为我不会直接赶到城镇里面去啊！”雁回一边往前走一边道，“内息耗完了，先找个靠近城镇的地方歇歇，调理调理气息吧。”

身后天曜大步迈了过来，雁回也没在意，却见天曜一步跨到了她身前，挡

住她的路，然后背朝她蹲下了身：“上来。”

雁回有点愣神。

天曜侧头看她：“你这样瘸着腿磨着走，赶到明天也走不出几里路，上来。”

雁回一琢磨，觉得他说得在理，而且他主动提出要背她，有便宜为什么不占。雁回当即一蹦，跳上了天曜的背：“你要敢把我摔了，我可是会发脾气的啊！”

天曜懒得搭理她的闲话，背了她便往前走。

天曜的肩还不够宽厚，但趴在上面不知为何雁回还觉得蛮踏实的，或许是他走路沉稳，每一步都踏得正，不偏不倚，若他只是个普通少年，若他再长大几岁，应该是个传统意义上很可靠的男人吧……

雁回脑袋搭在天曜的肩头上，眼睛随着他步伐的频率开始一眨一眨地要闭上。

适时天曜刚走上一个山头，晨光破晓，雁回半梦半醒之间恍似看见了许多年前，凌霄带她回辰星山的模样。

她也是这样赶了一夜的路，困得连走路都在打偏，但她害怕耽搁师父的行程，不敢说累，不敢言困，她努力睁着眼睛跟在凌霄身后走，走着走着世界就黑了下去。

等她再醒过来的时候，就是这样，趴在凌霄的后背上，看见辰星山的大门在她眼前打开，阳光自山门之后倾斜而下，光华刺目，将整个辰星山的亭台楼阁照得像画中的仙境。

她不由自主地发出惊呼，呼声传入凌霄耳朵里，凌霄微微侧了头，在她耳边带着笑意道：“雁回，从此以后这便是你的家。”

那时凌霄的语调，是她这辈子再难忘怀的温柔。

那时的雁回觉得，她真是这世界上最幸运的孩子……

而现在，雁回不自觉地摸了摸自己的脖子，那里空空如也，除了回忆，那座山竟然什么东西也没有给她留下。

天曜不停歇地一直走到中午，终于看见了一条大路，路上虽没有行人，但见路上还留有车辙的痕迹，想来此处离城镇不远了。

天曜本想叫醒雁回，但听得她呼吸声“哼哧哼哧”地喘得正欢，他默了一瞬，便继续沉默赶路，没多久便在路边看见了一个破庙，天曜将雁回带到破庙之中，将她放下，然后转身去庙外林子里摘了一些野果充饥。

等他回来的时候，雁回还躺着没醒，天曜本道是她昨夜累极了，睡不醒，但在她身边坐了一会儿，天曜便觉得有点不对劲儿。

雁回的呼吸很快，额上有冷汗渗出，眼睛虽然闭着，但能看见她的眼珠在飞快转动。

天曜皱了皱眉头："雁回？"

雁回没醒，但眼珠却转得更厉害了一些。

天曜一思量，伸手晃了晃她："醒过来。"

便是这一晃，如同扎了雁回一刀一样，她猛地张开眼，"噌"的一下就坐了起来，大口喘着气，满头大汗跟不要钱一样往下淌。她捂着心口，惊魂未定地抹了把汗。

天曜一直盯着她，见状，疑惑道："做噩梦？"

雁回摇了摇头，又喘了一会儿才稍微安歇下来："鬼压床而已。"

听得这三个字，天曜觉得新鲜："鬼压床？"

"经常有的事，习惯就好。"她虽这样说着，但心里还是有些打鼓。自打凌霄赐了她符之后，她便鲜少撞见鬼，也很少被鬼压床了，这青天白日的，还能在睡梦中压住她，看来不是个能轻易驱走的孤魂野鬼……

雁回抓了抓头发，觉得有点头痛。

最近是犯太岁还是怎么了，怎么麻烦事麻烦人一个接一个找上门……

"你乃修道之人，却为何到现在还会被这类邪魅沾染？"

雁回一边抹着冷汗一边道："我怎么知道？打小就能撞见这些不干净的东西，尤其容易被他们缠上，后来修了仙也没能摆脱掉……"

雁回说罢，忽然捂住了自己的心口，默了好一阵，才抬头看天曜："之前你说，是你的护心鳞入了我的心房，才能保我活命至今吧？"

天曜点头。

"我天生心脏有缺陷……取了你的护心鳞我活不过十日……因为你我才活了下来，也就是说，我这条命，本来是早就应该消失的，我本来应该是个……死人……"雁回失神呢喃，"难怪难怪，难怪如此……"

不是她天赋异禀，而是她本来就该是他们的同类！

这个护心鳞，把她变成了半人半鬼……

第六章 命悬一刻

雁回记得，刚入辰星山的时候，她和师姐子月的关系还没有那么差。

子月是个性格骄傲，但秉性不坏的小女孩。

刚入辰星山的时候，弟子们的饮食要进行严格的控制，雁回每天都被饿得前胸贴后背。

而那时身为大师姐又与她住一屋的子月会偷偷藏吃的给她。给雁回食物的时候，子月虽然态度是傲娇了一些，但心地却很好，雁回心里也是很感激她的。

而后来，入山没多久，雁回便被山间小鬼缠住了。小鬼寂寞久了，便拽着雁回天天找她玩，不分场合不分时间地骚扰雁回，雁回不胜其烦，却不知道怎么驱走他。在旁人眼里，雁回不是一个人走在路上忽然开始手舞足蹈，就是在一个没人的地方自言自语地大喊大叫。

她这些极为诡异的行为惹得众人不愿与她接触。

但那时子月还是每晚都要给雁回拿吃的来。有次子月攒了一堆好吃的给雁回端回来，雁回看着正眼馋，那小鬼忽然就出现了，他闹着让雁回陪他玩，雁回努力地忽略他，那小鬼竟然生了气，趴在子月手中托盘之上对着子月的脖子比画。

一副要将子月杀掉的模样。

雁回终是忍无可忍，一巴掌掀翻了食盘，用刚学会的法术捉住了小鬼。

子月性子傲娇，哪容得了自己的好意被人如此对待，当时便与雁回急了，拽了雁回一把，雁回手一松让小鬼跑了，她心急去追，不小心将子月掀翻，子月摔痛，哭号不已，而雁回也没工夫管她，追着那小鬼而去。

最终雁回到底是将小鬼捉住收了，也从此与子月结了怨。

事后凌霄问她为何如此对待子月，她支支吾吾了半天，直到凌霄肃了面色，

雁回才慌得将自己能见鬼的事情告诉凌霄。

她很小便知道自己这个异能是不讨人喜欢的，甚至会被有的人当成异类妖怪，她害怕凌霄将她逐走，但凌霄到底没有那么做。

他翻了很多书，念了很多咒，终于给她画成了符咒，印在她身上，这才让她日后少了许多麻烦……

若是没有凌霄的话，她的生活，是可想而知的悲惨……

而这让她有如此多麻烦的异能，却是因为她心里的这块护心鳞。

雁回摸着胸口，抬头看天曜。两人沉默了许久，天曜先开口打破了沉默："抱歉。"

他说得这么直接，倒让雁回愣了会儿神，然后垂头低声道："你道什么歉？"

其实确实也怪不得天曜，大概没有谁会比他更希望他的护心鳞从来没有离开过他的胸膛，况且，他的护心鳞虽然让她有了这个麻烦，但至少是让她活下来了。

没有什么比活着更重要，这个道理雁回是知道的。

"说来我还应该谢谢你，可是……"雁回道，"不管我们的渊源有多深，我还是不能继续帮你下去的。"

天曜静静地看着她。一双清澈的眼眸里清晰地映着雁回的身影，太过清晰，反而让与他四目相接的雁回有点不好意思起来。

雁回转过了头："昨天晚上救你，就当我是报了这段时间你给我吃给我喝的恩情，这前面人气那么重，想来离城镇也不远了，各大仙门应该都有弟子在此处看守，妖怪不会那么肆无忌惮的。你现在身上虽有龙气，但大多数仙门弟子并不会知道那是什么，你顶着人类的身体走应该不会有多大困难，只是小心别再遇到你那倒霉的前任就是了。"

雁回道："我们就在这里别过吧。"

天曜一张嘴，还待说话，雁回一声叹息，然后猛地抬手，一击打在天曜的颈项处。

天曜便直挺挺地倒在了地上。

"其实，如果能说得通的话我是不愿意动手的，但是你这样缠着我，我也是真没办法了。就这样吧。你别怪我。"雁回将天曜拖到破庙的角落，用枯草将他盖了盖。

“我走了，再见。”

言罢，雁回不再耽搁，一瘸一拐地拖着腿，出了破庙。

天曜不能和她待在一起了，和被厉鬼压床的她待在一起，天曜的处境只怕更麻烦也说不定，为了他们两人都好，还是各自分开行动比较妥当。

这日晚间，雁回终于瘸着条腿走到了最近的小镇上。打听到镇上有个富得流油的员外，整日欺凌乡野，横行霸道极了，雁回毫不犹豫地去了他家后院，挑了两件好的衣裳穿上，然后顺手牵了点银子走了。

晚上她找到客栈，唤大夫来给她受伤的腿换了药，又包扎了一遍。

弄到月上中天的时候，终于是弄好了。

她好好洗漱了一番，在床上躺了下去。

适时月影自窗外投射进来，在地上洒下明晃晃的光亮。

雁回睁着眼睛半天没有闭上。

按照常理来说，这样的夜晚她一般都是在想，如果今晚睡着再被鬼压床了要怎么办，明天没人喊她，她该怎么起床……

然而今晚，雁回脑海里却没有这些顾虑。

她的思绪不由自主地飘远了。她忍不住想，现在天曜的穴道应该已经解了吧？他约莫是能自由活动了吧？有没有妖怪找到他呢？

如果没有妖怪找到他的话，雁回算了时间，凭天曜的步行速度，要走到这里来估计得到明天早上，而明日一大早她的内息应该能恢复一部分，到时候她再去买把称手的剑，驭剑远远一飞，就可以彻底摆脱天曜了。

心口的疼痛让雁回感觉极为不适。她知道这是她给自己种下的血誓带来的疼痛。她违背了自己的誓言，虽然是喝醉酒时乱下的誓言，但违背了就是违背了，受到惩罚也是应该的。

只是隔不了多久，等她法力完全恢复，冲破这层血誓也是轻而易举的事情，到时候她就能彻底地和这段时间的生活说再见了，从此过上她所向往的自由自在江湖逍遥的生活……

没等她将自己的心愿想完，忽然之间，雁回只觉心口又是一阵尖锐的疼痛，这下比刚才一直隐隐牵扯的疼痛还要强烈，让她身体都不由得抖了一下。

雁回咬牙，将这疼痛压了下去。

她侧了身子，揉揉自己的心口，告诉自己习惯就好。然而下一瞬间，尖锐

的疼痛再次扎在心尖之上，这次疼得让雁回不由自主地浑身都缩了一下。

她嗞嗞地抽了两口冷气。

闭上眼睛强迫自己睡觉，然而诡异的是，在她闭上眼睛的那一瞬间，她竟然看见了月光之下树影婆娑的树林。

雁回一睁眼，尖锐的疼痛又扎疼了她的心房。这一次不用闭眼她也在脑海里看见了摇晃的树影，不停摇晃的画面之中还有妖怪的身影一闪而过。

天曜！

这是天曜看见的场景！

雁回猛地坐起身来。

是天曜在仓皇逃跑，他被妖怪发现了！

雁回咬牙，理智在告诉自己，她不应该去找他，不应该去救他，她今天既然离开就应该有将他生死置之不顾的决心。

然而心口的疼痛却一阵胜过一阵。

她不应该管他的。

她和他的牵扯越多便越难脱身。

脑海里，天曜猛地摔倒在地，跟在他身后的一个妖怪飞快地扑了上来，一爪抓向天曜的肩头，天曜却凭借着身体的灵活就地一滚，反手抽了妖怪的刀一刀扎进了他的胸膛。

妖怪的血染了他一身，他没有犹豫，爬起来便继续往前。

对于一个只有人类身体与力量的少年来说，他已经是极为厉害了，但此时他的身后跟着还有十根手指都数不过来的妖怪……

终于雁回一咬牙，不由得破口大骂。

她翻身而起，取了客栈墙上挂着的装饰用的桃木剑，然后一把拉开了客栈的窗户，连外衣都没有系紧，便驭剑而出，径直向着她所感应到危险的那个方向而去。

天曜在月色的照耀下仓皇而走，他跑得太快，没有停歇，本应该因运动而红润的脸色此时却白成一片，过量的运动使他满嘴皆是血腥气味。

他神色没有慌乱，头脑还在理智地分析着有多少逃离这里的可能性。

他杀了妖怪，身上染了妖怪的血，这血的腥气太重，不管他跑得多快，也

不可能摆脱妖怪们，就算有水也不可能彻底掩掉这刺鼻的血腥气息。

那该怎么办……

天曜努力地想着办法，然而不管他怎么想，最终都只觉得是死路一条。

除非老天眷顾，否则他没有生机，别无他法。

而老天，向来是吝啬于对他施与恩惠……

背后妖风袭来，天曜侧身要躲，然而这记妖风却极为强悍，径直将天曜掀翻在地，他在地上狼狈地滚了许多圈，直到撞上一棵大树才停了下来。

天曜咳了一声，一口血自嘴中溢出，落在了衣裳之上。

他垂着头，看着月色之下的树影轻轻摇曳，恍惚间，他好似感觉月色将大地照耀成了一片明晃晃的白色。

黑色的影子一步一步向他靠近，杀气凛冽，时光仿佛又退回二十年前，他此生第一次萎靡在地，毫无抵抗之力地看着面前的人对他举起了长剑。

想到那个场景，天曜竟是“呵”的一声笑出声来。

原来，他的命运便是如此啊！

不管如何挣扎，不过是再变为一缕孤魂，不生不死地飘荡于苍茫世间。

既然他挣扎也是无用的，那就这样吧，认了这样的命运吧……

妖怪影子举起了大刀。

天曜嘴角噙着冷笑，闭上了眼睛，连看也懒得再去看自己的命运一眼。他好似已坠入比黑暗更幽深的绝望之中……

刀风凛冽，斩下来的一瞬间几乎吹动天曜的头发。然而便是在这千钧一发之际，忽听“当”的一声巨响，宛如平地惊雷，在他耳边炸响。

面前的薄凉月光被一个身影挡住。

略微熟悉的气息在鼻端流走。

天曜睁开眼睛，但见身前一个瘦弱女子的背影替他挡住了杀气凌厉的大刀。

桃木剑与刀刃相接的地方有法术的光华流转，他听见身前的女子艰难而坚定地说着：“此人今日之命，由我来护。”

天曜仰头看着她，黑瞳映入光辉，已然失神。

“你们自己拾掇拾掇，打道回府去吧。”她一声低喝，径直将那浑身肌肉的妖怪挥开三丈远的距离。

桃木剑在空中一舞，以一种保护的姿态挡在他的身前，面前的女子，背影挺拔……

雁回侧过脸瞥了天曜一眼："还活着没？"

月华在雁回脸上流转而过，将她的侧脸勾勒出了干净的轮廓，天曜看着她映有月光的眼瞳，一时失神得忘了答话。

雁回一皱眉，桃木剑向后一划，"啪"地打在天曜的脑门上，将天曜打得一怔，只听雁回嫌弃道："你死了我可就懒得救了啊！"

天曜呆了半晌后，捂住被打得有些痛的额头，倏尔一声低笑。

雁回皱眉："笑什么？被打傻了吗？"

天曜捂着额头低笑了许久："倒是第一次，遇见你这样的人。"

明明走了，却又不顾安危地回来，于绝望之中，于危难之中，将他救起……

神奇的是，她明明做了一件对他来说那么震撼的事，而她自己却毫不自知。

"废话那么多。"雁回一转头，盯向面前被她击开三丈的牛头妖，刚才她那一击丝毫没有吝惜着法力，所以现在牛头妖还在晕乎乎地甩脑袋。

在牛头妖身后黑暗的森林里，还有几个黑影在贼眉鼠眼地打量着他们。只是碍于刚才雁回那一击之力，不敢贸然上前。而在更远的地方，草木发出窸窸窣窣的声音，显然是还有妖怪潜伏其中，伺机而动。

四周皆是妖气杀气，雁回握紧手中桃木剑，神色凝肃。

这两天一直疲于奔命，她法力虽然恢复了，其实并没有留存多少，要对付一个妖怪可以，但若是被群起而攻之的话只怕撑不了片刻。

为今之计，只好诈一诈，让这群妖怪知难而退了。

雁回稳下心神，气沉丹田，开口道："我乃辰星山人，尔等妖邪竟妄图在中原大地为非作歹，当真是活腻了？"

辰星山的名头对妖怪来说还是有一定威慑力的，一时间，林间草木中的沙沙之声不绝于耳，将这夜气氛渲染得更加诡异紧张。

雁回脚下聚集法力，一步踏出，火焰法阵在她脚下展开，一刹那间便扩出去了五丈远的距离，一个巨大的圆在众妖脚下展开，火焰阵法闪耀胜过了月色，将诸多妖怪的模样都照了出来。

放眼望去，雁回方圆五丈内少说也站了二十来个妖怪，他们有着各种各样奇怪得令人惧怕的脸与身形。

被雁回框进法阵里的妖怪一时皆是惊慌不已，纷纷要逃，然而火焰法阵却

将他们脚下粘住，让他们动弹不得。

雁回的目光在他们脸上一一划过，见所有的妖怪都害怕得开始发抖的时候，雁回气息一沉，一声低喝："都给我滚！"

与此同时，她令阵法炸开，径直将所有的妖怪都弹了出去。

得以脱身的妖怪登时四处窜逃，林间一阵窸窸窣窣的乱响。不过片刻，树林中的四周妖气消退。

月色依旧安静地落在地上，身边诡异的气氛却已不再。

雁回又站了一会儿，直到周围再无动静，才舒了口气，一下便毫不顾形象地坐在了地上。

她揉了揉胸口："这样的场景再来几次真是要折寿，还不如回去和压床的鬼折腾来得轻松。"雁回喘了一会儿，回头看天曜，见他还一脸戒备地倚树坐着，她摆了摆手，"行了，妖怪都暂时被唬走了，我们也搞快点，省得他们发现不对又转了回来。"

雁回说着就要站起身。

却听天曜忽然道："别动。"

雁回身体一僵，忽听"唰"的破空之声自远处而来，一支箭飞快地贴着雁回的耳边飞过。

雁回一愣神，但见箭在空中划过的时候竟然留下了一道若有似无的仙气，而这气息却并不如雁回平时在辰星山感受到的那样清纯，而更像是……

"邪修。"天曜冷冷开口，而这两个字听得雁回只想仰天长叹。

在修道过程当中走火入魔或者心术不正的人会练邪门歪道，这样的修道者修道界将他们称为邪修，此等人心性不稳，喜好杀戮，比起自己修道更倾向于去抢夺别人的修为。

比起正统修道者，他们的举动则更像妖怪，甚至比一些妖怪更不如。

"这还有完没完了？"雁回一声长叹，她所有的法力刚才都拿去唬妖怪了，这下碰上了个邪修，还是个善于隐蔽自己气息的家伙，敌在暗她在明，形势真是大大不利……

"雁回，"天曜在雁回身后轻声一唤，"过来。"

雁回一转头，见他苍白的唇角上还有没擦干净的血挂着，她皱了皱眉。"你要留遗言吗？"她说着，还是乖乖退到天曜身边蹲下。

她蹲得离他还是有点距离，天曜默了一瞬，又道："耳朵凑过来点。"

雁回依言将耳朵凑近天曜，但是目光紧紧盯着前面树林。箭的方向是从前面来的，那人也必定就在前方，只可惜她现在没了法力，调动不了五感，完全察觉不出他所在之地……

天曜看了看雁回离他还有半个身子远的耳朵，他只好探身上前，凑近她耳边，直到嘴唇都快碰到她耳郭时，才用极低的声音开口："他收敛了气息。"

雁回本来心里还在琢磨这事，全然没想到天曜已经靠得她这么近，近得连吹出来的热气都将她的耳朵挠痒，雁回几乎是生理反应一样地觉得心头一紧，脸皮一热，一瞬间几乎连鸡皮疙瘩都要被天曜吹了出来。

她立马退开了一点距离，怔怔地望着天曜。

而此时天曜却目光清明，神色严肃，弄得雁回连"你怎么调戏我"这句话都没好意思说出口。

此情此景，天曜是如此一本正经，雁回便只好在心里唾弃自己俗世念头太多——谁让这小子，除了身份以外，模样声音都是她喜欢的那种类型……

雁回清了清嗓子，将自己的心思也放到了正事上："我看出来了。"

见雁回又退远了点，天曜皱了皱眉头："耳朵凑过来。"

确实该把耳朵凑过去，万一让邪修听到他们的话，可不就大事不好了吗……

于是雁回又克服了一下心理障碍，然后把耳朵凑到天曜唇边。

天曜只正色问道："身体里还有多少内息可供支配？"

雁回继续清嗓子："基本没有，有也就够点个火了。"

天曜微一沉吟，继而开口道："你听我说，他一直躲在暗处不敢动手，直到现在他也只能以暗箭偷袭你我，可见此人法术不高，只要你能看见他，以你之力，或可凭外家功夫将其制服。"

这句话终于将雁回飘飘忽忽的心神给抓了回来，她定睛看着远处树林，皱眉道："可我现在内息不够，无法令五感更加敏锐，看不见他。"

"我教你心法，你在自身运转一个周天。"

雁回一愣，便听天曜已在她耳边念了出来。当即雁回也顾不上其他，仔细听了天曜的话，然后照着他所说的心法在身体里慢慢运转起了内息。

这时远处暗里的邪修似察觉到了不对劲，又是一支利箭破空而来。

天曜刚说完最后一个字，随手捡起地上石子，在空中对着那来箭一打，箭

立即偏了位置，“啪”的一下扎进天曜身后的大树之中。

天曜看着箭尾所指的方向，对调息好了的雁回道：“你专心看西北方。”

雁回定睛一看，登时被自己所见惊呆，她触目之地宛如白昼，林间草木清清楚楚，那躲在树后之人更是无所遁形：“他藏在树上。”

雁回轻声道：“距离有点远……等等。”

雁回望向更远的地方，然后皱了眉头：“妖怪们找回来了。”

天曜眉头一蹙：“几个？”

“不多，四五个。”雁回转头，看了一眼天曜的衣服，然后毫不犹豫地动手将他外衣连同里衣一起扒了下来，“你身上气味太重。”

天曜本对雁回扒他衣服有点怔然，但听得这话，只好愣愣地由着雁回将他衣服扒了，然后雁回将自己松松套在身上的外套丢给了天曜。

“此处三里地外有条河，流向城镇那方。咱们往那边跑。”雁回回头看了一眼，“邪修也发现妖怪回来，他往西边跑了，也不用费心对付他，他的动作会引起妖怪的注意。咱们趁现在赶紧跑。”

天曜点头，任由雁回将他扶了起来，然后两人一瘸一拐地往河的方向而去。

天上月色依旧苍凉，两人跑得狼狈至极。

粗重的呼吸在夜晚显得那么仓皇，但天曜转头一看，见雁回一脸坚毅，她丝毫不对这样的逃命感到绝望，好像在更悲惨的境地里，她也依旧可以站起来，对着那些痛苦说没关系……

倚靠着雁回的身体，天曜只觉得温暖。

直达内心的温暖……

“跳下去！”雁回说着拉着天曜一头跳进了河里，在水流的冲击下，雁回并没有放开他的手，只将他拉着拽着，奋力地顺着河水流动的方向往前游。

那么拼命……

天曜在水波激荡之中看着雁回的脸，只觉脑袋越来越沉，然后晕了过去。

雁回这边正在奋力地游水，忽觉自己抱着的人往下沉了一瞬，她一愣，慌张地将天曜拉了起来，但见这人已经闭了眼晕了过去，她气得直抽天曜的脑袋：“早不晕晚不晕，你偏偏要在现在给我添麻烦！”

天曜醒过来的时候发现自己躺在一张柔软的床榻之上。

他已经许久没有睡过如此柔软而温暖的床榻，愣了许久，直到屋外传来雁回的声音才将他唤回神来。

“我要三份元宝肉，一定要多加肉、多加肉、多加肉。”

“好嘞。

“客官还要点什么汤与菜吗？”

“不要，有好酒的话给我来一壶吧。”

小二应了，咚咚咚地下了楼去。

天曜挣扎着想坐起身来，但一动，胸腔便是一阵剧烈的疼痛，他无奈又躺了下去。此时，听见他的动静，雁回便走到他身边。

她瞥了天曜一眼：“别逞强了，我探了探，你都给撞出内伤了，先乖乖躺几天吧。”

这话不用雁回说天曜自己也知道，在被那壮实妖怪打到树上的时候天曜便察觉出自己伤得不轻，以至于他根本没了挣扎的力气。只是他习惯了去隐忍疼痛，直到跳入河中，疼痛实在超过了身体能负载的程度，这才晕了过去。

他并没有接着雁回的话往下说，只转了话题道：“修仙修道者，大酒大肉毫不忌讳，你便不怕被扰了修行？”

雁回翻了个白眼。“还敢嫌弃？”她哼道，“要不是靠我平时吃得多，你以为我能把死人一样的你拖到镇上来？”

天曜动了动脑袋，感觉到自己的肩膀处有被拉扯过的酸胀感，他问雁回：“你当真是用拖的？！”语气中并不是怀疑，而是肯定。

她确实是用拖的，还差点把天曜的裤子都给磨破了……

雁回清了清嗓子，扭过头坐到桌子边喝茶去了。

房间里沉默了半晌，最后是天曜打破了沉默：“你不是说不管我了吗？”

“我是不想管你啊！”雁回撇了撇嘴，“但奈何我是个正义又心善的女孩子，怎允许有人在我面前被妖怪杀死……”

天曜眉头一皱打断了她的话：“你看见我了？”

“你的护心鳞让我看见你了。”

“哦。”天曜微微垂了眼眸，略微深邃起来的眼瞳，不知在想些什么。

雁回也没在意他打断了她的话，只自顾自道：“因为我看见了，身为一个修了这么多年仙的人，我委实拦不住自己的良心，只好救你一救啦！”

她说得轻轻松松、漫不经心，一副像是在开玩笑的样子，但任谁都知道，昨天那场景，她来了，有极大的可能也是陪着他一起死。

可她还是来了。

天曜闭上眼，眼前还有她站在自己身前被月光投射出来的剪影。

“你既然回来了，救了我，那可就走不了了。”

雁回放下茶杯：“谁说走不了了？腿长在我身上，我想走就走，走去哪儿都行，只是现在看你可怜……”雁回顿了顿，“你要是被修仙修道者追杀，我可不管，但你要是落到妖怪手里我就看不下去了。你听好了，我现在的良心仅限于保护你，不让你受妖怪的欺负。”

天曜转头看她，只拣了她一半的话说：“你打算怎么保护我？”

“我有个好友，她那儿有不少稀奇宝物，或许有东西可以遮掩住你身上的气息，让那些妖怪闻不到你这香饽饽的味道。”

天曜点头：“确实很必要。你友人所在之处离此地多远？”

“就在离这小镇不远的永州城里。”

“明日便进城。”

雁回瞥了他一眼：“拉倒吧，就你这小破身体，先安心在这客栈乖乖地养两天吧，省得在路上被颠出了重伤，我可不管给你治。”说到此处，雁回想起了什么一样，从旁边拿来了纸与笔，动手写了“账单”二字，“熟归熟，账还是要算清楚的啊！从昨天到现在，我给你治病的，给你住宿的、熬药的，等等一系列花销可是要记在你的头上……”

“你现在没钱没关系，但万一哪天发达了呢。我不要你多了，一五一十给我还回来就行，嗯，还是得算上利息……”她一边说一边扳着指头开始算。

模样比昨天来救他的时候还要严肃、认真。

天曜看了她几眼，然后不忍直视地扭过了头，闭眼装睡。

晚上的时候，雁回在房间角落打了个地铺，原因无他，当然是为了省钱。

她不吵不闹，天曜也便随她去了。

可是睡到半夜的时候，天曜被渴醒了，他忍了一会儿，到底是开了口：“雁回。”

没人应他。他以为雁回睡着了，便又唤了两声，可雁回始终没答应，天曜不由得想到那日在破庙，雁回被鬼压床时出现的情况。他微微皱眉，然后忍着胸口的剧痛，站了起来，慢慢挪到雁回睡觉的角落。

雁回果然是满头大汗，闭着眼睛眼珠乱转。天曜晃了晃她。

雁回猛地睁眼，比起上次，这次她要淡定许多，她没有直接坐起来，只是躺着喘了好一会儿气，然后拍地板气道："这是要天天来了啊！有完没完！"

雁回把目光落在天曜身上："你这儿有没有什么驱鬼的心法，教我一个呗，那天你教我的心法我发现挺顶用的。"

"你有我的护心鳞，我教你我的心法，自是最为合适。"天曜道，"只是我并不知晓驱鬼法术，从来没这个烦恼。"

雁回只得无奈地叹了口气："算了，你回去睡吧。"

接下来的这一晚，雁回便睁着眼睛坐到了天亮。

第二天雁回困得不行，勉强在正午的时候小憩了一会儿，也不敢睡得太死。可到晚上的时候，她实在憋不住困，靠墙坐着也睡着了。

毫无疑问，像昨晚一样，雁回又被鬼压床了。

再次被天曜晃醒的时候，雁回怒不可遏，大声呵斥道："你的事也不是我能做主的，你天天压着我做什么？！"

听得这话，天曜微微挑了眉："你与那鬼还是旧相识？"

雁回脸色难看了一阵，她抹了把额上的汗，然后沉默了会儿才道："之前不知道，今天晚上她一直在我耳边吵吵，我算是知道了……"

天曜盯着她，等她静静地说下去。

雁回瞅了天曜一眼，心里觉得这是个很长的故事，本不打算告诉他，但雁回看了看窗外的月色，想着如果没人说说话她不一会儿又得睡着了。

她一声叹息，开了口道："其实，她以前也压过我……"

其实这女厉鬼算来还真是雁回的旧相识。她被赶出辰星山一事也与这女鬼有不少干系。

说来不过两月前，那时辰星山的修仙大会刚开完没多久，弟子们都恢复到了平常的作息当中，雁回便如往常一样每天上上早课，练练功，打打坐，偶尔和师姐们吵吵嘴，给彼此添添堵。日子也就这么平静无波地过着。

直到某天晚上，雁回忽然就被鬼压床了。

其实从真正意义上来说，那还不算鬼压床，因为女鬼并没有如这次一般将她压得动弹不得，女鬼只是出现在了她的梦中，然后一直絮絮叨叨地对她说：

“救救我女儿救救我女儿，救救我女儿吧。”

雁回忍了两天没理她。

但雁回的处事原则向来是事不过三，到第三天的时候，她就出离愤怒了。

她被吵醒之后，压制着脾气出了屋，到了没人的地方，画了个阵法将那女鬼唤了出来。

她和女鬼说：“我不知道你是谁，也不知道你女儿是谁。你不能因为我能见鬼就随随便便跑到我的梦里，打扰我的生活。这是不对的。”

女鬼一身白衣，身后晃荡着三条白色的狐狸尾巴，看这气息应该是刚死不久的三尾狐妖。

狐妖这种东西，尾巴越多的越是厉害，而今在青丘待着为妖族偏守一方的妖族首领便是九尾狐一族。领头的据说是个快要成仙的大九尾狐，雁回没见过，对他们也不感兴趣。她对狐妖说：“你一个妖怪，虽然是死了的妖怪，但胆敢到我辰星山来放肆，也算是有点个性，我不收你，你自己快去投胎吧。”

三尾狐妖不走，只一脸哀怨地望着雁回，自顾自地说起了自己的事：“我女儿被你们辰星山的人捉了，被关在心宿峰，你帮我救救她好不好？救救她，她还小。”

“听起来很可怜。”天曜在此处插了句话进来，“但依着你‘救是品德高尚，不救是理所当然’的言论，你大概没什么感触才是。”

雁回白了天曜一眼：“你知道我收到过来自这些幽魂的多少次无理请求吗？有的说得可怜其实是骗你的，有的甚至会编造一件事情，让你去帮他，等你帮了他，你就会发现他真正的目的是想杀了你，然后借尸还魂。”

“……”

“所以啊，每次听到这种事情，我当然会心存怀疑。”雁回撇嘴道，“而且那时我不想帮她，还有个原因……”

天曜看着她。雁回干脆盘了腿，像以前师姐们凑在一起说八卦一样对天曜道：“你知道辰星山有二十八座山峰吧。”

“嗯，以天上二十八星宿命名的山峰。自成天然阵法，使辰星山相比于其他灵地更加灵气充足。”

雁回点头：“没错，辰星山每座山峰由不同的师叔负责看管，而这三尾狐妖所说的心宿，隶属于凌霏……”雁回顿了顿，神情变得有些不屑，“凌霏是我辰

星山出了名的冷面大美人，她恋慕我师父的事情整个辰星山都知道。”雁回道，“所以我不喜欢她。”

天曜望着雁回，听她带着几分无所谓的语气道：“原因很简单，因为我看不顺眼。”

天曜沉默。

雁回仰慕她师父，这件事天曜在先前与雁回相处的过程当中已经猜出了一个大概，但现在听雁回如此直白地说出来，天曜还是不由得有些讶异。

在讶异的同时，他忽然发现，自己竟有点抵触知道这件事。但奇怪的是，他根本就不知道自己为什么抵触。

或许是因为，师徒之间，别说在修仙修道者眼里是罪恶之事，连有的妖怪族群里，也不允许这样的事情发生，他们认为这是伦理纲常的一部分。

天曜没有说话。

雁回继续道：“不过她也不喜欢我啊，大概……是因为忌妒吧。啊对，说来这个凌霏或许你知道也说不定。”雁回望着天曜，“她在入辰星山师门之前，还有个名字叫素娥。她是广寒门素影真人的亲妹妹。”

天曜一怔，默了许久，声色微冷地“呵”了一声，道：“我不知道。”

因为素影，从来没告诉过他，她身边亲近的人，到底有哪些。

“据说广寒门清修极苦，而她们姐妹父母均已不在，素影自己要统管门派事宜，无法顾及妹妹，于是便将素娥送到了辰星山，拜在清广真人门下……”雁回继续说着凌霏的事，旁边的天曜面无表情地听到这里，生硬地打断了雁回的话：“所以那狐妖呢？”

雁回知道天曜不想再听这些，便也没再继续说下去了，随着他转了话锋，说那狐妖的事。

“你先前确实也说对了，我那天晚上真的就拒绝了那狐妖的请求，但她却没走，接下来的几天还是夜夜出现在我的梦里，有时候在哭，有时候又在求我，我最后，到底是没经得住她那样磨……”

天曜挑了眉：“你帮她去要人了？”

雁回瞥了他一眼：“我能去要吗？”她道，“且不说我和凌霏的关系本来就不好，便说那狐妖女儿的身份。她女儿之所以会在辰星山，那只能是被辰星山弟子当妖怪捉来的。她被关在囚禁妖怪的牢里，我一个修仙的弟子去要凌霏放了一个妖怪？他们会当我疯了的。”

天曜点头：“原来你做事，也是有记得带脑子的时候。”

“……”

雁回自然没有天曜贬低得那么笨。

但是那三尾狐妖让雁回去放走她女儿，雁回没答应的时候便开始不由自主地留心心宿峰的众弟子休息换班的时间，待得被狐妖磨得没办法终于答应时，雁回已经很清楚地掌握凌霏门下看管妖怪囚牢的弟子换班班次与时间了。

雁回虽然入门晚，但她学东西奇快，本就是他们这一辈弟子当中最出色的一个。

在知道了换班时间之后，只稍加易容，雁回便轻易地在他们换班的时候混进了心宿峰的囚牢。

只是在放跑妖怪的时候，出了点岔子。

凌霄也抓妖怪回来关过，雁回也曾看守过关妖怪的囚笼，她本以为心宿峰的囚牢与她看守过的牢房差不多，一个妖怪一个洞，锁着铁栅栏，挂着大铁锁，上面贴几张封印。

但当雁回走进心宿峰的囚牢时便被惊呆了，里面空气非常浑浊，又热又闷，雁回本以为是此处本来如此，当看到一个狭小的囚牢里被关了二十来个妖怪的时候，雁回霎时便明了此处为何如此沉闷了。

因为地方太过狭窄，妖怪们挤作一堆，脸上都是不正常的潮红，像是没呼吸到足够的空气一样。

但见穿着辰星山弟子服的雁回走进来时，众妖皆是畏惧地望着她，拼命地往牢笼角落里缩。一双双颜色各异的眼睛惶恐地盯着雁回，写满了不知所措。

所有的妖怪看起来年纪都很小，对妖怪来说他们应该都算是在十四五岁的年纪。雁回听说这次的妖怪是凌霏与其他几个峰的师叔分别出去捉的。

看来捉回来之后，他们把小妖怪和大妖怪都分开关了。

而且奇怪的是……这里关的，竟然都是狐妖。

雁回皱着眉在牢门前站了一会儿，便是这一会儿的时间，有个小女妖竟怕得哭了出来。

雁回目光落在她身上，旁边有个身着褐衣的妖怪少年便立即挡住了那小女妖的身影，少年盯着雁回，目光仇视：“你们又想做什么？”

雁回挑了挑眉，也不解释，直接问道："谁是白晓露？"

没人回答。除了那满眼仇恨的少年，大家都怕得瑟瑟发抖。

雁回叹了口气，这下可麻烦了，她要放狐妖女儿走，那肯定是得打开牢门的，现在这一堆妖怪被这样关着，她开了牢门只放走一个那是不可能的，别的妖怪又不傻，肯定也会趁机逃跑的。

她不能说出自己是来救人的，但如果就这样喊的话，他们自然会以为她要对他们不利，除非白晓露是傻子，否则怎么会自己站出来？

琢磨了一番，雁回挠了挠头，只有威胁道："不自己站出来的话，我可就要随便抓个替死鬼走了啊！"没人会想死，一定会有人出来指认白晓露，雁回是这样想的。

但她没料到，自己话音未落，那少年便直接道："你别在这里吓唬人，我跟你走就是。"

雁回瞪着少年深吸一口气，臭小子抢什么话，逞什么英雄，真是坏事。

"你开门吧，我跟你走，要杀要剐，悉听尊便。"

"谁稀罕你跟我走了？"雁回甩了个嫌弃的眼神儿给他。她心下暗自想着，这些妖怪都还小，身上没有杀气也没多少危害，而且将这些小妖怪放出去，乱乱心宿峰弟子的视线也更方便回头她带白晓露走……

想到此处，雁回叹了口气，兀自嘀咕："好吧好吧，反正都做了这事儿了，也不在乎闹大点儿。"

雁回看了牢中众狐妖一眼，道："我不是来害你们的。"说着，她伸手将牢笼上贴着的封印一张张撕了下来，然后一巴掌拍碎了门上大铁锁，堵在门口道，"谁是白晓露？说出来我就把你们一起放了。"

做到这地步，即便少年再逞英雄也已经没用了，因为妖怪们的目光自然而然地聚集到了白晓露身上。

看着那个浑身发抖的小女孩，雁回舒了口气，让开了牢笼的门："都走吧。"

听了这三个字，大家都还是有点犹豫，但有一个脱困心切的女妖往牢门的地方走了两步，那褐衣少年立即道："别信她的，有诈。"

雁回瞥了那少年一眼，也没解释，但那女妖到底是极想离开这个地方了，一咬牙一狠心，一头钻出了牢门，雁回也不拦她，任由她跑了出去。

雁回抱着手倚墙站着，有点吊儿郎当："你们都不走？"

此话一落，那些妖怪蜂拥钻出了牢门，不一会儿外面便有心宿峰的弟子发现妖怪跑出去了，外面鸡飞狗跳地闹成了一片。

很快，牢里就只剩下了少年和还有些呆怔的白晓露。

雁回自己走进牢里，也没管那少年，蹲在白晓露面前，看着还有点发抖的她，摸了摸她的脑袋。

想想这么可爱的小女孩已经没了娘亲，虽然是个妖怪，但雁回还是有几分感慨的："你娘托梦让我来救你，跟我走吧。"

白晓露仰头看她："娘亲？可是娘亲……已经不在了。"

雁回看着有黑气在身边聚集，她知道是三尾狐妖来了。雁回往旁边望了一眼，但见那一直只会重复诉说自己故事的三尾狐妖盯着自己的女儿，湿润了双目，她嘴唇轻颤，神色说不清地复杂难过。

雁回一叹，将白晓露拉了起来："没时间了，我先带你出辰星山再说。"

雁回带着白晓露出了牢门，而那褐衣少年还立在牢笼当中，在雁回快出去的时候，褐衣少年忽然一步拦在雁回面前，紧紧盯着她，严肃地问："你是修道者，为什么要帮妖怪？"

少年比雁回还矮一个头，雁回听得这问题笑了笑，带着几分不正经一爪子掐住了少年的脸，捏了捏，盯着他的眼睛道："那是因为你还不懂什么叫女人的温柔似水。"

她放开了少年的脸，然后把他推到一边："别挡路，姐姐忙着呢。"

少年惊愕地摸着自己的脸，盯着雁回，然后慢慢地涨红了耳朵，再发不出一言地盯着雁回牵着白晓露走远。

天曜听到此处，瞥了一眼还在沾沾自喜的雁回一眼，默不作声地喝了口茶。

"我的魅力也是大，就那么捏了捏脸，就俘虏了一个妖怪少年的心。"雁回感觉很骄傲。

天曜声色平淡道："人家只是为了你的不要脸而替你感到脸红。"

雁回一默，斜眼看天曜："你嘴巴怎生得越发毒辣了？晚上偷着喝辣椒水啦？"

天曜又喝了口茶："然后呢？你带着那狐妖女儿，逃出辰星山了吗？"

雁回撇了撇嘴："路上是被几个心宿峰的弟子发现了，但是凭着我的机智还是骗过了他们，插科打诨地让他们到别的地方去寻别的妖怪了，然后我就把白晓露救出去了。"

天曜意外地挑了挑眉："如此说来，你是将那狐妖女儿成功救出来了的，但为何现在这狐妖又找上了你？"

"并没有……"雁回叹了声气，显得有些困惑与苦恼，"当时我虽然是将白晓露送出辰星山了，但后来……她跑得太慢，又被人给抓回去了。"

"所以，现在狐妖是让你再去救一次她女儿？"

"大概就是这么回事吧，但我现在根本回不去辰星山，再加上这狐妖只是在我梦里又哭又叫地吵，我完全听不出她在说什么。"雁回揉了揉眉心，"而且，这次感觉她身上的戾气变得比上次还要更重一些，简直一路奔着厉鬼的方向发展了……"

天曜闻言沉默了一瞬。

雁回继续道："妖怪们在心宿峰关得好好的，忽然间就全部跑了，这事掌管心宿峰的凌霏自然是要彻查，然后查着查着，就查到了我身上。我带着白晓露逃跑时撞见的那几个弟子指认我当天确实出现在了心宿峰，然后他们……对白晓露逼供，终是逼出了我。"

"于是你就被驱逐了？"

雁回撇嘴摇头："光是放跑几个妖怪，师父是不会赶我走的，我从前到现在，闯的祸可多了去了。"

"哦，那是为何？"

雁回脑袋倚在墙上，回忆了一下，然后笑得很甜道："啊，大概是因为我揍了凌霏吧。"她歪着嘴笑，露出了小虎牙，看起来有点邪恶，"揍得好爽。"

"……"

要说到雁回被赶出辰星山这事，一半是因为情势所逼，还有另一大半，大概就是因为她实在忍不住自己这个暴脾气吧……

凌霏彻查心宿峰狐妖逃跑一事没多久就查到雁回头上的时候，雁回咬紧了牙，打死不承认。

而后白晓露被捉了回来，严刑逼供之下，小女孩终是在昏昏沉沉当中供出了雁回。

凌霏便立即命人押着雁回到地牢去当面对质，还不忘将平日里便极有威信的几个师叔一并请过来围观监督。

雁回被几个弟子带到地牢的时候，看见的便是一副宛如三堂会省的严肃

架势。

雁回瞥了一眼，没看见凌霄，心里登时便明了，凌霏这次是抓到她的小辫子，要收拾她了。

牢里的小狐妖被吊了起来，打得一身是伤。雁回见了，皱了皱眉头，但见所有的弟子与师叔皆是一副理所当然的模样，她便只好沉默下来，暂不发言。

凌霏沉着脸站在雁回面前，开口第一句话便极为严厉："雁回，勾结妖族，私放心宿峰囚笼妖怪一事，你可认？"

雁回默了一瞬，心里还在组织语言。哪想便是她这一沉默的时间，凌霏对牢里的弟子使了个眼色，牢中弟子点头领命，手臂一挥，一鞭子抽在了白晓露身上。

小女孩被打得痛极，一声尖叫，从昏迷当中醒了过来。

白晓露目光慌张地四处张望，看见了雁回，倏尔目光一亮，但又看了看四周站着的仙人，她倒是懂事地咬住了嘴，没有吭声。

凌霏自是将白晓露的神情都纳入眼中，她冷冷问："狐妖，你且将你先前招认的话，再当着她的面说一遍。"

白晓露怯怯地看了雁回一眼，咬着嘴巴，没有说话。

凌霏目光一寒，牢中弟子又抬起了手。

"别打了。"雁回唤道，"是，那些狐妖都是我放走的。"

几个来听审的师叔开始私语起来。

"好一个雁回。"凌霏冷笑，"凌霄师兄怜你身世可怜将你带回辰星山悉心教导，而今你却是这般回报师门的？勾结妖族，私放妖邪，伙同他们盗取宝物……"

心宿峰竟还丢了宝物？

"等下。"雁回不等凌霏说完，便打断了她的话，抬头直勾勾地盯着凌霏，"我是私放了妖怪，但我没有勾结妖族，更没有伙同他们盗取什么宝物。"

"哦，若不是勾结妖族，你且说说，你是为何要私放狐妖？"

"……"雁回望着天顶，面不改色道，"都是一群小妖怪，毛都没长齐，我觉得他们可怜便放了。我没有勾结别的妖族。"

凌霏又是冷哼一声："你却当我们是那三岁孩童般好骗？"

雁回撇了下嘴："好吧，我说实话，她娘托梦来让我救她女儿出去，我被缠得没法了，便来放了她女儿，喏，她娘现在就站在你背后，正盯着你后脑勺呢。”

“放肆！”凌霏黑着脸呵斥雁回，“竟然还敢胡言乱语！”

说谎话不信，说实话也不信，雁回干脆看了看天，闭嘴不言。

凌霏整理了情绪又继续问道：“盗走我心宿峰宝物的是何妖怪？去了何处？你若肯实话实说，便算你将功补过，我与你师叔便肯将你从轻发落。”

“我不知道。”雁回道，“我连心宿峰上有什么宝物都不知道。”

凌霏目带高傲地看了雁回一会儿，然后微微侧过头看向囚牢里的白晓露：“她不愿意说，有人自会替她说。”

笼中弟子收到凌霏的眼神，几鞭子干脆利落“唰唰”地便落在了白晓露身上。

白晓露痛呼。整个牢房之中，除了雁回皱了眉头，其余没有任何一人对这样的行为有所异议。

“雁回既然要救你，你必然也知晓其中计划，将心宿峰宝物的去向交代清楚。”凌霏转身，带着天生便高人一等的优越感走向牢门前，她望着里面的白晓露，“不说实话，我还有办法让你更痛十倍。”

白晓露哭得嗓子都微微哑了，许是因为太痛，所以神志都有点不清晰，她先是摇头说：“我不知道。”然后又喊着，“姐姐救我。”

她说这话，让所有人的目光都在雁回身上短暂地停留了一瞬。

凌霏更是带着三分挑衅七分蔑视地盯着雁回，她那眼神雁回懂，她是在说，“你这卑微的蝼蚁，竟还妄图与我来斗，这下，我看你还能翻出什么花样”。

雁回不喜欢被冤枉，不喜欢被挑衅，不喜欢被挟持。而她不喜欢的所有事情，凌霏都在这一瞬间做到了。

“住手！”雁回声音微沉，“你们这么欺负人家孩子，不怕她去世的母亲晚上去找你们吗？”

凌霏冷笑：“修仙修道人，何惧那般阴邪？妖物邪祟，活着我不怕，死了更有何惧？”

雁回望向三尾狐妖的魂魄：“你听见了，以后晚上别来找我了，找她便行。”

凌霏轻蔑地扫了雁回一眼，目光又落在白晓露身上，但见她还是嘀咕着“不知道”，凌霏便不耐烦地皱了眉头：“死活不招，留着也无用，割了喉丢出辰星山吧。”

她话音一落，牢中弟子竟应了声“是”。

雁回心下一惊，立即喝道：“住手！”她道：“我说的话，你们真的不信，假的不信，说到头，你只想听你自己想听的话吧。好啊，你说，你想听什么，我说给你听。”

凌霏冷冷地望着雁回：“身为辰星山弟子，竟如此偏袒一妖怪，雁回，你说与不说，事实都已摆在了面前。”凌霏回头与几个师叔说道：“无须再审了，雁回私通妖邪罪名已成事实，心宿峰宝物去向既然问不出来，我便亲自去寻。将这狐妖杀了，抛出辰星山。”

“谁敢杀她！”雁回被凌霏的这一席不分青红皂白的话彻底撩拨怒了，她一抬头，眸中火光一闪，一条火焰自那行刑弟子的长鞭底部烧起，一瞬便将那鞭子烧成了灰烬。

雁回竟然敢在这么多师叔面前，为了袒护一个妖怪而动手……

这让在场所有人都惊呆了。

凌霏见状大怒：“放肆！”她说了这两个字，一记法力甩出本欲教训教训雁回，以树立自己的威严，然而谁也不承想，她甩出去的那记法力被雁回自己竖起来的一堵火墙给挡住了。

雁回在火墙之后盯着她，不屑地勾了勾嘴角：“凌霏师叔需勤加修炼啊！”

话音一落，雁回在所有人都没反应过来之际，将火墙化为一条火龙，卷着凌霏的法力，携着摧枯拉朽之势猛地扑向凌霏，径直将凌霏生生压在牢笼精铁栅栏之上。

没人会想到，雁回竟敢挡住凌霏的法术；没人会想到，雁回竟能挡住凌霏的法术；更没人有那个胆子去想，雁回竟然敢毫不犹豫地连本带利地将这个攻击给还了回去，将凌霏打得如此狼狈……

所有的人便带着几分呆怔看着凌霏在雁回的火龙攻击下，衣服烧起，头发燃起。然后高傲尽毁，手舞足蹈地给自己施法灭火。

雁回看着她像猴子一样跳，只冷冷地说道：“凌霏师叔，你修道时心思都用去哪里了？就这样，你还敢放言说不惧妖邪？”

凌霏终是狼狈地扑灭了周身的火，她是素影真人的妹妹，来辰星山并不是普通地修仙，她几乎成了两派友好的象征，向来被人礼待有加，而今竟然被比自己小一辈的弟子烧了衣裳和头发，这简直是奇耻大辱！

凌霏怒不可遏，一抬头，掌中法力凝聚。

雁回见状沉了目光，也不客气地运起了内息，便在凌霏出手之际，一道法力墙从地上蓦地立了起来，将凌霏的法术阻拦在外，而雁回的手也在这一瞬间被人擒住。

雁回一愣，下一刻便觉一阵刺骨的寒意扎进骨头之中，她抬头一看，抓住她手腕的人，不是她师父凌霄，还有谁。

“师父。”

“师兄！”

凌霏见凌霄来了，则是更强了气焰：“雁回委实放肆。”

凌霄将雁回的手甩开。雁回的手臂便沉沉地垂了下去，手腕上一层寒冰凝结，但冷意却没有凌霄眸中寒气甚。

“与同门师叔动手，你倒是越发目无尊长，肆意妄为了！”

雁回心头火尚未消，但被凌霄责骂，她便默默地受了，别人都不能让雁回委屈自己，但凌霄不同，因为……是师父啊！

“师兄，雁回此次勾结妖族，私放妖邪，偷盗心宿峰宝物，如今更是气焰嚣张不服管教，在场师兄弟皆有所见，实在不可姑息！”

凌霄盯着雁回，没有说话。

旁边一个蓄了点胡子的真人道：“凌霄师弟，你这徒弟着实太过大胆。”

凌霄默了一会儿，沉声道：“你有什么话说？”

雁回抬头，盯着凌霄：“我是放了妖怪，但我没有勾结妖族，更没有伙同妖怪偷取心宿峰宝物。”

凌霏冷哼：“还在狡辩！”

雁回目光一转，看向凌霏，声色也是冷中带着不屑：“至于凌霏师叔……是啊，我打她了。我也没想到她那么不经打。”

一句话，让在场的人都沉默了下来。

是啊……谁也没想到。

大家一时也评判不出，到底是雁回太厉害，还是凌霏学术不精……

“雁回目无尊长，放肆妄为，责二十鞭，带回柳宿峰，禁闭十日，再做惩罚。”

最后是凌霄给了责罚，然后雁回便被带回了柳宿峰，待得十日之后，雁回领到了她的惩罚，以勾结妖邪的罪名，被驱逐出山。

别的事情雁回无须再问了，雁回只知道，凌霄终是相信了凌霏的话，定了她的罪名。

凌霄没有相信她。

雁回说罢当时的事，神色并没什么变化，她只撇了撇嘴："然后下山了没钱，我听友人介绍就去揭了个榜，打算下半辈子靠捉点讨厌的妖怪为生，没想到遇见了你。"雁回一叹，"也是流年不利。"

天曜听罢，倒没有管雁回这句责怪，只道："那狐妖女儿呢？"

"我都被关禁闭了，哪还知道她的消息啊！不过看当时那阵势，我后来猜，她应该是被杀了……"雁回又是一叹，"但如今看来，定是还在哪儿挣扎活着呢。不然她娘也不会又来找我了。"

"说了去找凌霏啊，我如今一个被驱逐出山的人，能帮什么忙……"雁回抓了抓头，最后一击掌，"反正躲不过，干脆我找她出来谈谈得了。"

天曜微怔："找她出来？"

雁回一转头，看着天曜甜甜一笑："你还没见过鬼吧。"

"……"

"我让你长长见识。"

"……"

第七章

狐血迷香

雁回觉着这三尾狐妖的鬼魂如今变得有点不对劲儿。

她不敢大意，便特意挑了正午的时间，找了个镇里鲜少有人的柳树林，摆好了阵法。

她坐在阵法正中，搓了搓手："你压着那阵法的线站着，要是看见那狐妖想上我的身，立即把旁边的那块石头给我踢远点。动作要快啊，要不然我被如今这好似厉鬼一样的狐妖上了身，你我都不好过的。"

"我没你那般迟钝。"天曜明显对雁回这样一而再再而三的叮嘱有些不耐烦，"你只管作你的法去。"

雁回撇嘴，倒也没再和他争个口舌之快，只闭了眼，捻诀，不一会儿，雁回身边便黑气升腾，宛如地上烧起了来自炼狱的火焰一般。

天曜是看不见这黑气的，但他也能够感觉到四周陡然降了下来的温度。

雁回被这黑气唬得连法也不想作了。这戾气……怕是已经要成厉鬼了。

便在雁回心颤想要放弃的前一刻，三尾狐妖蓦地出现在雁回面前。

她半透明的魂魄飘在空中，周身隐隐透出一些暗红色，披头散发，面容死白又枯槁，但那双泛着红光的眼瞳之中却渗出些许阴厉杀气，看得雁回不由自主地咽了口唾沫。

这世间天道自有轮回，有强大执念让自己滞留在世间的鬼魂一千个里挑不出一个，而能变成厉鬼的，更是一万个鬼魂里挑不出一个。雁回活到这么大，见了不少小鬼老鬼，有成天哀哀凄凄的，有喜欢捉弄活人的，但还愣是没见过这般不说话便让人打心眼儿里发寒恐惧的厉鬼。

她瞥了天曜一眼，示意天曜随时做好踢翻阵眼石头的准备。

天曜自是不用她提醒，自从三尾狐妖现身的那一刻，他的脚便落在了石头

边上。

天曜别说厉鬼，连鬼也没见过，三尾狐妖现身的那一刻，天曜便察觉出了不妙，这一身气息，十分不善。

三尾狐妖根本不在乎旁边站着的天曜，只直勾勾地盯着雁回，也不说话，也没动作。

雁回清咳了两声，小心翼翼地试探着问了一句："要不……您先坐？"

狐妖没动静。

雁回讨了个没趣，她摸了摸鼻子："那啥？今天把你叫出来，其实我是想和你谈谈关于你女……"

雁回话没说完，忽然之间，一股阴风扑面而来，那狐妖竟瞬间飘到了雁回面前，狠戾至极地盯着雁回，乌青得发黑的嘴吐出阴森森的三个字："去救她。"

"哎呀！我的姥爷舅舅大姑妈！"雁回被吓得捂着心脏往后倒。

天曜见状要去踢石头，雁回又捂着心口连忙伸手制止了他："等等。"

狐妖没趁着这一瞬间上她的身，想来也是想和她好好谈谈的，雁回打算努力试着去沟通。

她屁股在地上磨蹭了两下，让自己尽量离三尾狐妖远一点，然后才稳了情绪道："大姐。"她如此称呼狐妖道，"你看，先前你让我去救你女儿，我去救了不是？后来我被凌霏查出来了，在那个牢里，你亲眼看着的呀，我也努力地想救你女儿了，但结果你也知道的不是……"

天曜看着雁回一副闲话唠家常地和狐妖说着道理，那模样简直和铜锣山村里唠嗑的大爷大妈们没什么区别……

看来，对付厉害的鬼，她也有自己的一套手段……

"我的本事就那么点儿，你所托之事确实是为我所难，而且，我现在都不是辰星山的人了，要去辰星山救你女儿，更是没有办法……"

"不在辰星山。"狐妖声音沙哑，情绪倒是比刚才要稳定了一些，身上黑气也微微安静下来。

雁回一怔："那在哪儿？"

"永州城。"

永州城……那不就是前面不远的那个城吗……

雁回与天曜对视一眼，然后雁回摸着下巴道："所以，你是一直跟着你的女儿到了这永州城的？”

狐妖点头。

难怪。雁回心道，先前她在铜锣山的时候没有被压，原来是因为这狐妖没找到她，现在她自己带着天曜到了这里，离永州城近了，所以这三尾狐妖才又找上门来。

这倒也是缘分……

雁回心下一声叹，只道自己流年不利，流年不利啊。

“晓露……很不好。”狐妖说着，面露哀戚，一双看起来极为骇人的眼睛里慢慢晕出了湿润的气息，然后一滴血泪顺着她的脸颊滑下，“我护不了她，你帮我再救救她。她还那么小……”

雁回沉默了一瞬，随即问道：“怎么会到永州城来呢？辰星山的人放过了白晓露，然后她又被别的修仙门派抓了吗？”

“辰星山之人……”狐妖说到这儿像是想到了什么可怕的事情，捂住了脸，浑身发抖，似怒似恨，“他们……他们将晓露卖给了永州的商人。”

雁回微微一愣，她一直知道这世间所有的仙门为了维持自身的开销都会做一些买卖。这些买卖有的能见得人，有的则不太见得了人。她在辰星山的时候也只是个小弟子，未曾接触过这些师叔前辈才会接触的领域，是以她也不知晓，辰星山竟然会……

买卖妖怪。

天曜在一旁皱了眉，插话道：“普通人为何要买妖怪？”

雁回也觉得奇怪，一般没有修仙的人躲妖怪都躲不及，为何却要做这样危险的买卖？

狐妖浑身颤抖着沉默了一会儿，发黑的手从脸上微微滑下，她睁着一双可怖的眼睛，露出惊惶的神色：“他们拿狐妖的血熬成迷香，将迷香抹在身上，就能让人为其痴狂。”

雁回与天曜皆是怔然。不同的是雁回是惊愕，而天曜则陷入了沉思。

“等等……”雁回揉了揉太阳穴，不敢置信地又问了一遍，“我没太听懂。他们拿狐妖的血熬什么？”

“迷香。”狐妖道，“女子将其抹在身上便能令男人对她痴狂，男人亦是如此。”狐妖手指用力几乎要将自己的脸划破，“九个狐妖的血方能熬成一小瓶迷香，商人卖的是天价，王公贵胄们却争相购买此香。”

雁回眨巴着眼睛想了会儿：“你会不会搞错了？这世间哪来这种方法？人的血妖的血一样都是血，拿水一煮，放锅里一熬，熬出来的都是血沫沫，嗯……或者做成血豆腐，软软的入口，口感还不错……”

“不会弄错。”狐妖摇头，“我便是这样被放干了血，死在永州城的。我便是如此死在了那里……”

雁回一默。

“所有仙门捉到了狐妖，在送过来之前，都会生取狐妖内丹，让其没有反抗能力。商人拿到我们之后，会以秘宝日日吸取我们身体里的灵气，待得七七四十九天吸干灵气之后，他们便杀妖取血，辅以灵气，熬炼成香。”狐妖说到此处，情绪又开始激动起来，她周身黑气暴涨，头发飘浮，双瞳开始变得赤红，她恨声道，“那每一瓶香都是活的，都是狐妖的命，他们将我们的血抹在身上去吸引其他的人，他们乐此不疲，他们以此为傲，他们炫耀自己剥夺了我们的生命，你们修仙修道之人说妖即是恶，可这些人才是恶，你们修仙的人是帮凶，也是恶！”

狐妖手上指甲暴长：“你们，全都该与我一样，到地狱里去！”她声音尖厉，俨然一副失去控制的模样。

雁回心下一凛，立即对天曜大喝：“踢！”

天曜也不犹豫，一脚将石头从阵眼上踢开。

三尾狐妖的身形立即消失。雁回连滚带爬地从阵法之中跑了出来，在她离开阵法的那一瞬间，被圈住的那块土地像是被炸了一样，尘土翻飞，飘飘绕绕地飞了好一会儿，才慢慢落地。

天曜看了一眼旁边有些怔神的雁回，问道：“她走了？”

雁回失神道：“应该是回永州城去了。”她将画出来的阵法用脚抹平了，然后道，“我们到市集里去吧。柳树林阴气太重。”

她说了这话，自己便恍恍惚惚地往人多的市集里走。

天曜也一言不发地跟在雁回身后。

雁回其实现在也是不敢相信刚才听到的事情，或者说……不愿意去相信。

仙门竟然会做这样的买卖，仙门的掌门人，竟然允许这样的买卖存在，凌霄……竟然也允许……

雁回想起在很久之前，刚遇见凌霄时，在随着他去辰星山的路上，凌霄斩杀了一个袭击村庄的妖怪。当时他白衣翻飞宛如谪仙的模样，看得雁回几乎想要叩拜。她崇拜凌霄，仰慕凌霄，她想要像凌霄一样有力量斩遍天下妖魔，然而凌霄那时却对她说："杀心不可无，不可重。即便妖是恶，在斩杀恶妖的时候，也要心怀慈悲。"

即便杀戮，也要心怀慈悲，雁回一直将这话记着。

而现在，凌霄竟然容忍这样毫无慈悲可言的残忍的买卖在自己眼皮底下发生。

是她这么些年都将自己师父想错了，还是这么些年，她的师父慢慢地变了……

正午日头正毒，走在熙熙攘攘的小镇街道之上，雁回却只觉得遍体生寒。

一路沉默地走回客栈，雁回在桌边一直沉默地坐了一个时辰，然后一拍桌子："我要去救白晓露。我要去查，到底是哪些仙门在做这样的买卖，我要知道……"

她要知道，这事是不是凌霄首肯允许的。

天曜闻言，看了她一眼："很好，我也对此事颇感兴趣。"

雁回转头看他，但见天曜已经将包袱都收拾好，一副打算马上就走的模样了。雁回问："你是想背负起身为妖怪的责任，要去解救同类吗？"雁回点头，"你也是个热血的妖。"

天曜瞥了她一眼："不，我只是去找自己的东西。"

雁回一愣："什么东西？"

"方才那狐妖说，商人们有一秘宝可吸取狐妖灵气。"天曜眸光闪烁着些微寒芒，"七七四十九天则能将数十个狐妖的灵气吸取干净，除了我的龙角，一时我还想不到哪个法宝能有此本事。"

雁回呆怔，这才想起，传说中，龙的角便是吸取天地精气的至高法器。

若是那些商人用的是天曜的角……

那这事，可就越发复杂了。

为了防止在去永州的路上再被妖怪袭击，雁回与天曜趁着白日跟着一个商队一起上了路，人多且有护卫，一般妖怪在白天是不会轻易动手的。

赶在永州城关闭城门之前，雁回和天曜终是到达了永州城。

永州是中原大城，很多通往西域或者南方的货物都在此集散，人口繁多，

鱼龙混杂。

入了城，天色已近昏黄，雁回与商队老板道了别，然后领着天曜熟门熟路地往城西走。天曜见状问了一句：“你常年在山修道，为何如此熟悉这永州城？”

“以前我陪师父到永州城来收过妖，认识了一个好朋友，后来只要下山我都往这儿跑。前段时间不是被赶出辰星山了吗？我就在这儿混了些时日。永州城大，别的地方我不熟，但是去她那儿我哪条路都能找到。”她正说着，忽然瞅见迎面走来几个穿着官服的人。

雁回脚步顿了一瞬，天曜只听雁回自言自语地嘀咕：“忘了这茬……”然后他便觉得袖子一紧，雁回二话没说拽着他钻进了一边的小巷子里，三绕两拐的，又跑到了另一条街上。

天曜看着并不打算跟他解释刚才行为的雁回，道：“你还得罪了官府的人？”

雁回摆了摆手：“我哪有那工夫招惹官府去？就是永州城这里有点小破事儿，不值一提，耽误不了咱俩，你跟我走就是了。”

天曜便没有再问。

转过几个坊角，一栋三层高的花楼出现在两人面前。

“我朋友住这里面。”

天曜抬头一看，花楼正中挂着个巨大牌匾，烙了金灿灿的三个字“忘语楼”。二楼往外伸出来的阳台上坐着两个穿着华丽但略显暴露的姑娘。

竟是这种地方的朋友……

天曜脚步一顿，皱了皱眉头。

雁回全然不管他，自顾自地往前走，到了楼下，对着楼上挥了挥手：“柳姐姐，杏姐姐！”

这个时辰对于她们来说客人还少，于是两个姑娘便在你一言我一语地唠闲话，听得雁回这声唤，两个姑娘转头一看，其中有一个站了起来，眯着眼笑了：“我道是谁呢，这么猴急就来了，原来是咱们才华横溢的雁公子回来啦！”

听得这个称呼，天曜转头，神色微妙地看着雁回。

雁回受了天曜这一眼，也没忙着解释，只对着两个姑娘笑道：“多日不见，两位姐姐可有想我？”

话音还没落，另一个姑娘也趴在栏杆上，懒懒地看着雁回笑：“哟，还带着人哪，又是哪家被雁公子迷成了断袖的男孩子呀？”

天曜眼神越发微妙了。

雁回转头瞥了天曜一眼，竟也顺着那两个姑娘的话说道："是呀，这个小哥把心落我这儿了，死活缠着我不放呢，怎么摆脱也摆脱不了，可愁煞人了。唉，只怪自己魅力太大。"

天曜眉头皱得死紧："不知羞耻，胡言乱语。"

雁回撇着嘴斜眼看他："前天还拽着人家的手说无论如何都不会放我走的呢，今天就变成胡言乱语了。你这心变得也比四月的天气快。"

"……"

楼上俩姑娘捂着嘴笑了一会儿，雁回便也不逗天曜了，对她们道："两位姐姐，我有事找弦歌呢，她可在楼里？"

"在后院楼里坐着呢，去找她吧。"

雁回应了，进了忘语楼的门，然后径直往后院找去。

路上，雁回听得天曜在她身后道："你倒是欠了一身的桃花债。"

"且不说你这话说得对不对……"雁回回头瞥了他一眼，"就当你说对了，我欠了桃花债又如何？我欠的债，要你帮我还啦？"

天曜被噎住了喉，无语地闭上了嘴。

雁回一路找到后院，但凡路上遇见的姑娘都笑嘻嘻地与她打招呼。其实，如果不是这能见鬼的体质让她以前行为异常、举止奇怪，她在辰星山与师兄师姐们的关系应该也不会闹得那么差才是。

雁回以前偶尔会抱怨自己这双眼睛，为什么要看见那些脏东西，知道是护心鳞的作用后，她在某些片刻，也会闪过这个念头。但转念一想，这鳞片吊着她的命呢……

于是那些师兄弟关系全部都靠边站了。

活着，才是这世上最珍贵的事。

雁回心里有一搭没一搭地琢磨着这些事，没一会儿已走到后院的另一座楼阁的二楼了。

她敲门，里面有人应了："进来吧。"

雁回领着天曜进了屋，开口便欢欢喜喜地唤着："弦歌大美人。"她语调拉得老长，颇有几分逛花楼的客人吊儿郎当的模样。

屋里正主一袭红衣，端正地坐在屏风后面，听到这个声音，头也没抬，一

边喝着茶一边问道："叫得这么欢，可是拿到榜单的赏钱了？"这声音宛如清泉叮咚般悦耳。

绕过屏风，看见这个女子，饶是天曜也不由得一惊，这人当真是一看之下便有种让人感觉窒息的美。眉目之间举手投足，便是轻轻动动眼珠，翘翘手指，也有一番魅惑至极的风情韵味。

雁回蹦跶到弦歌身边，一屁股坐了下去，也没客气，径直端了弦歌桌上的一杯茶喝了起来："别说了，这一路走得简直坎坷。"

"那你来找我，是又缺钱了还是缺地方住了？"开口的语气虽然带着嫌弃，但她眉眼却带着调笑。

"哪能啊？！"雁回忙道，"说得好像我每次找你都是为了来蹭吃蹭喝的一样。"

"不是吗？"

"是。"雁回把脑袋凑到弦歌面前，厚着脸皮装可怜，"不可以蹭吗？"

弦歌见状，勾唇失笑，眉眼一转，拿食指将雁回的脑袋戳到一边去，道："也不知在哪儿学的这些调戏姑娘的本事，起开，碍着我倒茶。"

雁回连忙献殷勤："我来倒，我来倒。"她将桌上三个杯子摆好，然后一一倒了茶。

弦歌的目光在杯子上转了一圈，这才落到站在一旁的天曜身上，看了一圈，又收回了目光，端了雁回倒的茶，啜了一口，道："却是第一次见你将人往我这儿带，又这么急着给我献殷勤，说吧，这位小哥是个什么身份，你可是给我找什么麻烦来了？"

"不是一个麻烦。"雁回咧着嘴笑，伸出了两个指头，"是两个。"

弦歌眉梢微动，放下了茶杯，也没急着问，先招呼天曜坐下，然后道："你说说看，到底是怎么样的两个麻烦。"

雁回收敛了嬉皮笑脸的神色，道："一是关于这小子，他的身份……我不能说。但你应该也能感觉出来，他身上的气息并不普通。"

"嗯，他身上这气味勾人，宛如藏了什么秘宝。"弦歌道，"你回永州城这一路，想来走得可不容易吧。你要麻烦我的这第一件事，可是要我帮他把这气味儿掩住？"

天曜微微眯了眯眼睛，这是一个美得危险，也聪明得危险的女人，能察觉到他身上气息的人必定不是普通人。方才他一路走来，留心看过道路布置，这

个“忘语楼”里处处含着隐晦阵法，并不是个简单的地方。

“对对对，就想让你帮我这个忙。”雁回这方夸着弦歌，“我的小弦歌简直就是住在我心里的小公主啊！”

弦歌听着雁回夸张的表扬，笑骂：“皮！”

“那你有没有办法帮我这个忙呀？”

弦歌想了想：“我知晓有个宝贝名唤无息，是个无香无味的香囊。”

雁回一愣：“无香无味的香囊？”

“对，它的香味便是无香无味，可以掩盖一切气息，或者说，可以吸纳一切气息。”

雁回与天曜同时亮了眼眸。这次雁回还没来得及开口，天曜便问道：“那香囊何处可寻？”

“前些日我这儿正好弄了一个来，你若要，回头我命人取给你便是。”

天曜诚挚道谢：“劳烦姑娘。”

“不用谢我，你谢雁回便是。我倒是鲜少见她这般热情地帮人忙。”

天曜瞥了雁回一眼，但见她一副尾巴都要翘到天上去的模样，那本来很简单便能说出口的“谢谢”二字却好似变成了鲠住喉咙的刺，让他怎么也吐不出去，于是他沉默地看了雁回半晌，一转眼，别过了头去。

雁回：“……”

弦歌将两个人的互动看在眼里，轻轻笑了下，接着问：“第二件事呢？”

雁回想起这事，面色肃了下来，她斟酌了一番开口道：“弦歌可知最近有仙门的人在永州城里买卖妖怪？”

弦歌又轻轻抿了口茶，沉默地听着，没有搭话。

“近来我无意中知晓永州城里有人从仙门手中专门买卖狐妖，再以狐妖之血炼制迷情迷香，卖给王公贵族，牟取暴利。弦歌可知，现今这城里到底有谁在做这些买卖？”

弦歌手指轻叩茶杯，发出了细微的清脆之响，隔了许久，弦歌才道：“你这第二件事，便是想让我查出买卖妖怪的幕后之人？”

雁回点头。

弦歌沉默了一会儿：“此事，却有些令我为难了。”弦歌站起了身，一袭艳红纱裙曳地，她慢慢踱步到了窗边，望了一眼外面的永州城。

“若照你所说，此事涉及仙门与达官贵人。中原万事，何事不是这两个势力来定夺的？既然他们觉得此事可行，默许此事，那雁回——”弦歌转头看雁回，面色比刚才严肃了三分，“这事，即便是罪大恶极，那也是可以做的。我即便想帮你忙，恐怕……也是力不能及。”

天曜闻言，眼眸微沉，弦歌说的话很直接也很残酷，但也是现实。

这个世道，“正义”与“道义”也总是听随掌权者的话。

雁回沉默了半晌，摇了摇头：“没有什么罪大恶极的事情是可以做的。”天曜闻言，目光微深，他转头看了雁回一眼，但立刻，雁回便又笑道：“不过，你说的却也是个理。”她神态轻松了些许，“这事确实为难弦歌了，那便不查了，只要能弄到那个香囊，对我来说便已是极大的帮助。”

雁回一口喝下杯中微凉的茶，然后站起了身：“那我今晚还是在你这里蹭个住的地儿哦！外面住客栈太贵了。每天荷包都在疼。”雁回说着，领着天曜往外走，“我去找柳姐姐给我布置房间啦。”

弦歌闻言，只在窗边沉默地看着雁回，临着她出门之际，弦歌又道：“雁回，我不知是谁来求你办此事，但就我看来，这事会陷你于危险之中，有时候，人总得活得自私一点。”

雁回脚步微顿，她扶着门，转头看弦歌，咧嘴一笑：“弦歌还不知道吗？我是如此自私的一个人啊！”

晚上，忘语楼开始忙碌起来，楼里丝竹之声不绝于耳，莺歌燕舞，好不热闹，但前院的热闹并没有吵到后面来，中庭就像一个隔开了声音的屏风，让后院保持着夜该有的静谧。

雁回与天曜被安排住在后院一个小楼之上。透过窗户雁回能看到忘语楼那楼里晃动的人影。她夹了一口菜，望着那方道：“吃完了饭，待会儿咱们去楼里逛一逛。”

天曜一挑眉，沉默又微妙地将雁回望着。

雁回转头一看，看见天曜这眼神，放了碗：“你这什么眼神？你以为我要去干什么？那里是这永州城里达官贵人聚集的地方，有酒又有美人，指不定在他们被酒色迷晕脑袋的时候能探到什么消息呢。”

也对，这本就是最容易探查消息的地方。

天曜望着雁回，眸光微动：“你不是与你朋友说不查此事了吗？”

“我什么时候说了？我只让弦歌不查，又没说我自己不查……得趁那些家伙喝得烂醉之前过去。”雁回扒了两口饭，囫囵吞了，然后也不管天曜吃没吃饱，连赶带推急急忙忙地把天曜推出了屋子，“我换个衣服咱们就过去。”

天曜现在对雁回说风就是雨的脾性也摸得清楚了，当下心里竟是没有半分气，他只看了看还没来得及放下的碗里的饭菜，走到一边站着吃完了。

待得他想直接将空碗放到后厨去的时候，雁回又拉开了门：“男子的头发要怎么弄来着？你教我绑绑。”

面前雁回穿了一件靛色的男子长衫，看样子是束了胸，胸前比平日平坦许多。她拿着梳子梳头发，但是怎么都弄不好发髻。她皱着眉头，又弄了一会儿，才松了手：“不成，你帮我梳吧。”

她往屋里走了。

天曜愣了愣，便也只好跟着她往屋里走。

雁回在梳妆台前坐下，把自己的头发都梳到了头顶，然后把梳子往天曜的方向递：“快来。”

天曜将碗放到桌上后，走到雁回背后，下意识地本想接过雁回手里的梳子，但抬眼见镜子里两人的身影，他手上动作一顿：“梳发一事过于亲密，唯女子丈夫、父母可帮……”

“你咬也咬过我，扒也扒过我，就梳个头发咱俩还能擦出什么火花吗？”雁回嫌弃地翻了个白眼，径直打断了天曜的话，“这时候你还在意梳头这回事儿了？放心吧，咱俩不可能的。”

天曜一琢磨，也是。

他接过雁回手里的梳子，不客气地把她头发握住。

他们俩，虽然关系非同一般，但他们各自心里都有自己的盘算，情爱一事于现在的雁回而言，无力沾染，于天曜而言，更是避之唯恐不及。他们俩诚如雁回所说——根本不可能。

天曜便暂且抛开了那些细小的顾虑，将雁回的头发一点一点地梳整齐，然后盘在头上，拿发带绑住。

他做事很专心，目光没有从她头发上移开一点儿。

雁回从梳妆的铜镜之中看见天曜的眉眼，不禁想，天曜这个人，越接触便越发现他其实是个行事细心、作风沉稳、尊礼守节的人，那个铜锣山的老太太养他长大，他便真的对老太太有感恩之情，可见他还有颗知恩感恩的心……如此推断，二十年前，他或许是个生性温和的妖怪。

而现在……他却成了连笑也不会笑一下的人，阴沉又淡漠。

素影真人当真可算得上毁了天曜的千年道行，硬生生地打乱了他的生命轨迹啊！

“好了。”天曜一抬眼，看见镜子里正望着他的脸发呆的雁回。他皱了皱眉，“簪子呢？自己插上。”

说完他便转身走了。

雁回立刻随便抓了根簪子插在头上，跟着天曜往前面忘语楼走去。

雁回拿了把折扇在胸前扇着，扮成一副富家公子的模样。路上的姑娘们都认识她，见了雁回一个个都“雁公子雁公子”一边叫一边笑。

雁回也应得坦然，显然做这事也不是一次两次了。

两人走到忘语楼中，雁回领着天曜上了二楼，寻了个位置坐下，然后问天曜：“你上次在小树林里教我的心法再教我一次，那个能让我看很远的法术，让我来探探。”

天曜瞥了雁回一眼：“我教你的东西，一次就该记住。”

“当时情急嘛，学了就用了，根本没把心法放在心上，你这次教了我我就能记住了。”

天曜便又与雁回说了一遍，雁回果然立即便上了手，只是这一次，不过只用了一瞬间，她便立即捂住了耳朵：“太吵了。”

“上次在树林，四周安静，如今环境嘈杂，你便要会控制意念，听你所想听，见你所想见。”

雁回苦着脸道：“说得容易。”虽然她嘀咕了这句话，但还是慢慢放下了手，忍受着嘈杂的声音与周遭刺目的光芒，慢慢去适应这些环境。

到底是学得快，没一会儿时间，雁回便能控制着耳朵过滤掉她不想听的声音，而把她想听的听得越来越清晰。

她侧着头细细探着。

姑娘们的轻笑、男人们的高谈阔论尽数纳于耳中，却没有任何一个人在讨论关于买卖妖怪之事。就好像整个永州城，根本没人知道这件事情一样。

雁回皱紧眉头。

但在此时，雁回忽闻一道略熟悉的声音从忘语楼外传来："当真见了？她又到这里来了？"

与此同时，雁回往门口一望，但见一个穿着丝绸锦袍，满身书生气息的……小胖子踏进了忘语楼。像是有什么神奇的感应一样，胖乎乎的男子一眼便望向二楼，恰好与雁回四目相接。

"唉，又来个麻烦……"雁回不自觉地嘀咕。

天曜听见她这句话，顺着她的目光望去，也见到了那圆润的书生。

那男子踩着重重的步伐，也不管旁人的目光，径直上了楼，走到雁回身边。他望着雁回："雁……雁回。"他好似十分激动，连话都有点说不清楚了，又好似带了点小心翼翼，"你回来了。"

雁回饮了口茶，这才转了目光看向他："原来是王鹏远公子啊，好久不见。"

只一声招呼，便让王鹏远涨红了脸，他语塞了许久，然后磕磕巴巴道："好……好久不见，前段时间听说你也来过这里，但那时我……我……我正忙，便错过了，今天……今天……"

"今天我该走啦！"雁回站起身笑了笑，然后伸手去抓天曜。天曜想要抽回手，却被雁回死死握住。雁回转头看天曜，笑得天真无邪中暗含警告："和我一起走哦，天曜。"

天曜："……"

王鹏远愣了愣，看着雁回握住天曜的手，然后目光有些诧然地在天曜脸上扫过："雁回……他……他是？"

"哦。"雁回轻描淡写地应了一句，"我现在和他一起呢。"

天曜嘴一动，雁回便又转头望着他，微微咬着牙对他笑："是不是呀，天曜？"

"……"

王鹏远如遭雷劈："一……一起？你们……"

雁回便也不管他，带着天曜，擦过王鹏远的肩头走了。独留王鹏远一人在二楼之上泫然欲泣，欲哭无泪。

到了后院，雁回方舒了口气："白天明明都躲着走了，怎么还是给看见了。"

天曜甩开雁回的手，擦了擦："那便是别人口中，被你迷成了断袖的男子？"

"几个姐姐开我玩笑罢了。"雁回道，"他现在知道我是个女人。"

天曜对此事并没有多大兴趣，是以打趣了雁回一句便也止住了话头，问起了正事："方才你在楼里，可有听到关于买卖妖怪的事？"

雁回摇了摇头："来这忘语楼的皆是永州城非富即贵的人，但别说买卖妖怪了，连迷香一事也无人提及，就好像这城里没人知道一样。"

天曜沉思了一会儿："或者说，他们都还没有到知道此事的身份？"

这个说法让雁回倏尔亮了眼睛。照之前狐妖所说，那些迷香都是卖给王公贵族的，毕竟是捉狐妖取血而成，熬炼的迷香必定极其稀少，有钱不一定能买到，还得有权才是……

"等等。"雁回忽然道，"他说不定能探到什么消息！"

"谁？"

雁回往回一指："刚才那个胖子。"雁回道，"你别看他那样，他其实是这永州城知府的儿子，以前听说他还有个姐姐嫁进皇宫当了皇妃。他爹是这永州城的一把手，若有什么事情要在这城里做，肯定是要经过他爹的允许的。"

这倒让天曜好奇了："如此身份，虽是富态了些，但什么女子求不到，为何却喜欢你？"

"凌霄以前经常来永州城除妖，偶尔会带上我，有一次这小胖子去城郊上香的时候被妖怪缠住了，我救了他，然后……哎，等等，你刚才那话是什么意思？喜欢我怎么了？"

天曜一本正经地也回头望了望二楼："去套他的话吧。"

一谈正事雁回便顺着天曜的话说了："今天不行，现在回去目的太明显了，明天他还会来找我的，我们守株待兔即可。"

雁回说完这话，却半天没听到天曜的应声，她一抬头，但见天曜正盯着她。

雁回奇怪："看什么？"

"没什么。"天曜转过头，唇角微微一勾，言语轻细得连现在耳目聪睿的雁回都没听清楚，"看笨蛋而已。"

这边雁回与天曜经过后院一起踏入小阁楼当中，两人并没有发现，在他们身后，王鹏远躲在柱子后面，目光带着几分怨恨盯着两人，即便已经看不见他们的身影了，也没有离开。

"公子……"仆从在一旁轻声唤道，"咱们该回去了，不然老夫人该担心您了。"

王鹏远嘴唇抿得紧紧的："雁回是我的。"

“公子？”

“我要让雁回变成我的。”他说着这话，双目因为嫉恨而变得赤红。

第二天一大早，雁回刚起床，便有楼里的姑娘来敲她的房门。

姑娘说王知府家的公子已经来了好一会儿了，在院里池塘边的亭子里等着她呢。

雁回听罢点了点头，难得没有嫌王小胖子缠得烦，好好地梳洗之后便只身见他去了。

雁回觉得，这王小胖子对她是有点非分之想的，她要是笑着和这小胖子套套话，小胖子也许就一股脑全交代了，但要是带上天曜，这小胖子若是吃了醋，那可就不好了，是以她便没有喊上天曜。

待得走到水榭旁边，一身华服的小胖子一见到雁回便立即站了起来，还是如平常见到雁回时那般紧张，鼻头微微冒着汗，他轻轻唤雁回：“雁回，你来啦！”

“嗯，你找我什么事儿啊？”

王鹏远看了看旁边的姑娘，他身后的小厮便唤着那姑娘和他一起走了。王鹏远是什么身份？忘语楼的姑娘自是不敢驳了他的意思的。于是姑娘看了雁回一眼，见雁回对她放心地笑了笑，这才走了。

等闲人走完了，王鹏远才道：“我……我就想来和你说说话。”

雁回一听满意极了，说话好啊，她也正想和他好好说话呢。

雁回倒了两杯茶，自己一杯，给王鹏远一杯，打算听他好好说，然后找个契机插话进去，将想要打听的事给打听出来。

“你说吧，我先听着。”

王鹏远紧张地在衣服上擦了擦手心的汗，随即在自己的衣服兜里摸来摸去：“我……我今天早上其实还准备了个小礼物想给你。”

雁回一愣：“这个就算了吧，咱们说说话就好。”

“不不……我准备了蛮久……你还是看看吧。”

说着王鹏远便将衣服里的东西摸了出来，是个非常精致的小锦袋。锦袋之中飘散出了一股奇异的香味，吸引着雁回将目光落在锦袋上面，越看她便越是想知道这锦袋里面装的是什么。

“这是何物？”

雁回看得眼神都有点发直了。

王鹏远见状，咽了口唾沫，然后打开锦袋的口："给你看。"他将锦袋递到雁回面前。雁回专注地去打量，只见袋子里面是一小撮暗红色的粉末，奇香无比，她越是想分辨出这是什么香味，便越是分辨不出。

而且嗅着嗅着，她竟觉得……眼前的事物都开始变得恍惚起来。

王鹏远见雁回双目渐渐失神，一副被夺了心魂的模样，他小心地左右打量了一下雁回，见她当真没了反应。王鹏远高兴地笑了笑，抹了一把头上的汗，收回手中的锦囊便要往嘴里倒。

然而在即将将粉末倒进嘴里之时，一只手忽然拽住了王鹏远的手腕。

"此乃何物？"天曜声色沉静如水，带着几分摄人的杀气，"不老实说，我便卸了你整条胳膊。"

王鹏远从小到大被家人护得好好的，除了他老子敢凶他几句，何人能用这种姿势和这种语气与他说话？他惊慌转头看着天曜，但见天曜眼里杀气森寒，王鹏远被吓坏了，一声大叫，手一抖，锦囊便劈头盖脸砸在了天曜脸上。

红色的粉末撒了天曜一脸，天曜下意识地闭上眼，然后用手去擦双眼，王鹏远便趁着这个机会挣脱，连滚带爬地跑了。

天曜抹了一把眼睛，舌头下意识地舔了舔嘴唇，当他尝到粉末的味道时，立即怔住了神。

这是……

血的味道。

但明明闻起来，却是一股令人着迷的香味。这到底是……

天曜正想着，忽听"咚"的一声，是一旁中了招的雁回一头栽在桌子上，天曜眉头一皱，伸手摇了摇她："雁回？"

雁回跟着他手摇晃的力量晃荡了两下，然后睁开眼，脑袋搭在桌子上，望了天曜一眼。

雁回眯起眼睛，不知为何，她的眼睛这时候好像被施了什么法术似的，她看着天曜，感觉天曜身上发出了一闪一闪的耀眼光芒，这个世界好像除了天曜，其他都变得模糊起来。

她之前便觉得天曜这皮相长得挺好，但从没有哪天像今天这样觉得，天曜简直已经好看到了惊为天人无以复加的程度……

“雁回？”

许是觉得她的眼神过于迷离，天曜皱着眉头喊了她好几声：“你有无大碍？”

雁回眨巴着眼睛，微微回了些神，她坐直了身体，目光却一直停在天曜脸上，挪不开：“应该……没有事，就是腿脚有些发软……”

看着天曜，她其实不只腿脚有些软，浑身都有些不自觉地软了。

天曜眉头紧蹙，只道是雁回中了毒，他看了看四周，但见无人寻来，只好道：“你在这儿坐着，我去将你好友找来，看她对这凡人的毒有无研究。”

“等等。”雁回一声急唤，几乎下意识拉住了天曜的手，“别走，别离开我。”柔软中微带沙哑的声音一出口，不仅天曜呆了呆，连雁回自己也呆了呆。

天曜看着雁回这一脸红晕的模样，才反应过来不对味儿，他念头一转，下意识地觉得既然不是毒药，那必定就是迷药，但一想，又觉得蹊跷，若是迷药，那小胖子为何不将雁回约在屋里，却要约在这水榭之中……

天曜口中略一回味，方才尝到的那粉末的血腥味还在……忽然间，天曜想起那三尾狐妖关于迷香的描述，以狐妖之血……熬炼而成。

那方天曜在失神沉思，这方雁回也在沉思，然而现在她脑海里反反复复想的却是……

天曜的手好大好暖，好想抓住就不放，好想让他再多碰碰她……别的地方。

随着这股念头涌出的，还有雁回深藏于心的羞耻感，以及她脑中残存的理性在嘶吼：“小胖子，你竟然敢在这种地方给我下药！是想表演给谁看不成！”

雁回努力地想让自己把天曜的手放开，她盯着自己的手，在心里一百次威逼自己赶快放手，要不然就剁掉。然而最后她却发现，她心里有一千个念头在让她贪恋天曜温暖干燥的手，把他握紧点，握得更紧点，然后……

据为己有。

雁回觉得自己大概是疯了。

“雁回。”

别喊她的名字，心尖尖都酥了！

“我想，你大概……”

别说了，她也知道她大概是忽然疯了。

“……是中了狐妖的迷香。”

雁回一愣神，这句话传达到大脑之后，雁回一抬头：“你说什么？”然后她

又看见了天曜的脸……跟自带神光一样，好耀眼！

“他刚才给你嗅的，大概便是我们一直在找的，用狐妖血炼制而成的迷香。”

“这死胖子……”雁回干脆用另一只手捂住自己的眼睛，让自己不看见天曜，诚心诚意地装瞎子。她沉默了好一会儿，才问道：“可我为何……现在却是看见你，会头晕目眩、浑身无力、形容痴狂？他下错药了吗？”

天曜听见雁回如此形容，默了默，略有些不自然地咳了一声，然后掰开雁回还拽着他的手。

雁回掌心一空，几乎是不由自主、失落地“啊”了一声。

天曜全当自己没听见，在一旁坐下，回忆着刚才的场景开了口：“他给你嗅了迷香，但见你失神之后便想将那迷香吃掉，想来，那迷香使用并非谁都能吸引，或许只能吸引特定的一人，由其闻香之后，另一人吃下迷香，则可使嗅香之人为之痴迷，此法有些类似于蛊术里面的子母蛊。”

“所以说……他刚才没吃那迷香，被你吃了？”

“他方才要吃，被我拦住，迷香不慎撒在我脸上，我便舔了唇角，尝了一点……”

雁回出离愤怒了，径直打断天曜的话：“没长辈告诉过你不要随便乱吃东西吗？！”她气得拍桌子，“你说，现在我爱上了你，要怎么办？！”

她将这话这么赤裸裸地喊了出来，天曜扭头沉默了许久：“为今之计只有快些找到那买卖妖怪、制出迷香的地方，或许可找到破解之法。”

雁回琢磨了一阵：“也好，至少那小胖子这下是彻底暴露了他和买卖妖怪之人，必定有勾连的关系。直接找他就成，算是有了个门路。”

天曜点头：“他刚走不久，我们赶快些，在路上还能拦下他。”

“即便他回家也没关系，那永州知府的宅子，我还是记得路的。”

“如此，现在便走吧。”天曜站起身，但是雁回却没动，他回头看雁回，但见雁回一只手还捂在眼睛上。

她坐着，对天曜挥了挥手：“你先走你先走，别让我看见你，弄得我脸红心跳的，怪难堪。”

“……”天曜转过了身，“这种话你不说出来或许会更好点。”虽然这样说，但他还是听了雁回的话，先乖乖走了。

听不见天曜的脚步声，雁回这才将捂着眼睛的手放了下来，拍拍胸口：“乖

乖，这感觉可真是磨死人了。”

雁回离开水榭，恍然想起天曜大概是找不到永州城知府宅子在哪儿的。

她急急追出忘语楼，但见天曜果然在忘语楼外负手等她。

适时阳光倾泻而下，将天曜原本有些瘦削的背影照得高大。

雁回便在这一瞬间又听到了自己心头“扑通扑通”的强烈跳动。她甩了甩脑袋，狠狠捶了一下自己的心口。“别闹，克制。”她说着，深呼吸了几口气，迈步上前，“知府宅子往这边走，那小胖子胆小，被你一唬指定往家里跑……”

走到天曜身前，雁回一回头，看见天曜戴了半截面具的脸，然后呆住。

面具背后的眼睛一转，天曜盯着雁回：“现在的情况，这样更好与你说话。”天曜粗略解释了一句，“走吧。”

可雁回退了两步，双手紧紧捂住脸，却大大地张开了指缝，露出了眼睛：“赶快把面具摘了摘了摘了！”

“……”天曜隐忍地开口，“你不是说看见脸会……不好吗？！”

“那你该拿块黑布将脑袋整个儿裹一遍啊，戴半截面具算什么？你知道何为犹抱琵琶半遮面吗？！你这绝对是在故意勾引我吧！”雁回理直气壮道，“我告诉你，我现在可是吃了药的人，你再这样衣着暴露，我要是没忍住对你做了什么，你可别怪我。”

“……”天曜微微咬牙，他忽然发现，在面对如此流氓的雁回时，他竟然……毫无招架能力。

叹息之后，天曜便也顺着雁回的话将戴在脸上的面具摘了。当解开系在后脑勺的绳子，单手将面具摘下来后，天曜一转头，略有些凌乱的发丝在他额前飞舞扫动：“这样可消停了？”

他看着雁回，雁回也看着他：“我走你前面好了。你跟着我，尽量别让我知道你的存在。”雁回一手捂着鼻子，迈到天曜身前，脚步又急又快，像是在逃命一样。

“……”天曜看着雁回仓皇的背影，一时间竟是觉得哭笑不得。

雁回捂着鼻子，越走越怒。她揣着一肚子火赶上了王胖子。

“王鹏远。”雁回沉着嗓音喊了一声。

王鹏远一回头，但见雁回气势汹汹宛如炼狱厉鬼似的向他奔来。王鹏远立马掉头唤了身边两个侍卫：“挡……挡一下……”话音未落，不等两个侍卫反应过来，雁回二话没说，上前一步，下手如风，啪啪两下敲在两个侍卫的脖子上，俩侍卫便如同木头人一般被雁回定住。

雁回在旁边人都还没来得及看热闹的时候，拽了小胖子的衣襟，拖着他便拐到了一个深巷当中。

雁回一手撑在王鹏远耳边，眯着眼盯他，王鹏远一脸惊惶地瞅着雁回："雁……雁回，我……"

"胆儿肥啊！"雁回一笑，却是满脸的杀气和狠戾，"说，给我下的那迷香是哪里来的？"

王胖子紧紧贴着墙壁站着："我……昨日，买的……"

"上哪儿买的？"

王鹏远目光往旁边转了转。雁回眼睛一眯，一把揪住了王鹏远的耳朵："听不见我问话吗？那你这耳朵要来也没用，我帮你撕了可好？"

"不不不！"

王鹏远以前虽然缠过雁回，但雁回碍于他的身份，以及不想给辰星山抹黑的念头，便一直忍着他，但凡来永州城遇见了他，大多数时候是走为上计。而这一次，雁回是气得不行，反正现在也没了辰星山弟子这个身份，她可管不了那么多，是以，现在便将威逼恐吓的手段都拿了出来。

王鹏远几时见过这样的雁回？是以现在吓得面色铁青，腿都抖成了筛子："我听见问话了，听见了……我说。"

雁回眯着眼睛："给我说清楚些。在哪里买的？和谁买的？"

"在……在城南天香坊，与凤铭堂主买的……"

凤铭。

听到这个名字，雁回微微眯了眯眼睛。

要说这个名字，其实雁回并不陌生，但凡在这人世江湖游历过几天的人，理当都是知道这个名字的。那是掌控整个中原武林情报网的七绝堂副堂主，生性残暴，为人冷傲，是江湖上人人畏惧的一个狠角色。

若是这样的人，那做出杀妖取血熬炼迷香之事情，雁回便也有点理解了。

只是这七绝堂……

雁回这方正沉了眉目，身后响起一道对此刻的她来说宛如天籁的声音："迷香解药可有？"

这声音忽然响起，雁回只觉双腿一瞬间都有些麻了……

她连忙甩了甩脑袋，又恶狠狠地拍了拍墙壁，瞪着王鹏远："快把解药给我拿出来！"再这样生活几天，她大概真要疯。

王鹏远用惊恐的目光看看雁回又看看天曜，一双眼睛里怕得含起了热泪："没……没有解药。"

雁回反应了好一会儿，才消化了"没有解药"这四个字的意思，然后她拼命地遏制住捏死王鹏远的冲动："没解药的毒你也敢买？没解药你还用在我身上？"

"我……我想让你喜欢我，怎么可能让你再有机会离开我！"王鹏远大声道，"你是我的！"

"是你大爷的！"雁回一咬牙，心底怒火中烧，一拳砸烂了王鹏远耳边的墙，"你有本事倒是下药下准一点啊！你看你下到谁身上了，你个猪！"

天曜可是妖龙，被一个天底下最厉害的修仙真人抽筋剥皮的妖怪，他注定是要走上复仇道路的，注定是要腥风血雨的，让她爱上这样一个人，还不如真的爱上一头猪，过上每天吃精饲料睡舒服大床的安逸生活……

砖石"啪啪"两声落在地上。

王鹏远吓傻了，然后双眸迅速地涌出了泪水："你……你好凶……"

雁回懒得去听王鹏远的话，拽了他的衣领又将他拖着走："去城南，先给我好好问问有没有解药。"

"我……我不喜欢你了。"

雁回哪管他喜不喜欢，拽着他面无表情地走。

王鹏远一边哭一边解释："别去别去……买的时候他们便说了，没有解药。"雁回停了脚步，听王鹏远继续哭道，"雁回，你昨天便说，你与这人在一起，那，既然你们在一起，这……这迷香，下与不下又有何不同？"

雁回顿住，揉了揉疼痛的眉心。

"别让我去天香坊……他们说买了迷香是不能告诉许可外的人的……"

这句话让天曜与雁回同时蹙了眉头。

天曜问："有许可的是何等人？"

"三品……以上的官员，还有特定的人……"

三品以上……这样算来，还当真是只有真正的贵人才可购买这迷香。雁回

沉思了一阵，一松手，将王鹏远放了："成，我不捉你去天香坊，那今日之事，你也别与他人提起，我们各自当此事不存在。"

王鹏远捣蒜般点头，可见他对天香坊的人也是有一定惧怕的。

"从今往后，你也别再来招惹我，否则……"雁回眼睛一眯，王鹏远下意识地往后缩了一下，紧接着又退了两步。

"不招惹不招惹！"他又退了两步，"再也不招惹了。我走了！"话音都没落，他便连滚带爬地跑走了。

雁回拍了拍手，但听天曜在身后道："我们这便去天香坊探探。"

"不急。"雁回没有回头，只理了理自己的衣服道，"我们先回忘语楼一趟。找弦歌一起，吃个午饭。"

天曜不明所以，雁回瞥了他一眼，不打算解释，本只想甩个高深莫测的眼神，但与天曜四目相接的那一刻，雁回便瞬间不由自主地脸红了，她只好转了头捂住了脸，急吼吼地喊："别看我别看我，心又开始跳了！"

"……"

雁回与天曜回到忘语楼时，弦歌好像才懒懒地起床似的，她坐在桌子旁边，长长的黑发还没有盘起，柔顺地落在了地上，一副慵懒的姿态让她更显柔媚。

她看了雁回一眼："知晓我醒得晚，你便这般把男人带到我房里来了？"

雁回都没回头看天曜一眼，便道："他不爱女人。"

天曜："……"

其实雁回说得没错，在经历过那样的事情之后，但凡是个有感情的动物，都极难再去爱了，即便眼前之人再似天仙，在天曜眼里，也不过一朵繁花而已。

可见弦歌听了雁回的话之后，意味深长地"哦"了一声，饶是善于隐忍的天曜，也冲动得想把雁回的嘴巴缝上。

弦歌招了招手："先都坐吧，但闻早上那王家公子又来找你，你还追出去了，都干什么了？"

"王胖子给我下了狐妖血做的迷香，却犯了傻，让我爱上了这家伙。"雁回往身后指了下，"然后我就去揍王胖子，让他给我解药了。"

弦歌本是随口寒暄一句，但得到了这个答案，端茶的手微微一僵。弦歌抬了眼眸，目光落在雁回脸上："哦……"

“我问他上哪儿买的迷香，他说是在城南天香坊，凤铭手上买的。”

弦歌吹了吹茶，喝了一口，没有搭腔。

“我要是没记错，凤铭是七绝堂的副堂主，而弦歌，你这忘语楼，也是属于七绝堂的吧。”

闻言，天曜一惊，但当事的两个人——雁回与弦歌却都没有太大反应。

天曜皱紧眉头，心里只道雁回冲动，既然这弦歌与七绝堂同属一窝，那他们探得迷香线索一事，又如何能直接告诉弦歌！

可天曜还没担心完，弦歌便放下了茶杯，颇为无奈地一笑：“那般告诫你，让你不要蹚浑水，你还非得往里边迈腿不可。回头泥足深陷了，我可不管拉你。”

弦歌这话带着打趣，而雁回却一反平日嬉皮笑脸的神态，正色道：“此事有关辰星山名誉，有关我师……凌霄。弦歌，你知道，别说蹚浑水，前面便是架了口锅烧沸油，我也会跳下去。”

弦歌一叹：“痴儿。”

雁回这时却笑了：“彼此彼此。”

弦歌放了茶杯，看了天曜一眼：“不是说药下到他身上了吗？你不去在乎你的‘心上人’，却还那般着紧辰星山的事，你那迷香，当真对你管用了？”

“管用啊，我现在一看他就跟看到太阳一样，闪闪发亮的。”

天曜颇有负担地按了下额头。

雁回接着道：“但这不影响办正事。”

因为对于雁回来说，辰星山和凌霄，从来不只倾慕与喜爱这么简单。那是她混杂了无数种感情，永远不可能放下的——心结。

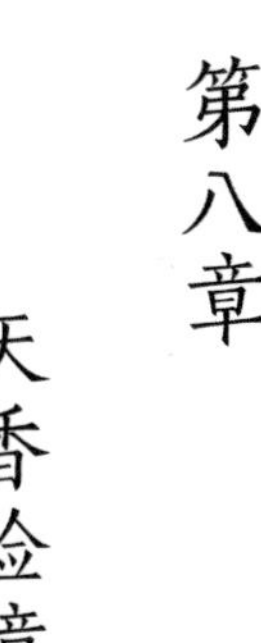

第八章

天香险境

“谈正事吧。”雁回道，“我素来知道这七绝堂虽是亦正亦邪，给钱就办事，但该有的大义与人性却并未泯灭，这狐妖迷香的买卖，怎么看也不是你们的一贯风格。”

七绝堂本是江湖一个神秘的组织，十几年前名不见经传，却在这十来年间渐渐发展壮大，成了一个赫赫有名的情报与暗杀组织。

其名气之大，势力之深，不仅在江湖之中，便是仙家门派里也有他们的探子，传说只要付得起钱，就算想知道皇帝昨晚亲了几下妃子的脸蛋都行。而暗杀的人上至朝堂下至江湖，七绝堂除了不杀皇室中人与仙门中人，别的，没有哪个活路不接。

天曜这十几年在偏僻的铜锣山里，对外界的消息少有涉猎，即便有，他的心思也落在各大仙门中去了，哪里会关注这些江湖门派的消息？

是以他对这七绝堂可以说是一无所知。

而雁回，则是早在当年认识弦歌的时候，就对这些事情有个大概的了解了。

这忘语楼是七绝堂在永州城立的一个点，因为永州的地理优势，大江南北的人都往这里聚集，大江南北的消息自然也都往这里来。在这忘语楼里的姑娘、小厮，包括后院的厨子与扫地的大娘，无人不是七绝堂的耳目。

弦歌端着茶杯静静地琢磨了一会儿，道：“你不如先跟我说说，你是怎么知道此事的？”

“有个被杀了的狐妖给我托梦，让我来这里救救她同样被抓来放血的女儿。”说到此处，雁回顺口提了句，“说来，这事要是你们七绝堂在做，弦歌，你别的或可不管，不如先帮我这个忙，替我将那个叫白晓露的小狐妖给要出来，让她娘安个心，我瞅着她娘都快变成厉鬼了，这两天虽然不知跑去哪儿了没来找我，

但隔些日子……”

“这恐怕不行。”弦歌放下茶杯，敲了敲杯沿，“我便实话与你说，那狐媚香确实是七绝堂在做，然而没有经我的手，我是知道此事，却也要硬生生地装作不知道。”

雁回皱眉：“为何？”

弦歌看了天曜一眼。

雁回头也没回，只对弦歌道：“你就像我现在一样，当他是个死人，他如今和这世上谁都没有关联，就算听到消息他想出去说，也找不到人聊天的。”雁回总结，“就是活得那么孤独。”

“……”

天曜再一次发现自己对雁回的话……无法反驳。

弦歌被雁回的话逗得微微一笑，随即便收敛唇角弧度，正色道：“雁回，你到底并非七绝堂之人，并不知晓如今我门中状况。老堂主去世时，少主年纪尚幼，少主叔父凤铭打着辅佐少主的名号，掌控了七绝堂几乎所有的权力。”

“我懂，争权夺利嘛，我要是凤铭，我指定在你家少主小的时候把他做掉。”雁回歪着脑袋想了想，“可现在你们少主凤千朔活得还好好的呀，吃喝嫖赌一样没少，纳了一百房小妾胜过皇帝后宫之类的，我以前在山上都能听到关于他那些惊世骇俗的传闻。”

弦歌眸光微微一暗，随即像是在调节气氛一般，笑了笑。她并没顺着雁回的话来说，而是跳了过去：

“这些年少主在几位长老的扶持下慢慢将七绝堂主管情报这块的权力收了回来，然而七绝堂真正的实力却依旧掌握在凤铭手中。而这买卖狐妖制成狐媚香一事，也确实给七绝堂带来了可观的财富。

“尽管钱财滚滚而来，少主却有远虑，捕杀狐妖取血炼丹一事若是叫青丘妖族那边的人知道了，只怕是不会善罢甘休。彼时妖族无法拿仙门之人出气，而购买狐媚香的达官贵人自是会将制作狐媚香之人推出顶罪，我七绝门虽在江湖上有所立足，但若被妖族盯上，怕是……灭顶之灾。”

雁回沉思了一阵：“所以凤千朔现在是想让凤铭停止做此事，却无法命令他停下来是吗？”

弦歌点头：“虽然一开始少主与几位长老还有我已经知晓，但凤铭权力在此，我等如今只好装作不知。因为少主既不能首肯此事，以免日后万一被青丘所知，找不出借口将责任推诿至凤铭身上，也不能公开勒令停止此事，凤铭若反，七绝堂必定大乱。是以如今这情景，我们也只好睁一只眼闭一只眼，全当不知晓便也罢了。”

雁回点了点头，这些权力之间的博弈与深沉算计，她虽然听得懂，却没心思去参与。

“所以我没办法帮你去要人，只能装作对凤铭之事毫不知情。”

天曜在两人身后沉思，雁回却站起了身，道：“不是好消息也不算坏消息，至少我现在知道了，即便我去凤铭那里抢人，也不会和你有冲突。”

弦歌闻言眉头一蹙：“你要硬闯凤铭天香坊？”

“自是没有那般蠢笨的。”雁回摆了摆手，“你别忧心了，剩下的事我自己想办法，你只要继续装作毫不知情就好了。”

雁回一转身就闭上了眼睛对天曜道：“咱们走吧。”

“等等。”弦歌轻唤。

雁回一叹：“你别担心，也别阻止，反正这件事我是要查下去的。”

“犟牛。”弦歌轻轻斥了一声，而后起身行至梳妆柜旁边，取了一个米色香囊出来，“知道拦不住你。你昨日不是找我要这东西吗？我命人取来了，喏，拿去。”

雁回这才转身一看，那是个极普通的小香包，没有香味，甚至连颜色都没其他香包好看，她接了过来，瞅了一眼，转身递给天曜：“你戴着试试看。”

天曜接过香囊，手指无意间与雁回相触，他自己倒是什么感觉都没有，只是雁回却像被雷电触了一下似的，浑身一颤，连忙收回了手。

这天曜现在对雁回来说就像是一个禁忌，不能看不能碰，连说话的声音最好都少听，一听一看一碰，保证腿软……

天曜将无息香囊佩戴在身，没一会儿便像是清风吹过，天曜身上的奇怪气息霎时消失不见。

雁回点头：“当真管用。”

天曜一转眼眸，盯住雁回：“你呢？”

听见天曜与她说话，雁回下意识地望向天曜，然后与他四目相接，于是又毫不受控制地红了脸：“……我我我，我什么！你转过头去！别用这种眼神看我！”

天曜依言侧过头去，正色道：“看来这迷香并非单纯的香，而当真类似种进身体的蛊术。”

“若是这狐媚香当真那般好解，那些人也不会以天价来求此一香了。”弦歌道，“凤铭请了不少仙家弟子看守狐妖，你们若是要去天香坊救人，须万加小心，我待会儿会命人绘天香坊坊内布置图给你们，你们便到夜深之时再去吧。”

“知道了。”雁回回身对弦歌作了个揖，“谢过小娘子了。”

“皮。”弦歌一笑，“在我这儿将午饭吃了吧。”

“不了。我现在要去找个人。回头布置图绘好了，你遣人送到我房里就行。”雁回说着，向弦歌道了别，然后走出了小阁楼。

回到房里，天曜跟着雁回进了她的房间，问她：“你方才说要找的，是何人？”

雁回这边一跨进房门便忙着挨个将窗户关了个死紧，屋子里的光线变得昏暗下来，天曜挑了挑眉：“你要干吗？”

“办正事。”雁回道，“可你要是再说话，我可就要办你了。”

“……”于是天曜即便千言万语，此时也尽数噎在喉中。

雁回将桌上茶水倒了点出来，然后在地上画了个阵法，与那日在柳林当中画的阵法是一模一样的，天曜此时大概悟了，她是想把三尾狐妖的魂魄唤出来。

这次雁回用茶杯压在阵眼上，于是天曜便自觉地站到了茶杯边上，雁回看了天曜一眼，两人都没说话，但都明了彼此的意思。

雁回放心地坐在法阵当中，然后捻了诀。

可这次狐妖好似当真不在雁回身边，她招来了许多孤魂野鬼，也没有找到狐妖的魂魄。最后是一个小野鬼告诉雁回，前天有个与雁回描述得很像的厉鬼冲进了城南天香坊里，大闹一通之后，被一个很厉害的道姑给收了。

难怪这些天没来缠着她。雁回继续问：“那厉鬼被收去了哪儿？”

“这我就不知道了。”小野鬼在空中转了几圈，“你找厉鬼做什么？他们都很凶的。”

“城南天香坊里面的坏人在做坏事。我找厉鬼去闹闹他们。”

小野鬼点了点头：“天香坊里的狐妖们都死得好惨的，永州城里的鬼魂本来不多的，现在新添了好多狐妖的鬼魂。他们每天晚上都在哭，身上的戾气也一天比一天重，弄得我们鬼心惶惶的。”

雁回闻言，眼睛一亮：“你说，新添了很多狐妖的鬼魂？”

“是呀。”

“你能帮我找两个过来吗？”

小野鬼点头：“我认识个狐妖姐姐，我去找她。”

说完小野鬼便离开了。

雁回坐在阵法里暗自谋算，天曜看着她的侧脸，看她全神贯注地构想计谋，恍惚间又好似见了那晚苍白的月色与雁回挺直的背影，还有她微微侧过头时，看他的神色。

这个姑娘平日里大大咧咧爱耍流氓，但认真的时候，却莫名地让人感觉靠谱又心安。

没一会儿，小野鬼回来了，他喊了声：“姐姐，我跟狐妖姐姐说你要去闹天香坊，他们就都来了。”

雁回一愣，什么叫……都来了？

她还没来得及反应，忽然之间，阵法当中一阵白雾，小野鬼的身影霎时淹没在其中，一瞬间，雁回的阵法里挤满了半透明的狐妖鬼魂。

他们围成了一个圈，把雁回困在其中。

雁回看着四周阴气中带着些许怨气的狐妖，默默地咽了口唾沫：“大……大家好啊，这么多啊……”

小野鬼的声音在狐妖之中传出：“姐姐，你慢慢谈，我走啦！”

雁回当真是哭笑不得，她目光扫过周遭的鬼魂，粗粗数了一下，这里站着的，就有二三十个了，变成鬼的都有这么多，那天香坊……当真是取了不少狐妖性命。

“你要对付天香坊？”其中有狐妖开了口。

雁回咳了一声：“我想去救人，然后偷一件制狐媚香的关键东西。”

说完这话，阵法之外的天曜微微一怔，他透过鬼魂透明的身体看着坐在中间的雁回。雁回从来只说要救人，要查这事情，要证明凌霄的正直与清白，她从来没提过一句关于要帮他取回龙角的话。

但是，她却是一直记在心里的……

天曜微微垂下眼眸。

只觉空冷了许多年的心，为了这句好似与他什么关系都没有的话，微微一暖。

雁回却并不知晓天曜在那方是以什么样的心态听着她与狐妖们的魂魄说话，她只望着为首的女狐妖道：“我想让你们帮个忙，你们愿不愿意？”

狐妖没有半分犹豫，直直地盯着雁回：“你要我们做什么？”

他们眸中皆是仇恨的烈焰，几乎能燃烧魂魄。

雁回指了指阵外的天曜：“我要你们给我和他，打个掩护。”

夜半时分。

热闹了一天的永州城也陷入了寂静当中。

城南天香坊内，工作却没有停止，坊间点着灯，将夜照得昏黄，关押狐妖的地方在一块平地上，一只狐妖一个铁笼子，周遭没有任何遮蔽物。任何一只狐妖只怕是伸伸腿，也能被外面巡逻的仙门弟子看见。

仙门弟子会恶狠狠地敲打铁栅栏：“动什么呢，急着去投胎啊！”

狐妖便只好将腿收回来，在地上蜷成一团，等待死期的来临。

整块空地上，弥漫着的是极度压抑的恐惧。

忽然，一队穿着与此处仙家弟子不同衣裳的人走了过来，笼中的狐妖们霎时变得更加紧张起来，他们都知道，在这样的人来的时候，就意味着，今晚又有狐妖要被带走了。

白晓露蜷缩在笼子的角落里，惊恐至极地看着那三人往她这个方向走来，然后站在了她旁边的笼子门口。

“开锁。”为首之人吩咐，另一人立即从一大串钥匙里面找到了相应的那把，钥匙入锁，白晓露看见旁边的狐妖双目睁圆，唇色苍白，一句话也说不出来，怕得开始浑身痉挛。

当他被人架住时，白晓露将头埋了下去，不忍再看。

“娘亲，娘亲……”她已不知多少次像这样在心底呼唤，却没得到回答。

忽然之间，平地一丝风动，带着不寻常的寒意扫过这片囚禁之地。埋着头的白晓露忽听牢笼发出“叮叮咚咚”的声音，竟是牢门被这并不大的风刮得来回震颤。

所有的狐妖牢笼皆发出了这样的撞击声，一时间平地上吵成一片。

仙家弟子只觉奇怪，转来转去地看，却并没发现什么不对，这里全是被抠了内丹的狐妖，他们连一丝妖气都没有发现。

但是牢门却依旧在震颤，声音越来越大，越来越响，就像是有他们看不见的东西在拼命地拉扯着牢门，传递着来自另一个世界的愤怒……

仙家弟子皆是心头发怵，一时间脚下大乱，大家都惊慌地来回张望，不知道是什么在作祟。

在大家都极度惊恐的时刻，根本没有人注意到，在黑暗的角落，两个仙家弟子已经被打晕，扒光了衣服，然后塞进麻袋，堆在角落里。

雁回与天曜换上了仙门弟子的衣服，混进了仙家弟子之中，他们佯装慌乱，在牢笼之间穿梭。雁回东张西望，来回在寻找白晓露。

天曜则努力感知着龙角的气息。

“我看见白晓露了。”雁回轻声道，“你的龙角呢？在这里吗？”

天曜摇头，他微微闭上眼睛，脑中像是有幅图一样，道：“从此处往坊内走，穿过三个院子，我的龙角被放置在屋中。”

雁回有些惊讶：“怎么好像你来过这里一样？”

“我感觉得到它。”天曜说得波澜不惊，“它是我身体的一部分。”

她心里的护心鳞还是他身体的一部分呢。雁回撇了撇嘴，脑子一转便道：“待会儿我负责扰乱这些仙家弟子，你装作慌不择路地跑去叫人，有狐妖魂魄会跟着你走，等你到了那地方，他们会像现在这样给你打掩护，你只管取龙角便是，然后你拿着龙角自己走，别管我，我在这里把这些狐妖放了，带着他们会有些拖累。”

天曜挑眉：“你要将他们都放了？”

“顺手。”

她说完，往白晓露那方又走了几步，大喊了一声：“是……是鬼啊！”这一声喊，让本就惊慌不已的众人更是心底一寒。

有人便开始跟着喊：“是狐妖的鬼魂找回来了！”

雁回不嫌事大地加了一句：“来找咱们索命了！”

一时间，众人皆是大慌，有的连滚带爬地开始往外面跑。

雁回给天曜使了个眼色，但是当看到天曜正定定盯着她的眼睛的时候，雁回这个眼色便生生地抛成了媚眼。

天曜：“……”

雁回反应过来：“……”她捂住脸，“赶快走。”

话音未落，便在这时，忽觉一股带有凉意的清风徐来。

天曜倏尔神色一变，身形霎时僵在原地，定定地望向天边的一个方向。雁

回看了他一眼，还不知他此时为何一副被雷劈傻了的神色，正要问，却见一道清光凝成的法阵自天而降。

宛如破开乌云的月色洒向大地一样，驱散了黑夜的浑浊。

牢笼敲击的嘈杂声音登时消失，而在雁回耳朵里则听到了狐妖鬼魂们宛如遭受重击一般的惊声尖叫。

不过一瞬间，平地之上再无一只鬼魂。

雁回惊骇，这到底是何等人物……

她抬头一望，但见白色纱衣的女子宛似自月中踏来，仙风拂袖，青丝缭绕，一双秋水眸却是天生带着清冷薄凉意。她脚尖轻落于地，不染纤尘。

素……素影真人！

雁回更是愕然，她……她怎么会到这种地方来！

然而怔愕之后，雁回下意识地往旁边一望，但见天曜盯着素影真人，一双眼眸将她擒得死紧，眸中神色混浊至极，其中混杂的情绪是说不清的愤怒、惊愕、仇恨。

雁回全然体会不了此时的天曜毫无防备地撞见素影到底是个什么心情。她第一个反应就是，反正不能让素影撞见天曜。

天曜像被引走了魂魄一样，盯着素影，双目渐渐变得赤红。他好像是恨不得能此时此刻扑上去将素影咬死撕碎。

雁回内心暗暗叫苦，现实很残酷啊！如果天曜扑上去，被咬死撕碎的可是他呀！

说不定还是他们两个！

雁回心头惶惶然之际，天曜却是脚步一动，仿佛就要如离弦的箭一样杀出去。

雁回一把拽住他的手，挡在天曜身前，她转头看他，此时狐妖迷香对雁回都不管用了，在生死面前，天曜头顶上的神光都消失了，她盯着天曜，瞪着眼摇头，眼神里只问他四个字："你想死吗？"

你想死吗？你想死吗？这样冲出去，你是想死得很惨吗？

天曜没有法力，他没能挣得开雁回。于是他终于将目光从素影身上挪开了，盯住了雁回。

四目相接，雁回这才看清楚此时天曜的眼睛里，是多么冰冷，宛似刺骨的

冰针，一针一针地扎进她的皮肤里，越扎越深，好似能浸入骨髓。

雁回不得不承认，即便向来胆大任性的她，也被天曜的目光吓住了。

这是只真真正正的千年妖龙，不是假的。

至此刻雁回才醒悟，他之前对她都没有认真地生气过。

而现在也不过是对素影的恨意还没来得及收拾，就让她看见罢了。

可即便如此，他眸中的光芒再是扎人，再是让她震撼，她也不能让他冲出去的。

于是雁回转了目光不看他，但还是坚定地挡在他身前，抓住他的手，一点也不肯放松。

她不知道站在她身后的天曜此时是什么反应，但慢慢地，凉飕飕的后脑勺，开始不再那么凉了……

想来，天曜也是冷静下来一些了吧。

两人一通眼神交流，没多大动作，此时素影离他们尚远，借着夜色的掩护，穿着仙门弟子衣裳的他们还没有被发现。

素影走过几个牢笼，站在平地的中央，她略略瞥了几眼在场的仙门弟子："区区故弄玄虚的邪物，竟扰得一众仙门弟子自乱阵脚，不成体统。"她开口，声色似冰。

听见素影的声音，雁回只觉手开始疼痛起来，她低头一看，竟是天曜紧紧地握着她的手掌，关节用力得泛白。

好嘛……捏她的手总好过冲出去玩命。

雁回只得咬牙忍了。

"真……真人教训得是。"

有仙门弟子应了素影的话，大家纷纷弯腰作揖。

看着大家一个个作了揖，雁回愁得不行，到时候大家弯了腰，要是天曜不弯腰还这么直愣愣地将素影盯着，那注定是……

手上一松，天曜将雁回放开了，雁回一愣，一时没将他的手抓回来，她心里"咯噔"一声响，却见身后的天曜学着别的仙门弟子一样，弯腰作揖，对着素影垂下了头。

雁回看着他弯曲的脊梁，想到他先前与她说的，他爱一个人，却被抽筋剥皮的那番话，雁回一瞬间竟觉得心头一疼，像是狐媚香作祟，又像是嵌在她心口的护心鳞作祟，在这瞬间，她似乎能感受到天曜的不甘、怨恨，还有无法与人诉说的这二十年的难言隐忍……

时至今日，迫于无奈，他却还得向他如此深爱过，现在又如此痛恨着的人作揖。

雁回只觉心口疼得发酸。

现实，有时候真的很残忍。

雁回一抬手，弯下腰，也对素影行了礼。她与那些仙门弟子一样，开了口：“真人教训得是。”

此时从院外急急踏来一行人。

为首的男子身着明紫色的大袍子，胸膛前下摆上皆是金丝绣虎，在夜色里火光中金丝闪闪发亮，衬得来人好不富贵。

“这都是在搞什么名堂？”他一迈进院子便开始沉声询问，声音低如闷雷，“大半夜何事喧哗至此？”

听见他的声音，院里的仙门弟子们又齐齐行了个礼：“凤堂主。”

原来来者便是这天香坊的主人，七绝堂掌着实权的副堂主凤铭。“素影真人？”见到院中静立的女子，凤铭也微微愣了愣，“您怎么来了此处？”

素影转了身去，点了个头：“凤堂主。”她声色间带着特有的清冷，“我在坊内歇息，却觉此处气息有异，便私自来了，还望堂主莫要见怪。”是道歉的话语，却没有道歉的意思。

素影何等身份，便是那坐着龙椅的人与她说话也得客客气气地奉着，凤铭当即脸上便堆了笑：“真人哪里的话，真人能留心坊内之事已是给我再大不过的帮助了，如何还能怪罪？”凤铭往四周扫了一眼，张望四周的状况。

当目光扫到雁回与天曜这方时，雁回几乎是下意识地将天曜挡得更多了些。

她到底是怕这些人太过敏锐，万一弦歌的无息香囊对于他们来说并没有做到真正的无声无息呢……

但好在凤铭的眼光只是一掠便过，素影更是看也未曾往他们这边看过，对于在高位站惯了的人来说，谁会那么认真地在意下面人的情况？

“可有狐妖逃出，或别的损失？”

凤铭问的是旁边的人，旁边人连忙答了句没有，素影真人却插了话道：“此处不过杀戮过重，有些死不瞑目的妖怪前来作祟罢了。”

听闻真的是鬼魂作祟，有的弟子变了脸色，他们很多人顶多在中原仙家地盘捉过几只小妖，对这种玄之又玄的鬼神之说还是有所敬怕的，就像他们对有飞升资格的素影真人有一种盲目的崇拜一样。

毕竟大多数人即便修仙，一辈子也是毫无所得。

感到大家的畏惧之意，素影淡淡道：“这些妖怪活着的时候闹不出花样，死了便更无可惧。我已在此地布下驱邪阵法，邪魅鬼祟再难靠近。诸位只负责好好看管笼中狐妖便是。”

旁边凤铭立即道：“既然素影真人都开了口，大家也都可安下心，好好做事，几只野鬼，乱不了大局。”

仙家弟子皆颔首称是。

凤铭两步行到素影身边：“真人，恰巧我这便要去找你呢。”

“何事？”

凤铭声音低了下来：“关于那香……”

素影眸光微动，只在这一瞬，透露了点人气儿出来。

“还是这边来谈。”凤铭毕恭毕敬地在前面引路，素影迈步跟了上去。

两人走远，交谈的声音渐渐不闻，拐出院子之后，更是连人影儿也看不见了。

雁回心里琢磨着素影真人现在在此处，且方才言辞里透露出已经在这里小住了几天的意味，现在凤铭又主动与她谈论起这狐媚香，也就是说她与这香或许有千丝万缕的联系。雁回想要查这件事的主使者，当然不能这么容易就看着线索在自己面前溜走。

她心头默念先前天曜教给她的心法，一时间周遭草木拂动之声也细细传入她的耳朵里，一开始是有些吵闹的，但很快她便凝聚心神，找到了素影所在的方向，可她刚来得及听清楚凤铭说了一句：“……那只狐妖的血太过难炼，或许得等到九九八十一日方……”

凤铭话未说完，素影一直前行的脚步声忽然一顿：“何人使用妖法？”

这一声轻斥吓得雁回连忙敛气屏息，慌忙将自己的感官撤回。雁回心头猛跳，完全没有想到素影真人竟会敏锐至此，连隔着这么远用个天曜教她的心法也能感觉得到……

当真不愧是被奉在顶端的真人。

她心头正在打鼓，素影又去而复返，站在院子门口，目光细细扫过院中笼里狐妖，转头问凤铭："这里的狐妖内丹可皆被取过？"

凤铭一愣："自是都由各仙家取了再送过来的。"

素影点了点头，雁回但见素影眸中光华一过，心道，糟糕，她定是在查看每人身上的气息了，雁回本就修的仙法，倒是不怕她看，而天曜……

若无息香囊确实能让大罗金仙也看不出他的气息，那他现在便是个普通人，一个普通人穿着仙门弟子的衣裳，同样能引起怀疑啊！

雁回紧张得心跳如鼓。素影真人当年既能对天曜做出那般事，想来不是什么心慈手软的主……

正心乱之际，雁回忽觉手掌有些痒，天曜在她掌心里飞快地写着："渡气于我。"

他写得那么快，若是换作别人，雁回不一定能反应过来他写的是什么，但对于天曜她好似有一种心照不宣的默契。

将体内仙气渡给天曜或能解一时之急，这法子对找回龙骨之前的天曜或许无甚干系，毕竟是个普通人的身体，但现在他找回了龙骨，身体正在慢慢适应妖龙之气，若是强行注入仙气，轻则气息紊乱，重则经脉逆行，不是什么好办法。

但总好过死。

雁回一咬牙，握住天曜的手，仙气在她掌心流转过去。

天曜浑身一颤，想来是难受至极。

但他只是抿着唇，垂着头，眼神间看不出任何痛色。左右已经习惯了吧，肉体的疼痛与不适算得了什么？更痛的，他也都经历过了。

雁回松开手，仙气在他周身流转，无息香囊还来不及将他的气息吸纳进去，而素影的目光已经扫过他们这一片。

躲过一劫，暂时无碍。

素影上前一步，眸中神色似在深思。

不能撑太久，雁回心知，渡到天曜身上的仙气经不住细细探究的。但此情此景，他们又要如何脱身……

"门主。"

却在这时，空中倏尔传来一声唤，一名身着广寒门纱衣的女子翩然而来，她神色有几分急切，慌张行至素影身边，与她耳语了几句。素影清冷的面容像

是冰面被打碎了一样。

她愣了许久，一句话也没交代，周身气息一动，霎时便消失了，众人连她的去向都没有看清楚。

那前来通知的广寒门弟子也是急急地追随而去。

一时间，平地之上的众人皆窃窃私语，说着素影真人的闲话，雁回竖耳一听，听到了书生两个字。

是素影真人找到的她爱的那人的转世？

雁回这边心里还在琢磨，旁边天曜却像是腿软一样向后一退，雁回转头一看，但见天曜脸色煞白，一副内息大乱的模样。

她又转头看了看院子里的仙门弟子，院门口的凤铭摆了摆手道："好了好了，大家都安静些，方才素影真人道此处有人用了妖法，诸位各自查探一下，看看是否角落里藏有妖物，相信以诸位的能力不会让妖邪在此为非作歹。"

依着凤铭的话，大家开始在院子里寻了起来。

"今日不能救人了，咱们走吧。"

天曜点头。

雁回在天曜身后支撑着他的身体，与众人一般往角落里走，待得躲到一个死角，雁回揽住天曜的腰，一个遁地术，霎时遁出了院子，待得再一落地，周遭已变成雁回在忘语楼的房间。

雁回刚在房间里站定，天曜便是一口血从嘴里吐了出来。

雁回吓了一大跳："你不是经脉逆行要死了吧？"

天曜没有应她，自己在床边坐了，盘腿调息，隔了好一阵脸色才慢慢变好。

雁回一直在旁边盯着，越看便越是觉得这个妖龙活到今日当真不易，待得天曜睁了眼，四目相接，雁回下意识地问了句："你没事吧？"

天曜摇头："些许气息紊乱而已，无妨。"

其实她想问的是，今天撞见了那位，他心里没事吧。但看着天曜一副不想提的模样，雁回难得贴心地没将这句话问出去，她默了一瞬，叹了口气，一抬手竟摸了天曜的头："好心疼。"

说出这三个字，天曜愣了愣，雁回也愣了愣。

房里灯火摇曳，雁回此时便在天曜漆黑的眼瞳里看见了自己慢慢变红的脸。

然后雁回便用手贴着天曜的脸颊，将他的脸推到了另一边，让他不要用那

双漂亮得过分的眼睛看她："理解一下吧，我现在是吃了药的人。"

换作平时，便是打死雁回，她也没办法去摸人家脑袋，张口就对一个男人说出心疼这两个字啊！

天曜也依着雁回移开脑袋，雁回的掌心有点烫，贴在他因为气息混乱而变得冰凉的脸上，只让天曜觉得温暖。恍惚间，他心头竟生出了一股在她掌心蹭一蹭的冲动。

知道有人心疼自己，知道有人在安慰自己，即便那是药物的作用……也能实实在在地让在冰冷黑暗中蜷缩了那么久的天曜感到无法言喻的暖意。

其实与雁回也并没有相处多长的时间，但他却好像已经好多次感受到了来自这双手和这个人的温度。

他眼眸微垂："谢谢你。"

"什么？"

天曜默了默，其实他想对雁回说很多谢谢，但最后却只说了句："谢谢你今天拉住了我。"

"这有什么好谢的？"雁回收回了手，因为她觉得如果再把手心贴在天曜的脸上，她的手大概就要烫得烧起来了，"难道我能看着你冲出去送死，然后连累我吗？"

雁回在衣摆上擦了擦手，好似能擦掉手心里的火一样。

"不过说来，那素影真人竟当真被咱们糊弄了过去。"雁回有点不能理解，"要换作是我像她那样对别人做了这种事，不说夜夜睡在惧怕之中，只怕也是日日良心不得安生，只要有一点关于那人的风吹草动，我怕是都要如惊弓之鸟一般忐忑的。她确是心大。"

天曜默了一瞬，是呀，素影确是心大。

二十年后再见，她已不识得他。

可若是素影，若是她换了身体，掩了气息，变了身份，即便隔上一百年，天曜也不会认错她的眼睛。

"毕竟是不一样的。"天曜开口，神色三分薄凉七分嘲讽，"对于素影来说，我是妖怪，是跳板，是利用的工具。谁会记得二十年前用过的筷子的模样？"

他仇恨一个人，但这世上最无力的恐怕莫过于当他用尽一切去仇恨那个人的时候，那人却已经选择将他遗忘。

多么让人无力、无助，又无可奈何。

“那就让她记起来。”雁回道，“让她知道，你不是筷子，是和她一样会笑、会痛、会伤心难过的人。”

天曜望着雁回，看了很久，久到窗外的月光好似都挪动了方向，照到了雁回脸上。这一瞬间，他忽然就理解雁回之前说的自带神光是个什么效果了。

委实耀眼。

他盯着雁回，看见她又开始慢慢红起来的脸，他的嘴角连自己也没察觉地动了一下：“你说这样的话，是打算帮我把剩下的部分身体都找回来吗？”

雁回一愣，然后肃了神色：“我刚才说什么了？”她眼珠子一转，“今天事没成，咱们明天还是得另外商议计谋的，天晚了，你就在这儿睡吧，我饿了去找点东西吃。告辞。”

雁回一边说着一边退出房门。

天曜听着雁回的脚步声急急忙忙地下了楼，竟是一时失笑。

待笑意过去，他抬头望着空荡荡的屋子，刚才没觉得冷，怎么雁回一走，便觉得四周皆是无边空寂。

透骨凉意，难以压制。

昨日狐妖没救到，龙角也没拿到，雁回与天曜无功而返。

雁回一琢磨，觉得还是得再去一次，只是现在知道素影真人在天香坊坐镇，无论如何都不敢再那般随便地找几个鬼魂打个掩护就跑去了。

若是再像昨天那样撞见，恐怕就没有那么幸运能脱身了。

第二天一大早，雁回只身去找了弦歌。

这日弦歌醒得早，一手握着茶杯，一手拿着张字条细细看着。

雁回推门进去的时候就见弦歌正把茶杯放在唇边轻轻摩擦着，也不喝茶，神色专注地看着字条，无意间便流露出一股诱人的魅惑感。

“弦歌。”雁回唤了一声，弦歌一双天生带着水雾的眼眸才落到了雁回身上，雁回几步蹦跶了过去，在她身边坐了，嬉皮笑脸地开玩笑，“哎，你说那些男人见过了你这样的美人儿，可还怎么去喜欢别的姑娘啊？如果我是男的，你对我还需用什么狐媚香？只要瞟我一眼，我就能爱上你了。”

弦歌一声笑：“就数你嘴甜，你要是男人，还不得把全天下的姑娘都给骗来

吃了？”弦歌往雁回身后瞥了一眼，“你小跟班今天竟没与你一道来？”

“小跟班？他明明就是个牛皮糖，现在受伤了在屋里躺着呢，我便没叫他过来。”

“伤了？”

雁回叹了声气：“昨天我不是去天香坊查事情吗？结果撞见了素影真人，什么都没做成，天曜还给伤了。”

“这倒是得好好养养。”弦歌说着，晃了晃手里的字条，“不过也不算什么都没做成，至少，我的线人算是彻底安插进去了。”

看着弦歌手里的小字条，雁回一愣。

弦歌接着道：“昨天你闹了他们后院，才给了我这个机会。”

“好啊……”雁回连着前面的事情一想，登时反应过来，“你一开始就知道素影真人在天香坊里，故意不告诉我，就想让我把事儿弄大点儿，让我去引起他们的注意，然后方便你安插自己的人手进天香坊吧！”

弦歌也不隐瞒，点头承认了：“与你说了倒显得麻烦，我便自作主张瞒了你我的谋划，左右素影真人也是仙门中人，若是知道你的身份，我想她约莫是不会过多为难你的。”

是……如果只有她一人的话，素影真人说不定还真不会为难她，但她和天曜在一起……

不过想想也对。

弦歌并不知道天曜与素影之间的恩怨，而且之前也给了天曜无息香囊，在她看来，素影是一个仙门掌门，不会对带着一个普通人的仙门弟子做什么过分的事，所以做这样的安排在弦歌的理解里，应该不算缺德。

但是……

“你就这样利用我啊。”雁回撇了一下嘴，有点不开心，“你有谋划与我说，你怎么知道我不会配合呢？这样做，万一出个什么岔子，你便不想想，素影真人要是见我去救妖怪，把我当仙门的叛徒，真将我杀了怎么办？就算素影不杀我，凤铭发现了我要杀我怎么办？”

就算不杀她，把天曜杀了……

那多委屈。人家可是挣扎着拼命苟延残喘了二十年，差点儿就被这样给玩没了……

弦歌想了想："我相信你。"

"……"雁回看着弦歌默了许久，"看在你漂亮的分儿上我才忍住没打你的。"

弦歌失笑："别气了，昨天就算素影真人不在，你们也不一定能从凤铭手里救出人。"弦歌挥了挥手中的字条，"你不是还要查这件事的始末吗？像你昨天那样闯进去可什么都查不到。"她勾唇一笑，"来，我的人已经帮你查出来了。全靠你们昨日那一闹。"

雁回连忙将字条接过来一看，感叹："果然是为了那个什么她爱的人的转世。"

原来是素影花了大力气找回来的那个爱的人的转世根本不喜欢她，素影恼了，这才翻出这么个缺德的秘方，交给凤铭来炼药。

雁回将纸拍在桌子上，有点气愤了："她到底是什么意思？就为了逼一个不喜欢自己的人喜欢自己，杀这么多狐妖？"

弦歌抿了口茶，回味了一番才不徐不疾地开口："素影真人的往事我倒是曾查探过。江湖上流传了许多关于素影真人的传说，有说她爱上妖怪的，有说她与你们辰星山清广真人有情的，可大多传说尽是不实，我这里却有最真实的一个说法。"

雁回手指在桌子上一敲："说来听听。"

"二三十年前，素影真人曾练功走火入魔，致使经脉逆行，周身仙法尽失，于山野之中被一凡人将军所救。她遂迷恋上那人，两人情投意合，恩爱至极，然则时逢中原与北戎开战，将军上阵杀敌，身受重伤，素影真人为救他，用尽办法，而最终将军仍旧撒手人寰。"

雁回摸着下巴琢磨，如此算来，时间也与天曜说的差不多能对上，二十年前他遇见素影真人的时候，大概就是素影真人满天下寻找为将军续命之法的时候吧，所以素影真人打起了龙鳞铠甲的主意，将天曜给……

可龙鳞铠甲最后却因为差了她胸膛里这块护心鳞而没有成形，所以将军才死了。

雁回摸了摸自己的心口，感受着里面强健跳动的心脏，一时心情有点复杂。

"而今年，大约便是在小半年前，素影真人竟是找到了那将军的转世。"

雁回摇了摇头："转世一说，玄之又玄，谁能知道谁转成了谁呀？是看鼻子看眼睛认出来的啊？那是认儿子呢。"雁回撇嘴，"素影真人这信得不靠谱。"

"你说不靠谱又有何用？素影真人便就当真信了她找到的人便是那将军的

转世。”弦歌继续道，“这一世的将军成了书生，名唤陆慕生，是个温润的性子。在遇见素影真人之前，陆慕生已有心仪之人，可素影真人何许人，不由分说，径直将陆慕生带回了广寒门，日夜与其同出同入，不叫他再有机会接触到以前的生活。”

雁回没忍住道：“养狗呢……”

“约莫陆慕生与你想的一样吧。”弦歌喝了口茶，“所以过了这么几个月，也没有任何消息说，陆慕生被素影真人的真情感动得接受了她。”

“谁会接受这样的爱……”

“对啊，谁会接受这样的爱？”弦歌垂了眼眸，“但因为生性太过刚硬，想不出别的办法，所以素影真人便想到了要做这样的药吧。药物前期需要制作实验品，需要大量狐妖的血。许多仙门想与广寒门交好，再加之是猎杀妖物，许多仙门便参与了其中，但很大一部分，或许并不知道，广寒门拿这些狐妖来，到底做了什么。”

“实验品？”雁回皱眉，“你说现在做好的这些狐媚香，就算卖成了天价，也都还只是实验品？”

弦歌点头，将雁回手中的字条接过，在上面洒了点茶水，只见纸上立即浮现出了另外两行字。

“真正的狐媚香，必须以九尾狐之血方能炼成。”

雁回闻言一默。

杀狐妖是一回事，杀九尾狐妖可就是另外一回事了，那可是妖族的正统王室，妖族极重血缘，若是冒犯了九尾狐一族，那说不定就是引发仙妖大战的事了。

“素影……”雁回不由得肃了神色，“她不会真的疯到这种程度了吧？”

“不知道。”弦歌将纸揉进了茶杯里，将它彻底浸湿，让上面的字尽数晕在了茶水里，“不过值得庆幸，看样子，他们现在还没得到真正的狐媚香。”

“这对你来说也是条好消息。”弦歌笑了笑，“现在的狐媚香，看施加剂量的多少，被施加者会不同程度地爱上施加者。我看你这程度，约莫只是爱上了那牛皮糖的皮相罢了。不用去寻解药，隔个几日药效约莫就没了。”

这倒确实是个好消息，雁回也已经受够了看看天曜就开始脸红的自己。

真是一点也不帅气。

“好了，这些都是小事。”雁回将话题拉了回来，“尽管现在知道了这事的前因后果，但那些狐妖我还是要去救的，弦歌，你帮不帮我？”

天曜的龙角也得拿出来，要不然她今日救了这些狐妖，明日他们又抓了别的狐妖补上，治标不治本，就像她先前在辰星山救白晓露一样，白费工夫。

弦歌慢条斯理地喝茶，然后眼眸微微一抬，媚眼如丝：“不帮你，我着急插暗线去天香坊作甚？”弦歌放下茶杯，“不过这事，等你的牛皮糖小哥伤好了再来商议也可，近两日，我看素影真人自己也有麻烦。”

想到昨晚素影真人最后跟着寻来的人急急忙忙跑掉的场景，雁回点了点头，起了身：“既然你眼线都安插进去了，这几日消息应该不会断，昨日我们该是打草惊蛇了，缓个几日也好，那今日我便先回去了。”

“走吧。”

弦歌说了这话，门外便进来了一个丫鬟，将一封书信捧了进来：“楼主，堂主来信了。”

雁回目光在信封上扫过，龙飞凤舞的“弦歌亲启”四字显示着那人性格的张扬。雁回回头一瞥，只见弦歌从丫头手上接过信，尽管极力掩饰，但还是透露出了一分与平时的淡然不同的心急。

她一开始读信，便像是进入了另一个世界，再不管其他。

雁回默默地离开，出门掩上房门之际，忽听弦歌带着几分小女生的雀跃说了句：“堂主隔几日将亲临忘语楼，这几日，做好迎接的准备。”

“是！”

雁回关上了门，一声叹息，弦歌啊弦歌，七绝堂堂主凤千朔娶了一百个小妾了，可谓是个以好色闻名天下的家伙……

你到底喜欢他什么啊……

她一叹，忽觉旁边有道目光正盯着她，雁回转头一看，那倚墙而立的，正是天曜。

雁回只瞅了他一眼，便觉得心跳有点快了，她连忙挪开了目光，一边往阁楼下走，一边道：“看来无息香囊还是当真顶用的嘛，你在门外听墙脚听了多久了？我一点都没感觉到你的存在。对了，你来作甚？”

天曜张了张嘴，他想说，他今早一醒来，没有看见雁回，于是便满院子来找她了，听闻楼里姑娘说雁回来了，他就想也没想地找了过来。

但这句话在喉咙里转了转——他想起刚才听见的雁回称他为“牛皮糖”，于是将这番话咽了下去。

好在雁回并没有过多纠结这个问题，天曜没回答，她便跳了过去，两步走到他前面，肃着神色与他谈正事："刚才我和弦歌的话，你听到多少了？"

"都听到了。"

"哦。"雁回想了想，"那就没什么要跟你交代的，接下来，你就琢磨琢磨，空的这几天，要做些什么事吧。"

第二天雁回一觉睡到大天亮，还没来得及去想今天要做点什么，忘语楼的丫鬟就来敲她的房门，将她带去见弦歌。

雁回前脚刚跟着小丫鬟出门，旁边房门"吱呀"一声就开了，天曜恰巧从门里走了出来。

忘语楼给他的衣裳比他先前在小山村里穿的那身破布要好上太多，找回龙骨之后天曜的身形也一天一天地渐渐长开，现在虽然离壮实还有点距离，但已不再让人感觉单薄了。

正眼一瞅，全然是一副翩翩公子，长身玉立的模样。

雁回看了一眼，立马转头，叹了声气，还揉了揉心口："这破药怎么还没消……"

天曜闻言，目光只在她脸上停留了一瞬，但也没有什么多的反应，只问道："去哪儿？"

雁回扭着头不看他："还担心我丢下你跑了啊！"她顿了顿，"不过正好，弦歌这叫我过去可能是有事和我说，一起去吧，省得回头我还得再和你说一遍。"

天曜点头。两人便一同去了弦歌的阁楼。

一踏进门，绕过屏风，弦歌见天曜与雁回同来，倒也没什么意见，只对雁回晃了晃手中的纸："昨天我还在猜素影真人这两日会有麻烦，却没想到这么快，她的麻烦便找上身了。"

雁回转头看了天曜一眼，但见他脸上神色平淡无波，便问道："什么麻烦呀？"

"素影真人爱上的那书生陆慕生，在你们上次去闹天香坊的那个晚上，在阁楼里寻了死，割断了自己的喉咙。"

雁回闻言一惊："那书生死了？"

"这倒是没有，亏得素影真人赶回去赶得快，以仙气保住了那书生半条命。

但奈何那书生是对自己下了狠手，即便是素影真人，想要将他救活也不容易，这永州城里不多的仙草昨日能调去的也都调去天香坊了，可好似那陆慕生也没什么起色，所以昨日连夜，素影真人便带着那半死不活的书生回了她的广寒门去医治了。”

听到这个消息，雁回不由得眼睛一亮：“既然如此，那书生伤得这么重，她一时半会儿是不会再回这永州城来的喽？”

弦歌轻笑：“这是自然。”

雁回这里还在琢磨，身后的天曜问了一句：“那狐媚香可还在生产？”

“自是不能停的，好些达官贵人在天香坊订了香，凤铭还得赶着时间制好了送去。”

如此说来，天曜的龙角肯定还在天香坊里。

雁回猜素影真人之所以会亲自前来天香坊，一个是想尽快拿到那狐媚香，还有一个，大概就是来看看龙角的吧。毕竟上次天曜找回龙骨的时候，他也说了，素影不可能对他找到龙骨的事情一无所知，素影真人还是在防着天曜的。

但她这次着急那个书生，慌张离去，对龙角的保护相比平时必定是最为薄弱的时候。

而雁回上次与天曜去天香坊，天曜便探到了他龙角所在的具体位置，这次若是能进去，他们便能直奔龙角而去。

到时候他俩若能直接将龙角偷了，那狐媚香便无法再制作，凤铭他们抓着的那些狐妖自然也再无用处，可能还不用他们刻意去救，凤铭或许就会自己把那些狐妖放了。

雁回如此一合计，转头看了天曜一眼，四目相接，几乎是心照不宣，她就能明白，天曜现在心里的想法和她一模一样。

于是雁回立即开了口：“上次我召集去闹事的狐妖魂魄们估计被素影真人打得够呛，这两天都没见到他们身影，这次估计是用不上了。弦歌，你在天香坊里安插的线人有没有办法在今晚……”

雁回话还没说完，弦歌便笑了笑：“还用你说？这不已经给你安排好了吗？喏——”说着，弦歌从袖子里摸出了两个令牌。

雁回看着弦歌简直跟看菩萨一样充满了崇拜：“弦歌，你真是神通广大！”

见雁回如此惊叹的模样，弦歌笑得妩媚：“你以为我叫你来干吗？只向你们

通知这个消息吗？令牌拿去，别在腰间，一人一个，让你们能在这大白天，正大光明地从正门进去。别再像做贼一样了。”

雁回一把拿过两块令牌：“弦歌，你等着，待我有朝一日变成了男儿身，我就踩着七彩祥云来娶你！”

听着雁回如此狗腿的话语，天曜实在没忍住斜眼瞥了她一眼，却不承想瞥到了雁回拿着令牌像小孩一样开心的笑脸。

她塞给他一块，严肃地吩咐：“好好拿着，不许弄掉了啊！”

真是……以为他和她一样像小孩吗……

弦歌抿了口茶：“哎，上次是谁说，要不是看在我漂亮的分儿上，就要打我来着了？”

“那是我说的浑话呢。我这就去了啊！告辞！”省得回头拖延了时间，让素影又派人来给龙角加固个封印什么的，那才是麻烦。雁回想着，忙不迭地出了门，还是她风风火火的一贯作风。

天曜这边正想要跟上，听得身后的弦歌开口：“这位小哥，”天曜回头，但见弦歌饮了口茶，道，“记得要护着她一点啊。”

护着雁回？

这还是天曜从来没有想过的事情，从与雁回相识之后，天曜一开始对雁回想的都是怎么利用，怎么算计，怎么让她做他想让她做的事，到后来，他让她同情他，然后护着他，和他一同去做别的事。

这期间，雁回一直是站在保护者的角度帮他突破绝境，救他于危难之中。

雁回好像并没有哪一刻表现得可以让他去保护。

于是天曜听到这句话，愣了愣，便也没有回答，这时下面的雁回已经开始叫了：“天曜，你在磨蹭什么呢？跟上来。”

天曜便礼貌地点了个头：“告辞。”

只留弦歌一人在房间里，独自饮茶。

雁回一路领着天曜走，一边走一边说着自己的安排：“咱们拿着令牌进了天香坊，别的啥都不要干，直接去找你的龙角，上次你说你感觉到了龙角所在的具体方位吧，那天香坊的坊内布置图你可还记得？进去了之后，就靠你带路了。”

天曜点头应了。

雁回又琢磨了一会儿，忽然想到了什么，脚步猛地一顿。她几乎是立刻一个转身，一直跟在雁回身后的天曜没能停得下来，一下撞上了雁回，雁回往后一倒，天曜一伸手便将她拉了回来。

正巧抱进了怀里。

雁回的身体，和她的掌心一样，温热得发烫。

雁回没有动，身体变得更加烫了起来。天曜知道，她又要说她是个吃了药的人了。于是在她开口之前，天曜便足够理性地后退了一步，拍了拍胸膛，像是能拍掉雁回在他胸膛前留下的软软的触感一样。

天曜一抬眼，脸上没什么异常神色，他只盯着雁回，如同什么都没发生一样，淡淡道："又怎么了？"

雁回脸红了好一阵，然后深呼吸了几次，才垂着头盯着地面，显得有几分害羞："这次要拿龙角，你不会又捅我两刀吧！"

天曜："……"用这样的神态问这样的话，真是怎么听怎么不和谐。

半天没得到天曜的回答，雁回道是他默认了。雁回一惊，抬头望他："你当真还要放我心头血？"

天曜转身就走到她前面去了："上次放你心头血是为了破开五行封印，这次素影既然拿我的龙角吸取狐妖灵气，必定已经自己解开了五行封印，不用你的心头血，我便可将龙角取走。"

雁回闻言，舒了口气，但转念一想，又有点感叹："素影真人为了这个书生还真是拼了命，连你的龙角都敢拿出来用，可见她对那书生着实是真感情。"

天曜闻言，只冷冷笑了一声："可她却半分不考虑他人感受。"天曜声音微低，带着森寒，"和二十年前，到底是半分未变。"

雁回默了默，便不再提素影了："走吧，现在先去天香坊拿到你的龙角才是正经事。"

雁回与天曜在腰间别了令牌，走到天香坊门口，两旁凶神恶煞的守卫只看了他俩腰间的令牌一眼，便任由他们走了进去。

雁回在天曜身侧笑："我家小弦歌厉害吧。"

天曜没理，直接转了脚步："走这边。"

雁回撇嘴，吝啬于夸奖的人真是不可爱。

带着令牌，两个人前面的路倒是走得轻松，旁边的仆人都被训练得十分有规矩，基本上不会往他们脸上多看一眼，但是待得走到了中庭，快靠近关押狐妖的院子，雁回便明显感觉到周围人的目光会在她与天曜身上上上下下多打量几眼。

想来再往下走只怕是越发艰难了。

她拉着天曜退到隐蔽的地方："我觉得咱俩虽然进来了，但还是得换套这里边的人穿的衣服才行。至少不会一眼看起来就很奇怪。"

天曜点头，他透过园中草木往前一探，指着正巧走进院子里的两个人："便是那两个侍卫吧，身形与你我差不多。"

雁回立即撸了袖子："交给我。"说着她嗖的一下就冲了出去。

天曜张了张嘴，连多说一句话的时间都没有，他这时想起弦歌告诉他，让他护着点雁回……那也得要他能追得上才行啊……

这方雁回刚将两个侍卫打晕，将两人拖到隐蔽的小角落里，忽然之间，院外传来了凤铭中气十足的声音："我邀请的贵宾？我何时邀请了两位贵宾今日前来啊？"

另一个声音连忙低声下气地回答："可是……那两个人确实戴着贵宾的牌子呀，他俩直接大摇大摆地走进来了，门口的侍卫看他们如此……便没敢拦。"

说着这话，外面的人走进了这院子。

"混账。"凤铭一巴掌甩在身边仆从的脸上，"为何不先来通知我一声！"

那人被打，赶忙说："小人……小人这就是来通知您的，有侍卫说，看见他俩进了这院子。"

雁回转头与天曜对视一眼，立即在草木之后蹲下，敛住气息，静观其变。

第九章 解救狐妖

凤铭一双眼眸犀利地扫过院子，转头问仆从："人呢？"

仆从左右看了看："奇怪……我刚明明还让两个侍卫先到这里来看看情况的，怎的连那两个侍卫都不见了？"

凤铭闻言，眼睛微微眯起，他在院子里扫了一圈，然后招了招手，唤了另一个侍卫："将这院子给我围起来。"

雁回立即拿手肘轻轻地碰了碰天曜，轻声耳语："我待会儿去引开他们的注意力，你趁这院子还没完全被围住，赶紧去找你的龙角。"

雁回这话说得如此自然，其实天曜也已经快要对这样的安排感到习以为常了，因为雁回现在有法力在身，她要更强一点，她更容易去应对麻烦的情况，所以更危险的事情当然应该交给她来做。

但仔细一想，其实这并不是理所当然的，强者并不应该为了弱者理所当然地以身犯险，雁回会这样做，是因为她想这样做，她想去……保护别人。

或者说，保护他。

天曜眼眸微垂。

雁回已经一个遁地术蹿了出去，一下子落在了院子的东南角，那是正好和这个地方相反的方向，雁回一声笑："找谁呢？找我吗？"

一时间，所有人的目光都被她引了过去。天曜倒是也没有再犹豫，一转身从后面的墙上翻了出去。

她看也没有看天曜一眼便与凤铭搭话道："凤堂主，久仰大名啊！"

凤铭目光森寒地盯着雁回，嘴角勾起了一丝冷笑，弯得过分的鹰钩鼻让他这个冷笑看起来格外阴森奸诈："雕虫小技，妄想欺骗于我？"

话音未落，他手臂一伸，只听"咚"的一声，一道气息径直击中天曜翻走

的那堵墙，墙壁瞬间倒塌。

雁回一惊，身形一闪，立即飞扑而去，冲进尘埃之中。

待得尘埃落定，雁回拉着天曜退后了三步，恰恰退在墙壁砖石倒塌之外的地方，她挡在天曜身前，盯着凤铭的眼神严肃起来。

到底是七绝堂的副堂主，在江湖上摸爬滚打了这么多年，虽然没有修仙，但凡人的功夫倒是修得极好，内力雄浑，看这样子，别说才入门的仙门弟子，便是雁回的几个师叔恐怕也只能和他战个平手。

事情不好办了啊。

"黄毛丫头倒还有几分本事。"凤铭阴恻恻地笑了两声，"看你的内息功法，竟然还是仙家之人，说说，到底是哪个仙家门下弟子，竟敢来我的地盘撒野？"

雁回眯着眼睛一笑，面上不动声色，背后却惊出了一身汗，才这么一瞬间的工夫，就看出她是仙门中人而非武林人士，还好没有更多的动手，要不然被他看出了辰星山的心法，那才麻烦。

毕竟，她现在做的这些事，都是不想让辰星山的人知道的。

于是雁回只默了一瞬，便面不改色地撒谎："我乃栖云真人门下弟子，奉师父之命特来此查探大量狐妖失踪一事。"

凤铭闻言，果然沉思了片刻。

谎言这个东西是不能乱说的，如果不是有十足的把握不会被戳破，那还不实话实说。雁回之所以选择说是栖云真人门下的弟子，是因为先前在铜锣山，她接触过栖云真人，知道那是一个会放走蛇妖，会送小蛇妖回青丘边界的仙人。她不参与每一次仙门组织起来的对妖怪的杀戮，她甚至会在生命的最后，对蛇妖说一句"谢谢"。

可见栖云真人内心里对现在妖即恶的说法是不认可的，如果是这样的人，那她肯定也不允许自己门下弟子去参与这种对狐妖的迫害行为。

仙门中人还有这些消息灵通的江湖人士，不会在没摸清楚别人的脾气的情况下就贸然地去找他人帮忙，大家都看得出栖云真人的脾性，那么狐妖这事，有很大一个可能，这些人根本就没有告诉栖云真人。

因为何必讨不痛快呢？说不定，栖云真人还会成为他们的阻力。

如此推论，反观现在，雁回说她是栖云真人门下的弟子，是最好不过的决定。

一则栖云真人已经消失两个来月了，虽然有传言说她仙去，但江湖上谁也没有坐实这个说法。知道栖云真人真的仙去的，只有雁回、天曜，还有那个已经不知道去了哪里的蛇妖。

别的人，都不知道栖云真人在哪里，她是在闭关？在云游？没人能说得清楚。

二则栖云真人素日作风便是反感于无故屠杀妖怪。那么她命人来调查此事，确实是理所当然的。

凤铭没有理由怀疑。

“这倒是没看出来。”凤铭笑着，“原来是栖云真人门下高徒啊！”

“不敢当。在下不过一个小小弟子罢了，在门中都排不上名号。真人相信我，交给我查探此事，我过去这些日子便在日日夜夜地查探，却是一个不小心查到了凤堂主这里来。”雁回顿了顿笑道，“真人本怀疑是有邪修大量杀取狐妖剥其内丹以供修炼……”

与邪修扯上关系可不是什么好事，凤铭立即摆手道：“小道友这可是冤枉老夫了，我这里的狐妖，皆是各个仙门捉拿而来，为免妖怪作乱，才由各个仙门将狐妖内丹剖走的，而且所有的内丹已交由辰星山统一销毁，并无人与邪修有任何关系。而我等只是用狐妖的血，炼点香，供贵人们讨个乐子罢了。”

内丹都交给了辰星山……

雁回皱了皱眉头，如果说两个月前，白晓露的母亲便是死于这天香坊中，那也就是说，两个月前，白晓露的母亲去找雁回救被关在辰星山心宿峰的白晓露的时候，天香坊就已经开始制作狐媚香了。

当时应该也有许多狐妖的内丹被运送到辰星山。销毁内丹并不是件简单的事，内丹消失注定伴随着妖气的四散。

但是那个时候，雁回并没见过辰星山销毁内丹，也没有在任何角落感觉到毁掉内丹时迸发的妖气。

都是……师叔他们在运作吗？

那要做这样的事，必定会经过凌霄的同意，谁也没有资格瞒着凌霄。

所以这些事情，都是经过凌霄的首肯吗——捉狐妖，剖内丹，将他们卖给凤铭……

雁回一时有几分失神。

直到天曜在雁回身后碰了她一下，她才回过神来，听见凤铭在远远地问她：

“若是想要知道狐妖的用处，小道友大可大大方方地来问老夫，为何如今却要做这样的举动啊？”凤铭眼睛一眯，“如今你查到了你想知道的事情，可否容老夫问上一句，你这腰间的腰牌，是从哪里弄来的？”

话音一落，杀气四起。

雁回心中戒备，面上还是轻松：“这不重要。”她岔开话题，“只是凤堂主，你杀狐妖取血，来炼香的事情，如今仙门是没什么意见，但若让妖族的人知道了……”

凤铭呵呵一声怪笑：“这还轮不到你来担心。”他迈上前一步，杀气凛冽直扑雁回而来，“只是小道友，你今日若不说出这令牌的来历，我便当你是在我这天香坊里偷窃东西了。你师父栖云真人没将你教好，这出了江湖，自是有人帮她教教你的。”

看这阵势，是不动手不行了啊！

雁回心头微微一沉，转头对天曜道：“你找个地方躲着，护好自己。”

天曜闻言，目光在她光洁的侧脸上停留了一瞬，还没来得及说话，院子另一头传来一声清朗的笑：

“凤铭叔叔，这是怎么了？这院子里为何杀气逼人？可真是吓到小侄了。”

光听这句话雁回便知道了来人的身份。毕竟能叫凤铭“叔叔”，还自称“小侄”的，除了这七绝堂的堂主凤千朔，还能有谁？

雁回是不少次听弦歌提起过凤千朔，但一次也未曾见过，而今一听这声音，霎时便能明白，为什么有的人轻轻松松就能娶到一百房小妾了。

待得雁回再一转头，惊见那凤千朔的脸与那身气度，一时更明白了为何弦歌这样的绝世美人都能痴迷于此人。

是个让人一见便觉惊艳的男子。

他一身月色长袍，手执折扇，腰间佩玉，一双丹凤眼所到之处好似都能开遍桃花似的。

与雁回见到此人的惊艳不同，凤铭只是冷冷地笑了两声：“这可奇了怪了，今天到底是什么风，先刮来了仙门道友，现在又把我的小侄儿给吹了来。真是让老夫接应不过来啊！”

凤千朔摇了摇扇子，慢慢走到庭中，见了雁回，爽朗笑道：“这里竟然有个美人儿。”说着他便走到了雁回身前，像是好奇一样，左右将她看了看，然后一转身面对凤铭，道：“小侄本是不该来的。”

他站在雁回面前，好似无意当中阻挡在了雁回与凤铭之间，凤铭一身的杀气倒是不好对这个名义上的“堂主”摆出来了。

“只是近来堂中传来了几个消息，长老们听了甚是忧心，所以百般念叨，这才将小侄逼到叔叔你这儿来了。”

凤铭眯着眼睛：“什么消息竟然能惊动长老与千朔啊？”

“这第一个消息嘛，是青丘国好似丢了个九尾狐公主。”凤千朔笑眯眯地说着，“青丘国的九尾狐叔叔你是知道的，极重血缘，真是在边境闹得不可开交，派了好几拨人，深入中原，前来探查他们公主的消息了。”

凤铭脸上的笑微微收敛了下去。

“这第二个消息嘛，小侄听闻叔叔好似在做一个危险的生意啊！”凤千朔收了折扇，“啪”的一声，轻轻的，却让人有几分心惊，“那些青丘国的探子，好似已有深入这永州城来的了。狐媚香狐媚香，也不知道他们有没有探到这个消息。”

凤千朔望着已全然没了笑脸的凤铭，又轻又浅地问道：“叔叔你的生意，不会让我们七绝堂，惨遭灭门之祸吧？”

凤铭沉默地看了凤千朔一阵，倏尔又是一阵怪笑。“好好好。”他道，“既是长老与堂主都有了这等忧虑，那此事凤铭是无论如何也不该做下去了。”

凤铭一转头，对旁边的人吩咐道：“去将院子里关押的那些狐妖都杀了吧。”

雁回闻言一惊，还待开口，凤千朔便不动声色地抢了话头道：“杀掉恐怕不妥。”

“哦？”凤铭眯了眼睛，“在这中原大地里，我杀几个妖怪却也有不妥了？堂主这怕是过虑了吧。”

“平时杀几个妖怪自是无碍，只是叔叔啊……”凤千朔上前几步，神色似极其为难。

“那青丘国的妖怪委实是不好招惹，你是忙着这永州城里的事，还没来得及去探听青丘国界周边的消息，我是听得探子来报，那边境的好些个小仙门，都因为那九尾狐公主的失踪遭了大殃了。你此时还要将这么多狐妖杀掉，若是能瞒得过青丘的探子倒还好，若是不幸让他们知道了……”凤千朔摇了摇头，神色沉凝，一声叹息，“那恐怕是非常不妥啊！”

凤铭听罢这番话，笑得动了动肩膀，但脸上的神色却十分冷：“那依侄儿所言，该当如何？”

“不如由我押送出城吧，将他们丢在这永州城外，这群失了内丹的妖怪并无反抗之力，自有仙门的弟子会收拾他们，彼时，杀了他们的是仙门弟子，与我七绝堂无关，妖族就算知道了，要算账也算不到我七绝堂的头上了。”凤千朔将扇子一下一下拍在手里把玩，一席话说得漫不经心，像是随口说似的。

凤铭沉吟了片刻：“如此，便劳烦侄儿帮叔叔把这些妖怪送出去了。”

凤千朔笑了笑：“叔叔与我本是叔侄，又是同门，小侄为叔叔做点事，哪能说麻烦？”他一转身，自然而然地吩咐凤铭身后的人道：“去清点一下这院中的狐妖数量吧，待会儿我离开时，一并带走就行。”

仆从看了凤铭一眼，凤铭才点了头，摆手道：“去吧。”仆从这才点头哈腰地去了。

“千朔的要求，我可都答应了，回头你回去与长老好好说说，让他们也别再操心堂中事宜了，我会尽心辅佐于你的。”

虚假得让人脸颊发酸的笑容还配着这句比笑容更虚假的话语，雁回听得只觉得鸡皮疙瘩都掉了一地，但亏得凤千朔也还能和凤铭一起维持着表面功夫，客气道：“叔叔的心意，侄儿自是明白的，那今日，侄儿便先告辞了。”

他说完，作了个揖便抬腿要走。

雁回琢磨了一下，她和天曜都在此暴露并且还让凤铭看见了，今天想取龙角，只怕是也不容易，还不如干脆先和这凤千朔一道离开，这个少堂主看起来便是一副一肚子阴险坏水的模样，和他商量商量，或许能有高深点儿的计谋。

雁回拽了拽天曜的衣袖，示意天曜与她一同跑路。

哪想她刚迈出一步，凤铭便沉着嗓音开了口：“慢着。”

凤千朔好脾气地转头：“叔叔还有何事啊？”

“这事倒是与侄儿无关了。”凤铭指了指雁回，“这位小道友身上不知为何却有我天香坊的贵宾腰牌，我得留他俩下来好好问问。看是我天香坊的管理失误，还是某些人，偷盗了我天香坊之物，图谋不轨。”

凤千朔回头瞥了雁回腰间物事一眼，故作惊讶道：“这么漂亮的姑娘，怎么能偷盗东西呢？”

雁回望着凤千朔道：“没错，我没偷，这牌子是捡的。”

凤千朔便立即转了头对凤铭道：“叔叔，美人儿说她没有偷，这牌子是捡的。”

凤铭冷哼：“胡言乱语！”

“可长得漂亮的姑娘，怎么会睁着眼睛说瞎话呢？”凤千朔一把将雁回腰上的令牌扯了下来，顺带也将天曜的一并扯了。他转头看面色变得有点铁青的凤铭道：“叔叔你看，也就两个令牌，我这便将他们的拿下来了还给你。看在小侄的分儿上，叔叔便放了他们吧。”

凤铭阴阳怪气地问凤千朔：“侄儿何时这般爱管闲事了，可是先前便认识这两位啊？”

“怎么能是闲事呢？”凤千朔说着，挑逗地摸了雁回的脸一把，“这么水灵的小仙姑，可是要拿来好好疼的，我怎么能看着她在我面前受苦？”

雁回沉默，只在心里暗骂了一句，难怪能娶到一百房小妾！

如果不是她身上还有对天曜的药效，恐怕这个时候看着这张脸，听着这个声音的主人对自己说这句话，她大概什么都不想就能和他走了吧……

而没人注意到旁边一直沉默的天曜这时却目光转了转，盯住凤千朔的手，然后隔了许久，才一言不发地扭过了头。

他心头却不由自主地浮现出了一个念头：不是说是吃过药的人吗，为什么却还摆出一副也吃了别人药的脸……

凤千朔风流的名声早已在外，他如此一说，凤铭便还当真不好意思和他“抢女人”了。省得衬得他一个堂堂掌权者，有多猥琐好色似的。

是以此刻有再多不满，他便也只有忍了，摆手让凤千朔与雁回一道走了。

待得这几人走掉之后，凤铭看着毁了一堵墙的院子，握了握拳头。

一旁清点了狐妖人数的仆从回来，但见来者都走了，不由得有点忧心：“堂主，我们就这样把他们放走了？那些狐妖也就这样放走了？”

“狐妖不用担心。”凤铭捻了下拇指上的扳指，“只要秘宝还在我们手上，狐妖让他们带走就带走了，左右那些修仙门派也是会想方设法地将我的空缺给补上。而这几个人嘛……”

凤铭想了想：“凤千朔是我看着长大的，不足为惧，另外两个，特别是那个伶牙俐齿的丫头，你给我好好查查，她到底是不是栖云真人门下的弟子，若是，再去查查栖云真人到底身在何方；若不是，便将她的真实身份给我扒出来。”

仆从领命：“是。”

而这方，雁回随着凤千朔离开了天香坊，刚走到集市，周围人还熙熙攘攘的，她便没有忍住开了口：“凤堂主。”

凤千朔回头看了雁回一眼："嗯？看到什么喜欢的东西了吗？我买给你啊！"

……真会做人！瞧这话说得多动听！

雁回暗自咬了咬牙，忍住夸人的冲动，然后清咳了两声，严肃了眉目道："你今日为何要帮我和天曜解围啊？"还明里暗里地护着她。

凤千朔想了想："你是姑娘啊，我自是得护着你的。"他一抬头，看了一眼雁回身后的天曜，"至于他嘛，顺手。"

天曜："……"

见天曜沉了脸，凤千朔笑了笑，笑容温暖又干净："玩笑话，你是弦歌的朋友，我自是得帮你们的。"

原来是因为弦歌啊。雁回点了点头，心道，或许和她以前想的不太一样，这个七绝堂堂主，其实也没有那么多情又薄情，他其实，还是有点喜欢着弦歌的？

要不然为何连她的朋友也要偏袒！

雁回刚这样想完，凤千朔便又开了口。

"不过，不管因为什么，我到底是帮了你。"凤千朔盯着雁回笑得很明媚，"那雁姑娘，可否有想过，要怎么报答在下啊？"

"……"雁回琢磨了一下这话的意味，"难道……你是想让我以身相许吗？"

"雁姑娘愿意？"

"不愿意。"雁回指了指天曜，"我现在喜欢着他呢。"

天曜一怔，对雁回这种说表白就表白的行为，还是有点反应不过来。

凤千朔闻言，叹了声气："可惜了，这位公子却看起来一副不太珍惜你的模样呢，你不如改一改喜好怎么样？"

有的人，真是把调戏姑娘融入到生活中的方方面面，这对他们来说简直就是和吃饭睡觉一样简单而又自然而然的事情。

于是雁回便像吃饭睡觉一样毫不犹豫简单干脆地拒绝了他："不行。虽然你很好看，但在现在的我眼里，还是他最好看，这个完全没法比。"

"审美其实是个惯性，你现在觉得他好看，或许是因为看多了，不如你多看看我。万一之后你看久了，就会颠覆观念了呢？"

雁回认真想了想，点了头："是这个道理！"

天曜终于忍无可忍地沉声开了口："不是要去将狐妖带出城吗？"他硬生生

地打断两人的对话，活生生地将话题掰开，“绕到集市来做什么？”

“稍后自会有人将狐妖带到忘语楼来。”凤千朔听得这个问题，也稍微正经了一点，“让他们在忘语楼歇歇脚，总是好过一放出城，便直接又被修仙的人抓住，关了回去。”

雁回默了一瞬：“你知道会被捉回去，还救？”

“救不救有时候大抵只需要摆个态度罢了。这些考量，雁姑娘，你便不用知道了。”

雁回点头，她也不是特别想知道：“待会儿狐妖送到忘语楼之后，我要见其中一只。她叫白晓露。”

“狐妖带去了忘语楼，雁回姑娘自是想怎么安排都可以的。”

兜兜转转这么久，她到底算是把这个丫头给救了出来，怎么能不好好地见见？

刚走近忘语楼，雁回便远远地看见有个红色人影站在忘语楼的大门口，伸长了脖子，盯着他们这方。

雁回只看了一眼那身段便道：“到底是七绝堂的堂主，就是不一样，弦歌这样的大美人，平时我可是见她阁楼都不下的，今日竟是到门口来迎接你了。”

凤千朔只摇了摇手中的扇子笑了笑，然后迎上前去，唤了声：“弦歌。”

弦歌闻言，眸光中的情绪波动连旁边的雁回都看得一清二楚，但最后她还是选择沉默地垂下头，礼貌地福了个身：“弦歌恭迎堂主。”

“多日不见啦，你都与我生疏了。”凤千朔清朗一笑，“别在这门口站着了，都进去吧。”言罢，他自己先往前走去。

当凤千朔的身影与弦歌擦肩而过时，弦歌在他身影的阴影之中微微垂了眉目，神色难得让雁回觉得有几分黯淡。

凤千朔在弦歌面前一步停下了脚步，他一转头，看着弦歌，伸出了手：“我太久不来，你都不愿意拉住我的手了吗？”

弦歌一怔，这才将自己的手交到凤千朔的掌心。大手一握，凤千朔将弦歌牵住，他对弦歌一笑，温柔的目光看得旁边的好几位姑娘都羡红了脸颊。

但大概是没有人会忌妒的吧，雁回看着他们携手走进忘语楼的背影，不由得想，什么叫天造地设？他们这就是啊，如此般配。

然而雁回一转念，这个男人还有一百房小妾在天南地北等着他呢……她又

是不由得一叹，替弦歌感到惋惜。

身旁的天曜跟着前面两人往忘语楼里面走，雁回一把将他拽了回来，然后又急急忙忙地放手，搓了搓手，搓掉掌心麻麻的感觉。

天曜侧头看她，很不理解："怎么了？"

"你凑上去干吗呀？"雁回道，"没见人家两人走得跟幅画一样吗？"

天曜努力忍住了嫌弃的表情，只动了动嘴角："没看见。"

雁回斜了天曜一眼："我瞅着你这张脸以后说不定能长得比这堂主还诱人，但你这性格和人家相比……除了我这种吃了药的，估计没哪个姑娘愿意和你走。"

天曜闻言，只是冷冷勾了唇角，神色略带讥讽："如此甚好，我唯愿此生，再不沾染情爱。"

雁回看着天曜的背影只默默地撇了下嘴，便也跟了上去。

入了忘语楼，弦歌与凤千朔便去阁楼商量他们的事了，雁回与天曜等了一会儿，听得仆从来报，天香坊的狐妖都被秘密地送到忘语楼后院了。

雁回寻去了后院。

狐妖依旧被关在铁笼子里，笼子外面罩上了一层黑布，不让外面的人看清里面运送的是什么。

雁回一个一个挨着将黑帘子撩开，看见其中的狐妖，无一不是一脸狼狈，满面求死的绝望模样，或许在他们想来，他们根本就不是获救了，只是被暂时运送到另一个院子里的货物，或许只是堆放几天，最后仍旧逃不过被宰杀的命运。

每个狐妖在雁回掀开帘子的时候都是一惊，然后连忙瑟瑟发抖地缩到离她最远的笼子角落，惊惶不安地盯着她。

"要将我带走吗？我的命数将近了吗？死了也好吧，好过这样活着。"

他们将心里的想法都写在了脸上。

雁回放下帘子，只觉内心沉沉的，快让她负担不起，现在不只是狐妖的处境让她感觉到难过，更沉重的是她有了一个可怕的猜测，可怕得甚至让她不愿意去思考第二遍……

终于，撩开最后一个牢笼的黑布帘子，雁回看见了蜷缩其中的白晓露。

她约莫是快死了，蜷缩在笼子里，连雁回撩开布帘也没有了反应。

"白晓露？"雁回唤她。

白晓露这才微微动了动，她转头看雁回，隔了好久像是才认出雁回的模样似的："雁……姐姐？"

雁回点头："是我。"

她愣了好半晌，这才猛地坐了起来，眼神里的灰暗像被点亮了一样，不敢置信地扑到牢笼边，抓住了铁栏杆："你又来救我了吗？是娘亲又让你来救我了吗？"

雁回一怔，这才想起先前听说的白晓露她娘被一个厉害的道姑捉起来的事。现在想想，那个厉害的道姑说的约莫就是素影吧。

也不知道素影这一走，有没有顺带将那三尾狐妖也一并带走。

雁回没有回答，只开了牢笼的门道："你先出来吧，休息一会儿。"

经历这一段劫数，白晓露自是也没有心情再多问的，她握着雁回的手出了牢笼。她已不知道自己有多久没有这样站在牢笼外面了。

握着白晓露颤抖的手，雁回只是沉默地垂下眼睑。

这么多的狐妖，雁回是不能将他们全都放出来的，因为忘语楼尽管是弦歌的地方，但这里住着的依旧是凡人，到了晚上还会有更多的凡人到忘语楼里来找乐子。

狐妖们失了内丹虽然没什么危害，但保不准其中还有心思诡谲之妖，想要靠吸食人精气重塑内丹的。是以除了白晓露，雁回还是让人将其他狐妖看好，让他们待在笼子里。

雁回带着白晓露回了自己房间，大致问了几句她这些天经历的事，与自己猜得差不多。

上次雁回在牢里见了白晓露，在雁回被凌霄勒令带回去关禁闭之后，白晓露并没有像凌霏所说的那样被杀掉，而是在其他几个师叔商量后，被卖到了天香坊。

雁回闻言，并没多言，将她哄睡着了后，神色沉凝地在床边坐了许久。

天曜一直在旁边看着，但见雁回如此，不由得问了句："你在想什么？"

雁回默了一瞬，随即故作轻松一笑，道："我在想啊，我们这是第二次去了，但还没把你的角给偷出来，这下凤铭指定将天香坊的戒备设得更严了，下次我们该怎么做才能将你的角拿出来，断了他们用这法子生财的路。"

天曜盯着雁回："还有呢？"

“还有？”雁回转头看天曜，“现在还有什么事会比这件事更重要？”

天曜的目光带了几分寒凉：“还有你师父、辰星山和这件事的关系。”

被戳中心事，雁回嘴边挤出的笑猛地僵住，或许是心里这块护心鳞的原因吧，天曜总是能对她的心绪洞察得一清二楚……

今日在天香坊，从凤铭的口中知道所有的仙门将剖下来的狐妖内丹都交给辰星山开始，雁回心里就不由得冒出了一个可怕的猜测。

买卖狐妖制作狐媚香一事，如今看来，要说与辰星山毫无关系，那根本就是不可能的。素影要做事，即便她可以瞒住天下其他的仙门，那也瞒不住辰星山。

买卖狐妖做什么用途，别的仙门不知道，但辰星山与广寒门同为修道门派统帅之一，怎么可能不知道？

也就是说，这件事是经过辰星山内部讨论同意了的，现在清广真人早已仙踪隐匿，辰星山大小事宜皆由凌霄做主，那制作狐媚香一事必定也是经由凌霄首肯……

这件事雁回已经抱着肯定的态度，要说对凌霄不失望，那是假的，但远不足以让雁回感到恐惧，真正让她恐惧的是今天听了凤铭那番话，她自己的猜测……

所有的狐妖内丹都被送到了辰星山，而辰星山却没有任何销毁妖怪内丹的踪迹，那留下来的内丹去了哪里？要么是被存起来了，要么就是被人用来提升自己的修为了。

而做这种事的修道者，江湖上称他们为邪修。

辰星山……

“辰星山或许有人在用妖怪内丹修炼吧。”天曜道破雁回心头猜测，听得雁回不由得心底大寒，“若是凌霄知道此事，却没有制止，或许是，凌霄也在如此修炼吧。”

“不可能。”雁回下意识地摇头，“不可能……”

“更有甚者，栖云真人的死……”

雁回猛地站起身来，瞪向天曜，目带冷色：“闭嘴。”

四目相接，天曜丝毫没有退缩：“你自己是知道的，雁回。”他道，“如果这真的是现实，那你也只有接受。”

雁回握紧了拳头。

她心底不是没有猜测。栖云真人失踪于两月前，在她来辰星山之后便踪迹消失，那时候辰星山在开修道界的大会，就有狐妖的内丹运送进辰星山，以栖云真人的地位很可能会被通知这件事情，而以栖云真人的性格，她很可能决然反对这样的事情。

所以……

当雁回再见到她的时候，她遍体生寒，中了霜华术……

雁回甩了甩头，不忍再想。

“你出去吧，找龙角的事明天再说。”她声音有些哑。

天曜看着夜色中身形显得有些单薄的雁回，倏尔便没了再与她争辩下去的想法。这个姑娘很聪明，他能想到的事情，她也都能想到。

天曜比谁都明白，要打破一个人在自己心目中幻想的模样，那是一件怎样残酷的事情，然而有时候现实就是这么残酷。

你所爱的人与你想象中的根本就是两个模样。

除了认命接受，再无办法。因为这个世上或许什么事都可以经过自己的努力而改变，但他人的心，却是最难改变的。

翌日清晨，雁回起了个大早，早餐吃了一大堆东西，调整了自己的心情，去敲了天曜的门，叫上他，两个人一同去找弦歌了。

走在路上，天曜现在几乎已经养成落后雁回半步的习惯，这样可以避免她看见他，又口无遮拦地说一些让他招架不住的流氓话。

看着雁回的背影，她身板依旧挺得笔直，走路的步伐是一般女子没有的英气。就像昨天那些话根本就没入得了她的心，伤害不了她一样。

看来即便是雁回，在某些事情上，也很善于掩饰。

弦歌给雁回开门的时候，凤千朔正巧也在屋子里，他摇着扇子坐在屋中椅子上，笑眯眯地望着雁回：“这一大清早就过来找弦歌，雁回姑娘，你是看上我家弦歌啦？”

“对呀。”雁回大大方方地应了，“凤堂主愿意割爱吗？”

凤千朔“嗒”的一声收了扇子：“那可不行。”

雁回撇嘴：“反正你都有一百房小妾喽，把弦歌给我又不会少块肉。”雁回笑嘻嘻地望着弦歌：“是吧，弦歌，你愿意跟我走的吧？”

弦歌伸手戳了雁回的眉心一下，正要教训她，却听凤千朔道：“肉是不会少，可我的心魂可算是被你拿走了。”凤千朔对弦歌招了招手，弦歌一愣，顺从地走了过去，被凤千朔一把揽进怀里，他像圈着什么珍宝一样将弦歌抱住，“就算你是姑娘，也不能和我抢。”

雁回看着弦歌微微红了的脸颊，心头不由得无力叹息：弦歌啊弦歌，你这般聪明，怎么会不知道他是在逢场作戏说些好听话给你听的，你却甘之如饴……

雁回转了目光，旁边的天曜一步上前，在桌子另一方坐下。他对几人的言语并不感兴趣，开门见山就道：“天香坊制作狐媚香必须得一秘宝方可制成，我欲将秘宝取出，凤堂主可愿相助？”

他这一开口，话题的气氛登时变得严肃了许多。

凤千朔这才将目光挪到了天曜脸上：“昨日一直忘了问，这位是？”

天曜没说话，转头看雁回，一副等着雁回来介绍他的模样。

真是……骗人不想自己动脑子，就让她来顶上吗……

雁回没好气道：“他叫天曜，是个从穷乡僻壤里出来的少年，自带许多麻烦，不过暂时还算个好人。”

凤千朔看了弦歌一眼，但见弦歌轻轻点了点头，凤千朔才道：“既然雁姑娘说是好人，那我便信了也无妨，只是这位天曜公子，你说想要我相助，却不知是要我如何相助？”凤千朔把弄着弦歌的发丝，好似全然不在意似的开玩笑道，“我如今的境况江湖上大抵是没人不知道的，昨日凤铭是卖我与教中长老一个面子才将那些狐妖放了给我，毕竟这不伤他根本，可若是如天曜公子所说……要将那制作狐媚香必要的秘宝拿走，这恐怕就是我力所不能及的事情了。”

天曜沉着道：“并不需要麻烦凤堂主让凤铭直接交出那秘宝，凤堂主只需挑个时间，借个名号，将凤铭引出天香坊，我等自有方法取得那秘宝。”

凤千朔斟酌了一番：“你说的这事倒是不难，只是我若将凤铭引了出来，待他回去，秘宝不见，他岂不是要将这账算到我的头上？天曜公子，你这个请求，可真是让我为难啊！”

天曜食指在桌上轻轻敲了两下，轻而慢的“嗒嗒”显出了他沉思的心绪，而待得第三声敲下，天曜一抬眼，盯住了凤千朔，声音沉而稳：“凤堂主只需拖住凤铭引开片刻即可，待我等拿到秘宝，即便凤铭回来发现我等也无所谓，我自是有办法，让他在此后都无法再与凤堂主为难。”

凤千朔眉梢微微一动："天曜公子你这话，可说得大了。"

可不是说得大吗？！

雁回在旁边听得也是一惊，若要凤铭之后再无法与凤千朔为难，那要么是把凤铭的权力剥夺了，要么是把凤铭杀了。

"此事对我来说，并不难。"

不难个鬼啊！

雁回在一旁瞪着天曜，他一副残破的身躯，只找回了龙骨，身体里大概什么法力都没有恢复吧，虽然他好像懂挺多阵法，能借阵法之力做点事，但哪有那个时间让他在凤铭身边画阵法啊？人家又不傻！

雁回与凤铭交过手，她知道凤铭的厉害，要让现在的天曜和凤铭斗，那是片刻就死成渣的结果啊！

"我那叔父凤铭年轻之时也曾被送去仙门修道过一段时间的，要对付他，可没那么容易。"显然凤千朔也有与雁回一样的顾忌。

"我敢出此言，愿去天香坊涉险，凤堂主却不敢信我？"

嗯，激将法。

雁回瞟了天曜一眼。

凤千朔闻言像是被逗乐了，哈哈笑了几声："我这若是不答应你，倒显得我这堂主毫无气魄了。"他默了一瞬，"你与雁姑娘先回去歇歇吧，待我斟酌片刻。"

天曜也不再纠缠，坦然地站起了身："告辞。"

哎，这便下逐客令了？雁回有点愣神，她好像……在讨论中没有起到什么作用呢。因为天曜好像自己已经有了计划。

待得出了弦歌的阁楼，雁回有点止不住好奇地问天曜："你能对付凤铭？那上次为什么在天香坊却不见你那么轻松淡定？"

"我不能。"天曜淡淡道，"龙角不在我身，我无法吸纳天地灵气为我所用，身体之中没有内息。"

雁回一愣："那你刚才说得那么振振有词的……"

天曜脚步微微一顿，转头看着雁回："雁回。"

他如此正经地唤雁回的名字，声音好听得让雁回心头一荡，她也定定望着天曜，然后默默在他目光中红了脸颊，她轻咳一声，不自然地挪开目光："有什么你直说。"

“我对付不了凤铭，但你可以。”

雁回反应了一会儿，倏尔反应过来了。

哦！原来搞半天，他说的此事对他来说不难，不是因为他很厉害，而是他根本就不打算去做！他想让她来做！让她去和凤铭来打！

那对付凤铭，对他来说确实不难啊！因为他根本就不用出手啊！

难的是她啊！是她啊！

雁回一瞬间觉得狐媚香大概在她身上失去了效果，因为她突然间好想捏死这条妖龙……

雁回拼命咬牙，忍住了内心的冲动，然后尽量温和地露出一个笑容，打算耐心地和天曜好好谈谈：“你怎么就知道我愿意和凤铭硬碰硬地去打呢？”

“你会愿意的。”

“我！”雁回本想挣扎，但想了一会儿……

她竟然真的是愿意的！

于是雁回沉默地看着天曜：“……”

如果想别的方法太困难了，那就干脆直接一点，硬碰硬地来吧。简单粗暴，干脆利落，靠实力说话，是雁回一贯作风。

雁回有些憋屈地嘟囔了两句，然而细细一想，她又皱了眉头：“我若是使出全力，与凤铭一战也未必会输。”雁回道，“只是，我使的都是辰星山的心法，一动手便立即会被看出来……”她顿了顿，“弦歌与凤千朔就算了，反正想掌握的消息他们都能掌握，只是，我暂时还不想让别人知道我是辰星山的人。”

与凤铭作对，放走狐妖，盗走秘宝，还使出辰星山心法，外人若是知道这些消息，稍微熟悉辰星山内务的人都会知道，会做这些事的大概就只有才被踢出门的雁回吧。

到时候子月会知道，凌霏会知道，凌霄……也会知道。

她并不想让凌霄知道，离开辰星山之后的她，真的和妖怪在一起，在帮妖怪做事。

即便……这好像对凌霄来说并不重要。

天曜微一沉思，他倒是没有去想辰星山的事，只是雁回的身份确实不能在这个时候有所暴露，不说别的，若是让素影知道了盗走龙角的人是雁回……那光是想一想，也足够糟糕了。

所以不能让别人知道雁回的真实身份。

“如果不用辰星山心法的话，我对上凤铭是全然没有胜算的。”雁回望着天曜，“你给凤千朔夸下的海口，还是趁现在赶快去收回吧。”

天曜沉默了一瞬，却并没有接雁回的话，他只道：“你先前与我说，你学东西很快对吧？”

雁回眨巴了两下眼：“对啊！”

“那就不用辰星山的心法，我来教你，现在便学新的法术。”

“现在？”雁回一怔，“行是行……但是……学什么？靠着这块护心鳞学你妖龙的法术？”

“不。”天曜眼睛微微眯起来，显出了几分算计的精明，“你来冒充青丘的人，我来教你九尾狐的法术。”

雁回一瞬间怀疑自己的耳朵是不是听错了什么话：“你说，要教我什么？”

“九尾狐一族的心法。”

雁回不由得奇怪：“你不是妖龙吗？怎么还会九尾狐一族的法术？”

天曜淡淡道：“五十年前，中原灵气充裕之地被修仙修道者所占据，妖族偏居西南，两方以青丘为界。天下两分，局势大定，然则妖族与修仙者的约定却与我并无关系。”

雁回眨巴着眼看他：“你没有去西南吗？”

“不想去。”天曜道，“我已在一谷中修行千年，不爱换地方。”

也对，那么大一个千年妖龙，当时修仙者与妖族大战，虽然赢来了中原大地，但自身也损失惨重，谁也没有心情再去招惹这条大龙吧。

这天下，到底是靠实力说话的。

“我千年来独行于世，但那段时间，却有不少不甘离开中原的妖怪找到了我，我没将他们赶走，他们便将我当作庇护，依旧在这中原大地中修行。”

“所以……”

天曜瞥了雁回一眼：“被我庇护的妖怪当中，恰好有九尾狐一族的人罢了。彼时修行之余，那人常找我切磋，一来二去我便也习得了他们的心法。”

天曜竟然还有这样的过去。

雁回闻言点了点头算是了解。

想想他当年那也算是一个叱咤风云的大妖怪吧，竟然凭着一己之力在中原

护住了一谷的妖怪。而现在……

雁回甩开脑中的思绪，盯着天曜道："所以你现在的计划是，先让凤千朔引开凤铭，然后你我强闯天香坊将龙角抢了，待得凤铭闻讯赶回来再与他战一场？"

天曜点头。

雁回思索了一阵："有几个问题我和你捋一捋啊！首先，你确定在这么短的时间内，我能学会九尾狐的多少法术？其次，用它来对付凤铭当真没有问题？"

"我来教你，没有问题。而且，到时我若是重获龙角，助你一臂之力也并非不可。"

这么自信……雁回默了一瞬，打算在打架修行这件事上暂时相信好歹也比她多活了一千年的妖龙："那最后，凤千朔要是不答应你的提议怎么办？"

"他会答应的。"天曜遥遥望了眼弦歌所住的那个阁楼，说得笃定，"因为人性总是贪婪的。"

凤千朔与凤铭的关系早就只是在维持表面功夫，撕破脸不过是迟早的事，而现在，凤千朔有机会能除掉心头大患……

即便要冒风险，他也是会愿意的。

果不其然，如天曜所料，第二天一早，凤千朔便着人给天曜传了个消息过来。

凤千朔邀凤铭十日之后来忘语楼赴品酒宴。凤铭欣然答应。

想来凤铭是觉得，他这个侄儿，也没能力害到他吧。

要凤千朔做的事他已经做到了，这方天曜教习雁回九尾狐一族的法术倒是也快。九尾狐一族的法术确实高深难学，若是叫雁回直接拿了书来看，指不定一个小法术也够她学上十几天，但天曜好似总能找到最恰当的方法让雁回学会这个法术，有时候一天内，雁回便能熟练掌握两个基本法术。

只是让雁回很烦恼的是，每天看着天曜给她做示范，看着那张脸，他的身形，他修长的手指，这对雁回来说都是一种变相的折磨。

在天曜一本正经地给她讲法术要点的时候她想去抱着他蹭一蹭，在天曜手把手地纠正她结印的手法时，雁回就想将他的手一把抓住，十指紧扣，再不松手。

她不止一万次想去问弦歌，不是说好的现在的狐媚香是个半成品吗？！不是说好的隔一段时间药效就会自己消失吗？！那为什么到现在，雁回依旧觉得这药的效果强劲得吓人！

而且最可怕的是，偶尔天曜在教习她法术的空隙时间，雁回会看见天曜在没人注意的地方，看着他自己的手发呆，手掌紧握成拳，然后又无力松开……

看见这一幕时，雁回发现自己竟然会不要命地去联想他的过去，去想象他的无力，然后诡异地为天曜感到心疼……

最诡异的是，她似乎已经有点分不清，她是在药物作用下心疼天曜，还是在发自内心地同情天曜。

不过不管雁回内心的情绪怎样纠结，修习法术的时间过得却是极快。

眨眼间便到了第九天，雁回已将九尾狐一族的基本法术都修了个遍，虽然还不大精通，但现今中原，与九尾狐交过手的能有几个？糊弄糊弄骗骗人应该是问题不大。

她现在唯一忐忑的是："我真的能打得过凤铭？"

天曜琢磨了一瞬："照上次的情况来看，你现在用九尾狐的法术与凤铭动上手，或许五分胜率。"

雁回一默："那我要是打输了呢？"

"那便看天意怎么安排了。"

"……"雁回拿起手里的剑，"那今晚咱俩再好好练练，万一明天就有六分胜率了呢！"

天曜闻言，抬头看了看天色，但见天已擦黑，天曜皱了眉头："你练吧，我先回了。"说完，他转身就走了，都没给雁回一个反应的时间。

雁回在原地愣了许久，然后抬头望天，算算日子，她倏尔想起，对了，今天又是满月之夜。

在上一个满月之夜里，天曜还在铜锣山中，那天晚上，他可是扑倒了她，在她嘴上咬了好大一口……

今天晚上，是天曜的劫啊！

雁回忍住了心头的情绪，没有跟着天曜一同回去，一直练到月上中天，她才回了房间。经过天曜房门的时候，雁回不由自主地停住了脚步，她侧耳倾听，却没有听到天曜房间里发出一点动静。

知道天曜是个善于隐忍的人，雁回在心头默默叹了口气，抬脚回了自己房

间，但一进房间，雁回便是一愣。

只见天曜蜷缩在她的床榻之上，裹着她的被子，双眼紧闭，脸色惨白，呼吸急促，每一次呼吸都呼出缭绕的白雾。

他宛若一个生病的孩子，无依无靠，只能借助被窝汲取一丝温暖。

竟是跑到她这里来了……

“天曜？”雁回唤他，可并没有得到天曜的回答，她见天曜的睫毛上似凝起了寒霜，心头一抽，不由自主地伸出了手，去触碰他的脸颊。

指尖传来的，是比寒冰还要刺骨的凉意。

他身体里得有多冷啊……

雁回心里不停地警告自己，不能这样，不能再对他有更多的可怜了，但是她的手掌却已经不由自主地贴在了天曜的脸上，想给他一点自己所拥有的那么微不足道的温暖。

看着自己贴在天曜脸上的手，雁回心里还在挣扎她要贴多久时，天曜几乎是本能的，伸出手抓住了雁回的手。

他的手也冻得好似冰块，雁回告诉自己要把手抽回来，要不然待会儿他就得把她拉到床上去了……

可她这个念头还没完全在脑海里过一遍，天曜果然手上一用力，径直将雁回拉了下去，双臂像是找娘亲的孩子一样，自然而然地将雁回抱在了怀里，紧紧勒住，用力得几乎让雁回听到了自己骨头的声音。

上次天曜犯病的时候，雁回没有恢复法力，她挣不过也逃不脱，而现在以她的修为法力，要推开如今的天曜，那是一件再简单不过的事，但如今她却不想那样做。

这个怀抱宛如冰窖，勒得她浑身难受，雁回根本就没法好好睡觉，可转念一想，抱着她的这个人，可是比她还要难受十倍呢。想想他的过去，那些独自走过的二十年，雁回只能深深地叹了口气。

她伸出手，环住了他，将他抱住，手掌在他背上轻轻地拍：“睡吧睡吧，不痛不痛。”

就像哄小孩一样。

大概是狐媚香的作用吧，雁回想，一定是狐媚香的作用吧。

毕竟她这样没心没肺的人，怎么会忽然就开始……心疼起一个人来了呢？

翌日清晨。

天曜睁开眼睛，看见的便是雁回半睁着眼睛的模样，她嘴里还在念念有词地嘀咕："睡吧睡吧，不痛不痛。"

天曜真的有一瞬间是想把丑成这副鬼样子的雁回踹下床的。

但他很快就忍住了。

因为他感觉到了雁回的手还在无意识地拍着他的后背。

一拍一顺，像是在抚摸着什么小动物一样，又轻又柔。

她就这样强撑着睡意，安抚了他一宿。

天曜嘴角微微一动，他往后退了退，这时才发现，自己的手竟然还紧紧地攥着雁回的另一只手腕，待得他一松手，雁回手腕上的皮肤都白了一圈。

他这个动作让半梦半醒间的雁回浑身一震，然后立即睁大了眼睛："怎么了？嗯，又怎么了？"

天曜轻咳一声："你压到我衣袍了。"

雁回青着眼睛看了天曜好一会儿，然后才道："你这不废话吗？这床这么窄，我和你睡一起，肯定会压到你衣裳啊！"她不满地爬下床，嘴里愤愤地念叨道，"真是陪睡还被嫌弃，不讲道理也不讲道义，下次月圆之夜就算你哭着爬过来求我，我也不给你抱着睡了……"

"……"

天曜背过身，又咳了好几声，昨天冰得不行的耳根子，此刻天曜却觉得有些微微地发烫。

雁回没好气道："我都让你了你还不下床来，我还打算趁着时候早睡一两个时辰补补眠呢，咱们今晚可是要去盗龙角的，我要是不能打，你顶上？走开走开。"

天曜也没别的话，连忙利落地下了雁回的床，跟有刀在割屁股一样。

雁回也没客气，都没等天曜完全站好，她就直接爬上了床，裹了被子，扭了两下，找了个舒服的姿势，就这样在天曜的注视下睡着了。

天曜沉默地看了雁回许久，一时间有点不敢置信刚才自己竟然被嫌弃得连话都说不了一句……

那么赤裸裸的嫌弃……

天曜摇头笑了笑，转身打算回房好好洗漱调理一番，可脚步还没动，便有一双温热的手忽然抓住了他的手指。

天曜一愣，对于这样的温度，不知道什么时候他竟然开始感觉熟悉，于是也没有将她甩开。

雁回的手便顺着天曜的手指一路找到他的掌心，握住，探了探，然后便没再犹豫地收回了手："正常了。"被窝里传出雁回懒洋洋的沙哑声音，"走吧走吧。"

天曜却觉得像是有个火种留在了掌心一样，一直烧，一直烧，直到他回房洗漱调理了内息之后，那股灼热的感觉也没有消失。

这大概算是雁回这个姑娘为数不多的温柔吧。

可也正是因为她平时太不懂温柔，所以一旦有哪一天体贴起来，便让人觉得有点……难以招架呢。

天曜握了握掌心，黑眸微垂。

雁回睡醒的时候已经是下午了。她自己收拾了一番，又去与弦歌和凤千朔核实了一下时间，便叫了天曜一同向天香坊出发了。

雁回算好了时间，在凤千朔的品酒宴开始的那一刻，她与天曜从后门闯进天香坊。

如今天香坊没了凤铭，留守的不过是一些仙门的弟子而已，要对付他们，雁回自是觉得轻轻松松。

也确实如天曜和雁回所料，他们闯进天香坊的时候仙门弟子尽数来挡，但哪里挡得住雁回？这世间能真真修好仙的人，本来就是凤毛麟角，要让那些"凤毛麟角"来看门，可不是那么容易的。

仙门弟子被雁回用几个青丘的法术击退。

本来雁回还觉得有点心虚，怕被人看出了端倪，但很快就有仙门弟子自己吼了起来。

"她使的是狐妖的法术！"

"不只是狐妖的……那是……九尾狐的法术！是青丘的九尾狐！"

这一叫，所有人无不胆寒，谁没听说过九尾狐之威？那在传说中可是吃人都不带吐骨头的大妖怪。果然没一会儿，那些所谓的仙门弟子该跑的跑该逃的逃，谁也不敢正面和雁回交手了。

但见所有人丢盔弃甲地从她眼前跑掉之后，雁回身为曾经的同道，看到他

们这个样子，心里也是气不打一处来：“修的都是什么窝囊仙啊？我要是他们师父，先自己了结了这群废物，省得放出来丢人现眼！”

天曜只淡淡斜了雁回一眼：“何人不是俗世中人？你道是人人都像你这般不畏伤，不惧死？”

“我这是叫有责任心有骨气。”雁回言罢，顿了顿，“回头要有机会让你见了我大师兄，你才知道什么叫榆木脑袋不怕死。”

两人一边说着，一边径直找到了天曜感应到的龙角所在的院子。

他们来了三次，这一次，终于是踏进了这院子。

照他们的想法，此时在忘语楼的凤铭应当是听到天香坊出事的消息了，他该急着往回赶了，天曜只要进了院子，取出龙角，将它好好地放回身体里面，然后等着凤铭回来，收拾他就行了。

但一推开院中屋的房门，天曜脚步一顿，雁回也是立即往后退了三步：“糟糕。”

屋中倏尔光芒大起，一声清脆的啼叫直上天际，雁回堪堪结出了个结界，挡住了面前声音的力道。

光华之后，雁回定睛一看，面前竟是站着一只昂首挺胸，与人一般高矮的大鸟。

“青鸾。”天曜眉目沉凝。

雁回听得这两个字，一愣：“什么？”

“青鸾神鸟，素影的坐骑。”

素影竟是把自己的坐骑留在这里看守龙角了，难怪她敢这么放心大胆地离开天香坊，原来还是留了后招。

雁回想了想时间：“不行，待会儿凤铭回来了，他们俩加在一起我更没法对付，我先引开这只鸟，你进去取龙角，要是还有什么机关暗器的……你就看天意吧。”

分头行动，这确实也是目前最好的办法了。

天曜点头：“青鸾不好对付，小心。”

雁回没再废话，直接以九尾狐的法术凝出一记火焰，对着青鸾便扔了过去：“大鸟，你看我呀！”

青鸾是神鸟，天生便是妖物的天敌，此时雁回用妖族的法术打它，自是让

它将全部的注意力都放到雁回身上。

雁回引开了鸟，飞快地就往院子外面跑了。天曜一头冲进屋子里。

屋内黑暗，但对于天曜来说，再黑暗也挡不住他的感觉，走到这里，每靠近他的龙角一步，他便感觉自己空洞了二十年的心跳动得更加剧烈。

一下一下，挤压着他的血液在浑身流动。

他的那对龙角被好好地供在帘幕之后，没有东西衬托，但是它自己便能飘浮在空中。因为那本就是世间至灵之物，能自己吸纳周围的灵气，永远都是那么闪亮耀眼的威武模样。

龙角，与他失散了二十年的龙角，当年被活生生地从他头上割下的……

他伸出手，在触碰到不过与他只隔一层帘幕的龙角之前，天曜倏尔浑身僵住了。

帘幕背后，素影的身影陡然出现！

是幻觉！天曜提醒自己。此处还被素影布下了幻觉的阵法。他得破阵……

素影的幻象在帘幕背后伸出了手，摆出了和天曜一样的姿势，然后用指尖贴上了天曜的指尖，隔着帘幕，天曜能感觉到那边传来的寒凉的体温。

“天曜，”素影开口，“你还是找来了。”

天曜眉目冷了下来，盯着对面帘幕之后的素影，见她神色淡漠，一如在看这世间的卑微蝼蚁。

“二十年了，你又回来了。”素影道，“你是怎么回来的？”素影一抬头，天生带着寒霜的眼睛盯着天曜，“不，这不重要。你现在可是认为，我应该要惧怕你？可我却要对你说谢谢。”

不是幻觉。

天曜眸色更冷，这是素影，给他留下的话。

“你的魂魄逃出，你找回了龙骨，现在，我便将这龙角送还给你。拿了龙角，你就更努力地去找吧，更快地去找到你身体的其他部分，然后……”素影的手倏尔动了，她的手穿过帘幕，食指碰到了天曜的心房，“找到你的护心鳞。”

素影抬头，眼中的光近乎入魔：“这一次，我不会再弄丢他了。”

天曜一抬手，凌空一挥，扯下了帘幕，也将素影的身影彻底打碎。

天曜目光森冷：“这一次，你依旧什么也不会得到。”

第十章 重获龙角

帘幕散了一地，天曜立在龙角之前，只有一步的距离，他却始终没有踏出，脑海中回旋不去的依旧是素影那句：“去找吧，更快地去找到你身体的其他部分，然后……”

护心鳞，她还想要他的护心鳞，她依旧没有死心……天曜眸色如雪，掌心紧握成拳。

便在此时，外面忽然一声巨响，雁回的身体像球一样被撞进了屋内，径直撞在天曜的背上，将他带得一个踉跄，然后雁回自己滚到一边，连痛也没来得及叫一声，就地一滚，腿一蹬，又冲了出去。

她手中结印瞬间翻上了随着她冲进屋里来的青鸾的背，揪住青鸾两个翅膀的底部，任由青鸾如何挥舞翅膀四处乱跳，也没办法将雁回从它身上甩下来了。

稳住了身形的雁回这才分心看了那边慢吞吞爬起来的天曜一眼，登时气不打一处来：“你又在装什么文艺想什么破故事啊！龙角在那儿，你给我上啊！插头上去啊！愣着等花开吗？！”

天曜被雁回刚才那下撞得不轻，他咳了两声，倒确实被雁回骂回了心神。

不管这龙角是不是素影故意留给他的，不管素影此后还有多少算计与阴谋，这龙角他都必须拿。

这本是他身体的一部分，这本来就是属于他的东西，若是以后要应对素影的阴谋诡计，他也必须仰仗他的龙角，被封印的东西，他都要一个一个地拿回来，哪个都不会少。

天曜伸出手，指尖触到空中飘浮的龙角顶端。

一时间，一股暖意自指尖顺着血脉，一路蹿进了心头。

龙角也在颤抖。

终于回来了，属于他的一部分。

天曜伸出双手，一手触碰一只龙角，掌心虽无法力，却自起金光，一时间，满室充盈的灵气让与青鸾尚在激烈争斗的雁回也有了察觉。

而除了倏尔变得浓重起来的灵气之外，雁回还感觉到有股细微的暖意，像一簇豆大的灯火一样，在她的胸腔之中燃烧。

霎时，雁回只觉一股力量充盈了四肢百骸。身下青鸾依旧在不停地挣扎，雁回一咬牙，手臂用力，拽住青鸾的翅根，但闻她一声几近沙哑的一吼。

“哧哧”两声，青鸾的翅膀被雁回活生生地撕了下来。

然而并没有血液落下，撕下来的翅膀登时化为能看得见的彩色灵气晃悠悠地飘到了天曜身边。

在天曜那处，他手中的龙角已经不见，但是金光却在他身边围绕。

青鸾翅膀化成的彩色灵气飘绕到他周身，像是被吸引了一样，在他周身缠绕旋转，然后慢慢聚集在他头顶之上。

雁回撕掉了青鸾的翅膀，自己也失去了抓住青鸾的依托，从青鸾背上跳了下来，落到一边。

已经没有再战的必要了，失去翅膀的青鸾灵力大量流失，它不过伸长了脖子垂死挣扎着高声啼叫了两声，然后就倒在地上不动弹了。

没一会儿，青鸾的尸体也一点一点化成了彩色的灵气，自然而然地飘到天曜身边。

围绕着他，就像他身边的七彩祥云，把他烘托成了一个好似立马便要飞升的仙人，正在接受上天恩赐的洗礼。

雁回在一旁看着，只觉得这一幕美得惊人，但因为知道天曜的经历，她觉得这样的美丽，还不如不看到的好。

正当雁回如此想着时，外面倏尔传来一声低沉的呵斥：“何方小妖胆敢闯我天香坊！”

听这浑厚的声音，应是风铭回来了！

雁回一惊，回头看了天曜一眼，虽然现在不知道天曜具体在干什么，但看他这副样子，明明是还没完全将龙角融入身体呀，周围的气息还在围绕他旋转，想来便像是运功于体内在慢慢消化的关键时候。

运功的时候被强行打断，轻则经脉逆行，重则暴毙，天曜这虽然不是在运

功，但若被打断，想来下场也好不到哪里去。

不能让风铭进来。

雁回一咬牙，脑中忆起天曜教她的一个九尾狐的结界术，她这方还在忙着要布，刚出来了一个雏形，那方风铭一个法器祭了出来，是一个带着火焰的大铁球，径直撞上了雁回尚未布完的结界之上。

火球被弹了回去，雁回这半斤八两的九尾狐结界也应声而碎。

风铭此时已出现在了门口："竟是九尾狐一族的法术！"他怒视雁回，"我道上次为何你二人鬼鬼祟祟，身为妖狐，竟然还敢冒充栖云真人门下的弟子意图盗我宝……"

话音一落，风铭往雁回身后一看，但见他眉头一皱，神色似惊似疑。

雁回心道糟糕，他看见了天曜融合龙角的模样，这下绝对不能让他活着了！

雁回一咬牙，喝道："你这老头，心狠手辣杀了那么多狐妖，今日，且让你来和我比画比画，看你到底有几斤几两。"话说得大，其实雁回心里是没有底气的，可现在没有底气，也得硬着头皮顶上了。

她不等风铭回应，先发制人，径直扑上前去与风铭战作一团。

可她刚与青鸾一战，元气本就没恢复多少，用的还是她会却不太顺手的九尾狐一族的法术，是以没多久，雁回便自然而然地落了下风。

可到底在辰星山与各位师兄弟切磋了那么多年，风铭的招数她基本都还是能凭着机智一一化解。

时间一久，倒是风铭不耐烦了。他目光一转，盯住天曜："小子，看你嚣张！"

他一喝，一手接了雁回一招，另一手抛出法器，径直向天曜砸去。天曜依旧在灵气当中闭着双眼，凝神聚气，没有半分分心。

眼看着那火球便要砸在他的脸上。

雁回心头一慌，登时什么也顾不得了，一个瞬影，径直落在天曜身前，催动身体中的仙法，控住了这制妖的法器，然后将它狠狠地摁在地上，径直砸穿了地板，整个儿埋进了地里。

雁回单膝跪地，一只手还摁在那火球之上，另一只手向后护着，拦在天曜的身前。

"辰星山瞬影术。"风铭呢喃出声，"搞半天，竟然还真是道友啊！"

雁回从地上站了起来，头发在刚才的打斗中散得有些凌乱，可这样反而更

添了几分她这一身气概，她歪着嘴一笑，微微地露出了尖锐的小虎牙：“知道太多的人，一般都死得早。”

“狂妄，枉费你费尽心机想掩藏。”风铭冷笑，“在我面前……”

雁回身形一动，再不吝惜着自己的法力，快速向风铭攻去。

反正他已经知道了她的门派，没必要再掩藏了，而且外面的修仙者，早就跑得差不多了，用辰星山的法术与风铭打，雁回便没了顾忌。

她心里唯有一个念头，要想保住自己，保住天曜，现在就只有杀了这个阴险又狡诈的老头，哪怕是……

拼个两败俱伤。

她眸中火焰一烧，掌中法力凝聚，以只攻不守的姿态冲向风铭。风铭一惊，一时却也有几分招架不住，但越退越被雁回逼到尽头。风铭一咬牙：“小兔崽子，今日便要你横着出去！”

话音一落，他竟是避也不避，拼着被雁回一掌击中心口的风险，一拳送上了雁回的腹部。

雁回一声闷哼，手中劲力却还是击在了风铭心口之上。

风铭连连退了三步，只觉一阵更甚一阵的灼烧痛苦在五脏六腑里蔓延。

而雁回也并不好受，她只觉腹中似有刀绞，可现在却是杀风铭的最好时机。她一咬牙，努力忽略掉疼痛，正要再冲上前，后方倏尔金光大作。

雁回只觉心头暖意喷涌而出，充满了身体的每一寸骨血。她脚步一顿，再迈不出。

那方心口被灼烧得痛苦至极的风铭见状，心道不妙，他而今无力再战，那方的小子虽然不知道在作甚，但让人下意识地觉得危险。

以一敌二，不行。他便趁着雁回迟钝的这一瞬间，一转身跑出了屋子。

他还是有靠山的，他帮素影做事，素影不会不管他……

风铭一瘸一拐，艰难地跑出了院子，待到一个拐角，他本欲大声唤来还在院中的修仙之人，但举目四望，四周已被清空得连虫也没一只。

“一群……没用的废……废物。”

“叔叔这是在说谁呢？”

院外传来轻而缓的脚步声。

凤千朔笑眯眯地摇着扇子，领着一队人马踏了进来，拦在了风铭的身前。

凤铭看着笑眯了眼的凤千朔，嘴角扯了扯：“侄儿啊，这里面可来的是两个，一个是盗取仙族秘宝的妖怪，另一个可是帮助妖怪，背叛仙族的修道者！他们此时已经重伤，你便不想为仙族立个功，以保我七绝堂的江湖地位吗？”

“叔叔说得在理啊！”凤千朔点了点头，与凤铭擦肩而过，“且让我去会会他们，那么……”

凤千朔微微回头，温和的笑意中，倏尔带了杀气：“先劳烦叔叔，去阎王殿等等消息吧。”

凤铭双目一瞠，胸膛已经穿出了一把大刀。刀毫不犹豫地抽了出去，凤铭双膝往地上一跪，直挺挺地倒了下去。“好……”凤铭道，“好，比你父亲……心狠。”

凤千朔展开扇子，扇去空气中的血腥气味：“你这辈子，除了长相，也就夸了我这么一句，难得啊！”他一叹，却是长舒了口气。

他的叔叔啊，终于死了！

雁回是不知道外面情况的，她心中唯一的念头便是将凤铭捉回来杀掉，以绝后患。

但奈何心头暖意一阵胜过一阵。不知过了多久，这些气息慢慢融入身体，充盈入四肢，雁回舒了一口气，终是能迈动脚步了。

她往回一看，天曜闭着眼睛站在原地。其实自打昨晚月圆之夜后，天曜的脸上一直泛着不健康的乌青色，像是被冻坏了一样，然而现在，他脸上的颜色比先前红润多了。

他稳稳地站着，不知是在感受身体里的气息还是在思考人生，雁回只知道他没事，然后转头就要往外面追。

若是让凤铭跑到人多的地方，那她就不好用辰星山的法术了……

雁回如是想着，却不料闷头冲出房间的那瞬间，迎头撞上了门口的人，将那人撞得一个踉跄，连连退了好几步。

雁回心头大紧，却听此时一声唤：“怎的如此慌张？”雁回定睛一看，见是凤千朔，她登时便松了一口气。伤成那样的凤铭遇见了凤千朔，哪里还有他的活路？

这对叔侄之间的恩怨，即便雁回不曾亲历，但光凭坊间传闻推断，便也知道凤千朔肯定是早就恨不能将凤铭拆吃入腹的。

所有权力的争夺都是这样的不死不休。

这方放下了心，雁回心头又是一惊，往凤千朔身后一看，凤千朔却已经笑了出来：“雁姑娘，别看了，我自是不会这般不懂事，让手下的人进这屋子里来看见你的。”凤千朔摇了摇扇子，“我不过是来告诉你，我那叔父已经归西了，让你安个心。”

雁回这下着实是安心了。

然而这心一安，她登时便觉得所有支撑她的力量瞬间消失了，她只觉腹痛如绞，浑身乏力，额上虚汗一层层地往外冒，她几乎是立即捂着肚子跪了下去：“你要救驾倒是来早点啊！”

凤千朔被逗得笑了出来：“我这不是相信雁姑娘的本事吗？”言罢，他见雁回却是蹲着半天没抬个头，心里便也知道雁回实在伤得重了，他微微收敛了神色，蹲下去打量雁回，“雁姑娘可还能自行走回去？”

凤千朔是不能让手下的人送雁回走的，虽说他手下的人都是自己亲信，但雁回在这里出现，还是能少一个人看见便少一个人看见的好。

雁回摆了摆手：“你自己带你的人走，全当没见过我。我还有事。”

凤千朔有些困惑，这时雁回身后却传来另一人的询问之声：“你还有何事？”

天曜终于完全将龙角吸收进身体里面，走了出来，他看着蹲在地上起不了身的雁回，微微皱了眉头，然后也走到雁回身边蹲了下来。

眼见天曜如此紧张，凤千朔便笑了笑站起了身：“天曜公子却是可以扶你回去的，如此我便不用操心了，这便先走了，你二人路上多保重。”言罢，他倒真没留恋，利落地走了，院外传来他高声吩咐属下的声音：“把那些制好的狐媚香都一并搬走。”

想来凤千朔并不想浪费那些已经制好了的药品。

而此时天曜与雁回并没有心情去关注那些剩余药品的去向。毕竟现在龙角没了，凤千朔就算自己想做狐媚香也做不成了，他能干的顶多就是将这些剩余的狐媚香卖掉而已。

这边雁回关心的是自己的肚子，她的胃和肠是不是被刚才那一击打碎了，现在怎么这么疼……

而天曜则是看见雁回额上虚汗一层层往外冒，微微握紧了拳头：“伤得重吗？”

“原来你还知道我受伤了啊？”雁回一提这事儿便气不打一处来，“你今天到底在磨蹭个什么劲儿啊？”

素影那番关于护心鳞的话在脑海里一闪而过，天曜眼眸微微一垂，一开口说的却是：“龙角乃至灵之物，与龙骨一样，重新融进身体里需要一段时间。”

是了，上次天曜掉在那冰湖里，好长一段时间没出来，雁回都差点以为他死了。

“我只是暂时无法动弹，然而神识却已经存在。”

就像雁回刚才觉得心头一暖，然后犹如定身般站在那里动弹不得的感觉一样吧。

雁回想了想，那也没什么好怪天曜的，她现在大概是疼得脾气有点不好了：“咱们先别走，我还得找个东西。”

天曜似乎对她这话很不满意：“你伤得重，先顾着自己，还想要找什么回头再来找。”

“别别，趁早把白晓露她娘找到了放出来吧，回头别咱们都把事情解决完了，她那方还是成了厉鬼，那可冤了。”

雁回的手在空中抓了两下，然后天曜便下意识地接住了她挥舞的手，又下意识地将雁回扶了起来。雁回身体微微一个踉跄，撞进了他怀里。

而现在雁回估计是疼得身体没了感觉，也没叫唤痒痒麻麻的，也没羞得让天曜赶紧松开她。碰到他身体却没有那样反应的雁回一时让天曜有几分不习惯。

他愣了愣，察觉雁回迈出去一步，他才忙忙地跟上，怕不扶着雁回，她就走摔了。

“素影当初走得急，给这里放了个青鸾，但对她来说，那只三尾狐妖的魂魄不过是个微不足道的小角色，她不会那么有心特别记得将三尾狐妖的魂魄带走，所以三尾狐妖一定还被封印在这天香坊的某个角落里。”雁回自言自语地说完，疼得咝咝抽了几口凉气，“只是这天香坊太大，又不知道素影当时是用个什么法器收的，得怎么找啊……”

天曜默了一瞬，问道：“鬼气皆如上次你在柳林召唤三位狐妖那般，是那黑得污浊的颜色吗？”

雁回四处张望着，漫不经心地答道：“对呀。”

旁边又沉默了一瞬，待得天曜再开口，雁回听到的却是一句：“在那方，跟

我来。”

雁回愣了愣，跟着天曜坚定地走向一个方向：“你怎么知道？”

“我的龙角乃是吸纳天地灵气的至高之物，对世间所有的气息皆是敏锐至极，而今龙角刚回我身，本是依旧迟钝，不过要探一个与世间其他气息大不相同的东西，还是简单。”

雁回听天曜这平铺直叙的一说，登时眼睛一亮：“那用你这角去掘坟，指定一掘一个准，那些陪葬品岂不都是咱们的了？”

“……”真是无论什么时候，都改不了这种语不惊人死不休的天性……天曜斜着眼睛瞥了雁回一眼，“好好找鬼。”

跟着天曜一路走去，在一屋风铃之下，雁回果然感觉到了阵阵厉害至极的阴冷之气。

风铃无风自动，发出叮叮当当的声音，在如今空荡无人的院子里显得格外吓人。

看样子，里面被封着的魂魄，是离变厉鬼不远了。雁回不再耽搁，上前一步，凝聚法术，破开风铃封印。风铃应声落地，与此同时，一声尖厉的嘶叫几乎要扯碎雁回的耳膜。

雁回捂住耳朵：“吵死了！”她只好用大声音对三尾狐妖大喊，然而声音一大，她腹部一用力，只觉又是一阵撕裂的痛传遍全身，“哎哟，别叫了，你女儿救出去了。”

只这一句话，让整个院子里的戾气消散不少。雁回捂着肚子弯腰哀声道：“真的救出去了，在忘语楼阁楼安排了个房间住着呢，比其他狐妖都幸福，你可以随我去看看你女儿。”

三尾狐妖这才安静了下来，她此时离厉鬼已经不远了，衣衫破烂，一头曳地的凌乱长发，还有青色的脸和她脸上两行像是刻进了肉里面的血泪。

她什么都没做，只是站在原地盯着雁回，便让雁回的肚子痛得更难受了几分。

“跟我来，跟我来，我要是骗你你就把我带走吧。”

雁回没再用遁地术，天曜便扶着她，在三尾狐妖的注视下，一步一步从天香坊后面悄悄地回到了忘语楼。

雁回给三尾狐妖指了指自己房间旁边的一间小屋：“喏，应该还在屋里的。”她这话还没说完，那房间的门便打开了，白晓露出头来看了看雁回：“雁姐姐，你……你受伤了？”

这个小姑娘，是在担心她呢。

雁回心头一软，她往旁边一看。

只见方才还宛如厉鬼的三尾狐妖此时已经开始慢慢恢复正常。她望着白晓露，目光是难以言喻的慈爱，那么多心酸苦涩还有挣扎，此时都没有了，只有满满的欣慰和掩盖不了的心疼。

是啊，怎么不心疼呢！这大概是她最后一次见女儿了，没有了执着留于世间的念头，她就该去投胎了，而她的孩子，日后将面对的狂风暴雨，都将是她一人承担，她的母亲——

走了。

三尾狐妖周身黑气开始变得纯净，但见她又变回了雁回第一次见她的模样。

她如果活着，肯定是个很漂亮的狐妖。

“晓露，”雁回声音很轻，“我没事，现在姐姐让你做件事，你配合我好不好？”

白晓露困惑地看着雁回，但还是点了点头。雁回握起拳头，放到白晓露面前：“你盯着我的拳头看，不要挪眼睛。”

白晓露依言这般做。

然后雁回的拳头慢慢挪动，直到挪动到三尾狐妖的脑袋上。

白晓露看着雁回的拳头，就像看着此时正望着她的娘亲，她们像是隔着生死，四目相接。

三尾狐妖的眼眶里泪水汹涌地淌出。除了雁回，没有人能听到她的声音，但是她还是捂住了嘴，害怕自己惊了孩子。“谢谢你。”她几乎泣不成声，“谢谢你，谢谢你！”

听着她这一声声道谢，雁回握成拳的手却有些颤抖。

然后她松开拳头，掌心点了一点火，火焰烧成了一只小狐狸的形状：“你看，我给你变戏法呢。”她如此对白晓露解释她刚才的举动。

因为与娘亲分别一次已经足够痛苦，雁回不想让她再与娘亲分别一次。那就选择欺骗吧，什么都不知道，或许对白晓露来说才是最好的。

果然白晓露露出了笑容：“雁姐姐真好。”

雁回点了点头：“我先回房啦！”

天曜在旁边看着，今日没有摆阵法，他是看不到三尾狐妖的，但他大概能想到雁回做了件什么样的事，便不由自主地将目光凝在雁回脸上。

进了屋，关上房门，雁回贴着房门站了好一会儿："天曜，你有母亲吗？"

天曜摇头："有，但从未见过。"

"天生天养倒是好。"雁回呢喃道，"我却是忽然有点想娘亲了……"

雁回在床上躺了一晚上，腹中疼痛缓解了不少，可第二天早上吃早饭，刚吃完了一个馒头，正准备拿第二个的时候，她忽然一捂嘴，连扑带爬地奔到一边找了个大盆吐去了。

像是要将胃都吐出来一样难受。

房门"吱呀"一声响，是隔壁房的天曜听见了动静。他一进门，见雁回吐得跟怀孕了一样。他皱了皱眉："怎么了？"

"别……别让我说话。"雁回吐完，捂着肚子，毫无形象地坐在了地上，"腹痛……"

天曜走到雁回身边，伸手抓了雁回的手腕，一探，眉头又更紧了几分："你受的伤有法力。"

"废话啊。"雁回抖了两下手，甩开了天曜，自己爬起来坐回到桌子边，"没有法力我能调了一夜没把内息调理好？"她言罢，顺手端了桌上的凉茶要喝。

天曜两步迈过来，一下将雁回手上的杯子按了回去："凉茶伤胃，你还敢喝？"

雁回睁着眼睛看他，无辜又诧然："可我渴呀。"

天曜不理她，二话没说，拿走了她手里的杯子，也端开了桌上的馒头。雁回愣了一瞬，然后拍了桌子："吃的还给我，你拿走作甚？！"

天曜头也没回，拿着东西就推门出去了，直到关门前他才回头扫了雁回一眼："等着。"

吃的都被拿走了，还能干坐着等那就不是雁回了。她捂着肚子连忙跟了出去。

追着天曜到了楼梯口，便见天曜回头看了她一眼，许是觉得她走路没什么问题，便也没管她，继续拿着东西一路走到后院，去了厨房。

过早刚完，忘语楼厨房里的人都在为午饭做准备，还没人用火，天曜便自行进去熟练地在锅碗瓢盆间操作了起来。

雁回凑到门口打量他，但见他倒了茶，放了馒头，自己找米将米洗了，点火架锅熬上，然后手脚麻利地剖了一条鱼，刀一划一片，就利落地将鱼骨完整地剔了出来，再拿刀背拍了拍，三下五除二将背脊上的刺一根一根地全部挑了。

最后叮叮咚咚将处理好的鱼肉混着几根姜丝一阵剁烂成末，在另一个锅里出了道水去腥，然后才丢进熬米的锅里，加了三截葱段，慢慢搅着熬煮。

他这手法娴熟动作轻快，想来也是，这十来年里，天曜在那小山村里生活，又没个法术，煮饭洗衣，除了他自己干，难不成还有人帮他吗？当然是事事都得自己做。

雁回看着他忙活的背影，不知怎么就盯着失了神，她吃过天曜做的馒头，滋味很不错啊，只是当时苦于在穷乡僻壤里没什么好食材，要不然说不准他做的东西会比辰星山的张大胖子做的还好吃呢。

而且这举手投足间的姿态，就算是搅大铁锅也显得飘逸。如此俊朗养眼的背影，也不是张大胖子拍马能追得上的……

“你要是个女子，我就娶你回家。”

这句话鬼使神差地从雁回这里脱口而出。

然后天曜的锅铲在锅底刮出了“嚓”的一声响，即便是有粥，也没有压住这声音。

天曜回头瞥了雁回一眼：“你要是个男子，才有资格说这话。”

雁回想也没想就道：“有哪个男人能比我对你还好呀？”

“……”

好像是说得很有道理，可是听着就觉得哪里不对劲啊！

天曜转回头不再看雁回，专心熬粥。然后慢慢地，粥熬出了香味，旁边忽然就传来了雁回抽了抽鼻子的声音：“好香啊。”她脑袋从天曜身边蹭了过来，一双眼睛盯着锅里的粥眨也不眨一下。

“你也没放别的东西，怎么这么香啊？”

张大胖子在雁回的心里又掉了一个档次。

天曜垂头看了雁回一眼，见雁回完全被锅里的粥吸引住了，脸都蹭着他胳膊了也浑然不觉。天曜往旁边站了站，这倒好，雁回觉得他是把地方腾出来了，于是又往前挤了挤，还是贴着他站着。

这下倒是不说她是吃了药的人了？不说让他走开点别碰着她让她脸红心跳了？

什么狐媚香……对雁回来说还没个鱼肉粥来得香吧……

这贴身站着都看也不看他一眼了。

天曜又搅了一下锅，其实照理说此时的粥还缺点慢火熬制的浓稠，但天曜不知是怎么了，几大勺将粥盛了出来："吃吧。"他把粥放到一边，落在旁边灶台的声音有点响。

雁回就像眼巴巴盯着食物的小狗一样，脑袋跟着粥挪动的方向转了一下，紧接着就绕开天曜，就在这厨房里，自己捧了小碗就开始喝粥了。

天曜在旁边别着头斜眼看她。但见雁回吹了几下，吃了一勺，然后愣了很久，再转头看他的时候，目中竟似带有泪花："原来你能做这么好吃的东西啊！"

雁回目光几乎带着感动："胃都暖了，这碗粥让我都开始崇拜你了。"

天曜轻咳一声，扭过头去，默了好一会儿才望着门外的风景道："本可以做得更好，看你馋得不行才给你盛的。"

雁回也不理他，匆匆地点了两下头，就开始自顾自地吃起来了。

天曜半天没得到回应，转头一看，雁回已经在添第二碗了，无奈之际，天曜却是嘴角微微一翘，在没人看到的地方勾了个笑出来。

"少吃点，小心胃又疼。"

这句话初传到雁回耳朵里时雁回并没什么感觉，待得反应了一会儿，她一边吃着粥却一边品出了这话怎么莫名地带了几分宠溺的意味……

这时她再一抬头，厨房门口哪里还有天曜的身影？

只是热粥热气袅绕，暖着空气。

下午的时候雁回觉得肚子要好一些了，便没有再闲着，自己跑去找了凤千朔。

适时凤千朔正在自己的房间里，雁回去的时候正巧看见有另外一个女子站在凤千朔身边，姿色美艳，但比起弦歌来不知差了多少。

雁回瞥了那女子一眼，又转头看凤千朔。

凤千朔也上上下下地好生打量了雁回一通，笑道："这修仙修道之人到底是不同，昨日伤成那副德行，不过才一晚的时间便又开始活蹦乱跳了。雁姑娘的恢复能力，真是让我开眼界啊。"

"凤堂主真以为我是神仙啊，这伤哪能好得这么快？我现在肚子还痛着呢。"

凤千朔摇着扇子笑了笑："哦，那雁姑娘如今不好好在房间里养伤，这来找我，是要作甚？"

"进这屋之前，我本来只有两件事要说的，可进了这屋之后，我忽然间就有三件事想说了。"

凤千朔笑了笑："雁姑娘且先说说看。"

"这第一件事嘛，现在凤铭已死，天香坊再无法制造狐媚香，大概也没什么人会抓这些狐妖了，凤堂主便找个日子遣人将那些狐妖关着送到边界去吧，我怕把他们直接放到郊外，这些没了内丹的狐妖要是一时想不通，伤了人那就不好了。"

凤千朔点了点头："这是自然的。第二件又所谓何事啊？"

"第二件事就是和凤堂主你商量下喽，我前段时间才离开了门派，这件事你大概是知道的。这一个人初下山，身无分文，自是过得万般痛苦，我现在虽不说是特意来帮凤堂主解决麻烦的，但好歹是在这个过程当中帮凤堂主解决了一个大麻烦，你看……"

凤千朔哈哈大笑了两声："好好好，且不说雁姑娘着实帮了在下的忙，如今还受了伤，便是这美人有难，我二话不说，定是要解囊相助的。"他手中折扇合拢，往南边一指，"我在这城南边五十里地外的一个小镇里有一个小银楼，这两年盈利还算不错，雁姑娘既然开了口，我便将那银楼送与你了。"

雁回登时眼珠子一亮，跟被点了火一样："银楼！"

"对。"凤千朔笑着点头，"雁姑娘可觉得满意？"

雁回本来只是想来讨点银子赚点盘缠路费方便自己以后行走江湖的啊，谁知道这家伙是这么向人表示感谢的！

不愧是勾搭姑娘的能手啊！这手笔！挥挥手就是一栋小银楼啊！

"满意！"

相当满意！

凤千朔依旧笑得温温和和："那这踏进屋才有的第三件事，是什么呢？"

凤千朔一问，雁回脸上的神色僵了一瞬，然后琢磨了一番，开了口："虽然你有钱又大方，长得也好看，但你纳了一百房小妾，这样下去，你大概还会纳两百房小妾，我想了想，想要弦歌。"

凤千朔嘴角的笑还在，只是语调变得坚硬了些："不行。"

雁回撇了撇嘴："我也不是个爱管闲事的人，只是我知道，弦歌是真心喜欢你的，可你这一百多房小妾，以后说不定还要继续上涨……我觉得这样太委屈弦歌了，她那样的姑娘，不该说值得更好的人，而是值得一个一心一意的人。我知道弦歌在你这儿还有带着法印的卖身契来着。

"我不是想让弦歌现在跟我走。毕竟走不走，跟着谁，不是我一个外人说了算的，她想做什么，那是她的意愿，但我希望弦歌有一天若是想走了，没有任何身外之物，能去羁绊她。"

凤千朔默了许久，手中的扇子合上，没有打开，也没有在手上轻轻地敲，他就这样握着坐了一会儿，道："我若是不给，雁姑娘会来抢吗？"

"咱们现在是友好关系啊。凤堂主，我怎么会抢呢？"雁回笑了一下，"可咱们的友好是建立在我是弦歌的朋友，而弦歌与你很好的情况之下，要是有一天弦歌不想和你好了，那我就要抢了。"

凤千朔失笑："雁姑娘这是在给弦歌当靠山，顺带再警告我啊。"

"不敢。"雁回道，"那既然这最后一事凤堂主不应，我也没办法，只好先告辞啦。"

凤千朔笑了笑："不送。"

但见雁回走了，凤千朔这才站到了窗边，看着雁回出了小楼穿过庭院，回了自己所在的小楼，而那方，二楼窗边，天曜正倚着窗栏，注视着下面的雁回，目光不偏不倚。

凤千朔道："继续说吧。"

身边的美艳女子行了个礼，道："凌霄道长托属下带话给堂主，一定要看好这位被逐出的弟子雁回，不要让她离开您的视线。"

凤千朔凤眼微微一眯："那你也给我带句话给凌霄吧，他这个徒弟，好像招惹上了什么不得了的麻烦人物啊。"

雁回肚子痛了三天，三天里别的食物基本没动，每次只要听见旁边房间天曜的门响了，雁回就一开门冲了出去，拦着天曜，眼巴巴地望着他："去厨房啊？"

天曜瞥了她一眼，也不说话，倒真是一转身就往厨房走。

雁回就屁颠屁颠地跟在后面。每天都能混上口好吃的，极为欢乐。

雁回的身体没好，忘语楼又有吃有喝的，自是没想着要走。而天曜却好似也没急着想去找身体的其他部分，他不和雁回提这事，雁回便也全当不知晓，只将这段时间当休息。

贴着天曜蹭吃蹭喝了三天，忽然一则消息传了出来。

凤铭之死已在江湖上传开，七绝堂公开的消息是凤铭患病暴毙。但任何一个有脑子的人都不会相信这个说法，一时间关于凤铭的死讯，江湖上众说纷纭，多半人说凤铭是被自己的侄儿谋权杀了。这个说法合情合理倒是并没非议，但是还有另外两个说法。

一说是凤铭死于青丘妖狐之手；还有一说，是凤铭死于修仙者之手。

而这会杀凤铭的修仙者，在有人猜了几个邪修之后，便有人将矛头指向了雁回。

但好在这只是猜测，并无人能坐实。

雁回从弦歌嘴里听到这个消息的时候正在喝天曜炖的鸡汤，一直将一大碗鸡汤喝到了底，她才抬头应了弦歌一声："不都还是猜测吗？没关系，让他们去猜，尽管猜，想怎么猜就怎么猜，一点消息都没泄露也就罢了，这消息既然走漏，最好是像现在这样，几分真几分假，让人分不清到底哪几分是真，哪几分是假，反正如果是我的话，我依旧会把最终矛头指向凤千朔……"

"……弦歌，你去担心担心凤千朔也好过担心我。毕竟我只是那么多猜测当中的一个啊，无碍无碍。"雁回舔了舔勺子，有些意犹未尽，她转头望旁边的好似根本没有在听这边话语的天曜道，"今天的鸡汤就没了吗？"

天曜在棋桌上与自己对弈，并不搭理雁回。

雁回撇了撇嘴："小气。"

"你已经喝了很多了，再喝肚子该疼了。"弦歌看她馋得一脸小狗样，不由得劝道，"让你少吃点是为你好。我告诉你那消息，你别太不当回事。"她敲了敲雁回的脑袋，"你呀，是个爱闯祸的命，今后若是再要上江湖行事须多加注意才是。否则让人抓到了把柄，看谁保你？"

雁回也没在乎地点头应了："知道了知道了。"她在弦歌手臂上一蹭，"弦歌疼我。"

弦歌一笑，眸光不经意地一转，正巧抓住了旁边歪了个眼神打量她们这方的天曜。

四目相接，天曜像做坏事被抓到了一样，咳了一声，转过头去，只是手中拿着的棋子半天也没落下。

弦歌觉得好玩又好笑，她拍了拍雁回的脑袋。

这以后啊，疼雁回的，恐怕就不止她一人了啊。

雁回没在意弦歌给她说的消息，但不承想，两天还没等到，不听话的报应就来了。

雁回觉得这两天她伤也好得差不多了，是时候该置办点东西，找个时间离开忘语楼了，她现在可是一个自己有银楼的人，应该先去打理清点一下自己的“生意”，然后……

她想回家乡看看了，她该给她母亲上炷香了。

正巧凤千朔说的那个小镇离她那个村庄也蛮近，去小银楼的路上可以路过村子，便顺路去看一眼吧。

雁回一边在集市里逛着，一边琢磨着该买些啥，忽然间面前一个黑影挡住了她的去路，雁回目光正落在旁边一个摊贩的商品上，只在快要撞上那人影的时候让了一下，却不料那人伸手就要来抓她。

雁回下意识地往后一撤，劈手就打了那人一下，更不承想这人是个练家子，与雁回三推两绕的，竟是没让她占到便宜。

“雁回！”

忽地一喝，雁回登时一惊，手上的动作立即停下，这才拿正眼看了那人。

来人一身青白长袍，是辰星山道者的标准打扮，他头发尽数梳在头顶，服服帖帖，一丝不苟，冠帽戴得极正，背脊挺直，腰佩白玉，手执七星长剑，一身正气不改。

“大……大师兄？”

来者正是凌霄门下的大弟子子辰。他一脸严肃地盯了雁回一会儿，上上下下将她一打量：“你身上气息怎的如此繁杂……”

雁回愣愣地看了他一会儿，倏尔反应了过来，还不等他将话讲完，一转身拔腿就要跑。

子辰一怔，手快地一把揪住雁回的衣襟：“跑什……”话音未落之际，旁边倏尔有一只手将他手腕拽住，动作快得竟让子辰没有反应过来。

子辰一转头，只见面前一个俊朗青年正冷冷地盯着他，虽然身形有几分瘦削，但眼神看起来却十分摄人。

子辰皱了眉头，那方要跑的雁回脚步猛地一顿，一转头："天曜！你怎么跟着我？算了算了，不问你这个……"她一把抓了天曜的手，"走走走。"

听着雁回喊要走，子辰哪肯放她："站住！"他另一只手一抓，又将雁回空闲的那只手抓住了。天曜要拦，奈何他一手拽着子辰，一手被雁回拉了……

于是三个人便手拉手站成一团，在原地僵持了好久……

集市上来来往往的人都扭头往他们这方打量。

过了半晌，雁回的脸皮终是撑不住了，叹了声气："好好好，我不跑，咱们都松手，好好谈谈，行不行？"

子辰肃容盯着雁回，见雁回已经说到做到地松开了天曜的手，然后望着他道："大师兄，你怎么到这里来了？"

子辰见状，握住雁回手腕的手便微微松了力道，而这时天曜也将他放开，子辰便彻底松了手："本是要去西南边执行一个任务，由凌霏师叔领头，在二十八峰各点了两名弟子随同一起去，我与子月……"

话还没有说完，那方雁回伸手便要去抓天曜。

可她动作还没天曜快，在她手腕微微一动的时候，天曜便已经握住了她的手掌，十指扣紧，雁回根本没在意这些细节，一个遁地术一施，霎时便在子辰面前消失了人影。

子辰默默地站在原地，被风吹动了衣摆……

这方雁回直接用遁地术回了忘语楼，落在院里便开始笑："你看见大师兄刚才的脸色了吗？"

天曜看了眼与雁回十指相扣的手，只觉那股温暖的感觉又从相触的地方传到了心口尖上。他见她笑得这般开心，又不动声色地握紧了一点。

"走走，咱们先回房。"雁回便这样牵着天曜的手全然不觉地走到房门口，待得要推门了，雁回才反应过来自己手还被天曜握着呢。

可没等她开口说话，天曜便极其自然地将手松开了，就像刚才牵着那样，自然而然。

雁回也没在意，推开门，只道："你今天反应倒是蛮快的嘛，嗯，不过要仔细想想，咱俩配合都还蛮默契的。"

是啊，相当默契。

他看她一眼，便知道她心里在打什么鬼算盘，想做什么小坏事，什么时候要要小聪明了，什么时候心眼儿大得能过人。

明明接触还没有那么长时间，但他能看懂雁回，那么一清二楚，明明白白。

就像……她是他身体的一部分。

不过本来，她也算是他身体的一部分。

雁回进了屋，就开始翻箱倒柜地收拾东西了。

天曜站在一边看着。雁回一边折衣服，一边回头看了天曜一眼，然后道："我本来是打算等肚子完全不痛了再走的。毕竟这里住着舒服，你做的饭也好吃，但是现在大师兄找来啦。我这大师兄虽然死脑筋，但是能力还是蛮强的，我要是不跑，回头就要被他逮着了。"

天曜挑了挑眉："他逮你作甚？"

雁回一撇嘴："他那性格……当初我被赶出山的时候大师兄不在，现在回山了，出来做任务，又特意脱离了大部队拐了个弯来找我，肯定是在路上听到了什么关于我的谣言了，想逮我回辰星山呢。

"我知道你不是做这种事的人，跟我回辰星山，我会帮你向师父求情的。"雁回一脸严肃地说完，然后又撇了个嘴，"大师兄找我除了这样说，必定不会有别的话。"她一叹，嘴角却是勾了个笑，三分暗讽，七分无奈，"那个死脑筋，猜都能猜到他在想什么。"

天曜闻言，眼神凉了一分："你大师兄对你似极好。"

"他呀，对谁都好。"雁回道，"责任感太强，什么事儿都喜欢自己揽着。好多师叔都说他是和我师父最像的弟子……"

说到这句话末尾，雁回默了一瞬，手上也没了动作，然后垂了眼眸，不知想了些什么，又深吸一口气，飞快地将衣服叠整齐了："不和你说这些。"雁回抬头望天曜，"还是说说我要离开这件事吧。"

天曜盯着雁回，静待下言。

"我从一开始就不想搅入你和素影的恩怨里面，你是知道的。"雁回道，"现在你有了龙骨有了龙角，就能吸纳天地灵气重练修为了。接下来的东西，你就自己找吧。我真的得走了。"

"雁回。"天曜鲜少这样正经地唤雁回的名字，是以这两个字一出，雁回不

由得有几分怔然，随即她强撑了气势，道：

“你别想说服我，我想了很久了，虽然我是有你的护心鳞没错，你救了我的命没错，交集蛮深的也没错……”雁回自己说着，声音都有几分虚了，她不得不轻咳一声，找回自信，“但这些日子我大概也以命换命还清了吧。咱们毕竟不是同道中人，所以还是各归各位，重新回到自己应该在的位置上去吧。”

天曜默了许久：“我在这人世本已再无容身之处。”他垂眸，看着自己的掌心，那处依旧残留余温，“但是你……”

他抬头，望着雁回，声音又轻又慢：“重新让我拥有了立足之地。”

所以，那所谓“应该在的位置”，于天曜而言，到底是何处呢……

雁回听闻此言，难以控制地失神。

她是这样强烈地被人需要着，被人依赖着，她在这世上，对于某个人原来有这样重要的意义……

她怎么觉得自己的心像小鸟一样在唱着欢愉的歌曲……

她怎么觉得天曜身上的神光……又烧大了一点啊……

雁回一直认为自己是果断且不纠结的，甚至有时候会因太过干脆，而显得有点没心没肺。

当初雁回离开辰星山，走下山门前那长长的阶梯时，每一步皆携带着过往的记忆。凌霄带她回山门那刻，对她说的那句“雁回，从此以后这便是你的家”更是如潜伏暗处的猛虎，忽然扑杀出来，将她撕咬得血肉模糊。

但是，不管回忆再汹涌，心绪再难过，雁回也没有停下离开的脚步。

那时的雁回便觉得，此生大概再不会有什么事能阻拦她想离开的脚步了。

可这世间就是有奇怪诡异得让人难以预料的时刻，当天曜注视着她，对她说出这样带着满满依赖的话时，雁回竟然觉得自己迈不开腿了。

她……竟然发现自己，无法丢下这样需要她的人。

她可以对自己狠心，但好像，却做不到对天曜这般狠心呢……

雁回挪开目光不再看天曜，只在心里暗暗咒骂那该死的狐媚香竟然药效还没消！

“不……不管你怎么说，反正我是不会再和你去找你身体的其他部分了，这下江湖上已经有了我放狐妖的消息了，虽然大家还只是猜测，但大概我也成了各门派甚至辰星山的关注对象，再和你在一起，对你也不好。”雁回背上了简单整理好的包袱，与天曜擦肩而过走出房门，“我走了，你别跟着我啦。”

话虽然这样说，但雁回却没有使用遁地术，只是自己迈着腿，步速稍快地下了楼。

天曜见状，二话没说，半点不磨蹭，转身便跟在雁回身后。他也懒得回房间收拾包袱了，左右他本来也没什么好收拾的。

除了雁回，没什么需要带上。

走出阁楼，雁回倏尔顿住脚步，转头盯了天曜一眼。天曜也停了下来，面不改色地任由雁回盯着。

雁回扭头大步迈着走出了忘语楼，也没有与任何人打个招呼。天曜见状，便问了一句：“你离开也不与弦歌姑娘道声别？”

雁回一脚跨出忘语楼，回头瞥了天曜一眼：“我与弦歌的交情从来不拘泥于这些俗理。”言罢，雁回顿了顿，“你管得倒宽……”说完，又是一默，随即干脆停了脚步，转过身来对天曜道：

“路这么宽这么长，我刚才说过了不会再和你去找你身体的其他部分，就真的不会去。可你现在非要跟着我不可，腿长在你身上，我管不了你。但是呢，这回你要是跟不上我了，我也不会停下脚步来等你。如果有妖怪找来要吃你，我也是不会来救你的。如果和我在一起倒霉了你就自己负责，我可是什么承诺都没给你的。”

但是她却仍然没用遁地术走。

天曜龙骨、龙角虽然是找回来了，可以吸纳天地灵气，但饶是龙角再厉害，要在这么短的时间疏通他浑身经络，改变他凡人的体质，使法力在他体内凝聚，从而让他使用法术，那几乎是不可能的。

雁回不可能不知道，她只要使一个遁地术，或驭剑术，以她现在的精力，走上一天，就算雁回身上还有他的咒，可要再找到她，那也是一件极为困难的事情了。

可她并没这样做。

天曜眼睑微垂，虽然口中说着正事，但目光却比平日柔了一分：“当初素影以五行封印封我魂魄、龙角、龙骨、龙心与龙筋，如今五物我已寻得其三，而至于另外两物，我现今也并无头绪，这世间极大，我亦是不知该何去何从。而今你要去哪儿便去，你只需要知道，我不会离开你就是。”

这句话像是有力道推了雁回一把似的，让雁回不由得往后退了一步，她连忙转身，揉了揉心口。

“你……你爱跟，就跟着吧，反正我不管你。”

言罢，雁回埋头就往前走。天曜看着她羞恼离开的背影，嘴角一动，倏尔又平息下来。

他一回头，望了忘语楼一眼。

此时离忘语楼热闹的时间还早，楼上连闲聊的姑娘都没有。天曜向着二楼看了一会儿，便也转了头，跟着雁回而去。

“凤堂主，”褐衣女子在二楼窗户之后轻声道，“凌霄道长特意嘱咐了许多遍，不能让雁回离开您的视线的。您便如此任由她走了？”

凤千朔站在二楼阴影之中，笑着摇了摇扇子：“我的视线，可长着呢。”他道，“拦着她倒显刻意，不如让她到处逛逛，左右……”凤千朔把玩了两下腰间的一串银楼钥匙，“她要去的地方我不都给她安排好了吗？”

雁回与天曜一路出了永州城，雁回一路脚步都有些快，确实有几分着急赶路的模样，可见她确实非常想逃离那大师兄。

但是在快要离开城郊踏上官道时，雁回倏尔觉得周围风声一起。

她眸光一凛，往后一退，刚将天曜拦在身后，便见天上一道利芒划过，在地上落下金灿灿的一道线，雁回心头一阵无力：“大师兄……”

还是被赶上了……

衣摆一转，子辰手执长剑立于地上金线之前，神色沉凝：“雁回，别闹了。”他道，“与我回山。”

雁回长叹，无奈至极：“大师兄，这次真不是我闹。我已经是被逐出师门的人了，这辈子是被勒令不准再靠近辰星山的，你要我跟你回去，你这不是在为难我，你这简直就是在绑架我啊！”

子辰眉头紧皱：“师父不会当真那般狠心将你逐出师门的……”

雁回打断他：“他就是那样做了。”

“他不过是一时气急，你与我回去，我去帮你跟师父求情，待得师父气消，必定还会原谅你的。”

“这事其实已经和师父原不原谅我没什么关系了。”

“你是担心凌霏师叔？凌霏师叔那方，我并非不相信你的为人，你不会平白无故像门派中所传言的那样，对长辈行大逆不道之事。你只要与我回去解释……”

“我真的打了她，而且烧了她的头发。”雁回毫不隐瞒道，“而且至今依旧觉得很好、很爽、很解气。”

“……”

雁回撇嘴：“所以大师兄你看喽，我是真的不是能再回辰星山的人，你就放我走吧，我觉得我现在日子过得挺好的。”

“胡说八道！”子辰严厉斥责，“你可知江湖上人都将你传成了什么样子！”

“不就是私通妖物、背叛正道什么的吗？能有多大事？”雁回挠了挠脸，“其实他们把我传成什么样子我并不关心啊。他们又没证据，要说就让他们说几句好喽，左右我也不吃亏的。”

“胡闹！你一个女孩子，如何能受那些污蔑！跟我回去，我和师父会想办法帮你证明的。”子辰言罢，虽然面色气急，却对雁回伸出了手，“过来。”

看着子辰伸出的手，雁回愣了很久，脸上漫不经心的神色便也收敛了许多。

她这个大师兄啊……

这种时候还能对她伸出手的人，数遍整个修道界，恐怕只有她大师兄一人了吧。雁回嘴角微微一翘，三分苦涩，七分无奈。

雁回沉默之际，忽觉身前一黑，是天曜挡在她身前：“她既然不想回去，你便不该再强迫于她。”

听了天曜此言，子辰眉头锁紧，他上上下下将天曜一打量：“你到底是何人？”

天曜身上还有弦歌那里拿来的无息香囊呢，是以现在子辰全然察觉不出天曜身上的气息。他只能凭直觉感觉到这个人身份神秘、来历诡异，而且与他这师妹……举止亲密。

天曜面不改色地撒谎：“我不过是一介凡人……”

话音还没落，被挡在身后的雁回像是忽然想起来了什么，连忙将天曜胳膊一挽，脑袋往他肩头上一贴：“是我下山以来寻到的真爱相公。”

天曜：“……”

子辰听了这话，像是被吓住了一样，愣了半天：“你……”

雁回一脸正色道："大师兄，你就回吧，别管我了，我已经打算和这个人私订终身了，人是他的，心也是他的！你要是现在不顾我意愿将我带回那已经驱逐了我的辰星山，就是棒打鸳鸯拆散情侣，做了下辈子都讨不到媳妇的事！"

天曜转头看雁回，见她缠他胳膊缠得死紧，脑袋还在他肩膀上一蹭一蹭的，像是小狗一样在跟他撒娇。

虽然再明白不过了，这家伙是在演，但天曜却不知怎的，心尖上好像真的被雁回柔软的头发撩过去撩过来似的，有点痒，也有点麻。

他本来……是那么讨厌被人触碰的啊……

子辰在愣怔了好半天之后，才仔仔细细地将天曜打量起来，一开始着实没有探查到天曜身上的气息，他也以为天曜是个凡人，但再仔细一看，子辰便握了握剑，眉头皱得死紧，对雁回道："一身气息全无，连点烟火气都没有！怎会是普通凡人？！雁回，你休想演戏骗我！"子辰说着又将雁回上下一打量，登时好似怒火更胜了几分，"你一定是在外面胡闹！这一身气息繁杂至斯，竟然还说不想与我回去！"

雁回眼珠子一转："我不想回去，这是我真爱！我想和他在一起！"

子辰面色一冷，手中长剑一立："那便来试试，你这真爱，到底是何等人物。"说着，竟然向着天曜便一剑刺来，全然没有征兆。

雁回也吓了好大一跳。她是知道自家大师兄严肃正直，但没曾料到，这不过才几个月没见啊，怎么脾气就变得暴躁了，没说几句生气了就要和人动手了啊！

雁回连忙往前一拦："大师兄，你冷静一下！"

子辰好似怒火冲天，手中凝了法力挥手推开雁回："让开！"

雁回一个不慎，当真被推到了一边。

天曜见状眉头一皱。

待得雁回那边稳住身子，一回头，子辰便是一剑刺向天曜，天曜身形微微一偏，动作并不大，但堪堪将子辰刺来的三剑都尽数躲开了。待得子辰收势之际，天曜一抬手，只轻轻一下，打在子辰手腕骨上最脆弱的一点，力道半点也不大，却让子辰整只手臂皆是一麻。

子辰身影一退，握住自己的手腕，冷笑："普通凡人？"

当场被打脸，雁回只觉脸皮一痛，强撑着道："他……他只是武功好，没法力啊……"

子辰此时并不想听雁回胡扯了，只盯着天曜道：“我师妹身上那些乱七八糟的气息，也是你教她染上的吧。”子辰眸色森冷，“你到底有何居心？”他问得没有温度。

“居心？”天曜不卑不亢地望着子辰，虽然周身无丝毫法力，但这并不影响他的一身气场，“是我教她染上的又如何？你辰星山十载教导，不及我一夕指点，说来便不羞愧？”

子辰闻言大怒：“狂妄！我倒要看看，你究竟有何底气口出狂言？！”

他手中长剑凝聚气息，周遭的气息流动，速度越来越快，在剑上生成了一层层肉眼可见的风刃。

子辰自幼修的是风系法术，雁回眼见他真的要对天曜动真格的了，吓得左右一望，就地踢了一个石子出去，打在子辰刚才被天曜打过的手腕上，子辰一痛，分心往她这方一看。

雁回却瞬息而动，霎时移到子辰身后，动作极快，一抬手一记手刀狠狠地打在子辰的肩颈处。

混着法力，一声闷响，红色的火光顺着子辰的经络一路烧遍了他的全身。

一时间子辰剑刃上的风刃消失，周遭气息霎时恢复平和。子辰身形便僵立在原地，一双眼睛里的怒火似乎能烧出来一样。

“雁回！”

雁回舒了口气，连声道歉：“对不住对不住，经络先给你封一下，半个时辰后就能动了啊，大师兄，你莫着急。”

如何能不着急？子辰素来沉稳严肃，比凌霄更为方正，此时却已被雁回气得咬牙：“你你……”说了半天，愣是不知道该说她什么好。

雁回叹了口气，走到一旁随地捡了个树枝：

“大师兄，你莫要强求了，辰星山我如今是怎么也回不去了，你别再来找我，省得回头那些师叔师伯对你也有意见。自打我离开辰星山那时起，就没想过要回去。咱们如今见的这一面，你就当是当初我离开辰星山时，补上了你没见的那一面吧。从今往后，咱们就山高水远，江湖再见。”

雁回是真的打算和辰星山划清关系了。

经历此狐妖一事，她不想也不愿意再听到关于凌霄的任何消息，就怕之后再来一点点消息，就能彻底压垮她心目当中的那个现在已经小心翼翼维护起来的师父形象。

从打算离开忘语楼，离开那个消息聚集的地方开始，雁回就不想再去探查那些真相了。

她怕真的有一天，当她知道了所有的真相，她可能会承受不了。于是干脆逃避，干脆躲起来，装作什么都不知，这样……大概是她能想到的最好的办法吧。

子辰听得雁回这话，神色一动，还没来得及再说话，雁回拍了拍手上的枯木枝，往天上一抛，木枝立即飘浮在空中。

她拽了天曜的手，身轻如燕跳上木枝，没再回头看子辰一眼。她将木枝做剑，化为一道长风，驭剑而去。

子辰被封了经络，站在原地，只有风轻轻地撩起他的头发，心下气愤之余又是无奈，又是感慨。

到现在为止，在他们这一辈当中，能随手折木为剑，随心而飞的，恐怕只有雁回一人。她天赋本是极高，若她能留在辰星山，他日只怕追上素影真人也不是空话。

而且，他是希望雁回能留在辰星山的……

怎么能这么随便地和一个来路不明的人学东西呢？万一是坏人呢？万一对她……图谋不轨呢……

雁回带着天曜不停歇地驭剑了整整一个时辰，在空中，木枝上可站的地方有限，雁回身板比天曜小，虽然是由她在用法力掌控方向，但她整个人却像是嵌在天曜怀里一样。

贴得很近，所以雁回的体温便不可避免地传到天曜身上。

雁回的发丝被风撩起，迷乱了他的目光，天曜望着远山与云彩，轻轻开了口：“不是说不会管我吗？”

雁回此时心思还没放在天曜身上，但听他这般一问，愣了愣，然后转头斜了他一眼：“闲话再多的话，我是不介意在这里放你下去的。”

天曜嘴角勾了勾，不再问下去，转了话题道：“你对你师兄动起手来，倒也不客气。”

“没打算动手的。”雁回也满是不解，“我还想能逃就逃了，哪知他那么大火

气，也不知在气些什么。”

天曜神色微妙，对了，这样好，最好不要知道他在气些什么。

连赶带绕圈，直到雁回确定子辰一时半会儿追不来了，这才定了方向一直往南方飞去。

雁回本想着天曜跟着她，她就不驭剑了，但没想到出了这一茬，反正自己的脸该打的都打完了，她不如一鼓作气，一下飞到相李镇得了。

驭剑自是快，在天黑之前，两人便到了相李镇。

此处其实便已算是雁回的家乡了，她小时候住的地方就在镇外不远处的一个村子里。只是今天还没做好准备回家，她便打算先在镇上住一晚。

在客栈付了两间房的房钱，虽然雁回现在也算是有个小银楼的人了，但毕竟现在小银楼还没看见，她依旧习惯性地觉得有点肉疼。

她叮嘱天曜：“现在便算了，以后你万一要是发达了，前段时间吃喝住行还有这段时间吃喝住行的，可别忘了还我。”

天曜没有答话，上楼梯的时候他垂着眼眸，眼里微微藏着几分沉思。

雁回见状，心头一紧，每次天曜露出这样的神情便没什么好事：“怎么了？”雁回左右看了看，又吸了吸鼻子，用几乎是耳语的声音问，“这里有妖怪？我没感觉到啊！”

天曜这才看了雁回一眼：“我不是妖怪？”

雁回默了默，是……大爷，你有了龙角，说话都有底气了。

“没什么事，回房吧。”天曜上了楼梯，转头一望，走道的尽头有个窗户，微微漏了一个缝，让外面的气息透进客栈里面来，“我只是觉得，这地方的气息，很让人熟悉罢了。”

雁回一怔：“怎么熟悉了？”

天曜摇了摇头。

雁回琢磨了一下，道：“你别以为装装文艺就可以糊弄过去刚才我让你还钱的话。”

“……”天曜瞥了雁回一眼，自己推门回房了。

翌日清晨，雁回自觉地起了个大早，难得好好地梳洗打扮了一下，头发也比平日梳得认真许多，一出门迎面撞上天曜。

天曜愣了一瞬，雁回却没什么察觉，一门心思落在客栈的早餐上：“天曜，你今天起来熬粥了吗？”

这儿又不是忘语楼的厨房，自是不能随便借给外人用的。

天曜摇头：“没有。”

雁回万分可惜地叹了一声：“那咱俩买两个馒头边走边啃吧。”

村子离镇很近，驭剑都不用，两人便真的慢悠悠地走过小镇的街道，出了镇，一直往南边走，房子越来越少，农田越来越多，空气里比城镇更多几分青草味。

田里已有农人在早早劳作了。

雁回一路走得慢，天曜也没有说话。他们俩倒是难得像这样安安静静地在一起走一段路，没有争执或拌嘴，没有追杀和悬疑。

“村子要到啦。”雁回放眼往前一望，微微一笑，小虎牙露了出来，让她显得有些调皮，“前面那棵大树就是要到我家那个村子的标志。以前长得极为茂盛，可后来被烧掉了。”

天曜跟着雁回说的方向一看，登时眯了眼睛。

那方一株巨木已断，只留下盘根错杂的根系，还有半截粗大的树干，树干约莫要五人合抱才能抱得过来，可以想象那巨木未被焚烧之前是多么葱郁。

两人说着已走近巨木，仔细一看，树干之上有被焚烧过的炭黑痕迹，经年已久，已被风霜吹打得圆滑又坚硬。

天曜沉默地打量着断木，但听雁回倏尔道：“当年我就是在这里认识了凌霄还有大师兄子辰。”雁回伸手触碰巨木，手背在粗糙树皮的衬托下显得格外白嫩，“说来，这棵大树，还是被我给一把火烧了，想来也是对不起它。”

天曜闻言，一愣，似有些不敢相信地转头看向雁回：“你烧了这棵树？”

许是他的语气太过不敢置信，雁回转头看他：“对呀，我烧的。”

得到这声回答，天曜便愣愣地看着雁回，失神得好似被雁回勾走了魂魄。

第十一章　仙妖宣战

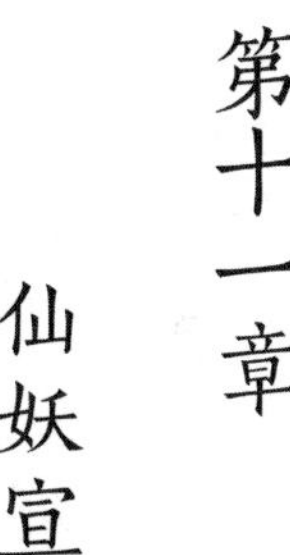

要说雁回如何拜凌霄为师这回事，其实已经是十来年前的事情了。

对于一个人来说，十年已经是个相当久远的时间，当年的事情雁回已经有许多都不再记得，但是遇见凌霄的那一天，事无巨细，雁回都念念在心，至今不敢忘怀。

她犹记得那年初夏，她是一个没有娘的野孩子，她那酒鬼爹每天在家里喝得烂醉，并不管雁回每天都在村里跑去哪儿野。

那时的雁回觉得，日子大概就是这样浑浑噩噩地过的，等时候到了，她就像村里别的姐姐那样，找个人嫁了，又生几个孩子，带着孩子长大，然后看着孩子像她一样浑浑噩噩地过日子。

那时的雁回，从来没想过自己的人生有一天会碰到一个叫凌霄的人。

像是神祇一般高贵的存在，落在她平庸的生活里。

当时凌霄本是带着子辰下山历练，追一恶妖至村口。那时雁回恰巧在这巨木边上与几个小孩玩耍。

恶妖许是被逼到穷途末路的份上了，径直捉了其中的一个孩子，当场将其生吞而下。所有的小孩都被这一幕惊呆了。

雁回小时候虽经常见鬼，但对这样血腥的一幕仍旧没有抵抗力，当即“哇”的一声就吐了。恶妖食一个小孩根本不够，伸手又来旁边抓，一下便将最近的雁回抓在了手里。

二话没说，恶妖手指便在她胸膛之上划开了一条口，鲜血滴滴答答地落下，滴在巨木错杂的根上。

雁回觉得自己要死了，那是她此生第一次这么直接地面临死亡，她看到自己身上似乎都有黑气在升腾，吓得脸色煞白，心脏仿佛已经停止了跳动，然而

便在这时，冰霜从天而至，霜华术绽出光华。

雁回看着恶妖的手被冰刃生生切断，而她落进一个带着清冷的怀抱当中。

寒霜冻住她胸膛的伤口，片刻间她便被转交出去，落在了子辰怀里。那时凌霄的身影便如刀一样刻进了她的脑海里，从此再也进不了他人的影子。

凌霄与恶妖缠斗，但那妖物却似并不怕受伤，不过片刻，他那被凌霄斩断的手便径直在伤口上又长了一只出来。

“子辰，救那群小孩。”

“是！师父！”

子辰大声应了，将雁回放到地上，叮嘱她：“你尽量往后面跑远点，别过来。”说着他便往小孩那方跑去。

那恶妖见状，要去阻拦子辰。凌霄目光一凛，手中长剑寒芒大作，仿佛极寒冬天里的冰霜，渗着层层寒气，一剑挥下，寒气立起了一道屏障将那恶妖阻拦在外。那妖怪只能眼睁睁地看着子辰一手抱着一个，背上还背着一个，将那些小孩提着跑远了去。

恶妖大怒，径直冲向凌霄。

凌霄单手结印，拂袖一挥，恶妖如遭重击，径直被撞飞在巨木之上，巨大的力道让巨木也为之一抖，树叶飘落而下。恶妖摔在地上，晕乎乎地甩了甩脑袋。

便在这时，旁边倏尔传来一个孩子尖厉的哭声。

竟然还有一个小孩躲在巨木旁边，这下恶妖摔的地方离孩子极近，小孩终是经不住吓，尖声哭了出来。他的哭喊引起了妖怪的注意，妖怪转身就往旁边爬去，眼瞅着要像刚才那样将这孩子剖开取心生吃！

凌霄眉头一蹙，身形一闪，眨眼之间便已落到妖怪身前，可他并没有直接面对妖怪，而是背对着妖怪，伸手去将哭喊的孩子抱了起来。眼看着那妖怪尖锐的指甲便要划破凌霄的后背，子辰也忍不住惊声大呼：“师父！”

凌霄眸光清冷，手中寒气一动，然而在他还没出手之际，倏尔自远处猛地击来一个火球，径直砸在恶妖的脑袋上。

恶妖仿佛天生惧火，火焰在他脑袋上一点就着。他痛呼着往后一仰倒，头上的火混着血撞在了巨木之上。

凌霄诧然转头，但见雁回一身是血地站了起来，手中结着他刚才不过结了一遍的印，有些茫然地看着他，然后又看了看那个妖怪。

当时的雁回并不知道，凌霄用的法术是调动身体五行之力的法术，身体里有什么五行力，用出来的便是什么法术，金木水火土，五行之力人人都有，每人都有自己的特质，然而不是每个人都能借五行力来使用法术的。有的人修一辈子的仙，也不能使周身起风，指尖凝霜。

而雁回……不过看凌霄结了一遍印，便能用五行力使出火系的法术……

子辰在一旁看呆了："这……这是……"

可没有给他们更多惊讶的时间。

恶妖头上的火依旧在烧，他像是开始垂死挣扎一样，爬起来胡乱攻击凌霄。凌霄敏锐地躲过，但他如今怀里抱着一个小孩，并不能施展开，只得先离开了那巨木。

在他离开的那一瞬间，雁回第二次结印，比第一次已经熟练许多，但见一条火龙自她指尖呼啸而出，径直缠绕在了那恶妖的身上，恶妖浑身灼烧起来，痛不欲生。

他在巨木上四处乱爬，将身上的火尽数烧在了巨木之上，然后随着巨木一起被焚成了灰烬。

提及当年之事，雁回还有几分感慨："已经过了十来年了，村里人都说这树有灵，烧了这树会遭报应。凌霄见村人的态度，便说我修习道法极有天分，问我想不想与他回辰星山修习仙家法术。"雁回笑了笑，"我还记得当时大师兄在旁边一个劲儿点头，就怕我说不。"

她拍了拍粗糙的树皮："要感谢这棵树，如果没有它，凭我当时那点因为着急而起的微末法力，大概根本没有办法烧死那妖怪吧……"她转头看天曜，"而且我还得谢谢你才是，当时真是怕死，也怕自己救命恩人死，所以没想到那拼命一挤，还真让我将法术挤出来了。以前觉得大概是我天赋异禀，现在算是了解了，这大概都是你护心鳞的功劳啊。"

话音刚落，沉默地听完整个故事的天曜开口道："不。"他眸光擒住雁回，"应该是我，要感谢你。"

这句话好似与雁回说的东西全然没有关系，雁回径直被拽出了回忆，抬头困惑地望着天曜："你谢我？"她不解，"你谢我做什么？"

天曜上前一步，手掌放在雁回的手掌旁边，他的手比雁回大上些许，皮肤也显得更黑，他抚着焦黑的树皮，然后手掌不由自主地握成了拳，轻轻在树上

捶打了一下：

“以水困骨，以土压角，以火灼筋，以金裹心，以木缚魂。”天曜说罢，竟然勾唇笑了起来，“……以木缚魂，雁回，是你将我从这缚魂木中放了出来。”

天曜这话说得不快，但雁回愣是反应了好久才反应过来：“你说……这是……素影封印你魂魄的缚魂木？”

天曜在断木上重重一捶：“便是这缚魂木。”

雁回呆呆地望了天曜许久。

原来，早在她遇见天曜之前，他们的缘分就已经开始了吗……

雁回摸了摸自己的心口，那处的心脏跳动如此正常，如果不说，谁能知道她心里竟然嵌着面前这人的护心鳞？谁能知道，他们之间的渊源，竟然已经这般深？

“倒真是缘分。”雁回道，“你的护心鳞续了我的命，而我又在这里放出了你的魂。”

“是啊。”

怎么不是呢？若不是龙魂十年前得以逃出，他如何能寻到龙骨之气？如何找到铜锣山那痴傻少年的身体？如何在这具身体里面苟延残喘至今？如何能找回他的龙骨、龙角，甚至有希望找回他身体的每一个部分？

原来，雁回便是他可遇而不可求的起点，是他这场命运转折的开端。

这要他，怎能不谢她？

天曜垂眸望着雁回，黑眸之中颜色光芒沉得极深。

四目相接，好半晌，雁回有些不自然地挪开了目光。

她说不出心头的感觉是怎么回事，与才开始中狐媚香时的感觉那般接近，但细细品味，却又有些不同，可到底怎么不同，雁回也道不出个一二三来。

雁回清咳一声：“嗯，咱们之间的命债估计已经搅和成一堆，要算也算不清了，那咱们就不算那些。我就说说，以后你要是发达了，你欠我的钱可一定要还呀。”

天曜闻言，却是一声轻笑，这次的笑声，已经能让雁回听到了。

“雁回，”他道，“若是天曜此生能有那太平一日，我此生财富，便尽数是你囊中之物。”

他毕生所求的，本来早已不是钱财二字。

雁回听闻天曜此言，双目一瞠，惊诧地转头看天曜。只在他的眼眸中看见了她自己的身影，片刻，她便又将目光挪开了，这次还往旁边走了两步：“把你的财富全部据为己有的女人那只能是你妻子，我可不是为了贪财就能卖掉自己的人，你别想占我便宜，就这几两银子，你还上就得了啊。”

言罢，她拍了拍手，拍掉刚才掌心在缚魂木上沾染到的尘埃。雁回如同平时那样，带着几分漫不经心与吊儿郎当走在前面，好似知道了今天这出事，对她与天曜之间的关系并没有什么影响一样。

天曜望着她的背影看了许久，也没让她独自走多远，便也跟了上去。

雁回母亲的坟墓在村外的小山坡上，两人走上山坡的时候，太阳已经快走到正午的位置了。

气温有点热，但正是这样的时刻，天空才蓝得极为澄澈，遍野开着小花。雁回深吸一口气，走上山坡，看见不知已多久没人扫过的孤坟，她沉默地站了很久，然后跪了下去，倒不像他人上坟时跪得那样正经，是她天生带着的一股散漫劲儿，不过分敬重，但也不失礼貌。

“娘。”她往旁边一看，另一个墓碑立得歪歪倒倒的，全然没有她跪的这个这般正，她撇嘴喊了一声，“酒鬼老头儿，”她磕了个头，“你们的女儿回来看你们啦。”

她手里拎着一壶在村里酒娘那儿买的酒，揭开盖儿，倒在了那个歪歪倒倒的墓碑前：“我懒，就不给你们拔这坟前草啦，回头反正还得长出来。”

天曜闻言默了许久，终是忍不住开口嫌弃她道：“既然千里迢迢来了，坟前草却为何都不肯清理下？”

“娘去世的时候家里太穷，连副薄棺也没买得起，便裹着草席下葬了。”雁回擦了擦墓碑上的字，“这些草万一是我娘养出来的怎么办？”

天曜闻言一默。

雁回娘去得早，其实并没有给雁回留下太多的回忆，但小时候坐在娘亲身边一边看她缝衣服一边听她哼歌谣的感觉雁回到现在都还记得。

自那以后便再也没谁这样温柔地守着、护着雁回了。

她爹自雁回娘走后，成日酗酒，终日沉于醉梦之中，雁回便过得如同野孩子一样了。就算之后凌霄带她去了辰星山，但娘亲给她的温暖，依旧没有任何人可以取代。

在坟前坐了好一会儿，雁回拍拍屁股站了起来："走吧。"

天曜转头看她："去哪儿？"

雁回摸了摸衣兜，里面有把钥匙："父母祭拜过了，当然是去拿前段时间拼了命才赚到的工钱啦。"

驭剑到枫崖镇已是傍晚，两人似乎已经习惯了赶路住客栈，虽然他们谁都没来过这镇上，但是看着标志便轻车熟路地找了一家客栈，要了两间房便住了进去。

雁回本以为这会是安安静静、稳稳当当的一个好眠之夜，但哪承想睡到半夜，便耳尖地听到屋顶有窸窸窣窣的声音传来。

像是一人在追一人在赶，路过她这房顶。

然后两人便在这房顶开始说起话来。

按常理，她应该是听不清楚这些声音的，但她用天曜教她的那道心法在身体里一过，登时便将那屋顶之上窃窃私语的声音听进了耳朵里。

"小世子，小世子，哎哟喂，您就跟我回去了吧，别在这中原找了，回头人没找到，将您搭进去了，我该怎么去和七王爷交代啊？！"

"你随便交代两句就成，不找到小姑姑，我是不会回去的。"

听这小孩的声音，雁回竟然诡异地觉得有几分耳熟。

"哎哟，我的小祖宗，您上次便被辰星山的道士抓了，可算是吓死奴才了，好歹您没事哎，这都过了这么久了，您还没找到，便死心了吧，国主自然会派别人去找的！"

听到这话，雁回挑了挑眉，暂时醒了瞌睡，坐起身来，摆了个帅气的姿势倚墙靠着。

"我不，我一定要找到小姑姑才回去。这镇上会有办法！"

"哎呀，我的小祖宗！您回来啊！大晚上的，要是有道士会被捉的！"

两人踏过房顶，说话的声音也越来越远。

雁回摸着下巴琢磨了一下刚才听到的话。

怕被修道的人抓，那不是妖怪就是邪修。刚才又提到了国主、奴才和小世子，照这个推断，那妥妥是妖族的人，或许还是九尾狐一族的人，毕竟邪修里面是没有这样的辈分的。

小世子要去找姑姑，那他的姑姑便是……公主？

青丘国的九尾狐公主。

雁回恍然记起，先前在天香坊，那次凤千朔来救她和天曜，与凤铭谈条件的时候不就说了一句话吗——“那边境的好些个小仙门，都因为那九尾狐公主的失踪遭了大殃了。”

看来，确确实实有这么个事儿啊！

这着实算得上是一件大事了，但是和她好像也并没有什么关系，雁回撇了撇嘴，打了个哈欠，又自顾自地睡了过去。

第二日过了早，雁回带着天曜便往小镇七绝堂的小银楼里走，她得先去领点银子，然后再琢磨一下该领着这块狗皮膏药去哪里晃悠。

七绝堂的小银楼开在小镇最热闹的街上，正门门口站着两个魁梧的大汉，满脸严肃地守着，将要进门的人一个个拦下来问了一遍，雁回走过去的时候也不例外，两个大汉手一伸，将她拦住：“办什么事的？”

雁回摸出兜里的钥匙：“我来领钱的。”

俩壮汉见状，一愣，然后立即收了手，往后退了一步，躬身行礼：“属下失礼，大人请进。”

一个钥匙便有这样的作用，雁回心里暗爽，还装模作样地点了点头：“没这么多礼数，起来吧。”她往后看了天曜一眼，冲他得意地笑，像是在显摆自己的神气，天曜只是瞥了她一眼，并没有什么表情。

这样的尊敬，以前他受得多了去了。

这方天曜没捧着雁回，那方待雁回一进门，银楼的掌柜便扑着过来将雁回捧着了：“大人，大人这可是上面派来咱们这银楼视察工作的？”

雁回摇头：“我就来拿点钱，回头就走。”

“哎，妥妥妥。”掌柜连声应了，“大人不如先去后院歇一会儿，小的这便给您拨点银钱出来。”

雁回点头应了，便由着掌柜将她往后院领。

刚走到后院，雁回便耳尖地听到了一个有点熟悉的声音十分气愤又悲伤地说：“哪儿都找不到消息，小姑姑一定是出事了！”

“哎哟小祖宗，呸呸呸，您可别这样念。”

雁回抬头一看，迎面走来一老一小两个人，两人都戴着帽子，老人微微弯

着腰，跟在昂首挺胸的小孩背后，显得态度谦卑。

而那小孩……

雁回眯了眼睛，真是江湖何处不相逢，这不是那被关在心宿峰牢笼的少年狐妖吗？

原来，竟然是青丘国的小世子啊！难怪当初一群狐妖被关在那牢笼当中的时候，这个少年便显得有些许特别，却是为皇族者当有的担当与气度。

雁回目光不过在他脸上停留一瞬，但本着下意识不想招惹麻烦的心态，她往天曜身后一躲，打算避过这个小世子，不和他再打上照面。

哪想她这里想躲，而对方却根本不顾及她的心情。雁回只听一声脆生生的大喝：“是你！”

雁回躲在天曜的背后，一声长长的叹息，这人年轻啊，就是不懂避而不见、擦肩而过其实是一种温柔。

小世子上前两步，却立即被身后老人拽住：“祖宗！”老人声音小但里面的情绪却极其紧绷，“那人身上有仙气！”

小世子果然顿住了脚步。

有人拽着自是极好。

雁回清了清嗓子，从天曜背后站了出来。她瞥了那方一眼，正拽了天曜一下打算赶快走，却听那小世子嘟囔了一声：“她和那些仙人不一样。”然后甩开老人的手，三两步迈到她跟前，挡住了她的去路。

雁回一声叹：唉，少年，好好听老人的话才不会吃亏。

他比她还矮一点，站在她面前，得仰头看她：“在那以后，我找了你好久了。”

雁回闻言只想叹气，她转头看天曜，却见天曜一副微妙的表情盯着她。雁回自是不知道他在微妙个什么劲儿，前面领头的掌柜倒是有几分困惑地喊了一声：“大人？”

这一声让小世子眼睛微微一亮：“你还是这里的人？”

雁回清了清嗓子，目光清亮，表情严肃地盯着小世子：“这位公子，我并不认识你。你是不是认错人了？”

小世子一愣，脸上鲜活的表情一瞬间有点发愣，随即他一皱眉：“不，是你，你别想装不认识，我一直记着你的模样，一天也没忘。”

雁回心头懊恼，说认错了你就认错了得了，还逞什么强！可她面上依旧不动声色地演：“你认错人了。”她一转头，对掌柜道：“掌柜的，这位公子……”

掌柜连忙应了：“认错了认错了，公子，你大抵是真的认错人了。”

掌柜嘴上功夫自是非常油，三两句将那小世子说得一蒙，倒真有点信了认错人这个说法。旁边那老人又在使劲儿地拽他，片刻后总算是将那小世子拽走了。

雁回心里长舒一口气，回头便问掌柜：“他们是什么人？来这银楼做什么？”

掌柜连忙堆了笑回答：“大人，咱们这里不只开银楼，还买卖消息呢。来这后院的，多半都是来买消息的。至于他们的身份，那是买家，花钱的大爷，咱们自是不敢多问的。”

雁回点了点头，这是想通过七绝堂的消息渠道探清楚那九尾狐公主的去向啊。

掌柜继续领着两人往前走，雁回跟着走了两步，发现天曜并没有跟上来，她转头一看，却见天曜站在原地，神色依旧带有几分刚才那让雁回说不清道不明的微妙感：“你的桃花债，可算多啊。”

雁回看着他这表情一回味：“天曜，你难不成……是在吃醋？”

“吃醋”这两个字像是“啪”的一声打在天曜心头，他脸皮一紧，神色沉凝，眸中再无方才那微妙的神色：“你想多了。”他两步走过雁回，“那不是我会做的事。”

雁回一撇嘴，心道也对，天曜可是说过，此生再不沾染情爱的，毕竟，经历过那样感情背叛的人，怎么还能喜欢上别人？

如果天曜还能喜欢上另一个人，那另一人的魅力得有多耀眼，而天曜……得下多大的决心啊。

雁回自问，她确实是没有这样的资格的。

坐在银楼后院喝了一会儿茶，掌柜的便将银钱取了来，三大锭银元宝，沉甸甸地落在手里，还有一沓通用银票和一小袋散碎银子。

雁回拿着这些东西，只觉得幸福的感觉从心底油然而生，暖暖地流遍全身。可还没完全享受这拿到大笔银钱的酥麻感觉，手里的一锭银元宝便被天曜拿了过去。

雁回一愣，大怒，但听天曜在一旁与掌柜道：“我若要买你们这里的消息，这一锭银子，够是不够？”

掌柜也是愣神：“这……”他看了雁回一眼，却见雁回一把将天曜手里的银

子抠了过去，将银钱抱着，然后望着他，道："我来买消息也是要花钱的吗？"

掌柜抹汗："大人想知道什么……小的自是知无不言言无不尽，不用花钱的……"

雁回碰了碰天曜："那他想问的问题就是我想问的问题，你答他就是。"她恨恨地看了天曜一眼，那表情简直就像是在说"你要知道什么我都会帮你，可别动我的银子"。

掌柜满脸苦笑，不由得腹诽：这上面派来的……都是些什么人啊。

天曜却对雁回这样的举动习以为常，一点脸色也没变。

掌柜还是维持着一个掌柜的气度和尊严，对两人行了个礼："消息这块不属小的管，小的这便将那人唤来，大人要问什么，尽可问便是。"

待得掌柜离去，雁回抱着银子还是分心问了天曜一句："你难道是想问你龙筋的下落吗？二十年前七绝堂都还没有呢，我猜他们可能也不知道你龙筋被封在哪里了。"

"不。"天曜的手指轻轻敲了敲桌子，"我也想打听打听，那青丘国九尾狐公主的下落。"

雁回一愣："为什么？"

天曜瞥了雁回一眼："因为真正的狐媚香，只能用九尾狐的血，方可炼成。"

初听这话，雁回还没反应过来，待得细细一想，雁回只觉犹如在大冬天被泼了一盆冷水一样，感到彻骨的寒凉。她惊愕地转头盯着天曜：

"你是怀疑……"

天曜没有再多言。

雁回一时心慌得如坐针毡。

等待那管理消息的人过来的过程当中，雁回只觉无比煎熬。

细细一想，如果说真正的狐媚香只有用九尾狐的血方可炼成，而这九尾狐的公主又消失这么长一段时间了……现今青丘国虽然偏居西南，但若说在中原全无势力，那肯定是不可能的，依照他们的力量却没能找到这九尾狐公主的下落……

会不会是这九尾狐公主被素影抓了起来，更有甚者……会不会已经被素影剖了内丹，取血炼香了！

若是如此，无比看重血缘关系的九尾狐一族势必极其愤怒，好不容易暂时稳定下来的仙妖两道，或许因此又会产生大冲突也未可知……

雁回越想便越觉得吓人，五十年前修道者与妖族之争，雁回虽然没有参与，但光是听闻前者流传下来的传说便足以心惊。

最后修道者虽然占领中原，逼退妖族，然而混沌的战争却使得流民遍野、生灵涂炭。妖与人，各食恶果。

这世道休养生息几十年才好不容易恢复了秩序，若是为素影一己私心而破坏，那实在是……

雁回越想越觉得心慌，而相较于她的焦急，天曜却安然地在一旁喝茶。

片刻，外面传来一道骂骂咧咧的人声，混着凌乱的脚步冲这个屋子而来："说了让那些小侍从来应付客人就得了嘛，什么大人物非得让俺来招待不可？俺忙着呢！"

说话间一个浓眉大眼的壮硕大汉拎着一壶酒就醉醺醺地进来了，进了屋，谁也没看，一撩衣袍大咧咧地在椅子上坐了下来。椅子承受了他的重量，嘎吱嘎吱响了好几声，他也不管，只将脑袋一仰，两脚一蹬，就在椅子上拉直了身体，然后打了两声鼾出来。

见来人这模样，雁回一愣，天曜也微微眯了眼睛。

掌柜的立即跟了进来，往那好似乞丐一样的人面前一站，满脸赔着笑道："大人，这是咱们这分堂的情报主事，人脾气是怪了点，但还是有几分本事，您要的消息……"

话音未落，那好似睡着了的壮汉却蓦地醒了，他大怒，一脚踹在掌柜的屁股上，将他蹬了个踉跄，径直往天曜、雁回那方摔去，坐着的两人皆是各自让开，掌柜的一头栽在椅子上，捂着鼻子好半天没有爬起来。

"放屁！"他大骂，"老子都知道，什么叫有几分本事？老子本事大着呢！天上飞的地下跑的，什么……嗝，老子都知道！"

天曜便立即顺着他的话接了下去："兄台既然这般本事，我这里想要的消息，不知兄台是否知晓？"

"老子名字叫都知道，什么都知道！"

雁回深觉此人胡言乱语完全不靠谱，便随口堵了他一句："你知道我是谁吗？"

都知道醉眼蒙眬地上下扫了雁回一眼："辰星山来的丫头，性格这么跳脱不守规矩，一定是前段时间被赶出山门的那个女弟子雁……"

"闭嘴！"雁回一叱，都知道身体震了震，然后咂巴了两下嘴："喊……喊

个什么，吓死老子了。”

她说了这话，旁边眼尖的掌柜自是看明白了，雁回不想让他在这儿听着，于是掌柜捂了鼻子，作了个揖，可怜巴巴地说了句：“大人，我前面还有事忙，这便先走啦。”

没人理他，于是掌柜一脸心塞地退了出去。

这方雁回心里正在惊异，要说之前这人能一眼看出她修的辰星山心法那并不奇怪，但前段时间为了与凤铭争斗，雁回和天曜学了九尾狐一族的心法还有妖术，她现在身上气息极为混杂，是以之前子辰看见她才会那般斥责她。

而在这样的情况下，一个全然陌生的人竟然一下就识别出她的气息，必定修为比她高上许多，还能准确地说出她的名字……

看来此人的都知道也并不只是说说而已。

雁回心思一转，便又留了个心眼儿，指着天曜问他：“你知道他是谁吗？”

都知道便又睁了蒙眬的眼睛将天曜上上下下一打量，看了一会儿，然后揉了揉眼睛，稍稍坐正了身子，这次眯着眼睛盯着天曜看：“咦？”他站了起来，好似酒都醒了几分，“不对啊，不对啊……”他在嘴里叽叽咕咕地念叨了几句，然后一拍手，“你戴了无息香囊对不对？”他冲着天曜走了过来，“你把香囊解了，我就知道你是什么人了。”

他一伸手要往天曜身上探，天曜敏锐地往后退了一步，都知道一抓之下落了空，却没有放弃，又是一把抓向天曜，这时雁回倏尔伸出了手将他粗壮的胳膊拽住。

雁回的手在他胳膊上显得又细又小，但她却丝毫没有怯场：“这人我罩着的，别碰他。”

天曜闻言，在雁回的斜后方浅浅地看了眼她的侧颜。只见她目光摄人地盯着都知道，一脸气势汹汹，充满了保护欲。

真是……将他当小鸡仔护着了……

都知道看了雁回一眼，虽然求知欲十分强烈，但还是不想与雁回冲突，悻悻然地收回了手，撇了撇嘴：“你们这种问了问题不给正确答案的人最讨厌了。”他仰头喝了口酒，然后撇着嘴坐了回去，“说吧，你们要问的到底是什么事，问完了老子还要继续回去喝酒的。”

这下雁回和天曜才重新落了座。雁回没吭声，听着天曜沉声问：“青丘国丢

了个九尾狐公主，我想问，你知道那九尾狐公主的行踪吗？”

“知道呀。”

雁回眸光一亮，心里着急听下去，那边都知道却不慌不忙地又喝了口酒，咂嘴晃脑坐了好一会儿才一抹嘴，溅着唾沫星子道：“一年多前打西南边，跃过赤阳山偷偷跑进中原来的呗，然后一路北上，到了个镇上，好像和一个书生在一起还是咋的了。没别的动作，老子也懒得看一个妖怪的消息了。”

雁回心里还在琢磨，若照此说法，那九尾狐公主应该是还在这中原某处才是，为何青丘的人……

天曜用手指轻轻敲了敲桌子：“这是多久前的消息？”

“最后一次知道那九尾狐公主的消息是两三月前还是三四月前来着，老子天天喝酒，日子喝忘了。”

雁回撇嘴：“你也真好意思说呀……”

天曜却皱着眉头，问：“那和九尾狐公主在一起的书生，叫什么名字，你知道吗？”

“知道啊。”都知道晃着脑袋想了一会儿，“叫陆慕生，长得老帅了，皮肤比俺牙还白。”

他这话说得好笑，但雁回却一点没有笑的心思了。

如果她没有记错，现在待在素影真人身边的那个书生，也叫陆慕生。三四个月之前，正巧是素影真人找到陆慕生的时间，然后九尾狐公主失踪，然后带着陆慕生来了辰星山，然后这狐媚香……

所有的线索好像在这一瞬间都能连起来了，雁回一时觉得有些头痛。

“九尾狐公主……现在在哪里，你知道吗？”雁回问出口，发现自己的声音竟然有些飘忽。

“这俺确实不知道了……”都知道将酒壶重重放在桌子上，有些气愤地哼哼，“说到这个老子就是一肚子气！老子本事那么大！要是凤千朔那家伙把老子调到上面去，让老子来操控七绝堂的情报，老子绝对不会把七绝堂弄成现在这个鸟样。他就是怕老子太能干，气势盖过了他，所以不给老子调位置。老子不服。”

天曜瞥了都知道一眼，淡淡地说了一句：“他恐怕，就是不想让七绝堂知道得太多。”

都知道并没有听见天曜这句话，他沉浸在自己的愤怒当中，咕咚咕咚将壶里的酒喝完了，又是一抹嘴，打了个酒嗝道："不过嘛，老子还是知道的，现在那帅书生在素影真人手里嘛，两女抢一夫，那不是死就是伤，现在既然没了那公主的消息，我估摸着那公主要么是死了，要么就被素影真人抓起来了。前些天凤铭不是在炼个什么狐媚香吗？老子猜，素影真人将那九尾狐公主拿去炼香了也说不定。"

雁回想到她与天曜第一次闯进天香坊时，偶遇素影真人，那时她用天曜教给她的法术去偷听素影真人与凤铭说话，然后被素影发现了。

之前并没有觉得素影和凤铭之间的对话很奇怪，现在回想起来，当时凤铭说"那只狐妖的血太过难炼，或许得等到九九八十一日……"

再结合如今了解的情况一看，凤铭口中的那只狐妖，说的便是九尾狐公主了吧……

再仔细一想，之后凤千朔第一次来将她和天曜带走的时候，要求凤铭放狐妖，也说了一个理由"青丘丢了个九尾狐公主"。所以那个时候凤铭放掉狐妖，并不全部是在卖凤千朔面子，而是……他当真心虚。

他当真害怕九尾狐一族来找他的麻烦。

雁回闭了闭眼睛，平静了一下心绪："刚才同样来问九尾狐公主消息的两个人，你可有将方才这些话告诉他们？"

"什么人？"都知道撇嘴想了很久，"老子今天就见了你们两个人。"

"你这些消息，平时买卖情报的人，可完全知道？"

"开玩笑，老子身份这么高，我知道的都是高等的情报好不好！那些小子能和老子比？"都知道嘚瑟地抖了两下腿，"要不是掌柜的非要老子来见你们不可，说是上面派来的人，老子才不来告诉你们这些呢，七绝堂的情报只往上报不往下传，这里除了老子，这些消息谁都不知道。"

七绝堂消息往上报不往下传……

那也就是说，凤千朔……或许连弦歌也早就知道这些消息了。

想想也对，凤千朔为什么会和凤铭说青丘国丢了个九尾狐公主这事呢，必定也是抓住了凤铭的把柄，确定这件事能威胁到他，所以才说出了这么一句话的。

都是人精，句句话看起来那么波澜不惊，但通晓其中关系之后，雁回才知，便是这一句话，其中竟暗含了这么多的惊心动魄。

暂时压下心中情绪，雁回道：“很好。”她站了起来，“那么从现在开始，刚才这些话，你也不要再说给任何人听了。”

她表情难得地收敛了漫不经心，眸中透出了几分寒意：“我最后问一个问题，你知道江湖上，最容易因为什么而死吗？”

都知道撇嘴：“人在江湖就容易死，没有理由。”

“今天我告诉你一个最普遍的理由，”雁回盯着他，“因为你知道得太多了。”

都知道自问壮硕了一辈子，从来没有怕过什么，但此时看着雁回的眼神，他却倏尔觉得寒毛有些竖起来。

雁回没再多言，也没看天曜，自顾自地出了房间。天曜沉思片刻，便也跟着雁回出了门。

跟着脚步走得有些快的雁回上了大街，天曜看着她闷头走路的背影，唤了一声：“雁回。”

雁回脚步一顿，转过头来看他。只见天曜神色沉稳，他静静地站在那里，坦然地看着雁回，便让雁回的心情暂时缓和了些许。

“这些事和你并没什么关系，你不用慌张。”

说出这句话，天曜仿佛听到自己坚如磐石的心犹如被石子打了一下一样，传出了阵阵震动——

他在安慰人。

他竟然……主动地安慰人了。

然而看着雁回听了这话之后微微波动了一瞬的目光，天曜又觉得，安慰便安慰了吧，有什么好稀奇的？他就应该在这种时候，安慰一下雁回的。

雁回垂了头：“我知道，我没什么好慌张的。”

但是……狐媚香一事与辰星山之间已经牵扯了数不清说不明的关系，九尾狐公主这一事，辰星山应该也……逃脱不了吧。

或者说，凌霄，肯定与这事也有不少关系吧。

一牵扯上凌霄，雁回便难以自持，不得不失措。

先前没钱的时候雁回一门心思奔着钱来，而今拿到了钱，还是一笔足以让她在这个小镇里买一个院子，养十个张大胖子那样的厨子的钱，她却不知道该何去何从了。

雁回领着天曜住进了这镇里最好的客栈，让掌柜的给了她最好的房间，这

边正在等着小二领着他们上楼去，旁边传来一道声音：“你也在这儿！”带着掩饰不住的惊喜。

听到这个音色，雁回登时觉得一个头两个大。她一转头，见旁边站着的果然是那个青丘国的小世子。

她现在最不想见的，大概就是这个人了。雁回别开目光，全当自己没看见他。

小世子身边的仆从也拼命地将他往回拉，但三两下就被他挣开了，他迈着坚定的步伐，径直冲雁回而来：“我怎么想都觉得是你，你为什么要装作不认识我？”

雁回叹了口气，正打算正面迎接，斜刺里一个人影插了进来，是天曜挡在了雁回身前，恰恰将那走来的小世子挡住。

那小世子一愣，雁回也是一愣，还没来得及回神，忽觉手腕一热，竟是天曜将她手腕一拽，拉着她便往楼上走。

雁回望着天曜的后脑勺，对于他俩这前后走位有点没反应过来。

平时……都该是她走在前面的啊。

许是察觉到雁回怔愣的目光，天曜微微一回头，瞥了她一眼：“小二都在前面领路了，你不想回房？”

说得好像是这个道理，人家小二也忙着呢，不能耽误别人的时间……

雁回被天曜拽着走了一会儿，那身后的小世子好似突然反应过来了，也连忙快步走了上来，跟在雁回脚后就问：“这个人是谁？为什么和你在一起？”

天曜头也没回，全然忽视他的存在，雁回也不答他。于是小世子便跟着上了楼，锲而不舍地道：“在那之后我真的一直在找你，我九……我族皆是知恩图报之人，你那时救了我，我定会报答于你。”

雁回终是忍不住了，在走完阶梯之际转头对他道：“最好的报答就是别理我。当之前的事不存在，赶紧走吧。”

小世子脚步一顿，随即肃容道：“发生过的事就是发生过的，我没法当它不存在，我说了会报答你，就一定要报答你。”他指了指隔壁的房，“我先前就住在这儿，接下来几天还有事待在这小镇里不会离去，你若想做任何事，我都可以帮你。”

话音未落，天曜便带着雁回回了房，“咔”的一声将门关上了。

房门隔绝了外面的世界，屋子里只剩下了天曜和雁回两人，手腕还被天曜拽着，雁回觉得有点奇怪，便动了动手。

天曜是何其敏锐的人，当即便松了她的手，装作若无其事地往屋子里面走，然后坐到桌边，倒了一杯茶开始喝了起来。

雁回盯着天曜："我要的两间房，你住旁边。"

"累。"天曜道，"歇会儿再走。"

雁回便也没往别处想，跟着坐了下来，神色还是有点沉重。天曜睨了她一眼，雁回接触到他的眼神，不禁叹了口气出来。天曜放下茶杯："你委实没必要为方才知晓之事心烦。那不是你做的，也不是你管得了的。"

"你知道外面那个，"雁回冲着房门努了下嘴，"……是什么人吗？"

"知道。"天曜抿了口茶，"身上虽然半分气息全无，但听其言辞，加之你的反应，大致能猜出，他便是你先前在辰星山牢笼里放走的狐妖之一。"天曜眸光淡淡地瞥了眼雁回，眼中神色莫名地藏着几分微妙，"倒是运气，竟叫你救得了九尾狐一族的人。"

"应该是我运气衰吧！"雁回道，"知道他的身份你不觉得心慌？他先前已经去过那个银楼了，应该是知道在那里可以探到消息的。在我看来，那个都知道嘴巴也紧不到哪里去，虽然我最后威胁了他一两句，但保不准他喝多了将这事给抖出去啊。要是让那个……"雁回又比画了一下外面，"知道了，把消息传回青丘国，那可如何是好？"

"什么如何是好？"天曜道，"该知道的早晚会知道，不是你做的坏事，你心慌什么？"

"天下大势牵一发动全身……"

雁回话还没说完，天曜便放下了茶杯，发出"啪"的一声轻响："素影既然敢做出这样的事，必定也有承担这后果的觉悟，你这是在替谁着急？那杀人的杀得心安理得，你这旁观者却急着想帮她修饰过错。"

"我……"雁回张了张嘴，却没有说出话来。

她哪里是想帮素影修饰过错？素影与她有什么关系？她想帮的，还不是唤了十来年"师父"的那人罢了？

"离划下国界已有五十余年，各界早已休养好了，妖族常年盘踞西南偏远之地，必定心有不甘，修道者又怎允许卧榻之侧有他人鼾睡？先前是没有实力将

其吞而并之，而如今……”天曜手指在茶杯杯沿上轻轻转了一下，“仙妖之间必有一战。”

雁回默了许久：“有一战便有一战吧，我只希望这一战能晚一点……再晚一点。”

天曜没再多言，房间陷入了沉默，待得天色渐晚，天曜便也在这沉默之中静静地离开了。

雁回梳洗之后睡在床榻之上，一夜辗转反侧。

到了第二天，雁回醒过来，心头那股无事可做的空虚感刚浮起来，便听见外面有慌乱的马蹄踏过，还有人声混着马蹄声在大吼着，只是吼得含糊，雁回一时没听清楚。

待她走到窗边，打开窗户，只见楼下道路两旁百姓惊惶地站着，脸上的神色慌张无措。

雁回还在困惑，便听到又一匹快马自路的那头疾驰而来，这次马上之人大喊的声音雁回倒是听清楚了：“青丘宣战！妖族宣战！”

雁回愕然，头发都还没来得及梳，一扭头就要往那小银楼跑。可这边一开门，一头便撞上了一个少年，那少年脑袋正好撞在雁回软软的胸膛之上，被雁回弹得踉跄退了两步。

他被身后的老人扶住，一脸涨红地站稳了身子，然后便强撑着镇定对雁回道：“你叫雁回可对？”

看着面前这人，雁回愣了好一会儿，然后一把揪住他的衣领，将他拽进了自己屋里，猛地甩上了房门。“怎么回事？”她声音是从未有过的急，“你一定知道原因，怎么回事？”

“你这下不装不认识我了？”

雁回一巴掌狠狠地拍在旁边的桌子上，桌子发出一声巨响，立即四分五裂地变成木块，掉在地上：“说！”

“素影她害了我小姑姑，我青丘国，必定让她血债血偿。”到底是青丘的皇族，并没有被雁回的气势所吓倒，他说这话的时候，眼眸中一丝红光闪过，是妖族动了杀气的特征。

雁回方才只觉心乱无绪，待听到这话，却恍然间觉得再是着急也没什么用了，心头只剩下许多的无奈慢慢堆积，她退了两步，神色有些暗淡：“你们……

是怎么知道的？安插在中原的探子，探到消息了吗？”

“有人告诉我的。”小世子道，“我的仆从着人连夜探查了一下，那人所言句句属实，凌晨我便将消息以法术传回了青丘，告知了大国主。”

是九尾狐一族的作风……

如此注重血缘如他们，必定是在知道消息之后的第一时间就会做出反应的。

而这个小镇离西南边境也并不太远，两方交流消息也耗费不了多少时间。

雁回沉默下来，小世子挺直了背脊看着雁回：“我族既然与广寒门宣战，其余仙门必定不会坐视不理，彼时大战再起，天下修道者皆不会幸免于难，我听闻之前你因为救了我与我妖族之人，所以被辰星山驱逐。”小世子顿了顿，许是这样装腔作势的作风他还是有点不习惯，他握了握拳头，声音大了点，像是在给自己壮胆，“我想带你回青丘，保护你，你愿意同我走不？”

雁回本还在思索一些沉重之事，忽然听到这样一段话，雁回望着小世子，怔愣得回不过神来。

见雁回没反应，小世子拳心渗出了汗，他又捏了捏拳头道：“我是青丘国肃清王长子烛离，虽然你是修仙者，但你也是我的救命恩人，我族人必定不会怠慢于你。”

“呃……我……”

“我还会在这里等你三天，三天后，你若仍旧不愿意与我回青丘，我也不会强求你的。”烛离看了雁回一会儿，然后一垂脑袋，闷声说了一句，“说完了。”

他闷头就往外面走，撞上了门，摸摸门框，然后走到外面，和那老仆从一起下了楼去，不知去哪儿了。

雁回在屋里看着被自己拍碎的桌子，心情起起伏伏，百味杂陈，最后只出了一声品不出味道的苦笑。

她在凳子上坐下，仰头望天。

这都什么事……和什么事啊……

没坐多久，门口便是一个身影一斜。

雁回看也没看，便道：“你为什么要将这消息告诉他们？”

她的声音并没有多大起伏，甚至和平时也没有什么两样，但天曜很敏锐地察觉出，雁回生气了，而且火还不小。

“昨日我说了，仙妖注定有一战。即便不是现在，待得我寻回全部法力之

后，我必定也要向素影，讨这一笔债。”

雁回声色微冷：“那只是你和素影之间的恩怨，你没必要将那么多人牵扯进去。”

“将如此多人牵扯进去的并不是我，雁回。”天曜道，“素影心机深重，她不会不知道杀一个九尾狐公主会带来多严重的后果，她或许已经有了在某个对她绝对有利的时刻，将此事公诸天下的谋划。你的师门辰星山，还有别的门派，不会对此一无所知。”天曜眸光越说越冷，“想想三个月前的辰星山会议，想想栖云真人之死。我说的这些，你自己想不到吗？我有的猜测你便当真没有吗？修道门派野心也并不小……”

“别说了。”雁回打断他。

“只不过现在我是站在妖族的角度，帮了他们一把，让他们趁着素影尚未将一切谋划好的时候，做了准备。而你……你站在你的角度，不愿意将这些事情深思，也不想被人道破罢了。”

时至此刻，雁回不得不承认，天曜很了解她，比她自己更了解。

天曜望着沉默不言的雁回道：“仙与妖注定无法共存于世间。五十年前，你们仙门的祖师清广真人与那青丘大国主便用行动说明了这个道理，不争得鱼死网破，直至两方都无力继续，仙妖便无法共处。”

雁回听闻此言，抬头瞥了天曜一眼：“这几天你还和我一张桌子吃饭来着呢，谁说仙妖不能共处？”

天曜看了雁回许久，道出了一句淡淡的话：“雁回，心性如你，便该随我入妖道。”

随天曜入妖道？

雁回听罢这话只是淡淡转头瞥了天曜一眼，全当他说的是浑话。自打她被凌霄带回辰星山之后，十来年间，修的是仙者道术，骨子里浸的是仙灵之气，若要修妖法，那岂不是得断筋洗髓，先去掉半条命才能入得妖道……

那她得受多大的罪？疯了才会半途和天曜入妖道。

雁回当即撇了撇嘴，便将这事抛在了脑后。

不日，青丘宣战的消息便传遍了整个中原大地。

仙家各派皆是惊诧不已，一是诧异于素影真人竟然不动声色地将青丘国的一个九尾狐公主杀了，二是惊讶于青丘国竟然在得知消息后二话不说，毫无转寰余地宣了战。

众仙家一派混乱，有老者欲请辰星山清广真人前来主持大局，然而清广真人已有数月闭关未出，连辰星山人也不见其踪。众仙家群龙无首。

而素影却在广寒门高傲放言，让青丘国尽管来战。

一时间修道门派与妖族之间气氛剑拔弩张。

雁回住的这个镇离青丘国界还有一段距离，然而两天下来，天上驭剑来往的修道者已经比之前多了三倍。

雁回在心里琢磨着，这个镇子恐怕不能久待了。傍晚时分，她将心里的事都盘算好了，打算去找天曜摊牌，她想如果天曜找回身体是为了与素影一战便罢了，如果是要帮着妖族和中原开战，那她还是尽早和天曜分道扬镳比较好。

道不同，到底是不相为谋的呀。

临着要开门之际，她隐隐听到门外有低低的争执声传来，是那青丘国小世子烛离在外面和他的老仆从又发生了争执。

"……看这架势，您要是再不回去，今晚过了，那边恐怕就不好走啦！"

"我说了等她三天。"

"哎哟喂！老天爷！小祖宗！她要走她早跟您走啦！还磨蹭这几天干啥呀！您呀，就别闹脾气了，好好地跟老仆回去吧！"

外面烛离半天只吭了一句："明天就走。"

还死倔，雁回叹了声气，一把拉开门，直勾勾地盯着烛离道："你今天就回吧，等到明天也没什么用。"

烛离动了动嘴，最后只是一咬牙，此时终于显现了一点小孩脾气："反正我就要等你到明天才走。"

雁回见他开始耍浑了，心知这种脾性的人是劝不动的，便也没再理他，敲开了天曜的门，喊了一声："下楼吃饭，有话和你说。"

天曜在屋子里本就是打坐调息，也没什么事做，雁回一喊，他便出来了。

一出门，直觉感受到一股注视的目光从旁边灼灼地盯了过来，天曜一瞅，但见烛离目光定定地盯着他，脸上神情是一分醋意三分不甘还有更多写的是"不开心"三个字。

天曜冲他勾唇笑了笑，就是这样仿佛已经看穿一切的微笑，让烛离心头一

阵鬼火乱冒。

雁回只顾着埋头下楼，后面两个人的交锋她自是没有看见，只往角落的桌子一坐，便盯住了天曜。

天曜淡淡看了她一眼，对她各种情绪变化已经习以为常了，并没感到任何奇怪，只翻看着手里的菜单，好似闲聊一般说了一句：

“龙角拿回来后，我这些天打坐调息，隐约感觉到了有我自身气息自西南方而来，虽不知那方到底封的是何物，不过前去探探还是非常必要。”

他这话说得那么自然而然，倒让雁回有几分愣神了，一时间自己要和天曜谈什么便抛到了脑后，只顾着纠正他：

“我好像从来没答应过要帮你找你身体的其他部分吧，你是怎么有勇气这么理直气壮地命令我的？”

天曜闻言，睨了雁回一眼：“嗯，你驭剑不会带着我，吃饭住宿也不会管我……”他说着，瞥了眼菜单，抽空问了一句，“糖醋里脊吃不吃？”

“吃。”答完，雁回一愣，然后把菜单拍了下来，“我和你说正事呢！你要找你的东西你自己去，反正我不会去。”

“咱们就此别过。”天曜先开了口。

“咱们就此别……”雁回话都没说完整，天曜便将她要说的都说了出来。她望着天曜，感觉此妖已将她的脾性完全摸得清清楚楚了，吃软不吃硬，刀子嘴豆腐心……他没什么不知道的。

他能拿捏住她的脾气秉性、软肋弱点，她对他的反抗便像是打在棉花上的拳头，显得那么无力。

这样一想，雁回心头一股邪火冒起，拍了下桌子，站起了身：“我现在还真就走了！”

“雁回？”

一道女声自一旁传来，声音仿佛自己便带了许多年的回忆一样，雁回身形微微一僵，转头一看。

一行十来人，穿着她熟悉的衣裳，拿着她熟悉的辰星山特制宝剑，着她熟悉的仙风道骨的打扮，正站在客栈的门口。为首的三人，雁回看了便觉得头比屁股大。

一是先前便在永州城见过了的子辰，二是与她恩恩怨怨同睡了十年房的师

姐子月，三是……

凌霏。

是了，先前遇见子辰的时候，他好像也说了，这次是下山和凌霏一起来做个什么任务的，他那时半道跑了，可被雁回甩掉之后，自然还是要回去找凌霏的。

这倒好。

一起给撞上了……

雁回只能在心里暗骂。

方才喊她的，便是那子月师姐。临出辰星山时，她将子月摁在山壁上吓唬了一通的事，雁回还清清楚楚地记得，想来子月也没有忘怀，是以现在子月见了她，柳眉倒竖，声音尖厉，面有愤色。

唉……

雁回只有叹息，虽然之前在辰星山她也经常与子月有口舌之争，时不时还打个小架，但从来没有像她离开辰星山那天时那样，直接把子月吓得哭了出来。她承认，离开的时候她是做得绝了点，但……

谁知道日后还会见面啊！

雁回不擅长应付这种“久别重逢”的场面，她只看了一眼，便开始在脑海里想办法要怎么离开这个地方了。

可她想躲，别人却不想让她躲。

那方凌霏见了雁回眉梢一挑：“是你。”语调微扬，带着十分不满。

雁回听了只觉得丢了儿子——麻烦极了。

雁回正觉头大之际，一旁的天曜却淡然自若地问了一声：“糖醋里脊还吃吗？”

雁回一转头，天曜还是方才的神色，半分未变，丝毫不为周遭的气氛所动。一时间，雁回便也觉得，自己为什么要紧张呢？为什么要尴尬呢？不就这么点事儿吗？又不攸关生死，又不抢她荷包……

“拿上去吃吧。”雁回回了一句，天曜点头，唤来在一旁被这阵势吓得有点呆的小二，泰然自若地点了几道菜，然后吩咐他送到楼上去，便起了身，绕到雁回身边，帮她挡住了那方十来人摄人的目光。

他垂头看她：“上楼？”

天曜的身影挡住了门口照进来的光，在他的阴影之中，雁回竟难得地在某个人身上感觉到了心安……

上一次，还是很久之前，凌霄带给她这样的感受，让她觉得安全，让她觉得宁静。

是什么时候开始……这个初次见面面黄肌瘦、阴沉寡言的少年，身形已经开始变得这么高大了。

雁回“哦”了一声。

抬脚要走，面前倏尔横来一柄寒剑：“慢着。”子月挡在了两人面前，神色严肃。

该找麻烦的人，始终还是会自己来找她麻烦。雁回叹了声气，整理了情绪，抬头看她，不卑不亢：“什么事？”

子月神态高傲：“雁回，你虽被辰星山驱逐，但是你到底曾经还是辰星山的人，你的一举一动，依旧关乎我辰星山的声誉。最近江湖传言，你与妖物走得极近，甚至还在永州城放走了那些作恶多端的狐妖。你这样做，便不想想给师门蒙了多少尘？又给师父造成了多大的麻烦？”

斗嘴这么多年，一别数月，再见面，雁回还是不得不承认，这个师姐，是真的不长进。

雁回看着她，笑了笑：“哦，那你们自己应付一下，我忙。”

得到这么个嬉皮笑脸的回答，子月一愣，眼见雁回抬腿又要走，她心头火起：“站住！”

“还有事？”这话不是雁回问的，而是天曜问的，他会开口让雁回也有几分惊讶，雁回转头看他，可天曜却没将心思放在她这里，只是目光薄凉地望着子月，一身气势，一时间竟唬得子月有些噎住了喉。

雁回明了，天曜即便失了法术，没了修为，但他的眼神里始终会藏着被时间淬炼出来的光芒，怒时可诛人心。

这里辰星山的人应付过的妖怪，怕是连曾经天曜的脚也碰不上。

子月微微退了一步，没了声音，倒是旁边一道冷傲的声音插了进来：“不简单，下山不过月余，便找到这般帮手了。”

凌霏嘴角挂着讽刺的微笑。

一旁子辰见状，眉头微微一皱，对凌霏轻声道：“师叔，正事要紧。”

凌霏抬手，挡开了子辰：“我看这便是再要紧的正事不过了。”凌霏上前两步，踏至雁回面前，却没看雁回，只盯着天曜：“一身好气魄，却半分气息也

无，若说阁下是普通人，叫人如何信服？不如将身份亮亮，让我等看看，这被我辰星山驱逐的弟子，下山之后，到底与何等人厮混？”

提及这事，雁回肃了眉目。

天曜的身份无疑是大忌中的大忌，在他完整地找回自己身体之前，他的身份被谁知道了都不行。

雁回脚步一转，几乎是下意识地拦在了天曜身前。

天曜眸光微动，嘴角不由得往上微微一挑。

刚才还说这便要走了。她这样，真的能走得开吗……

口是心非。

“呵。”凌霏见雁回如此，不由得一笑，“这倒是有意思。我不过是想知道这人身份，雁回，你为何紧张？”言罢，凌霏目光一寒，“莫不是此人身份，有不可告人之处吧？是妖，还是邪修？”

她这话音一落，身后的十来名辰星山弟子尽数将手放置于剑柄之上，一副剑拔弩张之势。

雁回瞥了他们一眼，其中还有几个熟悉的面孔，皆是辰星山的上层弟子，法术修为都不会比子辰子月弱。而且这里还有凌霏在，动起手来，只凭雁回一人，还要护着天曜……必定施展不开。

雁回心下一紧，嘴角却是放开了，她笑道：“凌霏，我与你的矛盾辰星山还有什么人不知道？你想将脏水泼在我身上尽可大胆地泼。我相公丰神俊朗、气度非凡，你这虎视眈眈地盯着他，我不护着他，难道等你来抢？”

“相公”二字一出，在场人皆是一默。子辰皱眉看着雁回。

而天曜则是听到了“凌霏”二字，登时望向凌霏的目光便带了几分微妙，杀气重了几分，面上的寒意更沉了些许。

凌霏又是冷冷一笑：“相公？雁回，你当真是下山与妖物混作一堆，越发不知羞耻了。”

子月在凌霏身后帮腔：“下山两月便有了相公？雁回，你妄想师父之心恶心至极，你当辰星山真的无人知晓？”

她这话一出口，其余弟子皆是面面相觑，雁回目光一寒，子辰更是大声斥责：“子月！”

子月却不肯停：“藏了十年的心思会一朝之间尽数消失？你不过是为了替旁

边这妖物开脱吧！呸！真是作践自己！”子月恨道，“你父母若在世，也定要斥你一声不是东西！”

子辰声色严厉地大声呵斥：“子月！你在说什么浑话？！”

雁回眸光森冷：“你父母若在世，定要重新教教你待人处世的礼节！”话音未落，她身形一闪，不过眨眼之间，这房间里几乎没有任何人反应过来，雁回便闪身至子月身边。

子月一惊，刚往后一退，便觉随身揣着的小匕首已经被雁回拔出了鞘，子月惊呼，下一瞬间她的下颌便被人擒住，牙关被人大力掰开，怎么也合不拢。

但见雁回面色阴森地在她面前盯着她，道：“你这舌头留着损阴德，不如我帮你割了的好。”

子月霎时吓得花容失色，雁回手起刀落。

一旁的子辰大声呵斥着雁回的名字，而雁回却全然不为所动，在匕首尖端落到子月嘴巴里时，斜刺里忽然抽来一道力道，径直将雁回拍开，雁回回身一转，又落在天曜身前。

而此时她手中握着的匕首已经沾了血，是刃口割破了子月的嘴唇，也刺伤了她的舌头，但到底是没有将她舌头割下来。

子月流了一嘴的血，她捂住嘴，然后放下手看着自己掌心里的血，一时间吓得当真以为雁回将她舌头割了，啊啊叫了两声，竟当场晕了过去。

雁回面色阴沉，目光恶狠狠地盯在凌霏脸上：“谁人挡我？”

周身气场，登时宛如地狱凶恶阎罗。

第十二章 青丘之行

雁回虽是这样问，但谁都知道，挡开她的人，除了凌霏还有谁?

凌霏见雁回生气之时面色阴狠至极，回忆起当初在心宿峰地牢中吃了她的亏，新仇旧恨加在一起，也是火从心头生，她冷冷一笑："言辞之争便要割掉曾经同门的舌头。雁回，你人性尚在？莫不是已经做了邪修了吧？"

"血口喷人。"雁回叱道，"你这舌头，我看留着也无用。"她将手中染血匕首径直对着凌霏面门甩去。

匕首去势如电，凌霏这次却已有了准备，她反手一挥，广袖将匕首一卷，化解了来势，匕首被抛到一边。

凌霏微微眯了眼，看着雁回："上次你趁我不备，偷袭于我，这次你道我还会吃你的亏？"

凌霏临空一抓，手上拂尘显现，她一挥拂尘，周身仙气盎然："我倒要看看，你这下山以来，到底还学了些什么邪术道法。"

话音一落，凌霏身影消失，雁回心中登时警铃大作，她立即往后退了一步护在天曜身前，然而天曜却跟着猛地退了一步，口中急唤："小心。"他随着话音推了雁回一把。

雁回往前踉跄了一步，堪堪躲过斜后方扫来的拂尘。

凌霏身影显现，已经站在了雁回身后半步的距离，然而没有紧接着攻击雁回。她目光往天曜的方向一凛：

"倒是好眼力！"

随着她话语落下，拂尘便带着清冷之气向着天曜面门而去。

凌霏乃是素影的妹妹，虽然在很小的时候便被素影送到了辰星山，但是她仍旧习有广寒门的心法，是以这一出手，便是满堂寒气浸骨透心。

天曜法术未完全恢复，然而这几天还是调息出了些许修为，足以让他的身法比一般修道者快上许多。

此时凌霏这心法一出，天曜明明能躲得过她，但偏偏是身形一僵。

脑海中那些他尽力想忘掉的记忆却已经成了烙在他灵魂深处的伤疤，凌霏这一拂尘带出来的寒意便是一把利刃，将他那些伤疤不由分说地强行破开。

那巨大的月、漫天飞舞的雪不适时宜地出现在天曜的眼前。他缩紧了瞳孔，一时间竟没能挪得开脚步。眼看着那拂尘带着寒冷法术就要打在他脑袋上！

就在这千钧一发之际，天曜身前人影一晃，那扫来的拂尘便堪堪被人握在了掌心之中。

寒凉之气尽数被一股炙热烈焰挡住，好似一道安全的屏障将他保护在身后。

是雁回将凌霏的拂尘紧紧拽住。

火焰与寒霜在她掌心之间交战，摩擦出诡异变幻的光芒，交织的色彩映入雁回的眼睛里，倒真的衬得她有几分邪恶的妖气："我说了，我护着他。"

这七个字雁回说得那么坚定，沉如千金落在每个人的耳朵里。

又是雁回，又是这个背影，前一次帮他挡住了天上的月，这一次帮他拦下了浸骨的寒。

现在即便没有肢体的接触，即便没有十指相握，但天曜依旧神奇得近乎诡异地感受到了面前这个姑娘传达到他心底的热量……

满满当当，涌出心房，霎时便温暖了四肢百骸。

而天曜能明白，现在的雁回，大概是半分也不知道她的一些举动，给他带来了多大的影响。

她总是这样，只顾着做自己应该做和自己想做的事，鲜少去在乎旁人的目光，所以显得出离地没心没肺，但也正因为这样，她自然而然做的这些事，才更震撼人心。

雁回盯着凌霏，感觉到拂尘上传来往后拽的力道，雁回怎么会让她这么简单就把拂尘拽回去？等她拽回去了再让她打过来吗？雁回又不傻！

于是她也自是拽着不松手。

简单的力道较量之后，便是法力开始拼斗，然后愈演愈烈。

凌霏的极寒之气与雁回的炙热火焰碰撞出强烈的风，将两人周遭的桌椅尽数掀翻，连客栈的房梁也发出了"吱呀吱呀"的声响。

那方的十几个辰星山弟子见状，要前来帮忙，子辰连忙将他们劝住，大喊："此处平民甚多，大家动手恐有误伤！"他一转头又对凌霏喊道："师叔，我们行正事最为要紧！"

凌霏并未理他，口中牙轻轻一咬，对着雁回恶狠狠道："你以为我还会败在你的手下？"

雁回眸光一凝，只见凌霏另一只手蓦地自腰间抽出一柄软剑，"唰"的一声，径直刺向雁回的心房，雁回一惊，在她后退之前，后面天曜已是一只手将她腰一揽，拉着她退开两步。

但即便如此，凌霏这出其不意的一剑一挑，还是划破了雁回的脸颊。

伤口还不浅，从下颌一直划到了颧骨，深深的一条口，鲜血登时顺着雁回的脸往下滴落，有的落在了她的衣服上，有的直接落在地上，有的则落在了天曜揽着雁回腰的手臂上。

滴滴答答的血渗进天曜衣袖之中，明明已经凉下来的温度，却像是还在烧一样，一路烧进天曜心里。

这次并非温暖，而是有点灼痛。

他一侧头便能看见雁回脸上的伤。她还盯着凌霏，连自己用手捂也没捂一下。姑娘家的脸是最宝贵的，可她却好似从本质上就和其他姑娘不一样！她竟然半点也不为自己心疼！

更可笑的是她不心疼，为何他……

却有点疼。

而且愤怒。

天曜眸色森冷，擒住凌霏。

方才雁回退的那两步已经松开了她的拂尘，她一甩拂尘，将拂尘隐于空中，手中便只拿着刚才划破雁回脸的软剑，那剑刃上还有鲜血在滴答落下。

凌霏看着雁回，嘴角勾起了一个嘲讽的冷笑。

她在蔑视雁回。

雁回自是也看见了凌霏的这个笑，脸颊侧边伤口不是不痛——凌霏随身的那把软剑似乎本来还带着寒毒，一剑下来雁回半边脸都没了知觉——现在看着她这嘲讽的笑，雁回只觉这已经不是伤的问题了，她感觉自己整张脸都像被撕了皮一样痛。

真是伤可忍，笑不可忍。

雁回一咬牙，挣开天曜的手，只身便冲了上去，近身与凌霏过起了招，但是雁回不承想，凌霏这软剑上似乎被加持过什么法力，只要雁回近了凌霏的身，便会被那剑上寒芒刺痛皮肤，脸上的伤口像是一个咒一样，撕扯得她几乎快要连眼睛也睁不开。

凌霏下手却毫不留情，趁着雁回眼花，她半分也没吝惜着力气，一掌径直击在雁回的腹部之上，雁回被生生打飞出去，撞上客栈的柱子，咳出了一口血。

天曜眉头紧皱，要上前扶她，可雁回好似被挑起了斗志，看也没看天曜一眼，脚一蹬，身形如电，掌风带火，再次上前，与凌霏战了起来。

不出意外，她自然又被打了回来，这次她直接撞进天曜怀里，好半天也没能睁开眼睛。

"呵。"凌霏发出一声冷笑，还是她惯有的高傲模样，执剑站在那方，衣裳仿佛纤尘不染，衬得雁回像在泥和血的池子里打了滚一样，肮脏又狼狈。

雁回甩了甩脑袋，眨了眨眼，依旧坚持推开天曜的手，自己单膝跪在地上，缓了好一会儿，然后坚挺地站了起来。虽然眼睛糊着血，但她还是找到了那方的凌霏，看见了她脸上的讽刺，听见了她口中的讥笑。

雁回一句骂没忍住，说出了口。

那方的子辰早已急得在一旁劝，可他的声音雁回已经听不清楚了，耳边嗡鸣阵阵，她只感觉自己被人往后面一拽，她踉跄了一下，转头看拽自己的人，于是看见了天曜格外阴沉的脸，冷得骇人："还要冲？"

雁回不解，应该……没伤到天曜吧……

为什么他看起来，这么生气……

"你就不会躲一下？"

雁回茫然："躲去哪儿？"

天曜默了一瞬："我身后。"

雁回只当他在讲笑话。他们这一路走来，若是要她躲在他的身后，只怕他们两人，已经死得连渣也找不到了。

那方，子辰见凌霏还要动手，便再也顾不得其他，径直上前将凌霏一拦："师叔……"

可他哪承想，话音还未落，周遭气息倏尔大变。子辰自己便是修木系法术的，平时驭风最为擅长，是以他比凌霏更先察觉到周遭气流的变化。

他一转头，竟见四周桌椅都在微微颤动，桌子上的筷子尽数诡异地自己飘了起来。

凌霏见状，眼睛一眯："妖术。"

随着她这两字一落，空气陡然一乱，那些飘浮的碗筷还有地上的桌椅霎时被空中凝聚起来的气刃切断！

与此同时，那十几名辰星山弟子当中也有人传出了惊呼，有人衣服莫名破开，有的帽冠被斩断，落地，有的裤腰带也被一切为二……

众人皆在惊诧之际，子辰只听耳边"铮"的一声，他直觉不妙，立即转头一看。

凌霏对子辰这突然的动作还感觉奇怪："怎么了？"她刚一皱眉，便觉眉心生疼，血珠从她眉心之间冒了出来。

子辰看她的目光也渐渐变得惊骇。

凌霏便在子辰越睁越大的黑眸当中看见了自己的脸……

一颗颗血珠从她脸上各个地方接二连三地冒了出来，没多久便有血从她脸上滴滴答答地往地上掉。她抖着手往脸上一抚，手指触碰到哪儿，哪儿便是一阵剧痛："啊……"她发出痛呼，"啊！"

"师叔！"子辰惊呼出声。

"妖术！"凌霏捂着脸弯着腰将自己的脸藏了起来，"那人的妖术！"她声音尖厉，几乎要刺破人的耳膜。

十几名辰星山的弟子皆是面色惊骇地盯着天曜，诧异于此人竟然能化空气为利刃，杀人于无形……此等法术，并非一般妖邪所能运用……

连神志有点迷糊的雁回也知道这情况诡异，诧然回头盯着天曜："你……"

天曜却是神色如常："我如何？"若不是这几天调息打坐内息并没有积攒多少，他也不是下手这么"温柔"的妖怪。

雁回盯着他，没有言语。

这大概是……她第一次看见天曜对他人出手，如此干脆的手法，不用结印，连咒也没念一个。她知道天曜现在或许根本没有恢复他原来力量的万分之一，可一个小法术已足以让辰星山这些有头有脸的大弟子深感诧异；若是他恢复了……千年妖龙果然不是说说而已的。

都是因为天曜之前表现得委实太过软蛋，以至于让雁回都差点忘了这茬儿了……

没给雁回太多诧异的时间，那方十几名辰星山弟子仿佛意识到自己面对的或许是个了不得的妖怪，于是人人拔剑出鞘，便连子辰也怔怔地望着雁回，满脸的不敢置信，那表情简直像在质问她：

他的师妹，为何会与这样的妖怪待在一起……

剑拔弩张之势在小小的客栈当中弥漫。

慑于天曜方才那一击之力，辰星山的弟子并未立即动手，雁回捂着腹部与天曜立在他们对面，她的目光在那些人脸上一一扫过，最后落在子辰的脸上，默了一瞬，她对天曜传音入密道："对付了凌霏，你还有多少内息？"

"没了。"

天曜的声音传到雁回脑海中，她沉思了片刻，只道："待会儿我拖住他们。你走。"她往前迈了一步，衣领却被人拎住。

"回来。"天曜声色沉稳，淡淡地往客栈二楼望了一眼，"我们能一起走。"

那方一直在圆柱之后观望的烛离与天曜四目相接，他目光一沉，站了出来。

他身后的老仆欲拽住烛离，却被烛离甩开了手，见烛离要将腰间长剑拔出，老仆连忙心急地将他手又摁住，一咬牙，目光望向下方辰星山弟子们，目露红光，满是褶皱的脸霎时变得狰狞。

与此同时，子辰倏尔一回头望向二楼："妖气！"

烛离与老仆所站之地立即炸出一片白雾，片刻之间白雾便弥漫了整个客栈。混沌之中辰星山弟子那方，凌霏声音仍有痛色，却强自镇定地大喝："莫自乱阵脚，摆阵。"

便在这时雁回忽觉手臂一紧，转头一看，却是矮她一个头的烛离拽住了她："跟我走。"

没有给雁回反应的机会，雁回便觉周身风声一啸，待得一眨眼，面前便已是白云缭绕，长风呼啸。

脚下一片柔软，雁回低头一看，只见她脚下踩的不是云不是剑，而是柔软的灰色皮毛。

烛离在雁回身边道："莫慌，赵叔行得快，那些人追不上，我们一定能安全离开的。"

雁回这才发现她是站在一个巨大狐妖的背上。

还没松下一口气，她心便又是一紧："天曜呢？"她一转头，慌张寻找天曜的身影，却发现要找的那人已经在她身后淡然自若地盘腿坐下，闭目调息。

听得她喊这一声才睨了她一眼，他一句话没说，但这已经足以让雁回的表情缓和了下来。

她像是忽然脱力了一样，一屁股坐了下去："痛死我了……"她揉了揉肚子，又伸手要去摸脸，可手指还没碰到脸上伤口，便被斜刺里伸过来的一只手拍开。

雁回一转眼，但见天曜还盯着她："手脏，别乱碰。"

话音一落，旁边烛离便也跟着蹲了下来，从怀里摸出了一个白玉瓶："我这里有点药，不能治本，但至少能缓和一下，内服止痛，外敷止血。"他看着雁回脸颊上的伤口，皱了眉头，"那剑寒气竟如此之重。"

"广寒门的东西，皆是如此。"天曜接了一句话，便沉默下来不再言语。

那剑是广寒门的东西？雁回回忆了一番，以前在辰星山并没看见过凌霏使这缠腰软剑，想来当是近来才拿到手的，难道是最近找她姐姐素影要的？

烛离闻言眉头更皱得紧了些："你这伤本来就深，而今寒气又挥散不去……我看伤口即便愈合，恐怕也会留下紫青色的疤……"

雁回不在意地挥了挥手："留个疤有什么大不了，又不影响吃又不影响睡，留着便留着。"

"留下来象征着你被那个女人打败过，"天曜在一旁不咸不淡地插了一句话进来，"每照一次镜子，便回忆一次。"

雁回一默，然后斜着目光瞥了天曜一眼。

对雁回来说，伤疤确实不是什么大事，但如果变成了耻辱的印记，那自然是另一回事了。

她一把抢过烛离手中的药瓶，拔开塞子，倒了两粒药出来，一粒碾碎在伤口上抹了抹，另外一粒则直接吃掉了。将药丸在嘴里一嚼，苦涩的味道便立即充斥了口腔。

她一边嚼，一边忍受着苦涩之味，一边在心里不甘地想着。

此次败给凌霏，虽然是凌霏第一击拔软剑时杀了她个措手不及，这举动好似有点卑鄙，但在实战当中，本就没有卑不卑鄙这个说法的，输了就是输了，技不如人就是技不如人，没什么好辩解的。

雁回心里对这个念头向来十分坚定，赢了的才是大爷。

其实雁回心里清楚，即便凌霏这次没有那柄短剑，她也不一定能胜得了凌霏。

雁回离开辰星山这几个月，修炼打坐便不说了，每天都疲于奔命，唯一新学的东西还是在天曜那里学会的九尾狐一族的妖术。

而凌霏自打上次败于她手之后，必定与她相反，日日勤加修炼不说，辰星山的心法，以她的身份，偌大一个藏书阁还不随便供她学？现在清广真人虽然不知所终，但她若有心向素影问问，那必定是提高极大。

雁回咬了咬牙，反观自己，她现在找不到心法读，也没人可以对她指点一二……

想到此处，她微微一顿，然后转头看天曜。

从刚才开始天曜便一直盯着她，她这一转眼神，便自然而然地与天曜四目相接。

“仙道、仙法你有会的吗？”她直接问出口。

“不会。”

“那你教我妖术吧。”

天曜眉梢微微一挑：“想随我入妖道？”

他一问这话，旁边的烛离也是眼睛一亮：“你想入妖道吗？”

“洗髓太痛。”雁回想也没想就拒绝了，“你只要教我妖术即可，我自己能融会贯通。”

烛离似十分不赞同：“若要修妖术，自是得洗髓净骨，你若要以修仙内息驾驭妖术，有朝一日或许会走火入魔……”

“那是别的修仙者。”雁回这话说得狂妄，但确实也是实情。烛离说的话有道理，但他不知道她心里嵌着天曜的护心鳞，她学别的妖术或许危险很大，但如果要学天曜的法术，那是全然没有问题的。

是以天曜便也保持着沉默，便当是默许了雁回。

烛离本还欲劝，但见当事者两人都没有吭声了，便也消停了下来，默了一会儿，只道：“那你现在是要随我回青丘国吗？”

雁回愣了一瞬，遇见凌霏之前的事情这才想了起来，她本来……是打算和天曜告别的呀！然后山高水远各自生活，再不管这中原仙妖纷争之事的呀！

怎么到现在……

好像被套得更牢了呢？

“他们好像已经笃定你与我等为伍了。”

是啊……

雁回只觉一阵无力感袭上心头，本来没有任何实质证据证明她私通妖族的，现在可好……

天曜直接用妖术划破了凌霏的脸，她又被妖怪以妖术救走，真是跳进什么河都洗不清了……不过，洗不清也就洗不清吧，左右……事情已经这样了。

雁回一咬牙：“去！”

不去青丘还能去哪儿呢？中原仙道，在今天之后，恐怕再无她的立足之地。

天曜闻言，并无任何反对之意。毕竟比起现在的中原，青丘国确实才是他应该去的地方。

烛离听雁回答应，脸上神色雀跃了一瞬，又强力压下，端着姿态道：“进……进了青丘国就要守我们的规矩。族民对修仙者怨恨极深，你……你自己别行差踏错，到时候我可不拉下脸去帮你的！”

雁回还没应，烛离便难掩开心似的，往狐狸那儿跑去，在和他一样高的耳朵旁边说了几句话，顺着风，断断续续有些话音落在雁回耳里：“等三天没错，我就知道她会和我走。”

雁回一撇嘴：“到底还是个小屁孩……”

天曜默默地在一旁搭了一句：“和你很像。”

雁回反唇相讥：“你自己有时候不也这德行吗？”

天曜没再应声，只是转了目光望着远方，夕阳已经落下了山，西南方闪耀着余晖。他静下心，能感受到空气中有他再熟悉不过的气息在流转，越是往西南走，便越是强烈。

到底是他身体的哪一个部分呢……

天曜垂眸深思，被埋在这边的，是龙筋，还是龙心？

穿过青丘国界的时候还是遇到了不小的阻碍，不过因着烛离的身份，在靠近国界的时候妖族那边便已经有人接应，灰色的大狐妖从云端之上奔过，下方有妖族的人与修仙者争斗起来，倒是没让谁来碍着他们的路。

进入青丘国界之前得飞过边界最后一座大山——三重山。

雁回在云上往下一望，三重山下还有五十年前仙妖两派争斗的痕迹，乱石嶙峋，遍野荒草也未生，三重山下一条又深又长的裂痕像是大地上一道黑色的深不见底的疤。

五十年前清广真人与青丘大国主在此最后一役后，划界而治。

这条在天上也看得清清楚楚的裂痕便是当时留下的界线。

雁回正看着下方的历史遗迹，忽见旁边一直坐着的天曜站了起来。

雁回下意识地便问了一句："怎么了？"

天曜目光闪烁着微光："是龙筋。"

雁回一愣："什么？"

天曜嘴角一勾："我的龙筋，便被困在此处。"

雁回眨巴了一下眼，然后往下一望："三重山？"雁回不解，"可你不是说你的龙筋是被火囚困住的吗？这山里哪来的……"

话音未落，因为天色黑暗已经变得看不清楚的大地倏尔蹿出了一道火光，雁回往下一看，一愣。

只见方才还深不见底的那边界上流淌出了炽热岩浆，岩浆在底下缓慢流过，然后慢慢浸满那裂缝，最后往上一喷，熔岩溅出，落在一边冷却成了石头。地底下的岩浆还在滚滚流动，没一会儿那盛满裂缝的熔岩又消了下去。

裂缝没有被冷却的岩浆填满，反而是旁边的石头被烧得通红，可见那地底涌出的熔岩有多炙热。

这三重山……

竟是一座活的火山。

知道龙筋所在，但是天曜并没有急着下去一探究竟。

一则因为现在三重山乃是仙家门派看守之地，今天虽有妖族的人来接应烛离，但人数并不多，阻碍修仙者一时或许可以，但待烛离入了青丘国界，他们便也得自行逃离了。天曜根本无法在这种情况下去细细地探查三重山的情况。

二则……雁回如今有伤在身，他也少了最有力的助力。他是这样在心里说服自己的，但是在脑海深处，却有个心思不经意地冒了一下。

他不能让这样的雁回随着他去冒险。

这念头那么清晰，清晰得让天曜不敢理智地去细想，只粗粗跳过，转了目

光，又重新在狐妖背上稳稳坐下。

雁回奇怪："你都感觉出来了你的东西在下面，不去看看吗？"

天曜闭上了眼睛："不急于这一时，三重山如此之大，要探知龙筋下落必定不易。此处既离青丘国如此近，说不定青丘国内也有几分消息，先去青丘国探探消息再做商议。"

雁回觉得他说得也有几分道理，于是也点了点头坐下，嘴闲便打趣了天曜两句："倒是奇怪，以前要是发现了这样的消息，那眼睛必定是会跟点了灯一样亮的，这些天是嫌东西找回来得太快了吗，怎的变得如此淡定了啊？"

嫌东西找回来得太快？

不，他只怕还不够快，他贪心得恨不能一眨眼之后，就恢复得与以前一样了。

他哪会嫌快呢？他只是……

比起先前那一无所有的时候，多了顾忌……

夜色已经吞噬了所有的光芒，雁回与天曜在一片漆黑当中抵达了青丘国。

灰色大狐妖落地之后，面前一片静谧的大森林里忽然亮起了几点火光，是妖族的人点亮了火把，在森林的入口静候烛离。

灰色狐妖周身腾起一道烟，一声法术的轻响之后，他又变成了那个背脊佝偻的老人。他拍了拍胸口，喘了两口气，对旁边的烛离道："小祖宗哟，老仆老了，经不起这样折腾了！您下次还是考虑下老仆的心情呀！"

烛离敷衍地点了下头，转过头来看雁回，故意端了点架子："咯……妖族地界瘴气比中原重几分，你若现在运气抵挡有困难便直说，我有药物或可帮你抵挡些许。"

"没那么脆弱。"雁回摆了摆手，"赶紧走吧。"

烛离一脸架子便端得有些尴尬了，一瞬，他又咳了一声，这才往前走去。

手持火把的人见烛离上前皆弯腰行了个礼："世子，七王爷着我等来护送您回府。"

烛离点头应了，他刚往前走了三步，身后闪出来三道黑色的人影，拦在天曜面前，不让他进入森林之中。

雁回奇怪："我们是跟着你们小世子一起来的，怎的不让进？"

拦住天曜的三人之一瞥了雁回一眼："身份不明者不可入青丘。"

所以才只拦天曜而不拦她吗？因为即便她是仙人，但好歹身份明确，而天曜身上还戴着无息香囊，这些人探不到他的气息，于是便将他拦了下来。

雁回望了前面烛离一眼，烛离眉头微微一皱："这确实是青丘的规矩……"他看着天曜，"阁下不如将无息香囊取了吧。"

听得烛离准确地说出这几个字，雁回略感惊讶地挑了挑眉，但转念一想，他们妖族的人要在中原行走，没办法遮掩气息的自然不说了，像烛离这样身份的妖怪，为了行事方便，自然是要想办法遮掩身上气息的。

只是不曾料到，他用的竟然也是无息香囊。

"你是我请到青丘来的客人，不用在此处遮掩自己的身份。"

雁回转头看天曜，雁回心想，天曜在妖族人面前暴露身份好像确实没什么害处，怕只怕等妖龙在青丘的消息传到素影的耳朵里，这样素影岂不是就知道天曜复活了吗？大概……会来找麻烦的吧。

雁回沉思了片刻："要不……"

她话刚起了个头，天曜便自腰间将香囊取下，递给了雁回："在这里你比我需要这个。"

雁回接过，自香囊离开天曜身体，一股气息便悄然地飘散在森林的夜风之中。

拦住天曜的三人一惊，那方的烛离与他身后的仆从皆是一惊，雁回嗅到这股气息也不得不感到惊讶。

这一路走来，雁回一直没觉得天曜和之前有什么不同，直到此刻天曜取下香囊，雁回才惊觉，他身上的妖气，竟然已经重到如此地步。待在他身边，甚至微微感觉到了一股隐约的压迫感。

雁回知道这个感觉是什么。修仙的时候，身上的仙气也会随着修为的增加而越发浓重，直至让人产生压迫感。

前些年，雁回待在凌霄身边的时候，这种感觉就尤为明显，最厉害的时候，凌霄只要稍稍皱皱眉，动了怒气，周遭气息便会随之流动，压得满堂弟子脑袋都抬不起来。

而后随着功法精进，修道者会慢慢收敛自身气息，最后便能到清广真人那样的境界，但凡清广真人所到之处，让人并无半分压力，反觉温暖清新，这便是仙法修为化至佳境，返璞归真了。

而今天曜这一身妖气，离几年前凌霄那身气势虽还差了那么些距离，但想想这么短时间内，他不过是找回了身体的两样东西，便已有这样的效果。

雁回不得不感到诧然。

“龙气……”烛离呢喃出声，“你竟是……”

天曜只看着面前的三人：“我乃妖龙天曜，现在可能踏入青丘国地界？”

三人面面相觑，随即身影化为黑夜中的一抹影，消失了踪迹。森林里只留下火把燃烧偶尔炸出的“毕剥”声。最后却是天曜最先开了口：“不走？”

烛离被这一声唤得恍然回神，应了一声，这才让点了火把的人往前领路。

黑夜当中，一行人在天曜妖气的压力之下走得十分沉默，即便天曜已经刻意落后他们几步远的距离了。

雁回悄悄戳了戳天曜的手臂：“反正现在已经进了这青丘国界了，要不我还是把这无息香囊先给你戴着吧，你看大家走得多辛苦。”

天曜瞥了雁回手中香囊一眼：“不用，让他们习惯就好。”

雁回便将香囊收了回来，想了一会儿，她有些担忧地皱了皱眉头：“你就这样报出自己的身份，不怕素影知道了后，来找你麻烦吗？”

天曜沉思了一瞬：“她早就知道了。”

雁回一惊：“什么时候？”

“取回龙角的时候。”说完这话，天曜微微一默，脑海中回忆起素影当时留下的那句话，素影根本不在乎天曜在做什么，她只在乎雁回心里那个东西，他的护心鳞……

“她那么早就知道了？！”雁回大惊，“那她岂不是现在一门心思想除掉你？”

天曜一声冷笑：“我对她来说，恐怕根本不足为惧吧。”天曜眼睛微微眯了起来，“她根本不在乎我在哪儿，我长什么样，我会不会找她报仇，她想要的，依旧只是护心鳞。”他一哂，“和二十年前一样。”

二十年前，她想挖的是他的心；二十年后，她想挖的，是雁回的心了。不是针对他，而只是为了那块护心鳞，为了做成一件龙鳞铠甲，去救她心之所系的人。

上一次便也罢了，只是这一次，他绝不会让雁回像以前的他那样被害得如此狼狈……

“天曜，”雁回沉默一会儿，正色开口，“那素影真人若是如你所说，内心并

无半分负担与害怕的话，她为何要在走得那么急的情况下，还在龙角那里留下自己的坐骑？”

天曜沉默。

“她的坐骑并不简单，外面还有众多仙门弟子看守天香坊，若只有你一人，你是怎么也取不了龙角的。”

天曜望着雁回的眼睛，心中思绪翻飞，眸光微深。

“她在怕你。”雁回道，“怕你的报复。”

天曜一默，随即一勾唇角，笑容三分嘲讽三分冷漠，还有更多的情绪糅杂在其中，意味难辨：“听你这样一说，我竟有几分难掩的高兴呢。”

让素影不安，让她恐惧，让她在猜忌中生活，这样想一想，竟让他找到几分可耻的安慰了呢。等着吧，这样的日子只是一个开头。

他要把这二十年的债一笔一笔，全都讨回来。

言语之间，前方森林当中倏尔一阵大亮。

一座高大的宅院忽然出现在了几人面前。是烛离住的地方到了。

“今天天色已晚，你们便各自先歇了吧。”烛离开口道，“膳食稍后我会着人送到你们房里。雁回，你脸上的伤今日我先着人给你简单处理一下，明天带医师来给你仔细看看。今天我便先行告辞了。”说完他便转身随着另外一人疾步去了大厅。他身边的赵叔隐隐在絮叨着：“小祖宗哟，这次带个修仙者回来，还带了个妖龙，你要和七王爷怎么交代哟？！”

“妖龙又怎么了……”

烛离与赵叔说着便走远了。想来，应该是去禀明他父亲此次去中原的过程了。

细细一想，天曜如今这个身份在妖族其实还挺尴尬的。

青丘九尾狐因力量强大已经统一妖族，且已自成体系，如今带了个这么厉害的角色进来，若是天曜没有诉求倒还好，随便扔在哪个地方都行；若是天曜想在妖族的统治阶层里面占个职位，那又该怎么去安排，天曜的力量又要为谁所用……

江湖朝堂何处不为利益争夺？人是这样，妖怪自然也是这样，权力算计，全是牵一发而动全身的事。

雁回懒得去理这些心眼儿多的人才能想清楚的事情，她看了天曜一眼，但见天曜对那些猜测也不太感兴趣，两个人便随着仆从一同去了个小院当中。

天曜与雁回坦然歇了一晚上，第二天一大早，烛离便去敲了天曜的房门。

雁回与天曜的房间离得近，烛离那边一动，雁回倒是先醒了，她一起身，外面便有仆从要进来伺候她，雁回不习惯这样的待遇，本想遣散了她们，其中一个仆从却道："姑娘，你今天约莫是要面见王爷的，最好还是梳上我青丘国的发髻。"

雁回一琢磨，觉得也有几分道理，到底是到了别人的地盘，这些妖族人没有歧视她是个修仙的已经谢天谢地了，别的方面，她还是尽量入乡随俗吧。

于是她便在梳妆镜前站了，任由几个侍女给她梳发穿衣。

待整理完了，她捂着自己脸上的伤一看，觉得青丘的打扮倒还蛮适合自己的嘛。

雁回出门时，烛离和天曜都在院子里等着了。见了雁回，烛离眸光一亮，紧接着脸颊便莫名地红了起来，他连忙转了目光看着别的地方，喉咙里的声音有些抖："你……你还蛮适合……"

"脸上的伤怎么样了？"烛离话说到一半，便被天曜硬生生地截断了去，"昨晚没包扎？"

他这个话题找得好，不仅是雁回，这一下连烛离也没去管天曜为什么打断自己的话了。

雁回碰了碰下巴："昨天侍从帮我敷了药，说是怕影响今天治疗，就没包扎。"

烛离点头："我便是来带你们去找大医师的，他今日在我三皇叔府上给三叔治病，我先带你去看伤，正巧我三叔也想见见天曜。"

想见天曜？雁回一琢磨，也对，现在青丘国的人只怕都想见见天曜。

烛离接着说："……然后就去面见大国主。"

"见……谁？"雁回一愣，"大国主？你们青丘国的大国主？"

烛离点头。

雁回心里一时有点发怵。

她是修仙的人，自幼受到的教育便是九尾狐那一家子厉害极了，千万碰不得，尤其是他们那个大国主，是个不知道活了多少年的大妖怪，一口气吃十个人都不带吐骨头的。

雁回胆子比寻常修仙者大一些，但也没有大到听见要去见这天下最厉害的

妖怪也不腿抖的地步。尤其是在这仙妖两道剑拔弩张的局势之下，要有一句话没说清楚，那说不定命就没了……

她要是死在青丘国，恐怕连给她叫冤的人都没有。

“我不去。”雁回连连摇头，“你们大国主想见的一定是他，你让他去就行了，我自个儿回来在院子里养伤。”

见雁回这样干脆地把他卖了，天曜眉梢微微一动。烛离忙道：“你不用怕，我族人恩怨分明，先前你在辰星山救了我，是我的恩人，皇爷爷只是为了感激你。”

“感激我多简单，给我钱就好了。”

烛离微怒：“我的命岂是能用钱财衡量的！”

“对我来说可以啊。”

烛离：“……”

“先去给她治伤。”天曜岔开了话题，率先出了院子。这话便又暂时搁置不谈。

九尾狐一族的这个三王爷早些年眼睛便看不见了，身体也弱，已经用药吊了好些年的命，医师隔三岔五便要到他府上来，所以府里还专门给大医师辟了个院子，以供医师在此歇息。

雁回去了便直接入了那医师的院子里，在屋里坐着没等多久，有人便通传大医师要来了。

烛离在雁回身边咳了一声，提醒道：“我听闻大医师今日好似心情不太好，待会儿只让他看伤，别和他说话。什么话都别说。”

雁回一挑眉：“你怕他？”

“笑话！”烛离斥了一声，声音却有点弱，“我只是……我族人只是尊重救死扶伤的医者。”

话音一落，医师便提着箱子来了。

雁回倒是没想到，这青丘国备受尊崇的大医师竟然是个女子。她将手中的箱子往桌上一放，“咚”的一声。

她脸色十分不好，其他人都在给烛离行礼，她却看也没看烛离一眼，便两步走到雁回面前：“伤的就是你？”语气听起来也极其不耐烦。

雁回的脸得靠她治，于是雁回便沉默地闭嘴不言，忍了这态度。

女子手捏雁回下巴，没客气地往右边一转，雁回一瞬间几乎都听见了自己脖子的响声……

再多一分力道，她脖子就得给拧断了……

雁回出了一背虚汗，正想说换个人来看，女子便道："剑伤带寒毒，伤了一天，寒毒入骨两分，需针灸九日，饮九日驱寒药。"她一边说，旁边的小童子便一边记。

她说话快，也没看那童子能不能记得下来，只顾自己说完了便提着医药箱要走。没人敢拦她，连烛离也只能将她望着，众人皆是沉默，唯有天曜皱着眉头插了一句："伤愈合之后，可会留疤？"

女子脚步一顿，眸光一冷，转头看天曜："治伤就治伤，我又不管美容，留不留疤与我何干？"

天曜还没开口，一旁的烛离便道："医师，我三叔今日的治疗都做完了吗？"

"做个屁的治疗。"她直接爆了粗口，惹得平时便以为自己是条汉子的雁回也不仅侧目，"让他死了算了。老子不想费劲儿吊着他那半条破命。"

烛离咽了下口水，默默退了一步。旁边立即有仆从瞅了个时机退了出去，看样子像是去搬救兵了。想来……这大医师平时应该经常发脾气啊……

看这套路流程，大家多熟悉。

雁回在心里认定了，这绝对就是条汉子。

骂完烛离，她好似还不解气，转头又盯了天曜，上上下下将天曜打量了一番："呵，妖龙啊！"她一默，随即语带几分奇怪的讽刺道，"妖气浓重却内息浅薄，听说你二十年前爱上了寡凉仙人，被害不轻……"

此言一出，在场所有人皆是一惊。

雁回也是诧然，天曜与素影的事，在江湖之上从未有过传闻，以至于现在修仙界的所有人都不知道素影和清广真人当初联手杀的是一条千年妖龙。看烛离现在的表情，显然，妖族一般人也是不知道这件事的。

天曜只望着大医师，眉眼薄凉。

"非我族类，其心必异。"这医师说这话时神色十分奇怪，像是在极尽讽刺挖苦天曜，但她自己的目中却带着几分痛色，"喜欢上那些没心没肺的仙人，害得自己落到这般地步，皆是你咎由自取……"

天曜听着，一句话也没有反驳。

雁回一直都知道，惨遭素影“分尸”这事是天曜心底的隐痛，他原谅不了素影，也没办法原谅当时爱上素影的自己。他不去反驳大医师，是因为他根本无从反驳。他的伤口在大庭广众之下毫无预料地被挑开，而他不躲不避，是因为他也在借此惩罚自己。

惩罚那个住在他心里的，那个当初愚蠢地爱上素影的自己。

“你就是活该！”

“够了。”雁回一拍桌子站起了身，挡在天曜面前，目光盯着大医师，黑瞳中泛着冷光，“有什么好活该的？”

被雁回打断了话，大医师十分震怒：“我说话何时轮得上青丘国外人插嘴！”她随手一粒药丸便对雁回掷来，雁回眸光一眯，只从这一手便能看出，这个大医师或许医术很高，但是身法功夫，实在太菜了。

雁回随手一挥，那粒药丸便霎时被挡了回去，打在大医师身上，力道比她丢过去的时候大多了，砸在她的肩膀上，径直让她痛呼一声，随即药丸炸开，她肩上便立即开始奇痒难耐。

大医师一咬牙，连忙放了医药箱手忙脚乱地在里面翻药。

“我这个青丘国的外人接着我的话说。我身后的这个人，有什么好活该的？”趁她慌乱之际，雁回便居高临下地看着她道，“爱就爱了，伤就伤了，傻就傻了，他碍着你家孩子上街打酱油啦？别说他以前爱的是仙人，就算他爱的是猪是狗是鸡是被丢在地上的破石头，那也跟你没有一个铜板的关系。他没有做任何一件对不起他人、对不起道德、对不起真心的事。真正活该的，该被你骂、被你训斥的人，是那个算计权谋、践踏人心的卑劣者。这样的卑劣者与仙人、妖怪的身份无关，与高矮瘦胖的身材无关，只与心有关。

“和你无关，和我无关，和他更无关。”

一席话后，屋里静默无声。

翻出药瓶的大医师也只是拿着药瓶没了动作，好似她自己制的药也没有那样奇痒的效果了。

“蒲芳！”外面传来一道带着几分气弱的男子呵斥声。

大医师闻声，陡然回神，抓了地上的药箱，像兔子一样登时便跑出了门外。

“你这脾气倒是越发不知收敛了，给我回来！”那人喊着，但是蒲芳已经跑得不见了踪影。紧接着便传来那男子的咳嗽声。

烛离立即行到门口，雁回难得见这素来喜欢端着几分架子的半大小孩给人行礼，恭恭敬敬地喊了一声：“三叔。”

外面一直咳着的男子被人扶着进了房间，烛离也连忙去扶了一把。

见了来人，雁回不得不叹，九尾狐一族的妖怪，委实都长得太好看，实在太好看……

即便那一双眼睛泛着灰色，没有丝毫神采，但这五官身形，仍旧是凡夫俗子所望尘莫及的俊朗。

烛离将来人扶到屋中坐下，虽然烛离这半大的孩子得叫这人三叔，但他看起来与二十岁上下的青年没什么区别，只是眉宇间带了几分青年不会有的沧桑罢了。

“天曜啊……”雁回这里还在观察着他的容颜，忽听他似叹似感慨地唤出了天曜的名字，“一别二十余载，你且安好？”

他话一出口，雁回便是一愣。

先前雁回便在心里琢磨，天曜以前认识青丘国九尾狐的人，那这次来青丘或许会遇见他的故人。

这下果然遇见了，但谁能料到，他的故人，竟是九尾狐皇族的身份……

“尚且安好。”天曜浅浅答了一句，他看着三王爷的眼睛默了一瞬，“长岚如何？”

“呵。”长岚一笑，“余一命，苟活而已。”言罢，他拍了拍烛离，“我与故人有旧事要叙，阿离可否帮我带信给国主，让天曜明日前去觐见？”

烛离闻言，没有不应的道理：“我这便去与皇爷爷说。”

烛离退了出去，其他仆从跟着便也离开了。那大医师留下的童子也懂事地请雁回去另一个房间给她针灸。雁回瞥了天曜一眼，见他并没有留自己的意思，于是也就随童子一并离开了。

谁都需要给自己的过往留一点秘密。

烛离很快便回来了，大国主应允了长岚的请求，让天曜和雁回明日再进王宫。拖一天是一天，雁回偷偷地松了口气。

“那你现在先随我回去吧，三叔与天曜估计得聊一阵。”

适时小童子刚给雁回做完针灸，在旁边福了个身，插了一句话进来：“世子，大医师说姑娘的伤得治九日呢，这九日最好都留在三王爷府里，医师方便

时刻来照看。”

雁回一琢磨：“也对，我在这里看病，天曜在这里和故人叙旧，住这里也方便。”

烛离嘴巴张了张，却发现自己竟然没有什么可以带走雁回的理由。见雁回已经开始给他掰着手指头数，让他待会儿命人把她的那些小破玩意儿拿过来，烛离咬着嘴忍了许久，最后一使气，扭头就走了：“自己来拿，我没那么多人手派给你使唤。”

“哎……”雁回看着烛离出了门，嘬嘴嘀咕，“小屁孩个子不高心眼儿也小，倒是这脾气蛮大。”

一脚迈出门的烛离被雁回这话捅破了心思，他咬牙忍了忍，下定决心回去就把雁回那堆破东西给她扔了。

傍晚的时候七王府来了两个人，将雁回与天曜不多的行李都搬了过来，雁回掂着自己包里的银子想，烛离这小屁孩原来也好口是心非这一口啊。

这天，直到用了晚膳也没见天曜从那屋里出来。

两个男人共处一室叙旧叙了这么一大整天……在小道消息横生的辰星山长大的雁回，心里难免不生了点诡异的猜测。

猜得太入神，连带着晚饭也没吃好。待得入了夜，她肚子便饿了，思索一番，便自己摸去厨房打算偷点馒头填肚子。

她刚进了厨房在灶台边转了一圈，便听见更里面传来了窸窸窣窣的声音。

并不是老鼠……

雁回往前走了几步，在水池旁边一转，一个蹲在地上正在拿着鸡腿啃得满脸油的人被她抓了个正着。

两人四目相对了好半晌。

雁回决定放下心头其他所有的疑问，只专注于一个问题：“你不是备受尊崇的大医师吗，为什么会落到偷吃这样没出息的境地？”

蒲芳将嘴里的肉吞了下去，一抹嘴道：“你不也是座上宾吗，干吗跟我一样来偷鸡摸狗，享受这样的快感？”

雁回无言以对。她只是怕自己要口吃的，便要喊醒整个伙食房的人给她准备热菜。麻烦别人实在让她良心不安。

想来这大医师，想的与她也一样吧……

这样一想，雁回对这个态度恶劣的大国师稍微改观了一下。

“哪儿拿的鸡？”

蒲芳头也没抬：“第三个灶台最里面的锅里。”

雁回依言寻去，果然找到了剩下的半只鸡，还带腿的！

于是雁回对蒲芳更友善了一点。两人抱着鸡一起坐在地上啃，啃着啃着，雁回没说话，旁边蒲芳酝酿了许久，道：“今天那些话……我其实，并不是发自内心说的……”

雁回转头看了她一眼：“我知道。”

“你知道？”

“人说气话的时候都你那模样。”雁回抹了抹嘴，“但气话最是伤人的便是它毫无遮拦，而且给人造成的伤害也是极大的。我也是实在听不下去了，才反驳你的。”

蒲芳闻言，默了一瞬：“你今天说的话很有道理。”

“我的话从来都很有道理。”

“……我果然，还是没办法放弃。”

雁回微怔，但见蒲芳咬了咬牙，好似下了什么决心道：“我还是喜欢他的，还是要去找他。”

雁回眨巴了一下眼：“什么情况？”

蒲芳看着雁回啃鸡腿啃了一脸油的模样，在同是偷鸡摸狗的环境当中便对雁回心生些许信任：“看在你今天说了那么有道理的一番话上，我才告诉你的……”她顿了顿，望着地，有些娇羞地开口，“我喜欢上了一个看守三重山的修道者。”

雁回愣住。

“今天给三王爷看伤的时候，他便说了我好久，一直说仙妖不两立。还拿以前妖龙的事来举例子。”蒲芳噘了嘴，“每次都说这些，可我还是喜欢那个仙人，我有什么办法？”

“今天听了你的话，我仔细想了想，觉得是那么一回事，喜欢那个人的是我，和别人有什么关系？我为什么要听别人的话来左右我自己的感情？”蒲芳眼眸中带着微光，“我喜欢他，和他也没什么关系，我只想成全自己。”

雁回略一思量，迟疑道：“你不会是……因为今天想偷偷溜去三重山看那个

人，所以才被你们三王爷骂的吧。”

蒲芳不说话。

雁回斟酌了一番语句道：“虽然我觉得喜欢的人是什么身份地位并不重要，但现实情况还是要考虑一下的，近来仙妖两族局势如此紧张，三重山这几日不知增加了多少仙门势力前来看守，你法术那么菜，还是少往那边走比较妥当。”

蒲芳眼神微微暗淡了下来，隔了许久，才嘟囔了一句：“可我想他了。”

雁回啃完了半只鸡，拍了拍蒲芳的肩，顺便在她肩上擦了擦手：“爱也需要忍耐，先忍着吧，毕竟活着才能爱。”

雁回填了肚子，和蒲芳告了别，便心满意足地回了房间。

刚走进小院，便见一人影立在院中，月色之下身影孤立。

“天曜？”

仰头望月的人这才转了目光，望向雁回，漆黑的眸一如既往地深邃，雁回上前微微仰头望着他：“聊这么久啊？没人领你去你房间吗？”

天曜没有接话，只静静地看着她。

雁回愣神：“怎么了？”

天曜动了动手，风一动，雁回这才嗅到他身上浓厚的酒味：“你和那个三王爷喝酒了吗？”她嗅了嗅，凑上前仔细打量天曜的神色，“喝了多少？醉了吗……妖族的酒好喝吗？下次给我留点……”

话音未落，天曜一手揽住雁回的后背，将她整个人一下抱进怀里。

雁回怔住，一时间都忘了要将天曜推开。

静谧的小院当中，微风拂动，酒味在雁回鼻尖缭绕，挥散不去。雁回觉得自己似乎都要被这酒味熏醉了，要不然为什么她在这个怀抱里竟会觉得有些晕……

“天……天曜？”

雁回感觉自己的脸灼烧通红，心跳加快，一如才中那狐媚香之时看见天曜的反应。

雁回用理智控制自己的双手，撑在天曜的胸膛上面，往外推他：“放……放了我啊！要不然揍你喽！”

“雁回。”

声音沙哑地蹿进耳朵里，撩得雁回脸颊麻了一片，用力推开天曜的手一时

却有点软了。

“啊……啊？”她有点虚张声势地提高声音，“干吗？”

天曜两手都放在了雁回后背之上，将她往怀里更紧地抱了抱，脑袋也贴着她的耳边轻轻一蹭，动作强硬，却愣是有几分要赖撒娇的感觉。

长得那么好看的脸还撒娇……犯规啊！雁回就这样没出息地在他这一蹭之下，心软似水。

“你……”

还没来得及说别的话，便听天曜又在她耳边轻轻吹出一阵风。

“幸好有你。”

四个字清晰地在雁回耳边吐露。

雁回一怔，站住没动。只有天曜在她耳边重复地说着：“幸好……”

像真的是一场劫后余生的庆幸和感恩。雁回在这轻浅的四个字里却品出了那么浓厚的依赖与需求。

他依赖她，他需要她。

这样的感情真是让人感觉……

好爽！

“天曜，”雁回按捺住情绪，正色道，“你有这个认识就好。”

“呵……”天曜在雁回耳边轻笑出声，“雁回啊……”话没说完，他脑袋便沉沉地搭在了雁回肩头上，紧接着，整个人便瘫软下来。

雁回连忙将他撑住。

“话说完……再睡啊……”雁回咬牙，“重死了！”

大半夜的，雁回也不知道天曜究竟被安排在了哪个房间，思索片刻，雁回便将天曜就近扛回了自己屋里，把他往床上一扔。自己随便搭了两个椅子，将就着就在上面睡了。

第二日雁回醒来的时候便觉得有一道目光在盯着自己。她转头一看，床上的天曜已经醒了。

雁回打了个哈欠，伸了个懒腰，站起身来：“盯着我作甚？昨晚你喝醉了，找不到你住的地方，我才把你扛进我这屋的。我什么都没对你做。”

天曜转了目光，沉默着。

雁回一边将椅子放回去一边问：“你昨天都和那三王爷说什么了？聊得都酩

酊大醉了。”

“我没醉。”天曜淡淡地吐了三个字。

雁回一愣。

没来得及深究，天曜便道：“长岚乃是二十年前我在中原一谷中受我庇护的妖怪之一。他昨日与我说，在我离开山谷之后，谷中妖怪被中原仙人清剿之事。”他顿了顿，“他的眼睛，便是在那时被害失明的。”

话题有点沉重，雁回一时无言。

房间里沉默了许久，雁回挠了挠头：“我先去让人弄点洗漱的水来。”

她说着便往屋外走，身后天曜却在这时又唤了一声：“雁回。”

雁回转头。床榻之上，帷幕之后，天曜的神色让人有点看不清晰。

“有时候我甚至会想，二十年前，我若遇见的是你，会怎样……”

这话……

是什么意思？

雁回不去细想，只摆了摆手，散漫道：“打住吧，二十余年前，我都还没从娘胎里滚出来呢。”

说完，她便自顾自地出门去了，只留天曜坐在床榻之上勾了勾唇角：

“装傻。”

图书在版编目（CIP）数据

护心 / 九鹭非香著 . — 成都 : 四川文艺出版社，2022.8（2022.11 重印）

ISBN 978-7-5411-6368-5

Ⅰ . ①护… Ⅱ . ①九… Ⅲ . ①长篇小说—中国—当代 Ⅳ . ① I247.5

中国版本图书馆 CIP 数据核字 (2022) 第 114198 号

HU XIN

护心

九鹭非香　著

出 品 人　张庆宁
特约监制　王传先　沐　浔
责任编辑　王梓画
责任校对　段　敏

出版发行　四川文艺出版社（成都市锦江区三色路 238 号）
网　　址　www.scwys.com
电　　话　028-86361781（编辑部）

印　　刷　三河市冀华印务有限公司
成品尺寸　160mm × 230mm　　开　　本　16 开
印　　张　19　　字　　数　320 千
版　　次　2022 年 8 月第一版　　印　　次　2022 年 11 月第二次印刷
书　　号　ISBN 978-7-5411-6368-5
定　　价　49.80 元